本书获暨南大学“211 工程”第三期“比较文艺学与海外华文文学”建设项目资助

本书获广东省高等学校高层次人才项目（2010）资助

跨文化视野下中国古代小说研究丛书

主编 程国赋 史小军

读者与明清时期通俗小说创作、传播的关系研究

蔡亚平◎著

暨南大學出版社
JINAN UNIVERSITY PRESS
中国·广州

图书在版编目（CIP）数据

读者与明清时期通俗小说创作、传播的关系研究/蔡亚平著. —广州：暨南大学出版社，2013. 3
（跨文化视野下中国古代小说研究丛书）
ISBN 978－7－5668－0469－3

Ⅰ. ①读… Ⅱ. ①蔡… Ⅲ. ①通俗小说—读者研究—中国—明清时代 Ⅳ. ①I207. 41

中国版本图书馆 CIP 数据核字（2013）第 010013 号

读者与明清时期通俗小说创作、传播的关系研究
著　　者：蔡亚平

丛书策划：史小军
责任编辑：黄劲檀
责任校对：黄　球　黄　颖

地　　址：中国广州暨南大学
电　　话：总编室（8620）85221601
营销部（8620）85225284　85228291　85228292（邮购）
传　　真：（8620）85221583（办公室）　85223774（营销部）
邮　　编：510630
网　　址：http：//www. jnupress. com　http：//press. jnu. edu. cn
排　　版：广州市天河星辰文化发展部照排中心
印　　刷：佛山市浩文彩色印刷有限公司
开　　本：787mm×960mm　1/16
印　　张：21. 25
字　　数：346 千
版　　次：2013 年 3 月第 1 版
印　　次：2013 年 3 月第 1 次
定　　价：48. 80 元

（暨大版图书如有印装质量问题，请与出版社总编室联系调换）

总　序

暨南大学中国古代文学是具有历史积淀的优势学科，前辈学者汤擎民、陈芦荻、郑孟彤、艾治平、李文初、洪柏昭、王景霓等教授对本学科的发展起到了重要作用。本学科于1983年获得硕士学位授予权。2003年，由邓乔彬教授领衔的暨南大学中国古代文学学科获得博士学位授予权，现为暨南大学“211工程”重点建设学科之一。

本学科梯队结构合理，成员主要是30~50多岁的中青年博士，年富力强，呈现出年轻化、高学历、高职称的特点。本学科科研成果突出，近五年来主持国家社科基金和省部级项目15项，其中邓乔彬教授、程国赋教授主持的两项国家社科基金项目结项获评为优秀等级；在《文学评论》、《文艺研究》、《文史》、《文学遗产》、《文艺理论研究》等权威期刊上发表论文近30篇，出版学术著作10余部。

学科成员注重跨学科的研究方法，尤其重视文献学、文艺学与古代文学相结合，有意识地在文化学的视野中探讨古代文学，目前已形成中国古代小说研究、诗词学研究、儒释道与古代文学研究、古代文学学术史研究等特色鲜明的研究方向，在学术界产生较大影响。

为了进一步发挥学科特色，形成团队优势，体现学校“搭大平台，组大团队，拿大项目，出大成果”的发展思路，2008年，学校成立“暨南大学中国古代小说研究中心”，由程国赋教授担任中心主任，王进驹教授担任中心副主任。目前，中心已形成三个较具特色的研究方向，即中国古代小说传播与接受研究、中国古代小说与文化研究、中国古代小说史研究。三个研究方向的具体人员及学术研究情况如下：

第一，中国古代小说的传播与接受方向。带头人为程国赋教授（博导），具体成员有罗立群教授、张春晓副教授、蔡亚平博士。程国赋教授系广东省高校“珠江学者特聘教授”、教育部首届“新世纪优秀人才支持计划”入选者、广东省“千百十工程”国家级培养对象。主持并完成国家级、省部级社科项目10余项，在《文学评论》、《文艺研究》、《文学遗产》、《文史》等权威期刊上发表学术论文15篇，出版学术专著8部，获得广东省2008—2009年哲学社会科学优秀成果奖一等奖、《文学评论》2003—2007年优秀论文奖等奖励，在境内外中国古代小说研究领域产生较大影响，处于国内小说研究界前沿地位。

本方向罗立群教授自20世纪80年代末即从事武侠小说研究，撰有《中国武侠小说史》等学术专著；张春晓副教授、蔡亚平博士均在古代小说研究领域发表多篇具有一定影响的学术论文。

第二，中国古代小说与文化研究方向。带头人为史小军教授（博导），具体成员有魏中林教授（博导）、张世君教授（博导）、韩春平博士。史小军教授近年来在《文学评论》、《文艺研究》等权威期刊上发表论文4篇，主持教育部社科规划项目、广东省社科规划项目等多项省部级课题。他从事的《金瓶梅》与传统文化研究在国内学术界受到较多关注。本方向魏中林教授在《红楼梦》的研究与教学等方面取得突出成绩，发表多篇高水平的学术论文。张世君教授（博导）近年来在明清小说评点、叙事研究方面独树一帜，成果丰硕。韩春平博士在明清时期南京地区小说创作及传播方面撰写系列论文，受到学术界关注。

第三，中国古代小说史方向。带头人为王进驹教授，具体成员有陆勇强教授、全秋菊副教授、宋小克博士等。王进驹教授近年来在中国社会科学出版社出版《乾隆时期自况性长篇小说研究》，在《文艺理论研究》诸刊上发表多篇学术论文，主持教育部社科项目、广东省社科项目、广州市社科规划项目多项，并致力于清代小说作家的文献考订。陆勇强教授、全秋菊副教授、宋小克博士在神话与小说、明清小说作家、作品的考证、小说文献与戏曲文献的交叉研究等方面也颇有建树。本方向在中华书局、上海古籍出版社已出版或即将出版的著作还有《隋唐五代小说研究资料》、《中国古代小说史料学》等。

从师资力量来看，上述三个研究方向共有研究人员12名，其中，教授7人（博导4人），副教授2人，讲师3人，具有博士学位的有10人，师资力量较为雄厚。

暨南大学中国古代小说研究中心根据学校实施的“宁静致远计划”和“侨校+名校”的发展战略，最近几年开始组建学术团队，力争推出一批学术精品，培养出一批优秀人才，我们将这种发展思路称为“六个一工程”，即举办一次古代小说学术研讨会；出版一套具有广泛影响的学术丛书；培养一批中青年学术骨干与教学骨干；争取获得一批重要科研奖励，包括教育部人文社科优秀成果奖和广东省哲学社会科学优秀成果奖；申报一项国家社科基金重大攻关项目或教育部重大攻关项目；争取获批为广东省人文社科重点研究基地或教育部人文社科重点研究基地等等，试图通过上述“六个一工程”的建设，把暨南大学中国古代小说研究中心打造成在省内相关研究领域处于领先位置、在国内外具有重要影响的学术团队。

围绕以上学术目标，我们近期开展了一系列的学术活动。2011 年 3 月 26 日至 29 日，本中心与《文学遗产》编辑部联合主办、广州大学等单位协办“跨文化视野下中国古代小说学术研讨会”，共有来自海内外的 80 余位学者与会，会议共收到 62 篇论文。会议期间，先后邀请多位国务院学科评议组成员，法国、韩国著名学者等举行四场精彩的讲座。《文学遗产》、《中国社会科学报》、《中华读书报》、《暨南学报》、《广州日报》等报刊均对本次会议进行了报道、评介，在学术界产生了较大的反响。这次会议的召开在一定程度上展示了中国古代小说研究的最新成果和研究动向，加强了学术交流，推动了暨南大学中国古代文学的学科建设。

这次我们在暨南大学出版社出版“跨文化视野下中国古代小说研究丛书”（共 7 本），这也是本中心开展的一项重要学术活动。列入该丛书的具体书目如下：

史小军《明清小说与传统文化探究》：明清小说既是传统文化的组成部分，又是传统文化的载体。本书既关注明清小说如何表现传统文化，又关注传统文化如何影响明清小说，试图透过明清小说中具体的文化现象的描写来形象地解读中国传统文化的内涵和精髓。论题角度新颖，一石二鸟，为读者深入了解传统文化与明清小说找到了一条捷径。

罗立群《中国剑侠小说史论》：本书梳理了中国剑侠小说的发展历程，对剑侠小说的概念、剑与剑术文化、剑侠形象、情节模式与时空设置，以及自唐代至当代中国剑侠小说的演变历程——作了回顾和阐述，史料翔实，立论公允，为作者多年来研究武侠小说的又一力作。

宋小克《上古神话与文学》：本书立足于中国典籍文化，重新解读了《山海经》、《庄子》、《楚辞》、《列仙传》等典籍中的诸多神话，从生命意识的角度切入，在神话意象中发掘生命意识，考察生命意识在文学中的嬗变。论证翔实，新意频出，兼具学术性与趣味性，丰富了上古神话研究的内涵。

王进驹《“自况”文学传统与小说戏曲》：本书对中国文学传统中“自况”这种艺术表现方法、创作心理和艺术思维的形成、产生和发展的过程、特征以及影响作了系统考察，对其性质、内涵和在不同文体中的表现进行了学理性阐析，特别是对小说和戏曲创作与发展过程中的“自况”现象和文学史意义及其理论内涵进行了比较全面的考察，探幽发微，引人入胜。

张春晓《两宋民族战争本事小说戏曲故事演变》：在多民族国家的融合过程中，存在着政治、经济、文化等民族认同的必然趋势，它直接影响着与民族斗争内容相关的历史本事在后继朝代小说戏曲中的故事演变。本书以两宋历史中的民族战争为源头发展起来的杨家将故事、狄青故事、岳飞故事等为关注对象，对这些原本在野史戏曲中零星流传的故事片段在文学演变过程中所流露出的通俗化、娱乐性特征以及所折射出来的民族认同的丰富生动的微妙细节都进行了多方位的详细阐释。

韩春平《明清时期南京通俗小说创作与刊刻研究》：本书探讨了明清通俗小说的整体发展演变情况，揭示了明清南京通俗小说创作与刊刻的地域特色及成就，还原了南京这一典型地域对明清通俗小说创作与刊刻的历史贡献和小说史意义。

蔡亚平《读者与明清时期通俗小说创作、传播的关系研究》：在充满商业气息、小说作为商品的明清两代，通俗小说在创作、传播过程中不可避免地留下读者的印迹。本书在文献整理的基础上关注明清时期通俗小说读者群的构成及其特点与影响，探讨了读者与明清通俗小说创作观念、章法结构、小说流派等之间的关系，以及读者与明清时期通俗小说的传播、续书、评点等之间的关系。

以上7本专著的作者均为本中心的中青年学术带头人或学术骨干，他们的著作或为教育部社科规划项目、广东省社科规划项目、广州市社科规划项目的结题成果，或为各自的博士学位论文，或为多年来给本科生、研究生开设选修课的心得总结，具有较高的学术水平和学术价值。我们相信，这套丛书的出版将为我校中文一级学科建设以及“211 工程”项目建设作出自己的贡献。

暨南大学中国古代小说研究中心
2012 年 8 月 28 日

目　录

引　言

一、研究缘起

在中国古代小说研究领域，无论是对作家、作品的考证，文献材料的勾勒与整理，还是对创作理论的研究，都取得了辉煌的成就。但就其整体而言，也存在诸多不足，其中一个突出表现就是对小说读者的关注较少。有鉴于此，本书在文献整理的基础上借鉴接受美学的观点，尝试就读者与明清时期通俗小说创作及传播的关系加以阐述。

接受美学发源于20世纪60年代的欧洲，其中德国学者H. R. 姚斯于1967年发表的《文学史作为向文学理论的挑战》可视为其理论纲领。此文指出："（传统的文学理论、文学研究）把文学事实局限在生产美学和再现美学的封闭圈子内，这样做便使文学丧失了一个维面，这个维面同它的美学特征和社会功能同样不可分割，这就是文学的接受和影响之维。"① 姚斯认为，读者、听者、观者的接受因素在传统的文学理论、文学研究中没有受到很好的重视。他强调：

> 文学作品从根本上讲注定是为这种接受者而创作的。……在这个作者、作品和大众的三角形之中，大众并不是被动的部分，并不仅仅作为一种反应，相反，它自身就是历史的一个能动的构成。一部文学作品的历史生命如果没有接受者的积极参与是不可思议的。因为只有通过读者的传递过程，作品才进入一种连续性变化的经验视野。在阅读过程中，永远不停

① ［德］H. R. 姚斯著，周宁、金元浦译：《文学史作为向文学理论的挑战》，《接受美学与接受理论》，辽宁人民出版社1987年版，第23页。

地发生着从简单接受到批评性的理解，从被动接受到主动接受，从认识的审美标准到超越以往的新的生产的转换。①

姚斯主要从文学史的角度提出文学接受的问题，对不同时代的读者如何认识和理解文学作品予以关注。与传统文学理论相比，接受美学的显著不同在于，它认为文学研究应以读者为中心。正如美国 R. C. 霍拉勃在《接受理论》中所言，接受美学试图“从读者或消费者的观点来看文学”②。

20 世纪 80 年代，接受美学被引入国内文学批评领域。《文艺理论研究》1983 年第 3 期刊登的意大利学者弗·梅雷加利撰，冯汉津译的《论文学接收》以及《文学评论》1983 年第 6 期刊发的张黎《关于接受美学的笔记》，对接受美学的概念内涵、产生原因、理论框架及其特点等进行了介绍。此后，《读书》、《文艺研究》、《学术研究》、《社会科学》诸杂志也纷纷刊发了相关推介文章和研究论文。例如，张隆溪发表于《读书》1984 年第 3 期的《仁者见仁，智者见智——关于阐释学与接受美学·现代西方文论略览》一文指出：“在过去时代的文学理论中，有一个鲜明而基本的事实没有得到足够的重视，那就是文学作品总是让人读的，因此作品的意义和审美价值都是在阅读过程中才产生并表现出来。……读者并不是被动地接受作品本文的信息，而是在积极地思考，对语句的接续、意义的展开、情节的推进都不断作出期待、预测和判断。在这个意义上，可以说读者不断地参预了信息的产生过程。”

由于诸学者和相关杂志的引进与提倡，国内学术界逐渐兴起中国古典文学接受史研究的热潮，出现了很多研究成果：在诗词、散文、文学理论研究领域，从 20 世纪 80 年代末，陈文忠就开始关注古典诗歌的阐释与接受，并出版了《中国古典诗歌接受史研究》（安徽大学出版社 1998 年版），陆续还有尚永亮著《庄骚传播接受史综论》（文化艺术出版社 2000 年版）、汪春泓著《〈文心雕龙〉的传播和影响》（学苑出版社 2002 年版）、李剑峰著《元前陶渊明接受史》（齐鲁书社 2002 年版）、刘学锴著《李商隐诗

---

① ［德］H. R. 姚斯著，周宁、金元浦译：《文学史作为向文学理论的挑战》，《接受美学与接受理论》，辽宁人民出版社 1987 年版，第 23 ~ 24 页。

② ［美］R. C. 霍拉勃著，周宁、金元浦译：《接受理论》，《接受美学与接受理论》，辽宁人民出版社 1987 年版，第 339 页。

歌接受史》（安徽大学出版社 2004 年版）、朱丽霞著《清代辛稼轩接受史》（齐鲁书社 2005 年版）、刘中文著《唐代陶渊明接受研究》（中国社会科学出版社 2006 年版）、张红著《元代唐诗学研究》（岳麓书社 2006 年版）、查清华著《明代唐诗接受史》（上海古籍出版社 2006 年版）、佘正松和周晓琳主编《〈诗经〉的接受与影响》（上海古籍出版社 2006 年版）、李冬红著《〈花间集〉接受史论稿》（齐鲁书社 2006 年版）等；在戏曲研究领域，有赵山林著《中国戏曲观众学》（华东师范大学出版社 1990 年版）和《中国戏曲传播接受史》（上海人民出版社 2008 年版）、赵春宁著《〈西厢记〉传播研究》（厦门大学出版社 2005 年版）、曹萌著《中国古代戏剧的传播与影响》（中国社会科学出版社 2006 年版）、刘景亮著《中国戏曲观众学》（中国戏剧出版社 2006 年版）等。从整体角度论述中国古代文学接受史的著述有樊宝英、辛刚国著《中国古代文学的创作与接受》（石油大学出版社 1997 年版），尚学锋、过常宝、郭英德著《中国古典文学接受史》（山东教育出版社 2000 年版），邓新华著《中国古代接受诗学》（武汉大学出版社 2000 年版），邬国平著《中国古代接受文学与理论》（黑龙江人民出版社 2005 年版）等。

就中国古典小说而言，读者与作品之间的关系相当密切。明人胡应麟在《少室山房笔丛》中云："古今著述，小说家特盛；而古今书籍，小说家独传，何以故哉？……夫好者弥多，传者弥众，传者日众则作者日繁。"① 胡应麟正是从文学传播与接受的角度分析中国古典小说兴盛的原因的，他认为，由于读者的喜好才带来"小说家特盛"、"小说家独传"的局面，换言之，读者促进了小说的创作与传播。读者研究是中国古典小说研究的一个独特视角，由于诸种原因，特别是相关文献资料的限制，在此领域尚缺乏系统而全面的论述。

笔者立足于小说文本及相关资料，尝试对读者与明清时期通俗小说创作、传播的关系进行探讨，以求教于学界诸位前辈。

---

① （明）胡应麟：《少室山房笔丛》卷二九，上海书店出版社 2001 年版，第 282 页。

二、概念界定与研究思路

在开展本论题研究之前，笔者对相关概念及研究思路作如下说明：

首先，概念界定。书中论及的明清时期指公元1368年至1911年，即明代洪武元年至清代宣统三年。所谓通俗小说，主要指白话小说以及少量以浅显易懂的文言文撰写的小说作品，语言通俗，具有较强的故事性。

关于小说读者的概念，本书界定如下：

第一，以明清时期通俗小说文本的直接阅读者作为主要研究对象。与此同时，考虑到中国古代小说传播的自身特点，本书对于一些没有直接阅读小说文本而是以听说书的形式参与小说传播的听众也有所涉及。①

第二，在明清通俗小说传播过程中出现的小说评点者、续书者、改编者等，从广义来讲也是小说读者。比如，明末于华玉将熊大木的《大宋中兴通俗演义》改编成《岳武穆尽忠报国传》，并视熊大木书为“旧本”，于华玉显然也是小说读者。为确保资料的完整性，本书在论述过程中亦酌情将此类读者收入，同时为避免在小说读者概念的使用上出现泛化现象，并不将所有评点者、续书者、改编者等都纳入研究范围。

第三，明清时期有些文献材料没有指出具体小说读者的姓名，小说读者以“读者”、“观者”、“览者”、“阅者”、“知者”、“识者”、“士子”、“君子”、“士君子”等称呼出现，这些均属于本书研究范围。

本书研究思路如下：

第一，学术界关于明清通俗小说的创作观念、小说流派、续书、评点等方面的研究成果很多，本书不再对这些问题作全面探讨，而是仅从读者角度加以阐述。与小说读者关系不够密切者不作为研究重点，以避免本书研究产生泛化倾向。

第二，本书以明清通俗小说读者为研究对象，同时为确保论述的完整与全面，对于个别非通俗类的文言小说读者材料也酌情采用，以作参考。

---

① 可参见潘建国：《明清时期通俗小说的读者与传播方式》，《复旦学报》2001年第1期。潘建国先生把明清通俗小说读者分为“直接读者”与“间接读者”两大类。

第三，本书主要讨论读者对明清通俗小说创作、传播的影响，同时小说对读者的影响也为本书所关注。例如，第二章“明清时期通俗小说读者群的构成及其特点、影响（上）”论及小说对帝王、皇后这一类皇室读者阶层的影响，第三章“明清时期通俗小说读者群的构成及其特点、影响（下）”分析情色小说对女性读者的影响，第六章“读者与明清通俗小说流派”则探讨才子佳人题材小说对读者的影响等。

三、研究意义与研究目标

（一）本论题的研究意义

第一，读者是明清时期通俗小说创作、传播过程中的重要环节，探讨读者阶层与小说创作、传播的关系，有助于更全面地了解明清时期通俗小说的形成与发展过程。

第二，从历史—文化的视角阐述读者与明清通俗小说创作、传播的关系，有助于从特定角度了解明清时期的政治、经济、文化与社会状况。

第三，本论题的研究在一定程度上可以充实古代小说研究的相关环节，丰富中国小说史、文学史的内容。

第四，本论题的研究涉及文学、历史学、版本学、传播学、出版业等多个领域，属于综合研究和交叉研究的范围，符合20世纪80年代以来中国古代文学研究的发展趋势。

第五，本论题的研究可以为当今小说创作与出版提供一定的借鉴与参考，具有现实意义。

（二）研究目标

第一，力求对明清通俗小说读者群的构成及其阅读形式作全面阐述，重点考察不同阶层、不同身份读者的阅读特点及其对通俗小说创作、传播的影响。

第二，对读者与明清通俗小说创作观念、小说流派、语言及章法结构、续书、评点等之间的密切联系加以阐述，考察明清通俗小说发展与演变的真实历程，以弥补中国古典小说研究领域的相关薄弱环节。

第三，将明清通俗小说置于当时政治、经济、文化的大背景下进行考察，从历史—文化的视角关注小说读者与通俗小说创作、传播之间各层面的关系。

第四，注重对相关原始文献的勾稽，尽量对明清小说正文、序跋、凡例、识语、评点、笔记、书信、方志、墓志铭、文集等各种文献所蕴含的小说读者资料予以全面梳理与辨析。

四、相关研究的文献回顾与总结

就中国古典小说研究而言，国外汉学家较早关注作品的读者阶层，并从接受层面对其展开研究。比如日本学者矶部彰撰《关于明末〈西游记〉的主体接受层的研究——明代古典白话叙述的读者层问题》（载《东洋学（集刊）》第44集）、大木康撰《关于明末白话小说的作者和读者》（载《明代史研究》1984年第12号，收入《明清小说研究》1988年第2期），美国汉学家何谷理撰《明清白话文学的读者层辨识——个案研究》（收入乐黛云、陈珏编选《北美中国古典文学研究名家十年文选》，江苏人民出版社1996年版）都对白话小说的读者阶层加以分析；韩国学者闵宽东撰《中国古典小说在韩国之传播》（学林出版社1998年版）对中国古典小说在韩国的读者进行探讨。

20世纪90年代之前，国内学术界对明清通俗小说的考察主要集中在作家、作品、社会背景、思想内涵等层面，继承并发扬了传统的文学史研究模式。此后，随着接受美学的传入，有学者开始对古典小说的读者阶层予以一定关注。陈大康著《通俗小说的历史轨迹》（湖南出版社1993年版）、刘宏彬著《〈红楼梦〉接受美学论》（河南人民出版社1992年版）、李忠明著《17世纪中国通俗小说编年史》（安徽大学出版社2003年版）、宋莉华著《明清时期的小说传播》（中国社会科学出版社2004年版）、方志远著《明代城市与市民文学》（中华书局2004年版）、李玉莲著《中国古代白话小说戏曲传播论》（山西教育出版社2005年版）、许振东著《17世纪白话小说的创作与传播——以苏州地区为中心的研究》（中国社会科学出版社2005年版）、吴波著《明清小说创作与接受研究》（湖南人民出版社2006年版）、高日晖与洪雁著《水浒传接受史》（齐鲁书社2006年版）、李根亮著《〈红楼梦〉的传播与接受》（黑龙江人民出版社2007年版）、程国赋著《明代书坊与小说研究》（中华书局2008年版）等著述，都或多或少地涉及中国古代小说读者与小说创作、传播的关系。据笔者初步统计，另有二十余篇专门研究中国古典小说读者以及读者与通俗小说创作、传播关系的论文。[①] 下面，笔者试对20世纪以来国内外有关明清通俗小说读者研究的状况进行评述。

（一）关于明清通俗小说读者群构成的研究著述较多

笔者试从明代小说读者群、清代小说读者群、明清时期读者群的综合研究、域外读者群和小说书价五个方面加以归纳并评述如下：

第一，关于明代通俗小说读者群的研究。日本学者矶部彰《关于明末〈西游记〉的主体接受层的研究——明代古典白话叙述的读者层问题》一文通过对《西游记》的读者群进行考察得出结论："古典小说的主体接受层是以官僚、读书人、富商等为中心的统治阶层。"换言之，位居社会最上层的人们才是小说的主要读者。随后日本学者大木康在其论文《关于明末白话小说的作者和读者》中，根据"三言"编者冯梦龙在苏州叶氏书坊出版的书籍进行归类分析，推断出明末白话小说读者"包括以生员为主的科举考生和商贾这两个层面的人"。矶部彰、大木康得出的结论虽不尽相同，但其论述思路有相通之处，即通过《西游记》、"三言"等通俗小说个案进行考察。由于研究对象较为单一，所以其得出的结论不能称之为全面。关于明代通俗小说读者群构成的研究成果还有：郭姿吟《明代书籍出版研究》（台湾国立成功大学2002年硕士学位论文）第五章论述了读者群从明前期到明中叶动态的扩展，认为直至明中叶，通俗文学的主要阅读者不仅有贵族和有钱人，而且还包括未中举的士人、小商人、僧人、有才情的妇女等"中间阶层"；唐百华《论明代通俗小说中平民文化的确立及其内涵》（南昌大学2005年硕士学位论文）认为，明代通俗小说的主要读者是"平民"，包括直接购买小说的商贾以及通过转借、租赁、抄书等方式进行阅读的"识字平民"；高日晖、洪雁《水浒传接受史》第一章"明代的《水浒传》接受"[②] 把晚明时期《水浒传》的主要读者分为官、学、商

---

① 这里提出几个问题：a. 本书主要研究明清时期读者与通俗小说创作、传播的关系，关于这一时期的文言小说，如《聊斋志异》，虽有阅读接受方面的研究论文，但未列入相关研究文献范围；b. 文献回顾所引专著或论文，首次引用时会在正文中注明出版单位或发表的杂志名称及时间，为避免重复，以下不再一一标注。

② 高日晖、洪雁：《水浒传接受史》，齐鲁书社2006年版，第51～52页。

三类；蔺文锐《情色诱惑：明代通俗小说读者的题材选择》（载《中国戏曲学院学报》2007 年第 2 期）根据《水东日记》等文献，认为明代“已经形成相当规模的女子小说读者群”；程国赋《明代小说读者与通俗小说刊刻之关系阐析》（载《文艺研究》2007 年第 7 期）认为“从小说刊本读者的角度来看，明代前期主要由中上层商人、士子构成读者主体”，“在明代后期的读者队伍中，随着下层读者的大量介入，市民群体、商人、士子共同构成通俗小说读者群体，其中，以下层百姓的数量最多、最为引人瞩目，当为后期读者阶层的主体”。

第二，关于清代通俗小说读者群的研究。刘宏彬《〈红楼梦〉接受美学论》从接受美学层面对《红楼梦》进行了探讨。李根亮《〈红楼梦〉的传播与接受》第一章“《红楼梦》的文本传播与接受”认为：“《红楼梦》文本的受众有古代和现代、普通和特殊之分。普通受众指《红楼梦》的一般读者和爱好者，特殊受众指那些对《红楼梦》进行意义阐释的批评家以及受《红楼梦》影响的作家和改编者等。”[①] 该文还对《红楼梦》读者的接受视角和接受行为特点加以总结。

对于晚清小说的读者群也有研究者予以关注，包礼祥《近代文学与传播》（江西人民出版社 2001 年版）认为，近代小说读者主要是以有钱的读书人为主体的近代报刊读者。潘桂林《中国近代小说读者意识浅探》（载《广西社会科学》2004 年第 6 期）认为，在复杂的文化境遇下，近代小说读者意识呈现出现代性和传统性相结合的总体特征。袁进《试论晚清小说读者的变化》（载《明清小说研究》2001 年第 1 期）、王姗萍《西学东渐与晚清小说读者的变化》（载《西安外事学院学报》2006 年第 1 期）则从动态角度探讨晚清小说读者群构成的变化。袁进认为，原来鄙视小说的士大夫受“小说界革命”影响，开始重视小说，成为小说的读者和作者，从而造成小说市场的急剧膨胀；王姗萍在文章中也强调“小说界革命”对小说读者群的影响，认为在晚清时期，转型中的士大夫、新型知识分子群体、作为“小说界革命”启蒙对象的下层市民共同构成晚清小说读者的庞大队伍。

第三，关于明清时期通俗小说读者群的综合研究。美国何谷理《明清

---

① 李根亮：《〈红楼梦〉的传播与接受》，黑龙江人民出版社 2007 年版，第31 页。

白话文学的读者层辨识——个案研究》一文对明清时期涉及隋唐李密故事的几种小说、戏曲进行了比较，指出明清白话文学读者群包含“精英成员”及“中等文化程度者”两个阶层，并从“准文盲”向“中等文化程度者”再向“精英成员”逐渐扩展。何谷理从个案着手，探求明清白话文学读者层的演变历程，其研究思路与矶部彰、大木康等人有相通之处。

从国内学术界研究状况来看，主要有以下著作与论文对明清时期通俗小说读者群进行了关注。陈大康《通俗小说的历史轨迹》“绪论”指出：“在影响小说发展的各因素中，千百万读者的共同要求乃是最强大、最深远的力量。”[①] 苗怀明《中国古代帝王与小说》（载《文史杂志》1996年第6期）简要概述了历代皇帝作为特殊读者对待小说的不同态度及其对中国古代小说的深远影响。石昌渝《通俗小说与雕版印刷》（载《文史知识》2000年第2期）认为，通俗小说不仅是社会底层阶级的文学，商人、手工业者、军汉以及其他市民阶层是其读者，贵族、官僚、士大夫等也是其读者。苗怀明、石昌渝两位学者所论虽是就中国古典小说整体而言，实际上论述重点均在明清时期。潘建国《明清时期通俗小说的读者与传播方式》（载《复旦学报》2001年第1期）把明清通俗小说读者分为“直接读者”与“间接读者”两大类。直接读者通过阅读小说文本接受小说内容，其获取文本的方式主要有购买、转借与租赁，社会身份主要是商贾、官宦及部分知识分子；间接读者则依靠听书、看戏等途径，以“村哥里妇”、“儿童妇女”为主。王平《论明清时期小说传播的基本特征》（载《文史哲》2003年第6期）指出，万历年间的读者以商人为主，而经过书坊主努力降低小说成本，明清小说接受者的范围不断扩大，下层市民也加入到小说读者队伍之中。同时受时代风气影响，文人士大夫也成为小说的重要接受者和传播者。宋莉华《明清时期的小说传播》上编第一章“明清通俗小说传播的社会背景与分期”认为明清时期的小说读者群包括商人、士子、书院学生以及占“相当比重”的女性。[②] 陈文新、韩霄《〈三国演义〉的读者分析》（载《洛阳师范学院学报》2005年第1期）把《三国演义》读者群

---

① 陈大康：《通俗小说的历史轨迹》，湖南出版社1993年版。

② 宋莉华：《明清时期的小说传播》，中国社会科学出版社2004年版，第26～34页。

分为学者型读者、应用型读者和娱乐型读者三种类型，把李贽、李渔、毛宗岗等明清时期的评点家归为第一类，把运用小说作为“兵略”、“帐下秘籍”的皇太极与农民起义领袖张献忠、李自成等人归为第二类，还有大部分人阅读小说纯粹是为了娱乐，被归为第三类。许振东《17 世纪白话小说的文人阅读与传播——以苏州地区文人为例》（载《广州大学学报》2006 年第 11 期）以 17 世纪苏州地区为例，认为文人是当时白话小说阅读的最主要阶层。苏建新《中国才子佳人小说演变史》（社会科学文献出版社 2006 年版）第五章“才子佳人小说文化观照”、王万鹏《才子佳人小说受众群探析》（载《甘肃广播电视大学学报》2007 年第 1 期）对明末清初才子佳人小说的读者群进行了专门论述。苏建新把这一读者群分成以下几种类型：小说以之作为对象的青年男女、上流人物、妇女、商贾、外国人士与小说作家。王万鹏认为才子佳人小说的主体接受群应该是“以生员为主的科举考生、社会精英成员、具有中等文化程度者这样三个层面”。郭志强《中国古代通俗小说传播研究》（扬州大学 2007 年博士学位论文）将小说“受众”纳入传播模式进行研究，“受众”包括“口头传播者”与“文本读者”，其论文第三、四、五、六章都以较多篇幅论述了明清时期通俗小说读者群的扩展及演变。

第四，关于中国古典小说域外读者群的研究。韩国闵宽东在《中国古典小说在韩国之传播》第五章“中国小说的读者与评论”中指出，中国古典小说传入朝鲜以后，朝鲜时代中期（17 世纪）的小说读者大部分是王室、文人、士大夫、两班家的女性；到了 18 世纪，平民阶层才开始参与；但韩文普及后的读者大半都是女性。作者把读者群分为四个类型，即王宫层、士大夫（文人）层、女性层、平民层。[①] 韩国郑沃根《明清小说在朝鲜》（载《中国文学研究》2003 年第 3 期）把明清小说传入朝鲜后的读者群分为三个阶层：一是王宫的国君和王后、公主、驸马、翁主、王室亲戚等有闲贵族阶层；二是文人、士大夫阶层；三是民间老百姓。

第五，考察明清时期通俗小说读者群的构成，研究者关注的焦点之一是小说价格，小说成本的高低、书价的变化在一定程度上决定着小说读者

---

① ［韩］闵宽东：《中国古典小说在韩国之传播》，学林出版社 1998 年版，第 329 页。

群的演变。上文提到的部分论文、专著作者也注意到这一问题，如石昌渝、潘建国、宋莉华、程国赋师等。此外，黄卉《明代通俗小说的书价与读者群》（收入《明清论丛》第六辑，紫禁城出版社2005年版）从明代通俗小说书价、明代中后期社会购买力、明代中后期社会奢靡风气诸方面进行分析，认为随着社会消费观念的变化以及文化娱乐兴趣的增长，通俗小说的读者涵盖了社会各个阶层，既有缙绅士大夫，也有农工商贩。黄卉的文章在文献材料的使用上比较丰富，不过也有个别地方值得推敲，比如文中引用《明史》卷二八五《王行传》说明“明初一个卖药的人，家里都有不少的书”，而王行生于元文宗至顺二年（1331），明朝建国（1368）时已38岁，其儿时之事应发生于元末，不可作为明初例证。①

（二）读者与明清通俗小说创作关系的研究，也是学术界讨论的焦点之一

小说读者的需求在一定程度上影响着小说创作的题材与风格，这种影响往往通过书坊和书坊主来实现。陈大康在《熊大木现象：古代通俗小说传播模式及其意义》（载《文学遗产》2000年第2期）中指出，商品供求法则不断地调节读者与作者的关系，“当（坊刊小说）供不应求时，书坊就采取种种措施刺激作者的创作以满足读者需要，如明末时神魔小说与时事小说两流派的迅速形成就与此有很大关系。反之，时势变化或读者兴趣重点转移而导致供大于求时，书坊就相应地改变择稿标准，迫使作者变换创作题材”。在《明代小说史》（上海文艺出版社2000年版）中，陈大康先生发展并完善了这一思路。

有论者认为，明清时期不同题材的小说有着各自相对固定的读者群，因此作者在创作小说时会考虑读者的期待，从而改变小说的题材与风格。李忠明《17世纪中国通俗小说编年史》一书对17世纪的通俗小说进行了整体考察，论及“三言”、“二拍”、时事小说、名著续书、才子佳人小说等作品时，均强调了当时小说读者的阅读期待与读者反应对这些小说题材的影响。例如对于才子佳人小说的创作，李忠明强调这些作品的主题显然与怀才不遇、寄托理想有关，而有这种心理的读书人在清初并不少见，“才子佳人小说之所以在清初盛行，显然与一大批文人读者的推崇有很大

① 程国赋师在分析明代女性小说读者时曾对此进行考证，参见《明代书坊与小说研究》，中华书局2008年版，第330页。

关系"[①]。此外，还有以下几篇文章持此观点。李世新《侠义小说和公案小说合流的社会文化探源》（载《中南民族大学学报》2006 年第 1 期）探讨了清代中晚期侠义公案小说产生的原因，认为"侠义小说和公案小说在鸦片战争前后的合流体现了这一特定历史时期读者心理的转化"。蔺文锐《情色诱惑：明代通俗小说读者的题材选择》关注小说读者的构成及其变化与小说题材之间的密切关系，文中主要论述两个问题：女性读者与才子佳人小说、市民与艳情小说。作者认为，"女性读者对小说的阅读偏重在情感甚至艳情上，如闺阁女子之于才子佳人小说、市井女子之于短篇话本。女性读者群的形成，刺激了市井文士的创作才思和民间出版界的经销热情"，而"艳情小说因与启蒙思潮在某种程度上不谋而合，使自然生理的性爱日益取得社会性的意义和内容，受到市民与士人的青睐"。程国赋《明代小说读者与通俗小说刊刻之关系阐析》一文认为，明代读者阶层的变化，尤其是明代后期下层读者的参与，加速了小说通俗化甚至俚俗化的趋势，体现在按鉴创作、产生语言通俗的演义体小说、小说以市民群体作为描写重心诸方面。不同时期和不同阶层的读者心理与历史小说、情色小说、时事小说等小说流派的形成与发展有一定的关联，"明清时期的通俗小说、戏曲多采用大团圆结局，正是顺应读者的阅读需求"。

关于读者对明清通俗小说编创方式的影响，纪德君《明清时期读者对通俗小说编创之影响》（载《明清小说研究》2009 年第 1 期）认为："读者接受关系到某类小说创作的兴衰，制约了通俗小说的编创体式与叙述方式，影响了通俗小说的编创旨趣，促进了某类小说编创方式的演变。"

小说读者对通俗小说的语言形式也会产生一定影响。宋莉华《明清时期的小说传播》上编第三章"影响明清小说传播的几种符号"认为："以方言创作的小说在本方言区内可能更易于唤起读者的亲切感，获得他们的认同，传播得更快。所以晚清吴方言小说及吴语色彩强烈的谴责小说在上海、苏州地区盛极一时。"[②]

---

① 李忠明：《17 世纪中国通俗小说编年史》，安徽大学出版社 2003 年版，第 237 页。

② 宋莉华：《明清时期的小说传播》，中国社会科学出版社 2004 年版，第 107 ~ 108 页。

关于晚清时期读者对小说创作的影响，袁进《试论晚清小说读者的变化》指出，这一时期，“士大夫大量加入通俗小说读者作者队伍，必然要将他们的修养、兴趣、价值观念、语言带入通俗小说，这就导致通俗小说改变了面貌。小说的题材、思想、形式、语言，以及看小说的眼光，都有很大的改变，造成雅俗合流”。具体表现为：原先面向市民的小说是以娱乐性为主，而晚清谴责小说在保持客观存在的娱乐性的基础上，把小说作为舆论监督的工具；原来小说大多不触及政治题材，而晚清的政治小说宣传作者的政治主张、理想社会；原来小说中的思想以民间百姓价值观念为主，而晚清小说却体现出知识分子化的特点，小说中包含大量自由民主的新思想、改变中国社会的构想以及对落后中国社会的批判；原来小说是通俗的，尤其是白话小说表现了与士大夫不同的市民社会心态和价值观念，而晚清小说实际表现的是市民意识与士大夫意识的结合。在士大夫加入读者群以后，晚清小说最明显的变化体现在语言上，这时的翻译小说大部分用文言翻译，语言的变化显示了士大夫的欣赏趣味。

（三）明清小说读者与通俗小说传播之间关系密切，研究者对此也予以关注

下面笔者对20世纪以来读者与通俗小说刊刻、插图、评点、续书诸问题的研究加以归纳和评述。

第一，读者与小说刊刻。论者认为，读者的心理需求与阅读行为影响着小说的刊刻形态、风格与内容。施勇勤《古代出版商的读者服务意识》（载《编辑学刊》2001年第6期）强调，明代通俗小说“分栏分版”的刊刻方式增加了读者的阅读兴趣。该文对古代出版商的读者服务意识进行整体考察，并将其总结为以下几个方面：满足读者文化需求的市场意识、讲求图书编排技巧的便读意识、引导读者消费的导购意识、发布出版目的的信息意识、评价图书内容风格的导读意识、图书销售的公平意识、注重售后服务的信誉意识、尊重读者并奉之为上客的敬仰意识等。施勇勤一文研究的视角较新、范围较广，其中涉及小说出版与读者的关系，惜或因篇幅所限，论述简略。

方志远《明代城市与市民文学》第五章“明代市民文学的传播者”通过对南京、建阳、苏州、徽州四地的白话小说、科举时文、戏剧等不同种类文本的刻印情况进行分析，指出“越是贴近市场、易受市民接受的文学品种，书商刻印的积极性就越高”[1]。程国赋《明代小说读者与通俗小说刊刻之关系阐析》指出：“小说的刊刻形态也受到读者阶层阅读行为的影响。”文章从两方面论证了这一观点：第一是分栏刊刻，明代书坊上图下文两栏与上评、中图、下文三栏的刊刻形式是为了迎合读者的阅读需要而形成的；第二是合刊，以明末建阳雄飞馆合《三国演义》、《水浒传》为《英雄谱》为例，两书合刊是由于“两刻不合，购者恨之”，同样考虑到了读者的心理需求。刘志凤《晚明小说审美与大众阅读兴趣》（南昌大学2007年硕士学位论文）第四章以明代书坊尚友堂对“二拍”的刊刻以及晚明大量刊刻的色情小说为例，论证了小说刊刻内容以读者市场为导向。

第二，读者与小说插图。宋莉华《插图与明清小说的阅读及传播》（载《文学遗产》2000年第4期）认为：“明清小说插图除了因其对阅读能够进行有益的引导而广为流布外，其本身作为版画艺术的审美价值也不容忽视，并由此刺激了插图本小说在广大读者特别是具有相当文化素养及欣赏品位的文人士子及认同文人品位的官僚、富商阶层中的传播。”正是为了迎合读者的欣赏旨趣，书贾才“每每以插图相号召，并由初期的突出其图解功能转向强调插图的版画艺术及欣赏价值”。

小说插图作为版画艺术使读者获得了审美愉悦，它的发展演变与读者的审美需求相互影响。汪燕岗《古代小说插图方式之演变及意义》（载《学术研究》2007年第10期）一文指出，不同的插图方式是由各地书坊主所针对的读者群的不同而决定的，同时又与版画艺术的发展和文人的审美需求密切相关。在明代，建阳插图多以上图下文的全像为主，金陵等地则以整版插图的出像为主。上图下文的方式有助于文化层次不高的读者理解故事情节，而整版插图的形式的叙事能力虽有所减弱，每幅图像的表现力却大为增强。

第三，读者与小说评点。评点者也是小说读者，他们的评点同时促进了小说的传播。宋莉华《明清时期的小说传播》上编第三章“影响明清小说传播的几种符号”分析了明清时期的小说评点情况，将其分为注释型评点与八股文法评点两种方式。注释型评点的“主要作用是为小说作注，辅

---

① 方志远：《明代城市与市民文学》，中华书局2004年版，第289页。

助读者阅读文本”，针对的是市民读者。而以八股文法评点小说则以吸引文人读者为目的，“把八股文法引进小说评点，为扩大小说的文人读者群队伍，促进小说的传播起了积极的推动作用”[①]。李玉莲《中国古代白话小说戏曲传播论》下编第二章“不朽的文本”强调，“评点是白话小说戏曲传播中最富影响力和感染力的传播方式”，“白话小说戏曲的评点者本身是白话小说戏曲文本的受众”。[②] 高日晖、洪雁《水浒传接受史》第一章“明代的《水浒传》接受”认为，“小说评点是接受者阅读感受、阅读心得和对作品的评价等广泛的读后感的记录”，通过小说评点，可以看到“以前的读者对作品的阐释”。[③]

第四，读者与小说续书。高玉海《明清小说续书研究》第三章“续书现象的文化成因”认为：“从明清小说续书的读者方面来说，促使续书大量产生的原因主要是读者的‘大团圆心理’、‘因果报应观念’及读者的‘期盼下文’的心理。”[④] 段春旭《接受美学与中国古代长篇小说续书》（载《福建师范大学学报》2005 年第 2 期）从续书与读者的期待视野、续书作者的创作动机及续书的“范式”等方面研究中国古代长篇小说续书。纪德君《明清时期读者对通俗小说编创之影响》（载《明清通俗小说》2009 年第 1 期）一文认为“读者接受还诱导了名著续书的编创”。

（四）20 世纪以来明清通俗小说读者研究所呈现的特点

第一，对明清通俗小说作品个案的关注较多，尤其对一些名著如《三国演义》、《水浒传》、《西游记》、“三言”、“二拍”、《红楼梦》等的读者群体，有了专门的研究著作或论文。

第二，就研究整体而言，现有成果对明清通俗小说读者群的构成及其演变的研究比较集中，探讨也比较深入。有些论文能够运用动态的视角对明清通俗小说读者群的变化及其规律进行分析，有助于勾勒这一群体的演

---

① 宋莉华：《明清时期的小说传播》，中国社会科学出版社 2004 年版，第 113 ~ 128 页。

② 李玉莲：《中国古代白话小说戏曲传播论》，山西教育出版社 2005 年版，第 183、189 页。

③ 高日晖、洪雁：《水浒传接受史》，齐鲁书社 2006 年版，第 70 页。

④ 高玉海：《明清小说续书研究》，中国社会科学出版社 2004 年版，第 138 页。

变历程。

第三，部分论文能够联系当今社会进行论述，如许建平《〈三国演义〉的阅读效应与民族精神》（载《河北师范大学学报》1994 年第 1 期）等，具有一定的现实意义。

概而言之，关于明清时期通俗小说读者的研究已取得不少成就，但也存在不足之处，主要体现在以下诸方面：

其一，以往相关研究在一定程度上揭示出读者与明清通俗小说创作、传播之间的联系，然就总体而言，缺乏系统性与完整性。

其二，论文水平良莠不一，有些论文臆断较多，缺少深度论述，且研究方法不甚成系统，其中不乏对西方理论的生搬硬套。

其三，明清通俗小说的序跋、识语、凡例、评点，以及笔记、书信、文集诸文献中蕴含的小说读者资料，尚待进行系统的勾勒与辑录。以小说凡例为例，在《大宋中兴通俗演义》、《三教开迷归正演义》、《新列国志》、《醒世姻缘传》、《快心编》、《绣屏缘》、《后红楼梦》、《红楼复梦》、《续红楼梦》、《鬼谷四友志》等诸多明清通俗小说的凡例中，保存着宝贵的有关小说读者的资料，有待进一步整理与研究。

其四，部分论文存在将明清通俗小说读者研究泛化的倾向。

五、本书框架结构

本书除引言部分和第一章外，主要有三部分内容：一是对明清通俗小说读者群的研究，包括第二章、第三章、第四章，尝试对读者群的构成及其特点与影响、读者的阅读形式等进行论述；二是就读者与明清通俗小说创作的关系加以探讨，包括第五章、第六章、第七章，分析读者与通俗小说创作观念、小说流派、语言及章法结构等之间的关系；三是对读者与明清时期通俗小说传播的关系进行论述，包括第八章、第九章，探讨读者与通俗小说续书、评点等之间的关系。

具体章节内容概述如下：

第一章“明代之前小说受众与小说创作、传播的关系”。明代之前，文言小说的读者较多，而对通俗小说的接受则主要以听说书为主，相关材料比较匮乏。笔者在对现有文献进行勾勒、分析的基础上，分先唐、唐五代、宋元三个阶段就小说受众的状况及其与小说创作、传播的关系加以探讨，考察不同时代小说传播方式的演变、小说受众的变化过程及其特点。

第二章“明清时期通俗小说读者群的构成及其特点、影响（上）”、第三章“明清时期通俗小说读者群的构成及其特点、影响（下）”，因这部分包含内容较多，分为上、下两章。不同读者阶层阅读小说的类型有所不同，并呈现出各自的阅读特点。本书分帝王与皇室成员，宗室、贵族、官员与士大夫，学校及书院的学生，市民读者，女性读者和少年读者六类，探讨小说读者的阅读状况，重点考察不同阶层、不同身份小说读者的特点及其对通俗小说各方面的影响。

第四章“明清时期通俗小说读者的阅读形式”。本章考察明清时期通俗小说读者的阅读形式，以包括刊本、抄本在内的文本阅读为主。考虑到这一时期通俗小说传播的特定状况，适当兼顾听说书、戏曲扮演等形式，将文本读者以外的小说听众纳入本章研究范畴，试对购读、抄阅、借阅、租赁、听说书等诸种接受形式进行论述，并分析每种接受形式各自不同的特点及其影响。

第五章“读者与明清通俗小说的创作观念”。本章分析明清时期读者与通俗小说创作观念的关系，重点论述读者对通俗小说劝戒说、补史说、娱乐说等创作观念的影响。

第六章“读者与明清通俗小说流派”。本章探讨明清时期通俗小说读者阶层的心理需求、文化需求、欣赏习惯、审美倾向等与不同题材小说之间的关系，根据现存文献就明清时期读者与历史小说、才子佳人小说、情色小说等流派的关系进行论述。

第七章“读者与明清通俗小说语言及章法结构”。本章尝试从读者接受这一特定视角，探讨下层读者参与阅读与小说语言通俗化的关系，方言、俗语的运用所体现的读者因素，读者与小说情节设置、人物形象塑造、创作笔法的关系等。

第八章“读者与明清时期通俗小说续书”。本章阐述读者与通俗小说续书的编刊目的和动机的关系，以及读者与通俗小说续书大团圆结局、人物形象塑造、情节结构之间的密切联系。

第九章“读者与明清时期通俗小说的评点”。本章探讨读者与小说评点者之间的角色转换及其互动；考察下层读者对通俗小说评点的影响、读者与小说评点假托现象的联系；分析评点在揭示小说创作主旨、人物塑造、情节结构等方面对读者阅读所产生的指导意义。

第一章

明代之前小说受众与小说创作、传播的关系

在中国古代小说的发展历程中，就文体而言，明代以前尤其是先唐时期，以文言小说的创作与传播为主，通俗小说出现较晚且发展缓慢；就传播方式而言，口头传播占据重要位置，小说刊刻的数量和传播范围有限；从小说受众来看，文言小说读者较多，而通俗小说则以听说书为主。这一时期关于包括读者在内的小说受众的材料非常匮乏，笔者在对现有文献加以梳理的基础上，将其分先唐、唐五代、宋元三个时期，尝试对小说受众的状况及其与小说创作、传播的关系进行阐述。

第一节　先唐时期

东汉班固《汉书》卷三十《艺文志第十》指出：

> 小说家者流，盖出于稗官。街谈巷语、道听途说者之所造也。孔子曰："虽小道，必有可观者焉，致远恐泥，是以君子弗为也。"然亦弗灭也。闾里小知者之所及，亦使缀而不忘。如或一言可采，此亦刍荛狂夫之议也。①

这是关于小说观念与小说起源的一段著名论述，班固在此第一次强调小说来源于民间，稗官是最早的小说创作者。虽然班固提到的"小说"与我们今天所说的小说概念有着显著区别，但不可否认，两者之间也存在诸多渊源。值得注意的是，出于"街谈巷语、道听途说"、由稗官加工和创作的小说是为什么样的读者或听众服务的呢？对这段文字，《汉书·艺文志》颜师古注引如淳语曰："稗音锻家排。《九章》'细米为稗'。街谈巷说，其细碎之言也。王者欲知闾巷风俗，故立稗官使称说之。今世亦谓偶语为稗。"颜师古注曰："……稗官，小官。《汉名臣奏》唐林请置吏，公卿大夫至都官稗官各减什三，是也。"② 其不仅对稗官的身份、地位作出说明，

---

① （汉）班固著，颜师古注：《汉书·艺文志》，中华书局1974年版，第1745页。
② （汉）班固著，颜师古注：《汉书·艺文志》，中华书局1974年版，第1745页。

同时也指出，稗官创作小说的动机在于“王者欲知闾巷风俗，故立稗官使称说之”。可以说“王者”就是最早的小说受众之一。这里包括“王者”在内的上层统治者接受小说时带有比较明显的功利色彩，他们意图通过这些“街谈巷语、道听途说”了解民风、民情，以便加强统治。

东晋王嘉《拾遗记》卷九有晋武帝司马炎曾阅读小说《博物志》的叙述：

> 张华字茂先，挺生聪慧之德，好观秘异图纬之部，捃采天下遗逸，自书契之始，考验神怪，及世间闾里所说，造《博物志》四百卷，奏于武帝。帝诏诘问：“卿才综万代，博识无伦，远冠羲皇，近次夫子。然记事采言，亦多浮妄，宜更删翦，无以冗长成文！昔仲尼删《诗》、《书》，不及鬼神幽昧之事，以言怪力乱神。今卿《博物志》，惊所未闻，异所未见，将恐惑乱于后生，繁芜于耳目，可更芟截浮疑，分为十卷。”……帝常以《博物志》十卷置于函中，暇日览焉。①

通过这段文字可知，晋武帝司马炎喜读小说，常于空闲之时翻阅《博物志》。他作为《博物志》的读者，在肯定作者张华博学多才的同时，也批评《博物志》一书多记浮妄之事，进而提出修改意见。

帝王的好尚不仅会对社会风气带来较大影响，同时对不同文体的形成与发展也可能起到推动作用。例如，汉武帝喜好求仙、方术，这在汉代小说创作中留下一定烙印，《汉武故事》、《汉武内传》、《洞冥记》、《十洲记》等小说作品中均出现了汉武帝的形象；唐朝帝王如高祖李渊、太宗李世民、中宗李显、玄宗李隆基、宣宗李忱等都喜爱诗歌并有诗作流传至今，唐代诸帝对诗歌的爱好同时促进了唐诗的繁荣。同样，作为小说读者中的一个特定群体，帝王对小说的阅读与喜爱在小说创作和传播领域也产生了影响，晋武帝司马炎喜读《博物志》就是一个例证，后世多位帝王与他一样喜读小说，对小说的传播与兴盛起到一定的推动作用。

三国时期，曹植在邯郸淳面前背诵“俳优小说”，体现出较多的娱乐性质。《三国志》卷二一裴松之注云：

---

① （晋）王嘉：《拾遗记》卷九，中华书局1981年版，第210～211页。

《魏略》曰："（曹）植初得（邯郸）淳甚喜，延入坐，不先与谈。时天暑热，植因呼常从取水自澡讫，傅粉。遂科头拍袒，胡舞五椎锻，跳丸击剑，诵'俳优小说'数千言讫，谓淳曰：'邯郸生何如邪？'"①

曹植熟悉"俳优小说"并为邯郸淳背诵"数千言"，可知两者都是小说的受众。

六朝时期，小说受众对小说的创作和传播产生较大影响的一个事件是谢安对裴启《语林》的批评。《世说新语》卷下《轻诋第二十六》记：

庾道季诧谢公曰："裴郎云：'谢安谓裴郎乃可不恶，何得为复饮酒？'裴郎又云：'谢安目支道林如九方皋之相马，略其玄黄，取其俊逸。'"谢公云："都无此二语，裴自为此辞耳。"庾意甚不以为好，因陈东亭《经酒垆下赋》，读毕，都不下赏裁，直云："君乃复作裴氏学！"于此《语林》遂废。②

东晋隆和时，"河东裴启撰汉、魏以来迄于今时言语应对之可称者，谓之《语林》。时人多好其事，文遂流行。后说太傅事不实，而有人于谢坐，叙其黄公酒垆，司徒王珣为之赋，谢公加以与王不平，乃云：'君遂复作裴郎学！'自是众咸鄙其事矣。"③ 裴启《语林》面世后盛行一时，谢安听说此书内容后，对其中与自己有关的言语予以否认，并对《语林》一书提出批评。因谢安位高权重，所以他的言论给《语林》的流传带来了毁灭性打击，可以说这是小说受众直接影响小说传播的典型事例。

先唐时期关于小说受众的资料匮乏，但通过有限的文献材料可以窥知：这一时期的小说受众多为上层人士，不管是《汉书·艺文志》中提到的"王者"还是晋武帝司马炎、临淄侯曹植、太傅谢安等，都地位显赫；

---

① （晋）陈寿：《三国志》卷二一，中华书局 1959 年版，第 603 页。裴松之注引《魏略》。

② （南朝宋）刘义庆著，徐震堮校笺：《世说新语》卷下，中华书局 1984 年版，第 451 页。

③ （南朝宋）檀道鸾：《续晋阳秋》，收入陈建华、曹淳亮：《广州大典》第 1 辑《广雅丛书》第 23 册，广州出版社 2008 年版，第 757 页。

小说受众对小说创作、传播的影响也不可低估，甚至直接关系到小说传播的命运；小说的消遣、娱乐功能受到一定重视，曹植背诵“俳优小说”可为一例。另外，隋朝侯白所作小说取名为《启颜录》，说明这部小说在创作过程中就注意到读者因素，注重小说的娱乐功能。

第二节　唐五代时期

唐代是中国古代小说的成熟期，唐传奇的出现标志着小说文体的独立。与唐前相比，唐五代小说更加注重读者因素，读者（或听众）与小说的关系更为密切，本节试从以下四个方面加以论述[①]：

一、读者与唐代小说创作动机关系密切

首先，唐代小说创作在一定程度上满足了读者的“好奇”心理。明代胡应麟在《少室山房笔丛》卷三六《二酉缀遗中》中指出：“至凡变异之谈，盛于六朝，然多是传录舛讹，未必尽幻灭语。至唐人乃作意好奇，假小说以寄笔端。”[②] 胡应麟主要从小说作者的角度阐明唐代小说“好奇”的特点，实际上读者的“好奇”也是唐代小说发展的一个重要推动力。唐代李复言《续玄怪录·尼妙寂》云：“太和庚戌岁，陇西李复言游巴南，与进士沈田会于蓬州，田因话奇事，持以相示。一览而复之。录怪之日，遂纂于此焉。”可知李复言与沈田相遇，并谈论奇异之事，才促成了《尼妙寂》这篇小说的产生。清人梁绍壬在《两般秋雨盦随笔》卷一《小说传奇》篇中指出：“《传奇》者，裴铏著小说，多奇异，而可传示，故号《传奇》。”[③] 读者喜欢阅读新奇怪异之事，裴铏的《传奇》正好符合他们

---

① 唐代俗讲、僧讲与小说关系密切，因而论述过程中有所涉及，特此说明。

② （明）胡应麟：《少室山房笔丛》卷三六，上海书店出版社2001年版，第371页。

③ （清）梁绍壬：《两般秋雨盦随笔》卷一，收入《清代笔记丛刊》第3册，齐鲁书社2001年版，第2421页。

的欣赏要求，所以梁绍壬认为此书“多奇异，而可传示”，《传奇》一书的题材选择折射出较为明显的读者意识。

其次，有些唐人小说正是出于取悦读者的目的而创作的。关于唐代温庭筠所撰小说《乾䐑子》，宋代晁公武《郡斋读书志》卷一三“乾䐑子”条云：“序谓语怪以悦宾，无异馔味之适口，故以乾䐑命篇。”① 南宋陈振孙《直斋书录解题·乾䐑子》云：“序言：‘不爵不觥，非炰非炙，能悦众心，聊甘众口，庶乎乾䐑之义。’䐑与馔同，字从肉，见古礼经。”②《乾䐑子》记载怪异之事，目的就在于取悦读者，“语怪以悦宾，无异馔味之适口”。而产生于五代时期的小说《录异记》，则是为了取悦后蜀国君孟昶。“杜光庭以方术事蜀昶，是以昶亦好为方士房中之术。观其所著《录异记》，大都捃拾他说，间入神仙玄怪之事，用相证实。……此皆学凡识近，急于成书，取悦于昶，故率率如尔。”③

唐代佚名创作《会昌解颐录》，从取名即可以看出，其创作意在娱乐读者，这种做法与隋朝侯白《启颜录》如出一辙。唐代李肇《唐国史补自序》谈到自己的创作动机时也指出：“纪事实，探物理，辨疑惑，示劝戒，采风俗，助谈笑，则书之。”④ “助谈笑”是其中一个重要组成部分，反映出读者因素在小说创作过程中的渗透。

最后，唐代小说创作意在满足读者好真求实的心理。从读者接受角度来看，真实的事情往往更容易引起共鸣，能够更好地感染读者。唐代郑綮《开天传信记自序》云：“辄因薄领之暇，搜求遗逸，传于必信，名曰《开天传信记》。斗筲微器，周鼎不节之咎，何已遐乎？好事者观其志、宽其愚，是其心也。”⑤ 郑綮强调小说题材的真实可靠，注重“传于必信”，希

---

① （宋）晁公武：《郡斋读书志》卷一三，上海古籍出版社1990年版，第568页。

② （宋）陈振孙：《直斋书录解题》卷一一，收入《宋元明清书目题跋丛刊》第1册，中华书局2006年版，第677页。

③ （明）沈士龙：《题录异记》，《录异记》，《续修四库全书》第1264册子部小说家类，上海古籍出版社2002年版，第465页。据复旦大学图书馆所藏明崇祯毛氏刻《津逮秘书》本影印。据陶岳《五代史补》记载，杜光庭曾入前蜀历事王建、王衍，未入后蜀，由此观之，沈士龙所记不实，《录异记》疑为托名杜光庭之作，姑备一说。

④ （唐）李肇：《唐国史补自序》，《唐国史补》，上海古籍出版社1979年版，卷首。

⑤ （唐）郑綮：《开天传信记自序》，《开天传信记》，《文津阁四库全书》第347册子部小说家类，商务印书馆2005年版，第217页。

望读者（“好事者”）理解其用心，接受其作品。唐代李德裕《次柳氏旧闻序》也强调小说取材真实：“彼（按：指高力士）皆目睹，非出传闻，信而有征，可为实录。……谨编录如左，以备史官之阙云。”① 署名五代杜光庭所撰《录异记序》云：“因暇辰偶为集录，或征于闻见，或采诸方册，庶好事者无忘于披绎焉，命曰《录异记》。”② 序言作者同样突出自己取材的真实性，或源于所见所闻，或采自典籍，以供读者披阅与参考。

二、读者（或听众）与小说创作过程

讲小说故事是唐代文人在聚会、宴饮、交游时的重要活动，沈既济《任氏传》结尾云：“建中二年，既济自左拾遗与金吾将军裴冀、京兆少尹孙成、户部郎中崔需、右拾遗陆淳皆谪居东南，自秦徂吴，水陆同道。时前拾遗朱放因旅游而随焉。浮颍涉淮，方舟沿流，昼燕夜话，各征其异说。众君子闻任氏之事，共深叹骇，因请既济传之，以志异云。”③ 描述了沈既济与裴冀、孙成、崔需、陆淳、朱放等人在南游途中，各自讲述所闻异事，众人听闻狐女任氏的故事后，为其“遇暴不失节，徇人以至死”的品性所感动，于是促请沈既济创作成篇，才有了小说《任氏传》的诞生。

小说《李娃传》的创作也是如此，元稹《酬翰林白学士代书一百韵》诗云：“翰墨题名尽，光阴听话移。”元氏自注云：“乐天每与余游从，无不书名屋壁，又尝于新昌宅说‘一枝花话’，自寅至巳，犹未毕词也。”④ 寅、巳均为十二时辰之一，寅时指凌晨三时至五时，巳时指上午九时到十一时，自寅至巳，也就是说他们听“说话”经历了至少四个小时、多则八个小时的时间。元稹与白居易所听的“一枝花话”，即长安名妓汧国夫人

---

①（唐）李德裕：《次柳氏旧闻序》，《次柳氏旧闻》，《文津阁四库全书》第 344 册子部小说家类，商务印书馆 2005 年版，第 437 页。

②（五代）杜光庭：《录异记序》，《灵异记》，《续修四库全书》第 1264 册子部小说家类，上海古籍出版社 2002 年版，第 465 页。据复旦大学图书馆所藏明崇祯毛氏刻《津逮秘书》本影印。

③（唐）沈既济：《任氏传》，《太平广记》卷四五二，中华书局 1961 年版，第 3697 页。

④（唐）元稹：《酬翰林白学士代书一百韵》，收入《全唐诗》第 12 册，中华书局 1960 年版，第 4520 页。

李娃的故事，原型故事内容较多，情节复杂。后来，白居易之弟白行简正是在“一枝花话”的基础上整理、创作出传奇小说《李娃传》。

元稹《莺莺传》、陈鸿《长恨歌传》等小说的成书也与小说故事受众有密切的关系，《莺莺传》结尾云：

贞元岁九月，执事李公垂宿于予靖安里第，语及于是（按：指崔莺莺、张生之事），公垂卓然称异，遂为《莺莺歌》以传之。崔氏小名莺莺，公垂以命篇。①

《长恨歌传》结尾云：

元和元年冬十二月，太原白乐天自校书郎尉于盩厔。（陈）鸿与琅琊王质夫家于是邑，暇日相携游仙游寺，话及此事（按：指唐玄宗与杨贵妃之间的爱情故事），相与感叹。质夫举酒于乐天前曰：“夫希代之事，非遇出世之才润色之，则与时消没，不闻于世。乐天深于诗，多于情者也，试为歌之。如何？”乐天因为《长恨歌》。意者不但感其事，亦欲惩尤物，窒乱阶，垂于将来者也。歌既成，使鸿传焉。②

崔莺莺与张生、唐玄宗与杨贵妃之间的爱情故事不仅促成小说《莺莺传》与《长恨歌传》的出现，而且催生了相关题材的诗歌，即李公垂的《莺莺歌》与白居易的《长恨歌》。

由上述几条材料可以看出，盛行于唐代的“说话”风气成为小说形成的土壤，而其受众的参与推动了小说故事的传播由口头向书面形式发展。不少唐代小说在创作、传播的过程中，往往要经过受众的检验，故事受众尤其是文人听众喜谈奇异的审美趣味在很大程度上影响了唐传奇趋于“好奇”的特点。

---

① （唐）元稹：《莺莺传》，收入汪辟疆校录：《唐人小说》，上海古籍出版社1978年版，第140页。

② （唐）陈鸿：《长恨歌传》，收入汪辟疆校录：《唐人小说》，上海古籍出版社1978年版，第119页。

三、唐代俗讲与受众

唐代有僧讲和俗讲，僧讲以讲解经文为主，其受众为受戒僧人；俗讲则以讲述佛教故事为主，其受众是未受戒的普通人，多为下层民众，也有社会其他阶层成员。唐代俗讲之风兴盛，段成式《酉阳杂俎续集》卷五《寺塔记上》记载：

（长安平康坊菩萨寺）佛殿内槽东壁维摩变，舍利弗角而转睐。元和末，俗讲僧文淑装之，笔迹尽矣。①

这是现存文献中关于俗讲的最早记载，提及俗讲僧文淑以维摩变图画装饰长安平康坊菩提寺佛壁一事。胡士莹先生认为："俗讲既然是三教论衡中释家一支的派生物，它的兴起，当不会早于开元以前。现存'变文'年代可考的，最早在开元天宝之际，我们推测俗讲的诞生也在此时，而盛于元和以后。"②

据日本僧人圆仁《入唐求法巡礼行记》记载，9世纪上半期，长安有名的俗讲法师，左街为海岸、体虚、齐高、光影四人，右街为文溆（淑）及其他二人。③ 唐代赵璘《因话录》卷四角部记载当时文淑僧俗讲的盛况："有文淑僧者，公为聚众谭说，假托经论所言，无非淫秽鄙亵之事。不逞之徒，转相鼓扇扶树。愚夫冶妇，乐闻其说，听者填咽。寺舍瞻礼崇奉，呼为和尚。教坊效其声调，以为歌曲。其氓庶易诱，释徒苟知真理，及文义稍精，亦甚嗤鄙之。"④

俗讲虽以宣扬佛教为主要目的，但它采取通俗易懂的言辞，以说唱结合的形式进行讲述，因而受到上至皇帝、下至民间百姓的广泛欢迎。据《资治通鉴》卷二四三《唐纪五十九》"敬宗宝历二年"条记载："宝历二

---

① （唐）段成式：《酉阳杂俎续集》五卷《寺塔记上》，《酉阳杂俎》，中华书局1981年版，第252页。

② 胡士莹：《话本小说概论》，中华书局1980年版，第23页。

③ ［日］圆仁：《入唐求法巡礼行记》卷三，上海古籍出版社1986年版，第147页。

④ （唐）赵璘：《因话录》卷四角部，上海古籍出版社1979年版，第94～95页。

年六月己卯，上幸兴福寺，观沙门文溆（淑）俗讲。”胡三省注云：“释氏讲说，类谈空有，而俗讲者又不能演空有之义，徒以悦俗邀布施而已。”[①]这是对唐宝历二年（826）敬宗皇帝听俗讲的记录，《资治通鉴》还点明了俗讲“悦俗”的特点，也就是说俗讲以普通百姓作为主要受众，“愚夫冶妇，乐闻其说”。普通民众文化水平不高，正如《因话录》所言“氓庶易诱”，浅显易懂的讲述符合普通民众的欣赏需要，所以受到普遍欢迎。文溆和尚的俗讲即为例证，虽然其讲述不甚高明，但听者众多，甚至教坊亦效其声调。

四、听众与讲经文、变文的体制

讲经文是唐代僧讲的底本，变文是俗讲的底本。在唐代的讲经文和变文中，有些作品开头有“押座文”，一般是几首诗词，或者讲述较短的故事，如《八相押座文》、《三身押座文》、《佛说阿弥陀经讲经文押座文》、《维摩经押座文》、《左街僧录大师押座文》、《故圆鉴大师二十四孝押座文》、《温室经讲唱押座文》等，采用押座文，其目的在于安抚座下听众。例如，《佛说阿弥陀经讲经文》开头的押座文云：“此日既能抛火宅，暂时莫闹听经文。”希望听众安静下来听讲经文，可见押座文的形式是着眼于听众而出现的。这对话本小说的入话带来较大影响，胡士莹先生指出：“宋元‘说话’中的……‘小说’一家，也汲取讲经文里押座文的经验，在正文之前吟诵几首诗词加以解释或讲一些小故事，叫做‘入话’或‘头回’。”[②]

宋元“说话”艺人这样做的目的，是招徕更多的听众以及稳定住已到的听众。[③] 追根溯源，其与唐代讲经文、变文的体制有着比较密切的联系。关于这个问题，前人做了不少研究，此处不再赘述。

总体看来，与先唐时期相比，唐代小说受众群体有所扩大。前文已提

---

① （宋）司马光编著，（元）胡三省音注：《资治通鉴》卷二四三《唐纪五十九》，中华书局 1956 年版，第 7850 页。

② 胡士莹：《话本小说概论》，中华书局 1980 年版，第 35 页。

③ 胡士莹：《话本小说概论》，中华书局 1980 年版，第 137 页。

到，从现有材料来看，先唐时期的小说受众以包括帝王、贵族、官员在内的上层人士为主。入唐以后，上层人士同样是小说故事的热衷者、爱好者与阅读者，比如唐代郭湜《高力士外传》记载了唐玄宗听“说话”之事。“上元元年（按：指公元760年）七月，太上皇（按：指唐玄宗）移仗西内安置。……每日上皇与高公亲看扫除庭院，芟薙草木。或讲经论议，转变说话。虽不近文律，终冀悦圣情。”①

除帝王以外，唐代文人阶层也是小说较为广泛的阅读者和传播者。与此同时，随着俗讲和说话的流行，普通民众也迅速成为小说受众群体中的重要组成部分。唐代小说传播与接受的形式多种多样，既有口头传播，又有书面传播；既有一般听众，又有文字阅读者。与先唐时期相比，唐五代时期小说受众与小说创作、传播的关系也更为密切。

第三节　宋元时期

关于宋元时期的小说读者、故事听众等小说受众，学术界很少做专门研究。胡士莹《话本小说概论》是话本研究的集大成之作，但对宋元话本受众这一领域亦鲜有论及。本节试对宋元时期的小说受众进行考察，并就受众阶层与小说（包括口头传播和书面传播的小说）创作、传播的关系加以论述。

一、宋元时期小说受众群体日益扩大

出于自身娱乐的需要，帝王成为小说受众群体中不可忽视的重要成员，他们的加入促进了通俗小说的兴盛与传播。明代郎瑛《七修类稿》记载北宋仁宗阅读小说之事：“小说起宋仁宗，盖时太平盛久，国家闲暇，

---

①（唐）郭湜：《高力士外传》，收入《北京图书馆古籍珍本丛刊》第84册《阳山顾氏文房小说》，书目文献出版社1988年版，第401页。

日欲进一奇怪之事以娱之。"① 明代天都外臣（汪道昆）万历己丑年（1589）所撰《水浒传序》亦云："小说之兴，始于宋仁宗。于时天下小康，边衅未动。人主垂衣之暇，命教坊乐部，纂取野记，按以歌词，与秘戏优工，相杂而奏。是后盛行，遍于朝野。盖虽不经，亦太平乐事，含哺击壤之遗也。其书无虑数百十家，而《水浒》称为行中第一。"② 郎瑛、汪道昆均认为通俗小说之兴盛始于宋仁宗，仁宗以小说相娱是通俗小说兴盛的重要原因之一。

南宋高宗也是一位喜读小说的帝王，明代绿天馆主人（冯梦龙）《古今小说叙》载：

> 迨开元以降，而文人之笔横矣。若通俗演义，不知何昉。按南宋供奉局，有说话人，如今说书之流。其文必通俗，其作者莫可考。泥马倦勤，以太上享天下之养。仁寿清暇，喜阅话本，命内珰日进一帙，当意，则以金钱厚酬。于是内珰辈广求先代奇迹及闾里新闻，倩人敷演进御，以怡天颜。③

南宋供奉局有专门的说话人，以供帝王和内廷娱乐之需。宋高宗于公元1162年传位于孝宗，清闲无事，喜阅话本，以至到了让宦官"日进一帙"的地步。南宋周密《武林旧事》卷七《乾淳奉亲》提到宋孝宗宣召小说人伺候已经是太上皇的宋高宗：

> 淳熙八年（按：即公元1181年）正月元日……宣押棋待诏并小说人孙奇等十四人下棋两局，各赐银绢。④

---

① （明）郎瑛：《七修类稿》卷二二《辩证类·小说》，上海书店出版社2001年版，第229页。

② （明）天都外臣：《水浒传序》，收入朱一玄、刘毓忱：《水浒传资料汇编》，南开大学出版社2002年版，第167页。

③ （明）绿天馆主人：《古今小说叙》，《喻世明言》，人民文学出版社1958年版，卷首。

④ （宋）周密：《武林旧事》卷七《乾淳奉亲》，中华书局2007年版，第203～204页。

在给宋代帝王说书的御前应制人员中，还出现了不少女性说书艺人的身影，据元代杨维桢《送朱女士桂英演史序》记载：

钱唐为宋行都，男女痡峭尚妩媚，号笼袖骄民。当思陵上，太皇号孝宗，奉太皇寿，一时御前应制多女流也。若棋待诏为沈姑姑，演史为张氏、宋氏、陈氏，说经为陆妙慧、妙静，小说为史惠英，队戏为李瑞娘，影戏为王润卿，皆一时慧黠之选也。[①]

宫廷中的女性说书艺人各司其职，有的专门“演史”，有的专门“说经”，有的专门讲“小说”。

帝王阅读小说、喜听小说故事，主要是出于娱乐、消遣的需要，但在客观上却对通俗小说的兴盛产生了较大影响，正如明代笑花主人《今古奇观序》所云：“至有宋孝皇以天下养太上，命侍从访民间奇事，日进一回，谓之‘说话人’。而通俗演义一种，乃始盛行。”[②]

宋元时期文人群体也喜欢阅读小说，宋代洪迈《夷坚乙志序》云：“《夷坚》初志成，士大夫或传之。”[③] 明代谢肇淛《五杂组》卷一三云：

（小说）自宋以后日新月盛，至于近代不胜充栋矣。其间文章之高下，既与世变，而笔力之醇杂，又以人分。然多识畜德之助，君子不废焉。宋钱思公坐则读经史，卧则读小说，上厕则阅小词，古人之笃嗜若此。故读书者，不博览稗官诸家，如啖粱肉而弃海错，坐堂皇而废台沼也，俗亦甚矣。[④]

钱思公即钱惟演（977—1034），吴越王钱俶之子，随其父归宋，曾任翰林学士、保大军节度使，加同中书门下平章事诸职。钱惟演博览群书，经

---

① （元）杨维桢：《东维子集》卷六《送朱女士桂英演史序》，收入《文津阁四库全书》第 408 册子部别集类，商务印书馆 2005 年版，第 149 页。

② （明）笑花主人：《今古奇观序》，《今古奇观》，《古本小说集成》据上海图书馆所藏明末刊本影印，上海古籍出版社 1990 年版，卷首。

③ （宋）洪迈：《夷坚乙志序》，《夷坚志》，中华书局 1981 年版，第 185 页。

④ （明）谢肇淛：《五杂组》卷一三《事部一》，上海书店出版社 2001 年版，第 264 页。

史、小说、小词等，无所不读。阅读小说可以增广见闻，所以谢肇淛为此发出“不博览稗官诸家，如啖粱肉而弃海错，坐堂皇而废台沼”的感慨。

此外，《西游证道书》有署名元代翰林学士虞集于天历己巳年（1329）所作序言。元代进士杨维桢（1296—1370）也是小说读者之一，他撰写《说郛序》时指出：“阅之（按：指《说郛》一书）经月。”① 杨维桢还曾观看过“善记稗官小说，演史于三国五季”的说书艺人朱桂英的表演，感叹其“曰忠曰孝，贯穿经史，于稠人广众中，亦可以敦励薄俗，则吾徒号儒丈夫者为不如已。”②

下层读者与听众是宋元时期最为广泛的小说受众群体，元代陶宗仪《南村辍耕录》卷二四《勾阑压》篇云：

> 至元壬寅夏，松江府前勾栏邻居顾百一者，一夕，梦摄入城隍庙中，同被摄者约四十余人，一皆责状画字。时有沈氏子，以搏银为业，亦梦与顾同，郁郁不乐。家人无以纾之，劝入勾栏观排戏，独顾以宵梦匪贞，不敢出门。有女官奴，习讴唱，每闻勾栏鼓鸣，则入。是日，入未几，棚屋拉然有声，众惊散，既而无恙，复集焉。不移时，棚阽压，顾走入抱其女，不谓女已出矣，遂毙于颠木之下，死者凡四十二人。内有一僧人、二道士，独歌儿天生秀全家不损一人。③

这是对元代勾栏演出时发生的一起意外事件的记载，由此可以看出当时去勾栏听说书的人员主要是生活于民间的市民阶层，其中有僧人、道士、歌儿和“以搏银为业”的沈氏子等，还有勾栏邻居顾百一的女儿官奴。他们听说书的目的在于消遣、解闷、娱乐，例如，沈氏子因做了一个噩梦而闷闷不乐，“家人无以纾之，劝入勾栏观排戏”。在宋元时期的小说受众队伍中，还出现了少年听众的身影，北宋苏轼《东坡志林》卷一云：“王彭尝

---

① （元）杨维桢：《说郛序》，（元）陶宗仪：《说郛》，上海古籍出版社 1988 年版，卷首。

② （元）杨维桢：《东维子集》卷六《送朱女士桂英演史序》，《文津阁四库全书》第 408 册子部别集类，商务印书馆 2005 年版，第 149 页。

③ （元）陶宗仪：《南村辍耕录》卷二四《勾阑压》，中华书局 1959 年版，第 289 ~ 290 页。

云：‘涂巷中小儿薄劣，其家所厌苦，辄与钱，命聚坐听说古话。’”①

二、在小说创作、传播过程中，读者因素日益突出

试举宋代洪迈所著《夷坚志》为例，此书有甲、乙、丙、丁、戊、己、庚诸志，其成书过程多受读者影响。例如，《夷坚乙志序》云：“《夷坚》初志成，士大夫或传之，今镂板于闽、于蜀、于婺、于临安，盖家有其书。人以予好奇尚异也，每得一说，或千里寄声，于是五年间又得卷帙多寡与前编等，乃以乙志名之。”②“《夷坚》初志”面世后受到读者的广泛欢迎，“家有其书”，读者不仅喜欢阅读这部小说，而且参与到小说创作之中，为《夷坚乙志》的成书提供了很多素材。同样，《夷坚丙志》的成书也受到读者因素的影响，《夷坚丙志序》云：

始予（按：即洪迈）萃《夷坚》一书，颛以鸠异崇怪，本无意于纂述人事及称人之恶也。然得于容易，或急于满卷帙成编，故颇违初心。……盖以告者过，或予听焉不审，为竦然以惭。既删削是正，而冗部所储，可为第三书者，又已襞积。惩前之过，止不欲为，然习气所溺，欲罢不能，而好事君子，复纵臾之，辄私自恕曰：“但谈鬼神之事足矣，毋庸及其它。”于是取为丙志，亦二十卷，凡二百六十七事云。③

洪迈因对《夷坚》甲志、乙志不太满意，所以“惩前之过，止不欲为”，不拟再出第三本，然而“好事君子，复纵臾之”，在读者（“好事君子”）的支持和鼓励下，洪迈遂编撰《夷坚丙志》。据宋代赵与旹《夷坚志洪迈序大旨》记载，《夷坚志》还曾因读者参与而改名：“洪文敏著《夷坚志》……辛志记初著书时，欲仿段成式《诺皋记》，名以《容斋诺皋》，后恶其沿袭，且不堪读者辄问，乃更今名。”④

---

①（宋）苏轼：《东坡志林》卷一，中华书局2007年版，第17页。

②（宋）洪迈：《夷坚乙志序》，《夷坚志》，中华书局1981年版，第185页。

③（宋）洪迈：《夷坚丙志序》，《夷坚志》，中华书局1981年版，第363页。

④（宋）赵与旹：《夷坚志洪迈序大旨》，《夷坚志》，中华书局1981年版，第1817~1818页。

从《夷坚志》的成书过程不难看出，宋元时期读者对小说创作、传播所产生的影响不容忽视。

三、读者对小说的价值、意义予以充分肯定

南宋曾慥编撰笔记小说总集《类说》，其自序云：“（《类说》）可以资治体，助名教，供谈笑，广见闻，如嗜常珍，不废异馔，下箸之处水陆具陈矣。览者其详择焉。”[①] 撰者强调小说的多方面价值，“资治体，助名教，供谈笑，广见闻”，并注意到读者因素，希望“览者其详择焉”。

元代杨维桢作为读者，对小说的价值和意义给予了肯定，他在《说郛序》中指出：

> 阅之（按：指《说郛》一书）经月，能补予考索之遗。学者得是书，开所闻扩所见者多矣。要其博古物，可为张华、路、段；其核古文奇字，可为子云、许慎；其索异事，可为赞皇公；其知天穷数，可为淳风、一行；其搜神怪，可为鬼董狐；其识虫鱼草木，可为《尔雅》；其纪山川风土，可为《九丘》；其订古语，可为钤契；其究谚谈，可为稗官；其资谑浪调笑，可为轩渠子。……其可传于世无疑也。[②]

《说郛》是元末陶宗仪所编的笔记小说丛书，选辑汉魏至宋元的多种笔记。杨维桢阅后对其评价甚高，认为这部小说能够扩大见闻、资于考证，既奇异有趣，又体现出一定的学术价值，可以称为传世之作。

四、宋元时期，人们已经认识到小说对受众产生的影响

据苏轼《东坡志林》可知，少年听众听说书，“至说三国事，闻刘玄德败，颦蹙有出涕者；闻曹操败，即喜唱快。以是知君子小人之泽，百世

---

① （宋）曾慥：《类说序》，《类说》，文学古籍刊行社 1956 年版，卷首。

② （元）杨维桢：《说郛序》，（元）陶宗仪：《说郛》，上海古籍出版社 1988 年版，卷首。

不斩”①。说书产生的效果非常显著，可以让听众随着故事情节的演变而产生强烈共鸣。宋代罗烨《醉翁谈录》卷一《舌耕叙引·小说开辟》较为详细地阐述了小说对受众产生的影响：

> 夫小说者……说国贼怀奸从佞，遣愚夫等辈生嗔；说忠臣负屈衔冤，铁心肠也须下泪。讲鬼怪令羽士心寒胆战；论闺怨遣佳人绿惨红愁。说人头厮挺，令羽士快心；言两阵对圆，使雄夫壮志。谈吕相青云得路，遣才人着意群书；演霜林白日升天，教隐士如初学道。噇发迹话，使寒门发愤；讲负心底，令奸汉包羞。讲论处不僀搭、不絮烦；敷演处有规模、有收拾。冷淡处提掇得有家数，热闹处敷演得越久长。②

这里提到的受众有“愚夫”、“铁心肠”、“羽士”、“佳人”、“雄夫”、“才人”、“隐士”、“寒门”、“奸汉”等，不同题材和不同类型的小说对不同阶层、不同身份的受众产生不同的接受效果，小说的艺术感染力由此可见一斑。

综上所述，笔者认为，宋元时期的小说受众群体进一步扩大，尤其是下层民众越来越多地加入到小说接受者行列，成为受众群体中不可忽视的组成部分；在小说创作、传播的历程中，读者、听众的影响因素日益凸显；这一时期，读者对小说的价值与意义有了较多的了解和认识，小说对受众产生的接受效果也受到一定重视。所有这些为本书研究明清时期小说读者及其与通俗小说创作、传播的关系提供了重要参考价值。

---

① （宋）苏轼：《东坡志林》卷一，中华书局2007年版，第17页。

② （宋）罗烨：《醉翁谈录》卷一《舌耕叙引·小说开辟》，古典文学出版社1957年版，第3～5页。关于罗烨《醉翁谈录》的成书时间，学术界存在宋末元初说、元代说等不同说法。

第二章

明清时期通俗小说读者群的构成及其特点、影响（上）

明清时期，通俗小说受到社会各阶层读者的广泛欢迎。明崇祯元年（1628），苏州书坊尚友堂刊印的《拍案惊奇》一书的识语指出："举世盛行小说。"① 清代乾隆时，蔡元放《东周列国志读法》声称："至于稗官小说，便没有不喜去看的了。"② 生活于清代嘉庆、道光年间的学者梁章钜撰《归田琐记》指出："今人鲜不阅《三国演义》、《西厢记》、《水浒传》。"③ 咸丰元年（1851），古月老人撰《荡寇志序》称："耐庵之有《水浒传》也，盛行海隅，上而冠盖儒林，固无不寓目赏心，领其旨趣；下而贩夫皂隶，亦居然口讲手画，矜为见闻。"④

通俗小说之所以受到读者欢迎，其主要原因是小说语言通俗，可以雅俗共赏。明代余象斗《片壁列国志叙》就指出："开卷了然，披而览之（按：指《片壁列国志》），能令村夫俗子与缙绅学问相参……为雅俗之巨览。"⑤ 梁启超《论小说与群治之关系》则对此作出更为详尽的论述：

吾今且发一问：人类之普通性，何以嗜他书不如其嗜小说？答者必曰：以其浅而易解故，以其乐而多趣故。是固然。虽然，未足以尽其情也。文之浅而易解者，不必小说。寻常妇孺之函札，官样之文牍，亦非有艰深难读者存也，顾谁则嗜之？不宁惟是，彼高才赡学之士，能读坟典索丘，能注虫鱼草木，彼其视渊古之文与平易之文，应无所择，而何以独嗜小说？是第一说有所未尽也。小说之以赏心乐事为目的者固多，然此等顾不甚为世所重，其最受欢迎者，则必其可惊、可愕、可悲、可感，读之而生出无量噩梦，抹出无量眼泪者也。夫使以欲乐故而嗜此也，而何为偏取此反比例之物而自苦也？是第二说有所未尽也。

吾冥思之，穷鞫之，殆有两因：凡人之性，常非能以现境界而自满足

---

① 《拍案惊奇》识语，《拍案惊奇》，《古本小说集成》据崇祯元年苏州安少云尚友堂刊本影印，上海古籍出版社 1990 年版，卷首。

② （清）蔡元放：《东周列国志读法》，收入黄霖、韩同文：《中国历代小说论著选》（上册），江西人民出版社 2000 年版，第 423 页。

③ （清）梁章钜：《归田琐记》卷七《金圣叹》，中华书局 1981 年版，第 134 页。

④ （清）古月老人：《荡寇志序》，（清）俞万春：《荡寇志》，人民文学出版社 1981 年版，第 1039 页。

⑤ （明）三台山人仰止子（即余象斗）：《片壁列国志叙》，《片壁列国志》，《古本小说集成》据金阊五雅堂刊本影印，上海古籍出版社 1990 年版，卷首。

者也；而此蠢蠢躯壳，其所能触、能受之境界，又顽狭短局而至有限也；故常欲于其直接以触、以受之外，而间接有所触、有所受，所谓身外之身、世界外之世界也。此等识想，不独利根众生有之，即钝根众生亦有焉。而导其根器，使日趋于钝、日趋于利者，其力量无大于小说。小说者，常导人游于他境界，而变换其常触、常受之空气者也。此其一。

人之恒情，于其所怀抱之想象，所经阅之境界，往往有行之不知、习矣不察者。无论为哀、为乐、为怨、为怒、为恋、为骇、为忧、为惭，常若知其然而不知其所以然。欲摹写其情状，而心不能自喻，口不能自宣，笔不能自传。有人焉，和盘托出，彻底而发露之，则拍案叫绝曰：善哉善哉！如是如是！所谓"夫子言之，于我心有戚戚焉"。感人之深，莫此为甚。此其二。

此二者实文章之真谛，笔舌之能事。①

梁启超认为，人们嗜读小说不仅因为小说浅显易懂、乐而多趣，更主要的原因在于小说可以"导人游于他境界，而变换其常触、常受之空气者也"，在于将读者"行之不知、习矣不察"的想象与境界"和盘托出，彻底而发露之"，"感人之深，莫此为甚"。换言之，梁启超认为小说可以满足读者的想象，表现读者的理想，具备很强的艺术感染力。这不仅是关于小说理论的重要论述，也阐明了读者与小说作品之间的关系，在一定程度上揭示出读者的阅读心理，为研究明清小说读者提供了有益的借鉴与参考。

整体而言，通俗小说受到明清时期不同阶层、不同身份、不同文化水平的读者的广泛欢迎；具体来看，不同读者阶层阅读小说的类型又有所不同，呈现出不同的阅读特点。笔者尝试对这一时期通俗小说读者的构成进行解析，并对不同读者阶层的特点，读者与明清通俗小说创作、传播的关系加以阐述。在对明清通俗小说读者群体加以整体观照的基础上，笔者将其分为帝王与皇室成员，宗室、贵族、官员与文人士大夫，学校及书院的学生，市井百姓等下层读者，女性读者，少年读者六类，分别探讨各类读者的阅读状况与特点。关于上述划分，特作如下说明：

---

① （清）梁启超：《论小说与群治之关系》，收入《饮冰室合集》第 2 册，中华书局 1989 年版，第 6 ~7 页。

第一，笔者对明清通俗小说读者群体的分类，部分参照程国赋师所著《明代书坊与小说研究》（中华书局 2008 年版）第十章“明代小说读者阶层与小说刊刻”。本书与程著所论之主要不同体现在：首先，程著的论述重点主要集中于明代，未涉及清代，本章则对明清通俗小说读者进行综合考察；其次，本章在参照程著的基础上有所调整，如增加“少年读者”等进行分析；再次，程著主要着眼于宏观论述，共 13 页、7 000 多字，而本书则补充了较多材料，第二章、第三章相关论述共 5 万字左右，并以此探讨明清时期不同阶层、不同身份、不同年龄小说读者的特点。

第二，对明清通俗小说读者阶层的分类不免会有交叉之处。例如，关于不同阶层文人的划分，文人士大夫、学校及书院的学生这两类与下层文人读者、少年读者两类之间，在个别地方有所交叉，特此说明。

第三，对明清时期其他类型的小说读者，如商人、域外小说读者等，前人已有较多论述，可参看陈大康《通俗小说的历史轨迹》（湖南出版社 1993 年版）第二章“通俗小说近二百年停滞局面的形成”、宋莉华《明清时期的小说传播》（中国社会科学出版社 2004 年版）第一章“明清通俗小说传播的社会背景与分期”、韩国闵宽东《中国古典小说在韩国之传播》（学林出版社 1998 年版）第五章“中国小说的读者与评论”、韩国郑沃根《明清小说在朝鲜》（载《中国文学研究》2003 年第 3 期）等专著和论文，本书不再作专门讨论。

关于明清通俗小说读者群的构成及其特点、影响，考虑到篇幅较多，本书分两章进行探讨。本章主要对帝王与皇室成员，宗室、贵族、官员与文人士大夫，学校及书院的学生三类通俗小说读者群体进行分析。

第一节　帝王与皇室成员

在明清时期的文献资料中时常可以看到关于帝王与皇室成员阅读小说的记载，总体来看，在这一时期，帝王对待小说的态度大致经历了从娱乐到利用，再到禁毁的过程。因其特定的社会地位，帝王与皇室成员对小说的态度在小说的发展、演变、传播历程中留下了深深的烙印。本节将分明、清两代分别加以讨论，并阐述帝王与皇室成员读者群的特点及其对通俗小说的影响。

一、明代帝王与皇室成员作为小说读者的情况

元末战火使社会经济遭受沉重打击，明初很长一段时间内，出版印刷业都不够发达。明代陆容《菽园杂记》卷十云："宣德、正统间，书籍印版尚未广。今所在书版，日增月益，天下古文之象，愈隆于前已。"[①] 生活于明代正统、景泰、天顺、成化、弘治年间的陆容所言应是可信的，由此可知，直到明宣德、正统时期，出版印刷业尚未得到发展。与此同时，这一时期的文人士大夫对通俗小说普遍采取轻视态度，所以通俗小说无论是创作还是传播均处于低迷阶段，除元末明初《三国演义》、《水浒传》等有限的几部作品外，新作很少。从现有文献来看，未见通俗小说刊本。明太祖朱元璋主要通过听说书而不是阅读文本的形式接触小说，明代顾起元《客座赘语》卷六《平话》指出："太祖令乐人张良才说平话。"[②] 都穆（1459—1525）《都公谭纂》卷上云：

陈君佐，扬州士人，善滑稽，太祖甚爱之，一日给米一升。上一日令君佐说一字笑话，对曰："俟臣一日。"上诺之。君佐出寻瞽人善词话者十数辈，诈传上命。明日，诸瞽毕集，背负琵琶，君佐引之至金水河，见上，大喝曰："拜！"诸瞽仓皇下拜，多堕水者，上不觉大笑。[③]

无论是乐人张良才说平话，还是陈君佐说一字笑话、瞽人说词话，其目的都在于为明太祖提供娱乐。

明宪宗、武宗也是杂剧及词话的爱好者，李开先《〈张小山小令〉后序》云："人言宪朝好听杂剧及散词，搜罗海内词本殆尽。又武宗亦好之，

---

① （明）陆容：《菽园杂记》卷十，中华书局1985年版，第129页。

② （明）顾起元：《客座赘语》卷六《平话》，中华书局1987年版，第189页。

③ （明）都穆：《都公谭纂》卷上，《续修四库全书》第1266册子部小说家类，上海古籍出版社2002年版，第650页。据南京图书馆藏清抄本影印。

有进者，即蒙厚赏，如杨循古、徐霖、陈符所进，不止数千本。”[①] 成化是宪宗朱见深的年号，从某种意义上来说，现存成化词话十三种正是宪宗喜听词话而对小说产生影响的例证。

明武宗时，出现了帝王阅读小说的记载，钱希言《桐薪》卷三云：“武宗南幸，夜忽传旨取《金统残唐记》善本，中官重价购之肆中，一部售五十金。”[②] 早期小说价格之贵，于此亦可窥见一斑。

明嘉靖时期，通俗小说迅速崛起，这与世宗嘉靖皇帝喜爱读小说应该有一定的关联。有学者曾就此进行论述，例如冯道信撰《嘉靖皇帝与明朝中后期的小说勃兴》（载《荆门职业技术学院学报》1999 年第 1 期），惜论文只以较大篇幅讨论明代前期文化的暗淡与停顿、明代中后期小说勃兴的状况等，并未就世宗阅读小说或听说书提供直接的材料。实际上，这在明代沈德符《万历野获编》卷五可以找到相关记载：“武定侯郭勋在世宗朝……自撰开国通俗纪传，名《英烈传》者，内称其始祖郭英，战功几埒开平、中山。而鄱阳之战，陈友谅中流矢死，当时不知何人，乃云郭英所射，令内官之职平话者，日唱演戏于上前。”[③] 姑且不论郭勋是否自撰《英烈传》，材料中提到的“令内官之职平话者，日唱演戏于上前”值得注意。明世宗每天听内官演说平话，可见其对平话小说的钟爱。

明神宗、熹宗同样钟情于小说，清代刘銮《五石瓠》卷六《水浒传》云：“神宗好览《水浒传》。”[④] 下面两条材料也可为佐证，明代刘若愚《酌中志》卷一：

> 神庙……万几之暇，博览载籍。每谕司礼监臣及乾清宫管事牌子，各于坊间寻买新书进览，凡竺典、丹经、医、卜、小说、出像、曲本靡不购及。[⑤]

---

① （明）李开先：《〈张小山小令〉后序》，收入《李开先全集》上册《李中麓闲居集之六・序》，文化艺术出版社 2004 年版，第 533 页。

② （明）钱希言：《桐薪》卷三，国家图书馆藏明万历刊本。

③ （明）沈德符：《万历野获编》卷五，中华书局 1959 年版，第 139 ~ 140 页。

④ （清）刘銮：《五石瓠》卷六《水浒传》，收入赵诒琛、王大隆辑：《庚辰丛编》，1940 年线装排印本。

⑤ （明）刘若愚：《酌中志》卷一，北京古籍出版社 1994 年版，第 1 页。

明代陈悰《天启宫词注》记：

或有用《水浒传》罡煞星名配东林诸人以供谈谑之资，如托塔天王则李三才也，及时雨则叶向高也。崔呈秀得之，名曰《点将录》，佳纸细书，与《天鉴录》、《同志录》同付魏忠贤。忠贤乘间以达御览，上不解托塔天王为何语，忠贤详述溪东西移塔事，意欲使上知东林强暴有如此徒，所当剪也。上倾听啧啧，若恨不同时者。忠贤计阻，匿其书，逡巡而退。①

明神宗博览群书，小说是他喜读的书籍之一。《天启宫词注》逼真地刻画出熹宗闻听水浒故事时的神态、心理，“上倾听啧啧，若恨不同时者”，从这一细节可以看出通俗小说对帝王同样具有强烈的艺术感染力。

二、清代帝王与皇室成员作为小说读者的情况

清代建立初期的几代帝王多是小说爱好者。太祖努尔哈赤“爱读《三国演义》和《水浒传》等小说，深受汉族封建文化的影响”②。清太宗皇太极喜读小说，尤其钟爱《三国演义》，罗振玉辑录《天聪朝臣工奏议》之《王文奎条陈时宜奏》云：“汗尝喜阅《三国志传》。”③ 天聪即清太宗年号。邓之诚《骨董琐记》卷六《韩生平话》记载：“韩生者，善平话，顺治中尝供奉内廷。王子底诗：‘正平如水先皇日，行乐时时舐戏传。江上逢君道遗事，断肠如遇李龟年。谑语纵横许入诗，舍人侍宴柏梁时。武皇没后天无笑，说著宫车只垂泪。’此又一柳麻子矣。”④ 王子底的诗生动描绘了韩生说平话的艺术水平之高，宛如柳麻子（即柳敬亭）重生。韩生曾于清代顺治年间供奉内廷，以供世祖福临娱乐。

---

① （明）陈悰：《天启宫词注》，收入（清）张潮、张渐辑，（清）杨复吉等续辑：《昭代丛书》丁集，道光中吴江沈氏世楷堂刊本。

② 《清史简编》，辽宁人民出版社 1980 年版，第 17 页。

③ 罗振玉辑录：《天聪朝臣工奏议》，收入于浩辑：《明清史料丛书八种》第 2 册，北京图书馆出版社 2005 年版，第 326 页。

④ 邓之诚：《骨董琐记》卷六《韩生平话》，《民国丛书》第 5 编第 84 册历史地理类，上海书店出版社 1996 年版。据 1933 年版影印。

据文献可知，乾隆皇帝读过《红楼梦》，熟悉这部小说的内容，并就《红楼梦》的创作意图抒发己见。清代赵烈文《能静居笔记》云："谒宋于庭丈（按：即宋翔凤）于葑溪精舍，于翁言：'曹雪芹《红楼梦》，高庙（按：即清高宗爱新觉罗·弘历）末年，和珅以呈上，然不知所指。高庙阅而然之，曰：此盖为明珠家作也。后遂以此书为珠遗事。'"①

关于慈禧太后阅读小说的情况，也出现数处文献记载。徐珂《清稗类钞》宫闱类《孝钦后嗜小说》篇称：

> 孝钦后嗜读小说，如《封神传》、《水浒》、《西游记》、《三国志》、《红楼梦》等书，时时披阅，且于《封神传》、《水浒》、《西游记》、《三国志》节取其事，编入旧剧，加以点缀，亲授内监，教之扮演。……及辛丑回銮，则于《海国图志》、《瀛环志略》诸书展诵不辍，意谓可藉窥外人情事也。②

徐珂《清稗类钞》著述类《红楼梦》篇云：

> 京师有陈某者，设书肆于琉璃厂。光绪庚子，避难他徙，比归，则家产荡然，懊丧欲死。一日，访友于乡，友言："乱离之中，不知何人遗书籍两箱于吾室，君固业此，趣视之，或可货耳。"陈检视其书，乃精楷钞本《红楼梦》全部，每页十三行，三十字。钞之者各注姓名于中缝，则陆润庠等数十人也，乃知为禁中物。急携之归，而不敢示人。阅半载，由同业某介绍，售与某国公使馆秘书某，陈遂获巨资，不复忧衣食矣。其书每页之上，均有细字朱批，知出于孝钦后之手，盖孝钦最喜阅《红楼梦》也。③

---

① （清）赵烈文：《能静居笔记》，收入《古典文学研究资料汇编·红楼梦卷》第2册，中华书局1963年版，第378页。

② （清）徐珂：《清稗类钞》宫闱类《孝钦后嗜小说》，中华书局1984年版，第394页。

③ （清）徐珂：《清稗类钞》著述类《红楼梦》，中华书局1984年版，第3767～3768页。

邓之诚《骨董琐记》卷六《小说禁例》云：

唯小说为道、咸后重刻者，略删猥亵过甚语而已。或谓是时宫禁中流传甚广，故不能绝。闻孝钦颇好读说部，略能背诵，尤熟于《红楼》，时引贾太君自比。孝钦亡后三年，清运果终；且有颐和遥与大观辉映，则“悼红”一梦，不啻系二百六十年终始之局，亦一异也。[①]

通过上述几则材料可以发现，慈禧太后时时翻阅《封神传》、《水浒》、《西游记》、《三国志》、《红楼梦》等书。她不仅阅读小说的数量较多，而且亲自动手把小说改编成剧，教内监扮演。慈禧最喜欢的小说是《红楼梦》，阅读时做了很多批注，并以贾太君自比。

三、帝王与皇室成员小说读者群的特点及其与小说的关系

笔者试从以下几个方面加以阐述：

第一，帝王阅读小说，除娱乐之外，还利用小说为政治服务。明代帝王接受小说，不管是听说书还是阅读文本，一般以娱乐为主，政务之余借小说以消愁解乏。清初帝王接受小说，除娱乐外，还善于从小说中汲取知识，使之为政治、军事服务。黄人《小说小话》云：“太宗之去袁崇焕，即公瑾赚蒋干之故智。（原注：太祖一生，用兵未尝败衄，惟攻广宁不下，颇挫精锐，故切齿于袁崇焕，遗命必去之。详见《啸亭杂录》等书。）”[②]描述了清太宗皇太极仿照《三国志演义》中周瑜（字公瑾）赚蒋干的做法，巧施反间计除掉明将袁崇焕。清世祖福临入关之前与蒙古结好也运用了三国故事，蒋瑞藻《小说考证·拾遗》引《阙名笔记》云：

本朝羁縻蒙古，实是利用《三国志》一书。当世祖之未入关也，先征

① 邓之诚：《骨董琐记》卷六《小说禁例》，《民国丛书》第5编第84册历史地理类，上海书店出版社1996年版。据1933年版影印。

② 黄人：《小说小话》，转引自鲁迅：《小说旧闻钞》，人民文学出版社1952年版，第41页。

服内蒙古诸部，因与蒙古诸汗约为兄弟，引《三国志》“桃园结谊”事为例，满州自认为刘备，而以蒙古为关羽。其后入帝中夏，恐蒙古之携贰焉，于是累封忠谊神武灵佑仁勇威显护国保民精诚绥靖翊赞宣德关圣大帝，以示尊崇蒙古之意。时以蒙人于信仰剌麻外，所最尊奉者，厥唯关羽。二百余年，备北藩而为不侵不叛之臣者，端在于此。其意亦如关羽之于刘备，服事唯谨也。①

陈寿《三国志》中并无桃园结义一事，所以《阙名笔记》中提到的《三国志》实指通俗小说《三国志演义》。清世祖正是利用蒙古人的信仰和特点，以《三国志演义》的故事笼络、约束他们。

第二，因帝王及皇室成员身份特殊，所以他们的喜好与阅读对小说的形成、发展带来较大影响。明代李开先《〈张小山小令〉后序》记，宪宗喜好词话，这对成化年间词话的创作起到推动作用；嘉靖后通俗小说的迅速发展，与司职平话的内官“日唱演戏于上前”② 也有着密切关系。另外，清代从康熙年间开始，雍正、乾隆、嘉庆、道光、同治等几朝帝王先后禁毁小说，对小说的创作及传播则造成一定程度的打击。

第三，阅读通俗小说对帝王与皇室成员也能够产生影响。明代题李卓吾所撰《忠义水浒传叙》认为《水浒传》适合帝王阅读：“《传》其可无作欤？《传》其可不读欤？故有国者不可以不读。一读此传，则忠义不在水浒，而皆在于君侧矣。”③ 指出帝王阅读《水浒传》，有利于识别忠臣，辨明奸佞，可以更好地治理国家。

---

① 蒋瑞藻：《小说考证·拾遗》，上海古籍出版社 1984 年版，第 673 页。

② （明）沈德符：《万历野获编》卷五，中华书局 1959 年版，第 139 ~ 140 页。

③ 题（明）李卓吾：《忠义水浒传叙》，上海人民出版社 1975 年版。据明容与堂刊本《李卓吾先生批评忠义水浒传》影印。（明）杨明琅《叙英雄谱》中有类似言论，《古本小说集成》据建阳雄飞馆崇祯刊本影印《二刻英雄谱》卷首。

第二节 宗室、贵族、官员与文人士大夫

宗室、贵族、官员与文人士大夫是明清时期通俗小说读者群体的重要组成部分。[①] 他们的参与有力地提高了通俗小说的社会地位，扩大了通俗小说的影响。与此同时，这一读者阶层的阅读习惯与特点对通俗小说的创作及传播也产生了深远影响。本节分明、清两代按时间先后顺序进行论述，并在此基础上总结这一小说读者群体的阅读特点及其影响。

一、明代社会上层人士阅读小说的情况

第一，明嘉靖之前，通俗小说的发展相当缓慢，有关贵族、官员、文人阅读小说的文献很少。试举数例：

明代吴宽《家藏集》卷五八《天全先生徐公行状》云："（徐有贞）自经、传、子、史、百家小说，以至天文地理、医卜释老之说，无所不通。"[②]

明代王鏊《震泽集》卷二九《石田先生墓志铭》云："（沈周）凡经、传、子、史、百家、山经、地志、医方、卜筮、稗官、传奇，下至浮屠、老子，亦皆涉其要，掇其英华。"[③]

明代陆粲《陆子余集》卷三《祝先生墓志铭》云："（祝允明）贯综群籍，稗官、杂家、幽遐嵬琐之言，皆入记览。"[④]

---

① 本节所指的文人士大夫主要是具有较高文化水平、知识素养和社会地位的中上层文人，秀才、落第文人等则放在市井百姓等下层读者一类进行分析。

② （明）吴宽：《家藏集》卷五八《天全先生徐公行状》，收入《续修四库全书》第419册集部别集类，上海古籍出版社2002年版，第522页。

③ （明）王鏊：《震泽集》卷二九《石田先生墓志铭》，收入《文津阁四库全书》第420册集部别集类，商务印书馆2005年版，第6页。

④ （明）陆粲：《陆子余集》卷三《祝先生墓志铭》，收入《文津阁四库全书》第426册集部别集类，商务印书馆2005年版，第193页。

徐有贞（1407—1472），明宣德八年（1433）登进士第，官至兵部尚书兼华盖殿大学士，封武功伯；沈周（1427—1509），明代著名文人；祝允明（1460—1526），明弘治五年中举，官至应天府通判，著名文人。上述材料皆有他们阅读稗官小说的记载，不过，按照通俗小说的发展进程进行推断，徐有贞、沈周、祝允明等人阅读的应多为文言小说。

明代苏州龚绍山刊本《隋唐两朝志传》卷首林瀚所撰序言声称：

前岁偶寓京师，访有此作（按：指《隋唐两朝志传》），求而阅之，始知实亦罗氏（按：指罗贯中）原本。……予颇好是书，不计年劳，抄录成帙……赐进士第资政大夫南京参赞机务兵部尚书致仕前吏部尚书国子祭酒春坊谕德兼经筵讲官同修国史三山林瀚撰。[①]

林瀚，明成化、弘治、正德时人，成化二年（1466）进士，曾任兵部尚书、吏部尚书、国子监祭酒诸职，他不仅阅读《隋唐两朝志传》，而且亲自抄录小说，并为之作序。

庸愚子于明弘治甲寅年（1494）所撰《三国志通俗演义序》中提到："书成，士君子之好事者，争相誊录，以便观览。"[②] 所谓"士君子"，当指中上层文人，他们对《三国演义》倾注了大量热情和拥有着浓厚的兴趣。

第二，明嘉靖、隆庆年间，有关宗室、贵族、官员、文人士大夫阅读通俗小说的文献记载有所增加，明代李开先（1502—1568）《词谑·时调》云：

崔后渠、熊南沙、唐荆川、王遵岩、陈后岗谓：《水浒传》委曲详尽，血脉贯通，《史记》而下，便是此书。且古来更无有一事而二十册者。倘

① （明）林瀚：《隋唐两朝志传序》，《隋唐两朝志传》，《古本小说集成》据明万历四十七年龚绍山刊本影印，上海古籍出版社1990年版，卷首。

② （明）庸愚子：《三国志通俗演义序》，《三国志通俗演义》，《古本小说集成》据嘉靖元年刊本影印，上海古籍出版社1990年版，卷首。

以奸盗诈伪病之，不知序事之法、史学之妙者也。①

《词谑·时调》提到的几位小说读者的情况大致如下：崔后渠即崔铣（1478—1541），明弘治十八年（1505）进士，曾任南京国子监祭酒、南京礼部右侍郎；熊南沙即熊过（约1543年前后在世），明嘉靖八年（1529）进士，累官礼部郎中；唐荆川即唐顺之（1507—1560），明嘉靖八年进士，礼部会试第一，曾任左佥都御史；王遵岩即王慎中（1509—1559），明嘉靖五年（1526）进士，官至河南布政使参政；陈后岗即陈束（约1501—1543），明嘉靖八年进士，曾官河南提学副使。以上数人皆为进士出身，担任过较高官职，他们均对《水浒传》评价甚高，认为此书“委曲详尽，血脉贯通”，充分肯定《水浒传》的“序事之法”与“史学之妙”。这反映出早在明嘉靖时期，文人士大夫对通俗小说的看法已有了一些转变，由轻视小说的传统观念到对其给予一定肯定。

明代胡应麟在《少室山房笔丛》卷四一《庄岳委谈下》中也提到“巨公”阅读《水浒传》之事：“嘉、隆间一巨公案头无他书，仅左置《南华经》，右置《水浒传》各一部。”②

第三，明万历年间，通俗小说受到上层人士的广泛欢迎。曾担任兵部侍郎的汪道昆于万历十七年（1589）撰《水浒传序》③，强调小说的地位和作用，表明以汪道昆为代表的社会上层人士对通俗小说的看法有了明显改观。万历四年（1576）举人胡应麟（1551—1602）读过多种小说，他在撰于万历中期之前的《少室山房笔丛》中提到自己阅读《水浒传》之事，“余二十年前所见《水浒传》本，尚极足寻味”④，并记载当时“缙绅文士”、“名士”阅读《水浒传》的情况：“今世人耽嗜《水浒传》，至缙绅

---

① （明）李开先：《词谑·时调》，收入《李开先全集》（中册），文化艺术出版社2004年版，第1276页。

② （明）胡应麟：《少室山房笔丛》卷四一《庄岳委谈下》，上海书店出版社2001年版，第437页。

③ 参见明代沈德符《万历野获编》卷五：“今新安所刻《水浒传》善本，即其家所传，前有汪太函序，托名天都外臣者。”中华书局1959年版，第139页。汪道昆号太函。

④ （明）胡应麟：《少室山房笔丛》卷四一《庄岳委谈下》，上海书店出版社2001年版，第437页。

文士亦间有好之者。……又近一名士听人说《水浒》，作歌谓奄有丘明、太史之长。”①

当时上层人士阅读通俗小说或已蔚然成风，以《金瓶梅》一书为例，明代袁宏道（字中郎）、袁中道（字小修）、冯梦龙（字犹龙）、王世贞（号弇州山人）、丘志充、谢肇淛、董思白等人均读过此书。

明代沈德符《万历野获编》卷二五《词曲·金瓶梅》云：

袁中郎《觞政》以《金瓶梅》配《水浒传》为外典，予恨未得见。丙午（按：即明万历三十四年，公元1606年），遇中郎京邸，问："曾有全帙否？"曰："第睹数卷，甚奇快。今惟麻城刘涎白承禧家有全本，盖从其妻家徐文贞录得者。"

又三年，小修上公车，已携有其书，因与借抄挈归。吴友冯犹龙见之惊喜，怂恿书坊以重价购刻；马仲良时榷吴关，亦劝予应梓人之求，可以疗饥。予曰："此等书必遂有人板行，但一刻则家传户到，坏人心术，他日阎罗究诘始祸，何辞置对？吾岂以刀锥博泥犁哉！"仲良大以为然，遂固箧之。未几时，而吴中悬之国门矣。②

明代谢肇淛《金瓶梅跋》云：

《金瓶梅》一书……唯弇州家藏者最为完好。余于袁中郎得其十三，于丘诸城（按：即丘志充，万历四十一年进士）得其十五，稍为厘正，而阙所未备，以俟他日。③

明代袁中道《游居柿录》卷九云：

袁无涯来，以新刻卓吾批点《水浒传》（按：指万历四十二年袁无涯

① （明）胡应麟：《少室山房笔丛》卷四一《庄岳委谈下》，上海书店出版社2001年版，第437页。

② （明）沈德符：《万历野获编》卷二五，中华书局1959年版，第652页。

③ （明）谢肇淛：《小草斋文集》卷二四，《四库全书存目丛书》第176册集部，齐鲁书社1997年版，第278~279页。据江西省图书馆藏明天启刻本影印。

所刊《李卓吾批评忠义水浒全传》）见遗。予病中草草视之。……往晤董太史思白，共说诸小说之佳者，思白曰：“近有一小说，名《金瓶梅》，极佳。”予私识之。后从中郎真州，见此书之半……①

以上文献中提到的《金瓶梅》的几位读者均出身举人、进士，曾任较高官职。例如王世贞曾任刑部尚书，丘志充、谢肇淛仕至布政使。除《金瓶梅》以外，他们还读过《西游记》、《水浒传》等小说。谢肇淛《五杂俎》卷九《物部一》指出：“置狙于马厩，令马不疫。《西游记》谓天帝封孙行者为弼马温，盖戏词也。”② 可见他对《西游记》相当熟悉。袁宏道《听朱生说水浒传》云：“少年工谐谑，颇溺滑稽传。后来读《水浒》，文字益奇变。六经非至文，马迁失组练。一雨快西风，听君酣舌战。”③《袁中郎随笔·游惠山记》云：“余……尽日唯以读书为事。然书浅易者，既不足观，艰深者观之复不快人。其他如《史记》、杜诗、《水浒传》、元人杂剧畅心之书，又皆素所属厌，且病余之人，精神眼力几何，焉能兀兀长手一编？”④ 属厌，饱览的意思。从袁宏道病中的读书内容来看，阅读小说已成为当时文人士大夫日常娱乐、消遣的方式之一。

第四，明天启、崇祯年间，通俗小说创作繁荣，传播广泛，这一时期关于上层人士阅读小说的文献虽不及万历时多，但也时常可见。例如，祁彪佳（1602—1645），明天启进士，崇祯时担任御史，巡按苏松，《祁彪佳文稿·甲申日历》云：“舟中无事，阅犹龙所制《列国传》。”⑤ 甲申即崇祯十七年（1644），《甲申日历》提到的“犹龙所制《列国传》”指的是冯梦龙的《新列国志》。与其他文人士大夫一样，祁彪佳也是抱着娱乐、休闲的目的阅读小说的。“取《隋史遗文》及《皇明小说》观之，以代《七

① （明）袁中道：《游居柿录》卷九，青岛出版社 2005 年版，第 193 页。

② （明）谢肇淛：《五杂俎》卷九《物部一》，上海书店出版社 2001 年版，第 173 页。

③ （明）袁宏道：《听朱生说水浒传》，收入《袁中郎全集》卷二七，《四库全书存目丛书》第 174 册集部，齐鲁书社 1997 年版，第 696 页。据山西大学图书馆藏明崇祯二年武林佩兰居刻本影印。

④ （明）袁宏道：《袁中郎随笔·游惠山记》，作家出版社 1996 年版，第 14 页。

⑤ （明）祁彪佳：《祁彪佳文稿·甲申日历》，书目文献出版社 1991 年版，第 421 页。

发》。……阅小说中如《皇明盛事》及《觚不觚录》诸书，得以识我明典故，亦病中一快也。……观小说以消暇日。”[①]

明末崇祯白下翼圣斋本《禅真逸史》卷首有多名官员所撰序言，如赐进士第，曾任通奉大夫、云南布政司左布政使、奉敕整饬行都司提督五卫学政、建昌兵粮道的诸允修，担任奉政大夫、工部都水清吏司郎中、提督通惠河道的徐良辅，都读过《禅真逸史》并为之作序。

二、清代宗室、贵族、官员与文人士大夫阅读小说的情况

笔者分清初、清中期、晚清三个时期对之进行分析。

首先是清初（包括顺治、康熙两朝）。由明入清的黄周星曾为《西游证道书》撰写跋语，黄周星（1611—1680），江宁上元人，明崇祯十三年（1640）进士，官户部主事，入清后不仕，自号笑苍道人。据清代王应奎《柳南随笔》记载，王士禛也是通俗小说的爱好者、阅读者。“落风坡之称，盖小说家（按：指《三国演义》）妆点之辞，而后人遂以名其地。……王新城诗中，有吊庞士元之作，竟以落风坡三字著之于题。”[②] 王新城即王士禛（1634—1711），山东新城人，官至刑部尚书，有《落风坡吊庞士元》一诗[③]。他把小说虚构的地名当成实有，受到他人讥嘲，不过由此也表明王士禛读过《三国演义》，并熟悉其中的人物与情节。

清初吕熊所撰《女仙外史》的读者群体中，也有官员、文人士大夫。清康熙辛卯年（1711），广州府太守叶旉曾为此书作跋，此外，据《江西廉使刘廷玑在园品题》记，《女仙外史》一书从构思到出版，都有作为读者的江西按察使刘廷玑参与的痕迹，可以说，正是在刘廷玑的支持与鼓励

---

① （明）祁彪佳：《祁忠敏公日记》“归南快录”，收入《北京图书馆古籍珍本丛刊》第 20 册史部传记类，书目文献出版社 1995 年版，第 667 ~ 668 页。

② （清）王应奎：《柳南随笔》，中华书局 1983 年版，第 104 页。

③ （清）王士禛：《落风坡吊庞士元》，收入《王士禛全集》第 2 册《诗文集》之六《蚕尾续诗集》卷四，齐鲁书社 2007 年版，第 1268 页。

下，吕熊才得以完成《女仙外史》的写作。[①]

其次是清中期（包括雍正、乾隆、嘉庆、道光诸朝）。雍、乾之际曾经出现几起武官误引小说之事，清奕赓《管见所及》云：

> 雍正六年，廷臣奉谕，各保所知者一人，护军参领郎坤因奏："明如诸葛亮，尚误用马谡，臣焉敢妄举。"世宗谕曰："必能胜诸葛亮始行保举，则胜于诸葛亮者，郎坤必知之，郎坤从何处看得《三国志》小说，即欲示异于众，辄敢沽名具奏，甚属可恶，交部严审具奏云。"此可为好引用小说者之戒。[②]

清代姚元之《竹叶亭杂记》云：

> 乾隆初，某侍卫擢荆州将军，人贺之，辄痛哭，怪问其故，将军曰："此地以关玛法尚守不住，今遣老夫，是欲杀老夫也。"闻者掩口。此又熟读演义而更加愦愦者矣。"玛法"，国祖呼"祖"之称。[③]

护军参领属正三品京官，担任此职的高级武官因引用《三国演义》中诸葛亮错用马谡之事而受到雍正皇帝的严惩，擢任荆州将军的某侍卫也犯了同类的错误，不过，这也说明上述武官均读过《三国演义》。此外，清嘉庆六年（1801），宁夏将军兼甘肃提督苏宁阿还为《西游原旨》一书撰过序。[④]

通俗小说作品尤其是一些名著如《金瓶梅》、《水浒传》、《三国演

---

① （清）刘廷玑：《江西廉使刘廷玑在园品题》，《女仙外史》，《古本小说集成》据复旦大学图书馆所藏康熙钓璜轩刊本影印，上海古籍出版社1990年版，卷首。详见本书第六章“读者与明清通俗小说流派”第一节“读者与历史小说流派”的具体论述，为避免重复，这里不作赘述。

② （清）奕赓《管见所及》，《续修四库全书》第1181册子部杂家类，上海古籍出版社2002年版，第68页。据上海辞书出版社图书馆藏民国二十四年燕京大学图书馆铅印佳梦轩丛书著本影印。

③ （清）姚元之：《竹叶亭杂记》，清光绪十九年刊本。

④ （清）苏宁阿：《西游原旨序》，《西游原旨》，《古本小说集成》据甘肃省图书馆藏嘉庆十三年刊本影印，上海古籍出版社1990年版，卷首。

义》、《红楼梦》等，在上等社会阶层中广泛传播。袁枚阅读《金瓶梅》并于清乾隆四十六年（1781）撰写《原本金瓶梅跋》①。清代昭梿《啸亭续录》云："自金圣叹好批小说，以为其文法毕具，逼肖龙门，故世之续编者，汗牛充栋，牛鬼蛇神，至士大夫家几上，无不陈《水浒传》、《金瓶梅》以为把玩。"② 昭梿是清乾隆、嘉庆、道光时人，当时士大夫之家皆备《水浒传》、《金瓶梅》等书。嘉庆时举人梁联第阅读《西游原旨》并为之作序③。道光二十六年（1846）举人徐时栋读过《三国演义》等多种小说，并在其所撰《烟屿楼笔记》中对《三国演义》给予高度评价："史事演义，惟罗贯中之《三国志》最佳。其人博极典籍，非特藉陈志裴注敷衍成书而已。"④

在各种通俗小说名著之中，这一时期最受上层人士欢迎的当数《红楼梦》，其流传最广、影响也最大。试举数例如下：

清代宗室永忠有诗《因墨香得观〈红楼梦〉小说吊雪芹》云："传神文笔足千秋，不是情人不泪流。可恨同时不相识，几回掩卷哭曹侯。"⑤ 永忠（1735—1793）与曹雪芹同处于乾隆时期。清代陈镛《樗散斋丛谈》卷二《红楼梦》篇云：

> 昨晤江宁桂愚泉，力劝勿看《红楼梦》。……巨家间有之，然皆抄录，无刊本，曩时见者绝少。乾隆五十四年春，苏大司寇家因是书被鼠伤，付琉璃厂书坊抽换装订，坊中人借以抄出，刊版刷印渔利，今天下俱知有《红楼梦》矣。⑥

---

① （清）袁枚：《原本金瓶梅跋》，收入黄霖：《金瓶梅资料汇编》，中华书局1987年版，第12页。

② （清）昭梿：《啸亭续录》卷二《小说》，中华书局1980年版，第426页。

③ （清）梁联第：《西游原旨序》，《西游原旨》，《古本小说集成》据甘肃省图书馆藏嘉庆十三年刊本影印，上海古籍出版社1990年版，卷首。

④ （清）徐时栋：《烟屿楼笔记》卷四，《续修四库全书》第1162册子部杂家类，上海古籍出版社2000年版，第629页。据中国科学院图书馆藏民国十七年铅印本影印。

⑤ （清）永忠：《延芬室集》"乾隆三十三年戊子稿"，上海古籍出版社1990年版，第778页。

⑥ （清）陈镛：《樗散斋丛谈》卷二《红楼梦》，收入朱一玄：《明清小说资料选编》，南开大学出版社2006年版，第595页。

清代毛庆臻《一亭考古杂记》云：

乾隆八旬盛典后，京板《红楼梦》流衍江浙，每部数十金。致翻印日多，低者不及二两。其书较《金瓶梅》愈奇愈热，巧于不露，士夫爱玩鼓掌。传入闺阁，毫无避忌。作俑者曹雪芹，汉军举人也。①

与《金瓶梅》相比，《红楼梦》一书“愈奇愈热，巧于不露”，情节新奇曲折，写情含蓄，因而士大夫“爱玩鼓掌”，苏大司寇等“巨家”藏之高阁。

最后是晚清（包括咸丰、同治、光绪、宣统数朝）。在这一时期，传统小说名著如《金瓶梅》、《红楼梦》依然受到欢迎，曾任知县的文龙评《金瓶梅》第一册后附记云：“幼年既闻有此书，然此尝一寓目也。直至咸丰六年（1856），在昌邑县公干勾留，住李会堂文学署，纵览一遍，过此则如浮云旋散，逝水东流。嗣闻原板劈烧，已成广陵散矣。在安庆书肆中，偶遇一部，索价五元，以其昂贵置之。邵少泉少尹，知子有闲书癖，多方购求，竟获此种，交黄仆寄来。惜被邹隽之大令抽去三本，不成全璧矣。”② 此处记载了自己于清咸丰六年（1856）阅读《金瓶梅》的情况。《金瓶梅》原版虽然被毁，但书肆仍有出售，且标价昂贵；读者“多方购求”，最终得以如愿。

清代陈其元《庸闲斋笔记》卷八《红楼梦之贻祸》云：“淫书以《红楼梦》为最，盖描摹痴男女情性，其字面绝不露一淫字，令人目想神游，而意为之移。所谓‘大盗不操干矛’也。丰润丁雨生中丞巡抚江苏时，严行禁止，而卒不能绝，则以文人学士多好之之故。”③ 丁雨生中丞，即丁日昌（1823—1882），同治七年（1868）升任江苏巡抚。他严令禁毁《红楼梦》等小说，然禁而不绝，主要原因就在于“文人学士多好之”。

另有俞樾、平步青等人在广泛阅读的基础上对通俗小说进行更加深入

---

① （清）毛庆臻：《一亭考古杂记》，收入朱一玄：《红楼梦资料汇编》，南开大学出版社2001年版，第30页。

② （清）文龙评：《金瓶梅》，今藏国家图书馆。

③ （清）陈其元：《庸闲斋笔记》卷八《红楼梦之贻祸》，中华书局1989年版，第200页。

的研究，俞樾（1821—1906），清道光三十年（1850）进士，曾任提督河南学政，他的《小浮梅闲话》对《三国演义》、《水浒传》、《西游记》、《封神演义》、《龙图公案》等多种小说故事进行考证；平步青（1832—1896），同治年间进士，官江西粮道，并署布政使，他所著《霞外捃屑》卷九《小栖霞说稗》专论小说戏曲，对《三国演义》、《残唐五代传》、《儒林外史》、“三言”、《西游补》、《女仙外史》、《石头记》、《儿女英雄传》等小说加以考订、研究。

晚清时期，除传统题材的小说之外，以同时代政治、军事、社会现实作为题材的小说作品也受到士大夫的关注。例如，黄人《小说小话》云：“《年大将军平西记》，脱胎于《封神榜》、《西洋记》……我乡徐太史兆玮素推重是书，大约因书中神怪各节，所谓阵图法宝者皆有寓意而偏嗜之。”① 《年大将军平西记》即清代小说《平金川全传》，描写雍正元年（1723）抚远大将军年羹尧平定青海叛乱事，现存清光绪二十五年（1899）富文书局石印本、光绪二十六年（1900）焕文书局刊本等，此书受到当时文人士大夫的重视。

三、明清时期该阶层成员阅读小说的特点及其与小说的关系

笔者试从以下几个方面加以总结：

第一，贵族、宗室、官员、士大夫对待小说的态度显得矛盾、复杂。明代胡应麟《少室山房笔丛》卷二九《九流绪论下》曾对此有所揭示：“大雅君子，心知其（按：指小说）妄，而口竞传之，旦斥其非，而暮引用之，犹之淫声丽色，恶之而弗能弗好也。”② 晚清侠人《小说丛话》从接受心理的角度分析这种现象：

小说者，固应于社会之热毒，而施以清凉散者也。……故有暴君酷吏之专制，而《水浒》现焉；有男女婚姻之不自由，而《红楼梦》出焉。虽

① 黄人：《小说小话》，转引自鲁迅：《小说旧闻钞》，人民文学出版社 1952 年版，第 172 页。

② （明）胡应麟：《少室山房笔丛》卷二九，上海书店出版社 2001 年版，第 282 页。

峨冠博带之硕儒，号为生今之世，反古之道，守经而不敢易者，往往口非梁山而心固右之，笔排宝、黛而躬或蹈之。此无他，人心之所同，受其惨毒者，往往思求怜我知我之人，著者之哀哀长号，以求社会之同情，固犹读者欲迎著者之心也。①

指出读者热爱小说是因为可以从中获得现实所不能给予的心理补偿。而当时上层人士普遍采取轻视小说的态度，正因如此，李昌祺撰《剪灯馀话》而不得入乡贤祠。明王圻《稗史汇编》云："李布政昌祺，为人正直不阿，于才学亦赡雅少双，其作《剪灯馀话》……及韩公雍按江西，亦以公有此书，不入乡贤祠。盖时独以为文人，且病其怪乱乃尔，未知此也。纵未知此，公大节高明，安得以笔墨疵戏累之。"②

上层人士一方面斥责小说之虚妄怪诞，另一方面又享受阅读小说带来的快乐，以小说娱己、消遣。上文提到的祁彪佳就是"观小说以消暇日"，万卷楼明万历十五年刊本《国色天香》卷首谢友可之序亦称："今夫辞写幽思寄离情，毋论江湖散逸，需之笑谭，即缙绅家辄藉为悦耳目。"③

明清时期士大夫对待通俗小说的态度，概而言之，经历了两次大的转变：一是明代后期，二是晚清时期。据李开先《词谑·时调》所记，明嘉靖、隆庆时，崔铣、熊过、唐顺之、王慎中、陈束等人就对《水浒传》予以很高的评价。万历十七年（1589），汪道昆撰《水浒传序》肯定了小说的地位与作用，或许因不愿公开表达这一见解而使用了笔名"天都外臣"。至明代后期，李贽、袁宏道、王世贞、谢肇淛等一批文人士大夫公开参与通俗小说的传播，有力地提高了通俗小说的地位及影响；晚清的"小说界革命"则给士大夫带来更大冲击，他们轻视小说的传统观念大为改变，不仅阅读小说，甚至从事小说创作、评论。正如老棣《文风之变迁与小说将来之位置》所云："自文明东渡，而吾国人亦知小说之重要，不可以等闲

---

① （清）侠人：《小说丛话》，收入阿英：《晚清文学丛钞·小说戏曲研究卷》，中华书局 1960 年版，第 331～332 页。

② （明）王圻：《稗史汇编》卷八五，《四库全书存目丛书》第 141 册子部杂家类，齐鲁书社 1997 年版，第 113 页。据辽宁省图书馆藏明万历刻本影印。

③ （明）谢友可：《国色天香序》，《国色天香》，《古本小说集成》据万卷楼万历十五年刊本影印，上海古籍出版社 1990 年版，卷首。

观也，乃易其浸淫‘四书’、‘五经’者，变而为购阅新小说。”①

第二，有些文人阅读小说，深受其感染，并以正统观念衡量其中的人物与情节。例如，明末清初申涵光，乃顺治年间恩贡生，其撰《荆园小语》云：“世传作《水浒传》者，三世哑，近时淫秽之书如《金瓶梅》等，丧心败德，果报当不止此。每怪友辈极赞此书，谓其摹画人情，有似《史记》，果尔，何不直读《史记》，反悦其似耶。至家有幼学者，尤不可不慎。”② 显然，申涵光对《水浒传》、《金瓶梅》等小说持有强烈的排斥心态。清代章学诚《丙辰札记》也以正统观念衡量小说创作：

（三国）《演义》之最不可训者桃园结义，甚至忘其君臣而直称兄弟。且其书似出《水浒传》后，叙昭烈、关、张、诸葛，俱以《水浒传》中萑苻啸聚行径拟之。诸葛丞相生平以谨慎自命，欲因有祭风及制造木牛流马等事，遂撰出无数神奇诡怪。而于昭烈未即位前，君臣寮寀之间，直似《水浒传》中吴用军师，何其陋耶？张桓侯，史称其爱君子，是非不知礼者，《演义》直以拟《水浒》之李逵，则侮慢极矣。关公显圣，亦情理所不近。③

对《三国演义》的桃园结义等情节，一般读者从中读出“义”字，而章学诚则从封建正统观念出发，认为关羽、张飞与后来成为蜀国国君的刘备结为兄弟这一情节“侮慢极矣”，不合君臣之礼，同时，章学诚还对诸葛亮祭风及制造木牛流马等事予以驳斥。章学诚以史家观念衡量小说创作，显然不够妥当。

第三，宗室、贵族、官员、士大夫的社会地位较高，其朋友、门生、故吏较多，所以他们对小说的态度往往给通俗小说的创作、传播带来较大影响。以王士禛为例，清代勾曲外史《〈第五才子书〉序》云：“近新城先生（按：即王士禛）最喜说部，一时才人翕然从之，旁搜远采而进于剞

---

① 老棣：《文风之变迁与小说将来之位置》，《中外小说林》1907 年第 6 期。

② （清）申涵光：《荆园小语》，中华书局 1985 年版，《丛书集成初编》据《畿辅丛书》本影印。

③ （清）章学诚著，冯惠民点校：《丙辰札记》，《学术笔记丛刊》，中华书局 1986 年版，第 89～90 页。

剛者，莫不各极恢奇典洽之美。”① 可见王士禛对小说的喜爱促进了小说的创编与刊刻。

《三国演义》、《金瓶梅》等书的传播经历也充分表明，明清时期文人士大夫的阅读、传抄对小说传播起到明显推动作用。明代庸愚子《三国志通俗演义序》云：“书（按：即《三国演义》）成，士君子之好事者，争相誊录，以便观览。”《金瓶梅》成书后，也曾在文人之间传抄，万历二十四年（1596），袁宏道在给董思白的书信中指出：“《金瓶梅》从何得来？伏枕略观，云霞满纸，胜于枚生《七发》多矣。后段在何处？抄竟当于何处倒换？幸一的示。”② 他在《与谢在杭》一信中催促谢肇淛还书：“仁兄近况何似？《金瓶梅》料已成诵，何久不见还也？”③ 文人士大夫阅读、传抄小说，扩大了通俗小说的传播范围与社会影响，推动了通俗小说从抄本向刊本的发展。

第四，阅读通俗小说可以对上层社会人士的为人、性格、行政能力、为官之道、军事能力等方面产生影响。题李卓吾所撰《忠义水浒传叙》称《水浒传》适合宰相、大臣等阅读：“贤宰相不可以不读，一读此传，则忠义不在水浒，而皆在于朝廷矣。兵部掌军国之枢，督府专阃外之寄，是又不可以不读也。苟一日而读此传，则忠义不在水浒，而皆为干城心腹之选矣。”④ 强调宰相、兵部、督府官员一定要阅读《水浒传》，这样可以增长忠义报国之心。

阅读通俗小说甚至还有利于提高行政能力、汲取办事经验、熟悉为官之道。例如，明代吴还初《新民录引》云：“欲俾公（按：指郭青螺）今

---

① （清）勾曲外史：《〈第五才子书〉序》，清初芥子园袖珍本《第五才子书水浒传》卷首，收入南京大学中文系资料室：《水浒研究资料》，南京大学中文系资料室1980年版，第71页。

② （明）袁宏道：《与董思白》，收入《袁中郎小品》，文化艺术出版社1996年版，第45页。

③ （明）袁宏道：《与谢在杭》，收入《袁中郎小品》，文化艺术出版社1996年版，第128页。

④ 题（明）李卓吾：《忠义水浒传叙》，上海人民出版社1975年版。据明容与堂刊本《李卓吾先生批评忠义水浒传》影印。

日新民之公案，为万世牧林总者法程也。”[①] 明代陶烺元《龙图公案序》云：“愿为民父母者，请焚香读《龙图公案》一过，龙图，其真龙也，其真神人也，具知在生为龙图，在阴为阎罗，自是实话，非诞非诞。”[②] 官员阅读《新民公案》、《龙图公案》等小说，有助于向前贤学习断案，从而为官清明。晚清夏曾佑《庄谐选录》云：“胡文忠公曰：本朝官场中全以《红楼梦》一书为秘本，故一入仕途即钻营挤轧，无所不至。”[③] 通过检索《红楼梦》小说文本可以发现，诸如《红楼梦》第四回《薄命女偏逢薄命郎　葫芦僧乱判葫芦案》中门子所说的“护官符”、贾雨村的钻营之道等，确实可为那些欲走仕途捷径的人提供不少启示。

阅读小说也可以提高军事能力，清代陈康祺《燕下乡脞录》卷十云：

> 罗贯中《三国演义》，多取材于陈寿、习凿齿之书，不尽子虚乌有也。太宗崇德四年，命大学士达海译《孟子》、《通鉴》、《六韬》，兼及是书，未竣。顺治七年，演义告成，大学士范文肃公文程等，蒙赏鞍马银币有差。国初，满洲武将不识汉文者，类多得力于此。嘉庆间，忠毅公额勒登保，初以侍卫，从海超勇公帐下，每战辄陷阵，超勇曰：“尔将才可造，须略识古兵法。”因以翻清《三国演义》授之。卒为经略，三省教匪平，论功第一，盖超勇亦追溯旧闻也。[④]

邱炜萲《金圣叹批小说说》亦称：“国朝康熙朝，尝有诏饬印《三国志演义》一千部，颁赐满洲、蒙古诸路统兵将帅，以当兵书。又闻日本国前未明治维新变法之时，亦尝以为兵书。”[⑤] 根据陈康祺、邱炜萲等人的记载，满洲、蒙古武将军事水平的提高颇得益于《三国演义》等书，甚至日本国

---

① （明）吴还初：《新民录引》，《郭青螺六省听讼录新民公案》，《古本小说集成》据万历三十三年余成章本影印，上海古籍出版社 1990 年版，卷首。

② （明）陶烺元：《龙图公案序》，收入丁锡根：《中国历代小说序跋集》，人民文学出版社 1996 年版，第 1602 页。

③ （清）夏曾佑：《庄谐选录》卷二，1903 年上海夏曾佑自刊本。

④ （清）陈康祺：《燕下乡脞录》卷十，收入《清代笔记丛刊》第 4 册，齐鲁书社 2001 年版。

⑤ 邱炜萲：《金圣叹批小说说》，收入朱一玄、刘毓忱：《三国演义资料汇编》，南开大学出版社 2003 年版，第 435 页。

也曾以《三国演义》作为兵书。总体看来，阅读小说对上层社会人士的为人、性格、能力诸方面都能带来一定影响。

第三节　学校及书院的学生

明清时期，由于社会发展需要以及统治集团对教育的重视，学校、书院相当发达，数量众多，其学生因而构成一个独特的群体。这些学生入学的主要目的是通过科举出仕，而在紧张的学习、应考之暇，阅读小说成为他们借以休闲、娱乐和放松的重要手段之一。本节分明、清两代对这一小说读者群体加以阐述，并对其特点以及与通俗小说创作、传播的关系进行分析。

一、明代学生读者群的情况

明朝立国以后，朱元璋非常重视学校教育。洪武二年（1369），朱元璋设立国子监，倡导文教，视学校为教化之本，并下令各郡县皆立学校。在统治集团的重视下，学校大盛。《明史·选举志》云："明制，科目为盛，卿相皆由此出，学校则储才以应科目者也。……科举必由学校，而学校起家可不由科举。"① 学校成为科举考试的必经之路，在校学生众多，顾炎武曾就明末生员的数量做过大致统计："合天下之生员，县以三百计，不下五十万人。"②

总体来看，明代前期学校兴盛，后期则书院发达。沈德符《万历野获编》卷二四《书院》篇谈到明代书院发展的状况：

书院之设，昉于宋之金山徂徕及白鹿洞，本朝旧无额设明例。自武宗

---

① （清）张廷玉等：《明史》卷六九《选举志》，中华书局 1974 年版，第 1675 页。

② 参见（清）顾炎武：《顾亭林诗文集》卷一《生员论》（上），中华书局 1959 年版，第 21 页。

朝王新建以良知之学行江浙两广间，而罗念庵、唐荆川诸公继之，于是东南景附，书院顿盛，虽世宗力禁，而终不能止。

嘉靖末年，徐华亭以首揆为主盟，一时趋骛者人人自托吾道，凡抚台莅镇，必立书院，以鸠集生徒，冀当路见知。其后间有他故，驻节其中，于是三吴间，竟呼书院为中丞行台矣。

今上初政，江陵公痛恨讲学，立意翦抑，适常州知府施观民，以造书院科敛见纠，遂遍行天下拆毁，其威令之行，峻于世庙。江陵败而建白者力攻，亦以此为权相大罪之一，请尽行修复。当事者以祖制所无折之，其议不果行。

近年理学再盛，争以皋比相高，书院聿兴，不减往日。李见罗在郧阳，遂拆参将衙门改造，几为武夫所杀，于是人稍有戒心矣。至于林下诸君子，相与切磋讲习，各立塾舍名书院者，又不入此例也。

当正德间，书院遍宇内，宸濠建阳春书院于南昌，以刘养正为讲学盟主，招致四方游士，求李梦阳为之记。张璁尚为乡贡士，亦立罗山院于其乡，聚徒讲学，其不自揆类此。①

沈德符指出，书院兴盛于明武宗正德年间，嘉靖、万历时虽经数次力禁，仍然禁而不止。

据白新良《中国古代书院发展史》统计，明代书院共有 1 962 所，其中洪武朝 43 所、建文朝 1 所、永乐朝 19 所、宣德朝 13 所、正统朝 31 所、景泰朝 17 所、天顺朝 19 所、成化朝 78 所、弘治朝 95 所、正德朝 150 所、嘉靖朝 596 所、隆庆朝 67 所、万历朝 295 所、天启朝 21 所、崇祯朝 86 所、朝代未详者 431 所。②

学校和书院的学生数量十分可观，精明的书坊主注意到这一特定阶层，有针对性地向他们出售书籍。胡应麟《少室山房笔丛》卷四《经籍会通四》云：

越中刻本亦希，而其地适东南之会、文献之衷，三吴、七闽典籍萃

① （明）沈德符：《万历野获编》卷二四，中华书局 1959 年版，第 608 页。

② 参见白新良：《中国古代书院发展史》，天津大学出版社 1995 年版，第 108 页。

焉。……关、洛、燕、秦，仕宦橐装所挟往往寄鬻市中，省试之岁甚可观也。……

凡燕中书肆，多在大明门之右，及礼部门之外，及拱宸门之西，每会试举子，则书肆列于场前。……会试则税民舍于场前，月余，试毕贾归，地可罗雀矣。

凡武林书肆，多在镇海楼之外，及涌金门之内、及弼教坊、及清河坊，皆四达衢也。省试则间徙于贡院前。……

凡金陵书肆，多在三山街及太学前。①

由上述记载可知，越中、燕中、武林、金陵等地的书市皆利用科举考试的机会向学生们出售书籍。

学生在阅读经史著作的同时，也喜欢阅读小说，以此作为消遣、娱乐的工具。

下面，笔者分别以李时勉与《剪灯新话》禁毁事件，吴承恩、金圣叹阅读小说之事为例，试论述明代前期、中期、后期学生群体与通俗小说的关系。

第一，李时勉与《剪灯新话》禁毁事件。明正统七年（1442），国子监祭酒李时勉上奏朝廷，请求禁止《剪灯新话》等小说流传：

《实录》："正统七年，二月辛未，国子监祭酒李时勉言：'近有俗儒，假托怪异之事，饰以无根之言，如《剪灯新话》之类。不惟市井轻浮之徒，争相诵习，至于经生儒士，多舍正学不讲，日夜记忆，以资谈论。若不严禁，恐邪说异端，日新月盛，惑乱人心。乞敕礼部，行文内外衙门，及提调学校佥事御史，并按察司官，巡历去处，凡遇此等书籍，即令焚毁，有印卖及藏习者，问罪如律，庶俾人知正道，不为邪妄所惑。'从之。"②

---

① （明）胡应麟：《少室山房笔丛》卷四，上海书店出版社 2001 年版，第 42 页。

② （清）顾炎武：《日知录之馀》卷四《禁小说》，《续修四库全书》第 1144 册子部杂家类，上海古籍出版社 2002 年版，第 636 页。据宣统二年吴中刻本影印。

由上可知，《剪灯新话》遭到禁毁的原因就在于“经生儒士，多舍正学不讲，日夜记忆，以资谈论”。李时勉担任国子监祭酒时对学生要求严格，同时又非常关心学生，与他们情如父子。明代焦竑《玉堂丛语》卷二《政事》云：“李公时勉为祭酒，崇廉耻，抑奔竞，别贤否，示劝惩，新条教，变士习。诸生贫不能婚、病不能医、死不能丧者，节缩餐钱，力为赡给。督诸生读书，兴寝有常，终夜二鼓方听就寝。或时潜行，以察勤惰。恩义浃洽，不啻父子。”① 李时勉注重对学生的督导，甚至不时“潜行”，考察他们是否用功学习。在这种情况下，他发现学生大多日夜诵读小说，非常不满，视之为不务正业，遂请求禁毁《剪灯新话》等小说也在情理之中。《剪灯新话》不属于本书所讨论的通俗小说，考虑到明代前期通俗小说发展非常缓慢、资料相当匮乏的特定状况，通过上述事例也不难看出当时学生群体对小说的喜爱程度，以及一些正统文人士大夫对小说所持的态度。

第二，吴承恩《禹鼎志序》称：“余幼年即好奇闻，在童子社学时，每偷市野言稗史，惧为父师诃夺，私求隐处读之。比长，好益甚，闻益奇。迨于既壮，旁求曲致，几贮满胸中矣。”②

吴承恩，大约出生于明弘治十三年（1500），约卒于万历十年（1582），他回忆的自己幼年在童子社学时之事，应在明代中叶正德年间（1506—1521）。从《禹鼎志序》记载可知，不仅成年学生喜读小说，甚至一些年幼的社学童子也瞒着“父师”，偷偷阅读小说。

第三，明末金圣叹《第五才子书水浒传序三》云：

吾年十岁，方入乡塾……明年十一岁……则见俗本《水浒传》……其无晨无夜不在怀抱者，吾于《水浒传》可谓无间然矣。吾每见今世之父兄类，不许其子弟读一切书，亦未尝引之见于一切大人先生，此皆大错。夫儿子十岁，神智生矣，不纵其读一切书，且有其好，又不使之列于大人先生之间，是驱之与婢仆为伍也。……吾犹自记十一岁读《水浒》后，便有于书无所不窥之势。吾实何曾得见一书，心知其然，则有之耳。然就今思

---

① （明）焦竑：《玉堂丛语》卷二《政事》，中华书局 1981 年版，第 36 ~ 37 页。

② （明）吴承恩：《禹鼎志序》，收入《吴承恩诗文集》，古典文学出版社 1958 年版，第 62 页。

之，诚不谬矣。天下之文章，无有出《水浒》右者；天下之格物君子，无有出施耐庵先生右者。学者诚能澄怀格物，发皇文章，岂不一代文物之林？然但能善读《水浒》而已，为其人绰绰有余也。[1]

金圣叹自称十一岁时阅读《水浒传》，他出生于明万历三十六年（1608），从其出生时间推断可知，金圣叹是在万历四十六年（1618），也就是进入乡塾读书的第二年阅读《水浒传》的。在此序中，金圣叹对世间父兄不许子弟读“一切书”的状况提出批评，他结合自己幼时开始读《水浒传》的经历指出，阅读小说可增长知识，开阔视野，且有益于学习。

二、清代学生读者群的情况

由于统治的需要，清建国后推崇儒教，倡导理学，大力发展学校教育，在继承明朝旧制的基础上强化学校与科举之间的关系。《清史稿·选举志》云：

有清学校，向沿明制。京师曰国学，并设八旗、宗室等官学。直省曰府、州、县学。

世祖定鼎燕京，修明北监为太学。顺治元年，置祭酒、司业及监丞、博士、助教、学正、学录、典籍、典簿等官。……

乾隆四十八年谕曰：“稽古国学之制，天子曰辟雍，所以行礼乐、宣德化、昭文明而流教泽，典至钜也。国学为人文荟萃之地，规制宜隆。辟雍之立，元、明以来，典尚阙如，应增建以臻美备。”命尚书德保，尚书兼管国子监事刘墉，侍郎德成，仿《礼经》旧制，于彝伦堂南营建。明年，落成。又明年，高宗驾临辟雍行讲学礼。……嘉庆以后，视学典礼，率循不废。咸丰初，犹一举行焉。[2]

---

① （明）金圣叹：《第五才子书水浒传序三》，中华书局1975年版。据明崇祯十四年贯华堂刊本影印《第五才子书施耐庵水浒传》卷首。

② （清）赵尔巽等：《清史稿》第12册卷一〇六《选举志》，中华书局1976年版，第3099～3104页。

清世祖顺治皇帝定都燕京后，将明朝北监改为太学。辟雍是国子监的中心建筑，乾隆皇帝亲自至此行讲学礼，以示尊重，嗣后历朝帝王多沿此礼。清代学校名目繁多，除国子监外，地方有府学、州学、县学，还有专为八旗满洲、汉军、蒙古生员举办的旗学，为军队系统举办的卫学等。学校之设置与科举考试紧密结合，为科举考试服务，正如《钦定八旗通志·学校志》所云"学校之制与选举相表里"[①]。

在学的学生数量引人注目，生于明末、卒于顺治十一年（1654）的侯方域撰《重学校》一文称："今者，大县之弟子，殆不下二千人，中小县亦千余人。"[②] 康熙五十一年《常熟县志》卷一《风俗》云："（常熟县）子弟皆游而读书，每有司较童子试，辄千人。"[③] 每县读书的学生动辄达到一千人甚至数千人，就全国而言，学生是一个庞大的群体。

清初限制书院发展，顺治时，朝廷曾诏令各地"不许别创书院，群聚徒党及号召他方游食无行之徒，空谈废业"[④]。然自顺治十四年（1657）起，书院的发展获得转机，这一年，朝廷采纳抚臣袁廓宇之奏，修复衡阳石鼓书院，此后各地书院纷纷设立。雍正十一年（1733），朝廷下令在各省省城设立书院，并拨付1 000两银子作为费用；乾隆二年（1737），朝廷下诏鼓励兴办书院。在皇帝和朝廷的大力支持下，书院发展迅速。据统计，清朝修复及新建的书院达4 365所[⑤]，邓洪波《中国书院史》就此指出：

（清朝书院）其数是唐、五代、辽、宋、金、元、明各朝书院总和的1.49倍。其时，十八行省的通都大邑无不设有书院，即便是山村水寨，也可寻觅到书院的踪影。这说明，经过千年发展之后，到清代，书院已成遍

---

① 李洵等点校：《钦定八旗通志》第3册卷九四《学校志》，吉林文史出版社2002年版，第1530页。

② （明末清初）侯方域：《壮悔堂文集》，《续修四库全书》第1406册集部别集类，上海古籍出版社2002年版，第111页。据中国科学院图书馆藏清顺治刻增修本影印。

③ （清）钱陆灿等修纂：《常熟县志》卷一《风俗》，康熙五十一年修。

④ 《古今图书集成·经济汇编·选举典》第66册卷一七《学校部》，中华书局、巴蜀书社1985年版，第79884页。

⑤ 参见白新良：《中国古代书院发展史》，天津大学出版社1995年版，第271页。

布寰宇的普及之势。……清代各朝中，书院最多的是乾隆朝，有1 298所，其次是康熙朝，为785所，第三是光绪朝，为682所，三朝合计2 765所，占已知年代书院总数的63.865%。以下依次是道光、同治、嘉庆、雍正、咸丰、顺治，分别是431、380、303、213、133、106所。①

与明代相似，清代学校和书院的学生也喜欢阅读小说作品，清人徐允临于光绪十年（1884）撰《儒林外史跋》云："允临志学之年，即喜读《儒林外史》，避寇时，家藏书籍都不及取，独携此自随。"② 清代梁恭辰《北东园笔录四编》卷四《红楼梦》云：

《红楼梦》一书，诲淫之甚者也。……满洲玉研农先生（麟），家大人座主也。尝语家大人曰："《红楼梦》一书……我做安徽学政时，曾经出示严禁，而力量不能及远，徒唤奈何！有一庠士颇擅才华，私撰《红楼梦节要》一书，已付书坊刻劂。经我访出，曾褫其衿，焚其板。"③

庠，古代学校名称，庠士即在校学生。据梁恭辰所记，某庠士不仅阅读《红楼梦》，而且撰写了《红楼梦节要》，因而受到惩罚。清齐学裘《见闻随笔》卷一五也提到秀才看小说之事："叶调生（廷琯）与余言：桐乡人严鈖秀才，生平无他过，独好看淫词小说。"④

为防备学生因读小说而荒废学业，有些书院与学生约法三章，对学生谆谆劝戒。例如，《陈宏谋豫章书院学约读经史》云："其他无益之书，非惟不必读，亦无暇读。……至于近日之淫词艳曲，尤宜焚弃，不得寓目。

---

① 邓洪波：《中国书院史》，东方出版中心2004年版，第404、410页。

② （清）徐允临：《儒林外史跋》，据清光绪从好斋辑校本，收入丁锡根：《中国历代小说序跋集》，人民文学出版社1996年版，第1691页。

③ （清）梁恭辰：《北东园笔录四编》卷四《红楼梦》，收入《历代笔记小说集成·清代笔记小说》第50册，河北教育出版社1996年版，第531～532页。

④ （清）齐学裘：《见闻随笔》卷一五《焚淫书得名录》，《续修四库全书》第1181册子部杂家类，上海古籍出版社2002年版，第270页。据华东师范大学图书馆藏清同治九年天空海阔之居刻本影印。

尚留案头，便是不祥之物。”① 清汪正《先正遗规》卷上《冯从吾士戒》云：

> 一、毋看《水浒传》及笑资戏文，诸凡无益之书。
> 一、毋撰造词曲杂剧，及歌谣对联，讥评时事，倾陷同袍。
> 一、毋唱词、作戏、博弈、清谭。
> 以上数款，皆余髫年所闻于长老先生者，故不惮谆谆为诸生言之，诸生其慎听毋忽。②

书院的先生告诫青年学子不要读“淫词艳曲”，认为《水浒传》及笑资戏文均为无益之书。上述劝戒材料也从侧面反映出清代学校、书院的学生阅读小说的现象并不罕见，唯有如此，才会引起先生们的警觉。

二、明清时期该读者群的特点其与通俗小说创作、传播的关系

笔者试从以下几个方面进行论述：

首先，学校、书院的学生通过阅读小说可消除学习之枯燥，正如署名汤显祖的《艳异编叙》所言：

> 吾尝浮沉八股道中，无一生趣。月之夕，花之晨，衔觞赋诗之余，登山临水之际，稗官野史，时一转玩。诸凡神仙妖怪，国士名姝，风流得意，慷慨情深等语，千转万变，靡不错陈于前。③

《艳异编叙》作者声称，自己在学习八股文以应付举业的过程中，感到学

---

① （清）汪正《先正遗规》卷上《陈宏谋豫章书院学约读经史》，收入王利器：《元明清三代禁毁小说戏曲史料》（增订本），上海古籍出版社 1981 年版，第 185 页。

② （清）汪正《先正遗规》卷上《冯从吾士戒》，收入王利器：《元明清三代禁毁小说戏曲史料》（增订本），上海古籍出版社 1981 年版，第 185 页。

③ 署（明）汤显祖：《艳异编叙》，《艳异编》，《古本小说集成》据明万历四十六年刊本影印，上海古籍出版社 1990 年版，卷首。

习枯燥乏味，无一生趣，于是借助稗官野史以消遣、缓解压力。

清代吴璿乾隆三十三年（1768）撰《飞龙全传序》云：“己巳岁（按：即乾隆十四年，1749），余肄业村居，暗修之外，概不纷心。适有友人挟一帙以遗余，名曰《飞龙传》。视其事则虚妄无稽；阅其词，则浮泛而俚。余时方攻举子业，无暇他涉，偶一寓目，即鄙而置之。”① 虽然吴璿曾对小说《飞龙传》采取“鄙而置之”的态度，但从他的序言可以看出，在攻举子业之余，他阅读过友人赠送的这部小说。

其次，学校、书院的学生在阅读小说的过程中，可汲取小说之文法，以供科考借鉴。明末金圣叹《第五才子书水浒传序三》云：

夫固以为《水浒》之文精严，读之即得读一切书之法也。汝真能善得此法，而明年经业既毕，便以之遍读天下之书，其易果如破竹也者，夫而后叹施耐庵《水浒传》真为文章之总持。不然，而犹如常儿之泛览者而已。②

金圣叹认为，《水浒传》文法精严，读懂《水浒》并掌握其文法，便可以读遍天下之书。清代李春荣乾隆甲寅（即乾隆五十九年，1794）撰《水石缘后序》指出：

文章笔法，惟推左氏，神化莫测，独擅千古之奇。今妄拟其微，自提纲立局，首尾呼应，埋伏影射，笼络穿插，吞吐搂渡，代字啄句，无中生有，丽体散行，诗辞歌赋，作文之法，缜密无遗。最易启童蒙之性灵，发幼学之智巧，幸勿徒以鄙语俚言，阅之解颐为爽心快目已也。③

李春荣强调他创作的小说《水石缘》汲取了《左传》之笔法，“最易启童蒙之性灵，发幼学之智巧”，可以为读书应考的学生提供诸多帮助。另如

① （清）吴璿：《飞龙全传序》，《飞龙全传》，人民文学出版社 1981 年版，卷首。

② （明）金圣叹：《第五才子书水浒传序三》，《第五才子书施耐庵水浒传》，中华书局 1975 年版，卷首。据明崇祯十四年贯华堂刊本影印。

③ （清）李春荣：《水石缘后序》，据清文德堂刊本，收入丁锡根：《中国历代小说序跋集》，人民文学出版社 1996 年版，第 1295 页。

《聊斋志异》，清代但明伦自称年幼求学之际，曾从中学到为文之法："忆髫龄时，自塾归，得《聊斋志异》读之，不忍释手。先大夫责之曰：'童子知识未定，即好鬼狐怪诞之说耶？'时父执某公在坐，询余曷好是书。余应之曰：'不知其他，惟喜某篇某处典奥若《尚书》，名贵若《周礼》，精峭若《檀弓》，叙次渊古若《左传》、《国语》、《国策》，为文之法，得此益悟耳。'"①

最后，学校、书院学生的阅读行为对通俗小说的创作也产生了影响。试以明代类书体小说为例，《国色天香》、《绣谷春容》、《万锦情林》、《燕居笔记》等类书体小说主要是为适应学生群体的阅读需要而创作的。金陵万卷楼万历年间刊《国色天香》封面对联题云："学海遗珠玩味中启文人博雅，艺林说锦批读处动才子情思。"此书卷一《珠渊玉圃》篇标题下注称："是集大益举业，君子慎毋忽焉。"卷四《规范执中》篇标题下注释云："此系士人立身之要。"卷五《名儒遗范》篇标题下注释云："士大夫一日不可无此味。"很显然，《国色天香》主要是为参加科举考试的士子服务的。《国色天香》、《绣谷春容》、《万锦情林》、《燕居笔记》等类书体小说包含诰、制、诏、启、状、判、赞、词、帖、铭、颂等多种文体，据《明史·选举志》记载，诰、诏等文体是考生参加科举考试时所面临的考试内容，所以类书体小说的编刊者采取上下两栏刊刻的形式，把诰、诏等应用型文体与通俗小说融为一体，考生在应付举业的同时，亦可享受阅读小说带来的乐趣。关于明代科举考生与类书体小说的关系，可参照程国赋师《明代书坊与小说研究》（中华书局2008年版）第七章"明代书坊与小说选本"第二节"明代书坊与小说选本的兴盛"，此处不再赘述。

---

①（清）但明伦：《聊斋志异序》，见《聊斋志异》会校会注会评本，上海古籍出版社1986年版，卷首。

第三章

明清时期通俗小说读者群的构成及其特点、影响（下）

本书第二章对明清时期帝王与皇室成员，宗室、贵族，官员与文人士大夫，学校及书院的学生等三类读者群体阅读小说的状况，以及不同读者阶层与通俗小说的关系进行了阐述。下面试探讨明清时期市井百姓等下层读者、女性读者、少年读者三类读者群体，并就这些读者阶层的特点及其与通俗小说的关系作出分析。

第一节　市井百姓等下层读者

市井百姓等下层读者包括农民、小商人、手工业者、衙役、僧徒、道士、下层文人等。与宗室、贵族、官员、文人士大夫阶层相比，下层读者队伍庞大。明代绿天馆主人（冯梦龙）《古今小说叙》云：“大抵唐人选言，入于文心；宋人通俗，谐于里耳。天下之文心少而里耳多，则小说之资于选言者少，而资于通俗者多。”① “文心少而里耳多”，数量众多的市井百姓等下层读者喜读小说，尤其喜欢浅显易懂的通俗小说，正如兼善堂刊《警世通言》识语所言：“通俗演义一种，尤便于下里之耳目。”②

早在明代中前期就有关于下层读者接受小说的记载，生活于明永乐、洪熙、宣德、正统至成化年间的叶盛在《水东日记·小说戏文》中指出：“今书坊相传射利之徒伪为小说杂书……农工商贩，钞写绘画，家畜而人有之。”③ 不过这类读者大量加入到小说读者队伍中，并对通俗小说创作、传播产生较大影响是从明代中后期开始的。当时商品经济显著发展，城镇繁荣。例如，明代王锜曾经记录苏州城的发展与繁荣状况：

吴中素号繁华，自张氏（按：指张士诚）之据，天兵所临，虽不被屠

---

① （明）绿天馆主人：《古今小说叙》，《喻世明言》，人民文学出版社1958年版，卷首。

② 兼善堂刊《警世通言》识语，《警世通言》，《古本小说集成》据天启四年兼善堂刊本影印，上海古籍出版社1990年版，卷首。

③ （明）叶盛：《水东日记》卷二一《小说戏文》，中华书局1980年版，第213～214页。

戮，人民迁徙实三都、戍远方者相继，至营籍亦隶教坊。邑里潇然，生计鲜薄，过者增感。正统、天顺间，余尝入城，咸谓稍复其旧，然犹未盛也。迨成化年间，余恒三、四年一入，则见其迥若异境，以至于今，愈益繁盛。闾檐辐辏，万瓦甃鳞，城隅濠股，亭馆布列，略无隙地。舆马从盖，壶觞罍盒，交驰于通衢。水巷中，光彩耀目，游山之舫，载妓之舟，鱼贯于绿波朱阁之间，丝竹讴舞与市声相杂。①

关于城市的发展，明万历《杭州府志》卷一九《风俗》篇云："嘉靖初年，市井委巷，有草深尺余者。城东西僻有狐兔为群者。今民居栉比，鸡犬相闻，极为繁庶。"② 随着城镇的繁荣，市民群体逐步扩大。宋懋澄(1570—1622)《九籥别集》卷四《葛道人传》记载了苏州市民惩治税监以及葛成为营救苏州市民而甘愿入狱之事③，清初李玉创作的戏曲《清忠谱》反映了明天启年间因魏忠贤迫害东林党人周顺昌等，市井百姓颜佩韦、马杰、周文元、杨念如、沈扬等人奋起反抗的史实，这些都体现了市民群体力量的不断壮大。

在这一数量渐增的群体中，有很多人对通俗小说表现出浓厚兴趣，他们尤其喜爱阅读《水浒传》、《三国演义》、《西游记》等名著，下面列举数条材料。明末金圣叹《读第五才子书法》称："旧时《水浒传》，贩夫皂隶都看。"④ 清代程穆衡《水浒传注略小引》云：

《水浒传注略》书成，及门诸子咸请于予曰："闻之学当务其大，今夫子方矻矻焉注经补史，编排纂辑之不暇，乃取贩竖农傭手中之书诠释之，所搜摘引证，且不下数百家，若是其勤者何也？"⑤

---

① (明)王锜：《寓圃杂记》卷五《吴中近年之盛》，中华书局1984年版，第42页。

② 万历《杭州府志》卷一九《风俗》，《明代方志选》第4册，台北学生书局1965年版，第345～346页。据万历七年刊本影印。

③ (明)宋懋澄《九籥别集》卷四《葛道人传》，《续修四库全书》第1374册集部别集类，上海古籍出版社2002年版，第321页。据中国科学院图书馆藏清初刻本影印。

④ (明)金圣叹：《读第五才子书法》，中华书局1975年版。据明崇祯十四年贯华堂刊本影印《第五才子书施耐庵水浒传》卷首。

⑤ (清)程穆衡：《水浒传注略》，清道光二十五年王氏听香阁刻王开沃补注本。

清代杨懋建《梦华琐簿》云：

> 常州陈少逸撰《品花宝鉴》，用小说演义体，凡六十回。此体自元人《水浒传》、《西游记》始，继以《三国志演义》，至今家弦户诵，盖以其通俗易晓，市井细人多乐之。①

清代许宝善《北史演义叙》云：

> 晋陈寿《三国志》，结构谨严，叙次峻洁，可谓一代良史。然使执卷问人，往往有不知寿为何人，《志》属何代者。独《三国演义》，虽农工商贾妇人女子无不争相传诵。夫岂演义之转出正史上哉？其所论说易晓耳。……乾隆五十八年，岁在癸丑端阳日。②

另有清代绿园老人乾隆四十二年（1777）作《歧路灯序》云："撰《歧路灯》一册。田父所乐观，闺阁所愿闻。"③ 这些文献中提到的"贩夫皂隶"、"贩竖农儓"、"市井细人"、"农工商贾"、"市井粗识解字之徒"、"田父"等均是下层民众。

当然，并非所有的通俗小说都适合下层读者阅读，例如陶家鹤清乾隆二十九年（1764）撰《绿野仙踪序》就认为《绿野仙踪》不适宜下层读者阅读，他指出："《绿野仙踪》……因其人其事，斟酌身分下笔，究非仆隶舆台略识几字者所能尽解尽读者也。"④ 但总体看来，从明代中后期开始，通俗小说的读者群体之中，下层读者的队伍愈来愈壮大，其地位日益

① （清）杨懋建：《梦华琐簿》，收入孔另境：《中国小说史料》，古典文学出版社1957年版，第221页。

② （清）许宝善：《北史演义叙》，《北史演义》，《古本小说集成》据清乾隆原刊本影印，上海古籍出版社1990年版，卷首。

③ （清）绿园老人：《歧路灯序》，（清）李绿园：《歧路灯》，朴社出版经理部1927年版。

④ （清）陶家鹤：《绿野仙踪序》，（清）李百川：《绿野仙踪》，人民文学出版社1987年版，第815页。

胡石庵从读者的知识积累、小说虚构性等方面探讨通俗小说对下层民众产生深刻影响的原因。他认为，小说最易取悦于下等社会，是因为下层读者知识较为匮乏，辨别力不强。他们不知道小说中的描写常出于虚构之笔，而误以为真有其事，于是加以模仿，这对社会风气大有危害。梁启超《论小说与群治之关系》则从小说的艺术感染力及其阅读效果等角度分析小说对下层读者的影响：

> 凡读小说者，必常若自化其身焉。人于书中，而为书中之主人翁。读《野叟曝言》者，必自拟文素臣；读《石头记》者，必自拟贾宝玉；读《花月痕》者，必自拟韩荷生若韦痴珠；读《梁山泊》者，必自拟黑旋风若花和尚。虽读者自辩其无是心焉，吾不信也。……今我国民绿林豪杰，遍地皆是，日日有桃园之拜，处处为梁山之盟，所谓“大碗酒、大块肉、分秤称金银、论套穿衣裳”等思想，充塞于下等社会之脑中，遂成为哥老、大刀等会，卒至有如义和拳者起，沦陷京国，启召外戎，曰：惟小说之故。①

梁启超认为，小说作品因其栩栩如生的人物形象塑造、新奇曲折的情节与强烈的艺术感染力，往往使读者有身临其境的感觉，让读者“常若自化其身”。正因如此，下层读者阅读《三国演义》、《水浒传》以后，出现桃园结拜、梁山之盟，甚至哥老、大刀等会及义和拳之起事，皆与小说有关。

姑且不论胡、梁所持观点是否片面，通俗小说的确对明清下层读者产生了一定的影响，笔者试举数则事例加以分析：

第一，明代无碍居士《警世通言叙》云：“里中儿代庖而创其指，不呼痛，或怪之。曰：‘吾顷从玄妙观听说《三国志》来，关云长刮骨疗毒，且谈笑自若，我何痛为！’夫能使里中儿顿有刮骨疗毒之勇，推此说孝而孝，说忠而忠，说节义而节义，触性性通，导情情出。”② 关羽刮骨疗毒的情节使“里中儿”具备划伤手指而不喊痛的勇气，可见小说情节对其感染

---

① （清）梁启超：《论小说与群治之关系》，收入《饮冰室合集》第1册，中华书局1989年版，第8~9页。

② （明）无碍居士：《警世通言叙》，《警世通言》，《古本小说集成》据天启四年兼善堂刊本影印，上海古籍出版社1990年版，卷首。

之强。

第二，明末几次农民运动显示出通俗小说对下层民众的影响。《明史·李自成传》云：

> 崇祯元年，陕西大饥，延绥缺饷，固原兵劫州库。白水贼王二、府谷贼王嘉胤、宜川贼王左挂、飞山虎、大红狼等一时并起。……其党共推王自用号紫金梁者为魁。自用结群贼老回回、曹操、八金刚、扫地王、射塌天、阎正虎、满天星、破甲锥、邢红狼、上天龙、蝎子块、过天星、混世王等及迎祥、献忠，共三十六营。①

清代查继佐《罪惟录·列传》卷三一《王嘉胤高迎祥诸贼部》亦云：

> 时群盗望风起……其余以诨号著者，如闯将八大王曹操……等（……关索……一丈青……九条龙……托天王……）不可胜数。……论曰：自施耐庵作《水浒传》，罗贯中续成之，笔□（按：原文缺一字）贻祸者三而未已也：一则万历末年，徐鸿儒以郓城人倡白莲教，巢于梁家楼，直欲亲见梁山泊故事；一则天启中《点将录》，以天罡星仿佛分署李三才等三十六人，以地煞星分署顾大章等七十二人，逆魏与崔，借以尽残善类；一则崇祯中"流贼"初起，□（按：原文缺一字）为指名，亦辄如传中各立浑号，如托天王、一丈青等，□（按：原文缺一字）勇出相作梁山泊好汉，其为数十倍于天罡地煞不止。②

上述文献中提到的"三十六营"、"曹操"、"关索"、"一丈青"、"九条龙"、"托天王"、"天罡地煞"等均是借用或模仿《三国演义》、《水浒传》等通俗小说中的人物名称，这充分说明农民起义军熟悉其人物、情节。

第三，通过清代几次民间传教、起义之事也可窥见通俗小说对下层读者的影响。

---

① （清）张廷玉等：《明史》卷三〇九《李自成传》，中华书局 1974 年版，第 7949～7953 页。

② （清）查继佐：《罪惟录》第 8 册，上海书店出版社 1985 年版，第 60～70 页。

《大清文宗显皇帝实录》卷三八云：

> 咸丰元年辛亥七月乙巳，上谕军机大臣等：有人奏湖南衡、永、宝三府，郴、桂两州以及长沙府之安化、湘潭、浏阳等县，教匪充斥……皆以四川峨嵋山会首万云龙为总头目，所居之处有忠义堂名号。……又据片奏，该匪传教惑人，有《性命圭旨》及《水浒传》两书，湖南各处坊肆皆刊刻售卖，蛊惑愚民，莫此为甚。①

清代半月老人《续刻荡寇志序》云："近世以来，盗贼蜂起，朝廷征讨不息，草野奔走流离，其由来已非一日。非由于拜党结盟之徒，托诸《水浒》一百八人，以酿成之耶？"② 清代刘治襄《庚子西狩丛谈》卷四云：

> 义和拳之乱，所以酿成此大戾者，原因固甚复杂，而根本症结，实不外于二端：一则民智之过陋也。北方人民简单朴素，向乏普遍教育，耳目濡染，只有小说与戏剧之两种观感，戏剧仍本于小说，括而言之，即谓之小说教育可也。小说中之有势力者，无过于两大派：一为《封神》、《西游》，侈仙道鬼神之魔法；一为《水浒》、侠义，状英雄草泽之强梁。由此两派思想，浑合制造，乃适为构成义和拳之原质。③

据上可知，清咸丰时湖南教徒所居之处有忠义堂之名号，以《性命圭旨》及《水浒传》两书传教；民间百姓模仿《水浒传》一百零八将拜党结盟；直到清末义和团之兴，还被人归为《封神》、《西游》、《水浒》等小说引导的结果。可以说，明清通俗小说会对下层民众的思想、行为产生直接而深远的影响。

---

① 《大清文宗显皇帝实录》卷三八，《清实录》第40册，中华书局1986年版，第527页。

② （清）半月老人：《续刻荡寇志序》，《荡寇志》，人民文学出版社1981年版，第1047页。

③ （清）吴永口述，刘治襄笔记：《庚子西狩丛谈》卷四，收入《近代中国史料丛刊》第4册第1辑，台北文海出版社1966年版，第206～207页。

二、下层读者通过阅读通俗小说汲取多方面知识

下层读者通过阅读历史题材作品，可以增长历史知识；阅读《三国演义》、《水浒传》等小说，可以提高军事才能和实战水平。傅冶山《三国演义跋》云："《三国演义》一书，所载战法阵法及雄韬武略，其深裨于实用者，诚非浅鲜。……是书也，世人咸谓之为小说耳，不知是书虽曰小说，而其行军议论严正，余常玩索之，辄爱其贯串群书，深有合于六韬与夫司马穰苴之法。"①

明末农民起义领袖张献忠善于从《三国》、《水浒》等书中汲取知识，据清代刘銮《五石瓠·水浒小说之为祸》记载："张献忠之狡也，日使人说《三国》、《水浒》诸书，凡埋伏攻袭咸效之。"② 清人张德坚《贼情汇纂》卷五《诡计》也指出："贼之诡计，果何所依据？盖由二三黠贼，采稗官野史中军情，仿而行之，往往有效，遂宝为不传之秘诀。其取裁《三国演义》、《水浒》为尤多。"③ 晚清夏曾佑《庄谐选录》云："胡文忠公曰：'……草野中又全以《水浒传》为师资，故满口英雄好汉，而所谓奇谋秘策，无不粗卤可笑。'"④ 民间百姓知识水平有限，所以《三国演义》、《水浒传》等通俗小说成为他们的"师资"，是其获取军事知识的重要来源。

除政治、军事方面外，下层民众在日常生活中也善于运用从通俗小说中学到的知识，清代李焕章《水浒人传》云：

水浒人，居乘东偏八里，世农，家无识"之"、"无"者。至水浒人，性小慧，习句读，通点画。幼为富人灌园，一日窃《水浒传》，读之竟，

---

① （清）傅冶山：《三国演义跋》，收入丁锡根：《中国历代小说序跋集》，人民文学出版社1996年版，第907～908页。

② （清）刘銮：《五石瓠·水浒小说之为祸》，收入赵诒琛、王大隆：《庚辰丛编》，1940年线装排印本。

③ （清）张德坚：《贼情汇纂》卷五《诡计》，收入《近代中国史料丛刊》第215册第22辑，台北文海出版社1966年版，第481页。

④ （清）夏曾佑：《庄谐选录》卷二，1903年上海夏曾佑自刊本。

再读，觉百八人在胸、在喉、在齿牙。就寝，则又在梦寐，不禁为市人演说。市人辄称曰“水浒人”。……崇祯末，大盗秦渠数万，逼乘。时水浒人在围城中，大言：“以我当敌，事必济。”众为之失笑已，事急姑听之。水浒人乃为帛书一矢加城外曰：“邑中大腹豪，我素所仇也。今我大言诳邑中，邑中以事急，姑听我，君夜半率二三骑来，止萧公祠，大众乘其后，城且陷，我与君共大腹豪焉。”秦渠果潜来，水浒人率精甲百人，突出缚之。盗大奔溃去。邑中人大惊喜，争金帛卮酒奉水浒人曰：“若习孙吴几年矣。”水浒人笑曰：“始自窃读《水浒》时，孙吴我不知谁何氏，吾但知雪夜赚索超耳。”①

讲述了农民杨文杰借鉴《水浒传》中“雪夜赚索超”的故事，智擒大盗秦渠，击溃盗贼。这是下层民众在现实生活中借鉴通俗小说的一个成功例证。

三、下层读者喜读传统通俗小说，不喜翻译小说、晚清小说

徐念慈《余之小说观》云：

我国农工蠢蠢，识文字者百不得一，小商贩负，奔走终日，无论矣。吾见髫年伙伴，日坐肆中，除应酬购物者外，未尝不手一卷，《三国》、《水浒》、《说唐》、《岳传》，下及秽亵放荡诸书，以供消磨光阴之用，而新小说无与焉。盖译编，则人名地名诘屈聱牙，不终篇而辍业；近著，则满纸新字，改良特别，欲索解而无由；转不合旧小说之合其心理。②

徐念慈从语言文字、接受心理等角度将翻译小说、晚清小说与传统通俗小说进行比较，认为翻译小说“人名地名诘屈聱牙”，未能做到通俗易懂，

① （清）李焕章：《水浒人传》，收入（清）周亮工：《周亮工全集》第15册《赖古堂文选》卷一三，凤凰出版社2008年版，第971～974页。

② 徐念慈：《余之小说观》，收入朱一玄、刘毓忱：《三国演义资料汇编》，南开大学出版社2003年版，第431页。

因而不受读者欢迎；而晚清小说则充斥着新名词、新思想，对于识字不多、忙于生计的下层读者而言，并不符合他们的阅读心理。

四、下层读者对明清通俗小说的创作、传播产生了一定影响

明嘉靖三十一年（1552）清江堂所刊《大宋中兴通俗演义》凡例第四则云："庶便俗庸易识。"第七则云："句法粗俗，言辞俚野，本以便愚庸观览，非敢望于贤君子也耶。"从这两则凡例可以看出，小说《大宋中兴通俗演义》的编刊是为了适合"俗庸"、"愚庸"这些下层读者的阅读需要，因而用语通俗，言辞俚野。下层民众进入通俗小说读者群体之中，使小说创作的通俗化趋势日益突出。小说多选用反映市井生活的题材，以卖油郎等下层民众作为小说描写的主角，这在明末"三言"、"二拍"的创作过程中得到充分体现。清代绿园老人《歧路灯序》云："《三国志》者，即陈承祚之书而演为稗官者也。……再传而为演义，徒便于市儿之览，则愈失本来面目矣！"[①] 由此可知，《三国演义》的出现在很大程度上正是为了"便于市儿之览"。下层民众读者与明清通俗小说之间的关系是双向互动的，一方面通俗小说对下层读者的思想、行为产生影响，另一方面下层民众参与阅读也对通俗小说的创作、传播产生不可忽视的重要作用。

第二节　女性读者

明清时期重视女性教育，明太祖朱元璋"鉴前代女祸，立纲陈纪，首严内教"[②]。洪武元年（1368），太祖"命儒臣修《女诫》，谕翰林学士朱升曰：'治天下者，正家为先。正家之道，始于谨夫妇。……卿等其纂

---

① （清）绿园老人：《歧路灯序》，（清）李绿园：《歧路灯》，朴社出版经理1927年版。

② （清）张廷玉等：《明史》卷一一三，中华书局1974年版，第3503页。

《女诫》及古贤妃事可为法者，使后世子孙知所持守。’升等乃编录上之”①。隆庆五年（1571），庞尚鹏撰《庞氏家训》云：“女子六岁诵《女诫》，不许出闺门。”②

明代沈德符《万历野获编》卷三《颁行女训》条云：

世宗以章圣太后所著《女训》一卷示辅臣，其首即献帝为之序，次即太后自序，为目十有二。已复以《慈孝高皇传》及仁孝皇后《内训》同示，欲与《女训》并刊行。……又令两京布政司府州县各修官女学，设庙奉先代女师之神；傍有廊，为习女工之所；中一堂，为听教之堂。选行义父老掌其事，每年十月开学，十二月止。其教矇瞽之人以《女训》一书，教令讲解背诵，量与俸给，提学官岁考阅之。又欲选大家有家法之人为媒氏，凡女七岁以上入学习《女训》者，书其年月名籍，令之收掌。国有大嘉礼，按籍而取之。③

明代关于女性教育的书籍有《女诫》、《女训》、《女鉴》、《妇训》、《内训》、《女教续编》、《女儿经》、《古今列女传》、《列女传》、《女镜》等。清代同样重视女性教育，《女则》、《女训》、《女四书》、《内则衍义》、《女儿经》等书成为重要的女性读本。女性多以家庭作为接受教育的场所，例如清代梁国治《晚晴楼诗草序》记载曹锡淑童年时受教育的情况：“髫龄，夫人即教授汉魏古逸及唐人五七言诗，皆能上口。六岁就每日退塾，辄授一诗，为讲解甚具。童蒙之训得之母氏者为多。”④ 也存在女性拜师求学的现象，比如，清代著名诗人袁枚就招收多名女弟子，其友人汪谷于嘉庆丙辰年（1796）为《随园女弟子诗选》作序时指出：“随园先生，风雅所宗……四方女士之闻其名者，皆钦为汉之伏生、夏侯胜一流。故所到之

---

① （清）张廷玉等：《明史》卷一一三，中华书局1974年版，第3503页。

② （明）庞尚鹏：《庞氏家训》，《丛书集成初编》第976册，中华书局1985年版，第5页。据《岭南遗书》本排印。

③ （明）沈德符：《万历野获编》卷三《颁行女训》，中华书局1959年版，第87～88页。

④ （清）梁国治：《晚晴楼诗草序》，《四库全书存目丛书》第78册，齐鲁书社1997年版，第267页。

处，皆敛衽及地，以弟子礼见，先生有教无类。”[①]

随着女性接受教育机会的增加以及受教育范围的日益扩大，她们的文化水平和文学修养在整体上有了较大幅度的提高。据胡文楷《历代妇女著作考》统计，从汉魏到清代，共出现女性作家4 000余人，其中清代就有3 682位，占了绝大多数。[②]陈东原《中国妇女生活史》第八章“清代的妇女生活”指出：“清代学术之盛，为前此所未有，妇女也得沾余泽，文学之盛，为前此所未有。”[③]《红楼梦》中林黛玉、薛宝钗、史湘云、贾探春等女性擅长吟诗作赋，正是现实生活中的女性在文学作品中的投影。

明清时期的女子教育虽然强调儒家伦理道德，强调贞节观，但客观上提高了女性的识字习文水平。除贵族女性受到良好教育外，平民女性也能得到接受教育的机会。例如，《金瓶梅》第七十八回潘姥姥提到潘金莲七岁开始“往余秀才家上女学”，“上了三年，字仿也曾写过”[④]，这部小说虽以宋代作为故事背景，实际上反映的是明代现实。《二刻拍案惊奇》卷六《李将军错认舅　刘氏女诡从夫》一回中，也提到小说人物刘翠翠十多岁就到学堂读书。女性接受教育机会的增加，就整体而言，也为她们阅读小说提供了可能、创造了条件。

关于明清时期女性阅读通俗小说的情况，下面分总体论述、现实生活中的女性读者、小说文本中的女性读者、女性读者群体的特点以及通俗小说对其的影响四个方面进行论述。

一、总体论述

首先考察明代的情况。明代叶盛《水东日记·小说戏文》中记：“今书坊相传射利之徒伪为小说杂书，南人喜谈如汉小王（原注：光武）、蔡伯喈（原注：邕）、杨六使（原注：文广），北人喜谈如继母大贤等事甚

---

① （清）汪谷：《随园女弟子诗选序》，见上海锦章图书局石印本《随园女弟子诗选》卷首。

② 参见胡文楷：《历代妇女著作考》，商务印书馆1957年版。

③ 陈东原：《中国妇女生活史》，上海书店出版社1984年版，第257页。

④ 《金瓶梅》第七十八回《林太太鸳帏再战　如意儿茎露独尝》，《金瓶梅》会评会校本，中华书局1998年版，第1162页。

多。……痴呆女妇，尤所酷好，好事者因目为《女通鉴》，有以也。”[①] 女性酷爱阅读小说，好事者之所以视小说为《女通鉴》，一则涉及汉小王、蔡伯喈、杨六使等历史题材的小说可以使女性读者获取很多历史知识，二则《通鉴》是以史为鉴，小说作品也可以借助历史故事对女性读者起到很好的教化作用。

明末出现一些关于女性读者阅读小说的论述，例如，无碍居士《警世通言叙》称：“经书著其理，史传述其事，其揆一也。理著而世不皆切磋之彦，事述而世不皆博雅之儒。于是乎村夫稚子，里妇估儿，以甲是乙非为喜怒，以前因后果为劝惩，以道听途说为学问，而通俗演义一种，遂足以佐经书史传之穷。”[②] 在这里，无碍居士把“里妇”与“村夫稚子”、“估儿”放在一起作为下层民众的代表，阐述通俗演义在弥补经书史传的不足方面对这些读者群体所产生的功用。崇祯十五年（1642），朱一是所撰《蔬果争奇》跋语专门提及女性读者：“今之雕印，佳本如云，不胜其观，诚为书斋添香，茶肆添闲。佳人出游，手捧绣像，于舟车中如拱璧。”[③] 朱一是指出，绣像小说已成为“佳人”的珍爱之物，她们常于出游之际随身携带，作为消遣。

其次考察清代有关女性小说读者的论述。清代绿园老人（李海观）乾隆四十二年（1777）所撰《歧路灯序》云：“撰《歧路灯》一册。田父所乐观，闺阁所愿闻。”[④] 许宝善乾隆五十八年（1793）撰《北史演义叙》云：“晋陈寿《三国志》，结构谨严，叙次峻洁，可谓一代良史。然使执卷问人，往往有不知寿为何人，《志》属何代者。独《三国演义》，虽农工商贾、妇人女子无不争相传诵。夫岂演义之转出正史上哉？其所说易晓耳。”[⑤] 撰于清乾隆年间的《歧路灯序》和《北史演义叙》均将女性与

---

① （明）叶盛：《水东日记》卷二一《小说戏文》，中华书局1980年版，第213～214页。

② （明）无碍居士：《警世通言叙》，《警世通言》，《古本小说集成》据天启四年兼善堂刊本影印，上海古籍出版社1990年版，卷首。

③ （明）朱一是：《蔬果争奇跋》，崇祯十五年清白堂刊《蔬果争奇》卷首。

④ （清）绿园老人：《歧路灯序》，（清）李绿园：《歧路灯》，朴社出版经理部1927年版。

⑤ （清）许宝善：《北史演义叙》，《北史演义》，《古本小说集成》据清乾隆原刊本影印，上海古籍出版社1990年版，卷首。

“田父”相提并论，或将“农工商贾、妇人女子”并提，意在说明《歧路灯》、《三国演义》等通俗小说受到包括女性在内的读者群体的欢迎。

正如上文提到的《水东日记》所记，好事者将小说目为《女通鉴》一样，通过阅读小说，女性读者可以获得历史知识。以关羽为例，清代王侃《江州笔谈》云：“《三国演义》可以通之妇孺，今天下无不知有关忠义者，演义之功也。”[①]《老圃丛谈》云：“古来名将，如关羽者甚多，而关羽独为妇孺所称，则小说标榜之力。”[②] 许多女性读者不是通过《三国志》而是从《三国演义》中去认识、了解这一历史人物的。可见，明清通俗小说在为女性读者提供消遣、娱乐的同时，也丰富了她们的历史知识。

二、现实生活中的女性读者

元末已出现关于女性小说读者的记载，《明史》卷二八五《王行传》云：“王行，字止仲，吴县人。幼随父依卖药徐翁家，徐媪好听稗官小说，行日记数本，为媪诵之。媪喜。”[③] 王行（1331—1395），出生于元末，至明朝建国时（1368），他已是38岁的中年人，因此这条材料记载的王行幼年之事应在元末。《江南通志·人物志·列女》称，长洲都宪森女文良卿创作《北齐史演义》，供婆婆韩氏消遣。[④] 女性不仅阅读小说，而且可以创作小说，这也在一定程度上体现出当时女性文化水平的提高。

清代关于现实生活中女性阅读的记载明显增多。郑振铎旧藏《平山冷燕》（今藏国家图书馆）封面题“天花藏评点四才子书”，第十二回回评云：“予向阅诸小言，味同嚼蜡。今始见四才子，异而评之。第恨妾生较晚，不及细为点缀耳。”虽不确知上述评语撰写者的具体姓名，但通过

① （清）王侃：《江州笔谈》卷下，收入朱一玄：《明清小说资料选编》，南开大学出版社2006年版，第84页。

② 《老圃丛谈》，收入孔另境：《中国小说史料》，古典文学出版社1957年版，第59页。

③ （清）张廷玉等：《明史》卷二八五《文苑传·王行传》，中华书局1974年版，第7329～7330页。

④ （清）赵宏恩等：《江南通志》卷一七六，台北华文书局1967年版。影印乾隆二年重修本。

“第恨妾生较晚”数语，可以肯定她是一位颇具才学和批评眼光的女性。这位女性不仅是通俗小说读者，也是其评点者。与《平山冷燕》第十二回女性评点者相似的是，清代王仲瞿妻金氏也是小说爱好者，并曾为《金瓶梅》作注。清代蒋敦良《古本金瓶梅序》云：“曩游禾郡，见书肆架中，有《古本金瓶梅》抄本一书，取而读之，乃与俗本迥异，盖翠微山房所珍藏，后为大兴舒铁云所得，因以赠其妻甥王仲瞿者。有仲瞿考证四则，其妻金氏加以旁注，而元美作书之本旨，乃揭之以出。”[①] 此处提到的王仲瞿即王昙，王昙在其《古本金瓶梅考证》中也道：“余妻尤爱玩不置，绣余妆罢，意为之注，颇能唤醒顽恶不浅。……时乾隆五十九年甲寅十月十日也。”[②] 此可为其妻注《金瓶梅》的佐证。另外清嘉庆已未年（1799），武陵女史陈诗雯曾作《红楼复梦序》。[③]

清人王韬《海上尘天影叙》记载妓女汪婉香阅读并评点小说之事：

《断肠碑》初名《尘天影》，门下士梁溪邹生为汪婉香女史作也。女史名媛，本休宁盐商女。……女史性既聪颖，又喜浏览群编，自庄骚班汉以至唐人说部、近时章回小说，靡不过目加以评断。尝闻其评《花月痕》，谓大旨从《品花宝鉴》脱胎，与《红楼梦》不相合，所谓韦痴珠者即韩荷生之影，杜采秋即傅秋痕之影，两男两女，实则一男一女，其识见之精卓如此。[④]

妓女汪婉香虽然身份低微，但生性聪颖，博览群书，在广泛阅读的基础上对通俗小说作出评判。她曾评价过《花月痕》，阐明其创作渊源及主旨，颇具识见。

晚清时期，作为女性读者的慈禧太后也很喜欢阅读小说，对此已在前

---

① （清）蒋敦良：《古本金瓶梅序》，收入丁锡根：《中国历代小说序跋集》，人民文学出版社1996年版，第1112页。

② （清）王昙：《古本金瓶梅考证》，收入丁锡根：《中国历代小说序跋集》，人民文学出版社1996年版，第1115页。

③ （清）陈诗雯：《红楼复梦序》，《红楼复梦》，北京大学出版社1988年版，卷首。

④ （清）王韬：《海上尘天影叙》，《海上尘天影》，《古本小说集成》据复旦大学图书馆藏清光绪石印本影印，上海古籍出版社1990年版，卷首。

文论及，不再赘述。

三、小说文本中的女性读者

试举数例：

《野叟曝言》第三十一回：“（璇姑）因把四嫂送来之书展开一看，是一部《会真记》、一部《娇红传》、一部《好逑传》，板清纸白，前首绣像十分工致。”[①]《蜃楼志》第三回：“素馨自幼识字，笑官将这些淫词艳曲来打动他。不但《西厢记》一部，还有《娇红传》、《灯月缘》、《趣史》（即《昭阳趣史》）、《快史》（即《浓情快史》）等类。素馨视为至宝，无人处独自观玩。”[②]《肉蒲团》第三回中未央生购买了《绣榻野史》、《如意君传》、《痴婆子传》等一二十种色情小说以诱其妻，“放在案头，任他翻阅”[③]。《金石缘》第七回描述，苏州林员外之女爱珠，“做诗写字之外，将些淫词艳曲，私藏觑看。一日……将一本《浓情快史》一看，不觉两朵桃花上脸”[④]。《红楼梦》第五十四回提到贾母及贾府女眷在元宵节请女先生说《凤求鸾》故事，并引发贾母一段关于才子佳人小说的批评。

上述小说文本中提到的《好逑传》、《灯月缘》、《昭阳趣史》、《浓情快史》、《绣榻野史》、《如意君传》、《痴婆子传》、《凤求鸾》等均为通俗小说。

---

① （清）夏敬渠：《野叟曝言》第三十一回《小姑嫂看淫书津津讲学　老夫妻吃热药狠狠团春》，人民文学出版社 1997 年版，第 402 页。

② （清）庾岭劳人：《蜃楼志》第三回《温馨姐红颜薄命　苏笑官黑夜寻访》，上海古籍出版社 1994 年版。

③ 《肉蒲团》第三回《道学翁错配风流婿　端庄女情移轻薄郎》，收入《明清善本小说丛刊初编》第 18 辑《艳情小说专辑》，台北天一出版社 1985 年版。

④ （清）静恬主人：《金石缘》第七回《助贤夫梅香苦志　逢美女浪子宣淫》，《新镌金石缘全传》，《古本小说集成》据清文光堂本影印，上海古籍出版社 1990 年版，第 175 ~ 176 页。以上提及《蜃楼志》第三回、《肉蒲团》第三回、《金石缘》第七回关于女性读者的文献记载，参照潘建国：《明清时期通俗小说的读者与传播方式》，《复旦学报》2001 年第 1 期。

四、明清时期女性读者阅读小说的特点以及通俗小说对女性读者的影响

笔者试从以下几个方面进行阐述：

第一，这一时期的女性读者一般喜好阅读写情类作品，比如世情小说、才子佳人小说等，尤其爱读《红楼梦》。据明代叶盛《水东日记·小说戏文》所记，女性读者对历史题材小说也有一定兴趣，不过总体来看，她们对写情类小说倾注了更多的热情，且具有浓厚的阅读兴趣。比如上文提到的慈禧就特别喜爱读《红楼梦》，甚至还“时引贾太君自比”①。女性阅读《红楼梦》并为之感动甚至因此伤心致死的事件，有多处文献记载，试举数例：

清代陈镛《樗散斋丛谈》卷二《红楼梦》云：“晤江宁桂愚泉，力劝勿看《红楼梦》。余询其故。因述常州藏镛堂言……某姓一女子亦看《红楼梦》，呕血而死。”② 清代陈其元《庸闲斋笔记》卷八《红楼梦之贻祸》云：“淫书以《红楼梦》为最……余弱冠时，读书杭州，闻有某贾人女，明艳工诗，以酷嗜《红楼梦》致成瘵疾。当绵惙时，父母以是书贻祸，取投之火。女在床乃大哭曰：‘奈何烧杀我宝玉！’遂死。”③ 清代乐钧《耳食录二编》卷八《痴女子》云：“近时闻一痴女子，以读《红楼梦》而死。初，女子从其兄案头搜得《红楼梦》，废寝食读之，读到佳处，往往辍卷冥想，继之以泪，复自前读之，反复数十遍，卒未尝终卷，乃病矣。”④

女性读者由于其柔弱的天性、细腻的情怀，因而对《红楼梦》爱不释手，读之废寝忘食。她们在阅读《红楼梦》之际倾注了大量个人情感，以至深陷其中而不能自拔。

---

① 邓之诚：《骨董琐记》卷六《小说禁例》，《民国丛书》第5编第84册历史地理类，上海书店出版社1996年版。据1933年版影印。

② （清）陈镛：《樗散斋丛谈》卷二《红楼梦》，收入朱一玄：《明清小说资料选编》，南开大学出版社2006年版，第595页。

③ （清）陈其元：《庸闲斋笔记》卷八《红楼梦之贻祸》，中华书局1989年版，第200页。

④ （清）乐钧：《耳食录二编》卷八《痴女子》，齐鲁书社2004年版，第254页。

第二，女性读者喜欢阅读文字、情节雅驯的小说，一般不喜欢淫色小说或情节虚妄怪诞的作品。清代观书人《海游记序》称："小说家言，未有不指称朝代，妄论君臣，或夸才子佳人，或假神仙鬼怪。此书（按：指《海游记》）洗尽故套，时无可稽……立言雅驯，不碍闺阁观也。"①

上文所引清代蒋敦良《古本金瓶梅序》提及，王仲瞿妻金氏为《金瓶梅》作注，主要是揭示"作书之本旨"②，并不足以表明金氏更偏爱《金瓶梅》等情色小说。女性读者较为含蓄，一般不喜文辞、情节过于直露的小说，相比之下，她们更喜欢《红楼梦》而非《金瓶梅》。据清代毛庆臻《一亭考古杂记》记载："乾隆八旬盛典后，京板《红楼梦》流行江浙……其书较《金瓶梅》愈奇愈热，巧于不露……传入闺阁，毫无避忌。"③ 清代嫏嬛斋刊《红楼复梦》凡例亦云："卷中无淫亵不经之语，非若《金瓶》等书以色身说法，使闺阁中不堪寓目。"④

第三，不同类型的通俗小说对女性读者产生不同的阅读效果。通俗小说对读者具有潜移默化的作用，正如邱炜萲在《五百石洞天挥麈》中所云："天下最足移易人心者，其惟传奇小说乎？自有《西厢记》出，而世慕为偷情苟合之才子佳人者多；自有《水浒传》出，而世慕为杀人寻仇之英雄好汉者多；自有《三国演义》出，而世慕为拜盟歃血之兄弟，占星排阵之军师者多。"⑤

就通俗小说对女性读者的影响而言，不同类型的作品产生的效果是不一样的。清代彭一楷《台湾外志序》云："读是编者，可以教孝，可以教忠，可以教义。即闺阁闻之，亦莫不油然生其节烈之心。有功名教，良非浅鲜。"⑥《台湾外志》成书于清康熙四十三年（1704），叙郑成功抗清始

---

①（清）观书人：《海游记序》，《海游记》，《古本小说集成》据中国艺术研究院戏曲研究所藏原傅惜华藏本影印，上海古籍出版社1990年版，卷首。

②（清）蒋敦良：《古本金瓶梅序》，收入丁锡根：《中国历代小说序跋集》，人民文学出版社1996年版，第1112页。

③（清）毛庆臻：《一亭考古杂记》，收入朱一玄：《明清小说资料选编》，南开大学出版社2006年版，第596页。

④《红楼复梦》凡例，《红楼复梦》，北京大学出版社1988年版，卷首。

⑤ 邱炜萲：《五百石洞天挥麈》卷一二，《续修四库全书》第1708册集部诗文评类，上海古籍出版社2002年版，第273页。据光绪二十五年邱氏粤垣刻本影印。

⑥（清）彭一楷：《台湾外志序》，《台湾外志》，齐鲁书社2004年版，卷末。

末，宣扬忠孝节义，所以序言称女性读之也可增节烈之心。相比之下，写情类小说尤其是一些情色小说则可能会对女性读者产生不良影响，清代汪堃《寄蜗残赘》卷九《红楼梦为谶纬书》云："《红楼梦》一书，始于乾隆年间，后遂遍传海内，几于家置一编。聪明秀颖之士，无不荡情佚志，意动心移，宣淫纵欲，流毒无穷。至妇女中，因此丧行隳节者，亦复不少。"①

清代余治《得一录》卷一一《收毁淫书局章程》"收藏小说四害"条云："二、败闺门。凡好藏淫书，好唱弹词诸家妇女，率多丑声。其秉性幽贞者，或以瘵疾死。下此不忍言矣。可胜痛哉。"② 道光十四年（1834）二月禁毁传奇演义板书时，也提到传奇演义对包括女性在内的读者的影响，《大清宣宗成皇帝实录》卷二四九云：

> 近来传奇演义等书，踵事翻新，词多俚鄙，其始不过市井之徒，乐于观览，甚至儿童妇女，莫不饫闻而习见之。以荡佚为风流，以强梁为雄杰，以佻薄为能事，以秽亵为常谈。③

作为现实生活的映射，小说文本中也有关于淫秽小说危害女性读者的描写，《金石缘》第八回叙述苏州林员外之女爱珠阅读《浓情快史》而生情欲，路过的利公子见她"枕边一本《快史》，反折绣像在外，像上全是春宫"，便断定"此女必是风流人物"，遂将其诱奸。④

写情小说容易使女性产生情感冲动，情色小说则可以挑动女性情欲。在明清时期提倡禁欲的社会风气下，这对正统文人而言是难以接受的，清代张竹坡《金瓶梅读法》即云：

---

① （清）汪堃：《寄蜗残赘》卷九《红楼梦为谶纬书》，收入朱一玄：《明清小说资料选编》，南开大学出版社 2006 年版，第 600 页。

② （清）余治：《得一录》卷一一《收毁淫书局章程》，收入《近代中国史料丛刊三编》第 92 辑第 913 册，台北文海出版社 2003 年版，第 3 页。

③ 《大清宣宗成皇帝实录》卷二四九，《清实录》第 36 册，中华书局 1986 年版，第 763 页。

④ （清）静恬主人：《金石缘》第八回《风流姐野战情郎　势利婆喜攀贵婿》，《新镌金石缘全传》，《古本小说集成》据清代文光堂本影印，上海古籍出版社 1990 年版，第 184～185 页。

《金瓶梅》切不可令妇女看见。世有销金帐底，浅斟低唱之下，念一回于妻妾听者多多矣。不知男子中尚少知劝戒观感之人，彼女子中能观感者几人哉？少有效法，奈何奈何！[①]

考虑到《金瓶梅》等情色小说对女性的不良影响，在明清时期，人们主张对女性阅读小说应当有所限制。

第三节　少年读者

少年读者是明清通俗小说读者群体中一个独特的构成部分，呈现出与其他读者阶层不同的阅读习惯和特点。少年读者因其年龄、学识、所处环境等缘故，更易受到通俗小说的影响，同时他们的阅读行为也在一定程度上影响着通俗小说的创作与传播。对此，本节分三个部分进行探讨，重点考察少年读者的阅读特点以及他们与通俗小说创作、传播之间的关系。

一、明代少年读者的情况

明万历年间刊本《绣榻野史》卷首所附憨憨子序言即提到少年读者："间过书肆中，见冠冕人物与夫学士少年行，往往诹咨不绝。"金圣叹十一岁即万历四十六年（1618）时读过《水浒传》，前文已作论述。[②] 生活于明代万历至崇祯年间的盛于斯撰《休庵影语・西游记误》云："余幼时读《西游记》，至《清风岭唐僧遇怪　木棉庵三藏谈诗》，心识其为后人之伪笔，遂抹杀之。后十余年，会周如山云：'此样抄本，初出自周邸。及授

---

① （清）张竹坡：《金瓶梅读法》，见《金瓶梅》会评会校本，中华书局 1998 年版，第 1509 页。

② 见金圣叹：《第五才子书水浒传序三》，《第五才子书施耐庵水浒传》，中华书局 1975 年版，卷首。据明崇祯十四年贯华堂刊本影印。

梓时订书，以其数不满百，遂增入一回。先生疑者，得毋是乎？'”① 盛于斯年少时阅读《西游记》，并认定其中《清风岭唐僧遇怪　木棉庵三藏谈诗》一回是后人伪笔，显示出非凡的见识。

明天启年间所刊《喻世明言》第一卷《蒋兴哥重会珍珠衫》入话云："看官，则今日听我说《珍珠衫》这套词话，可见果报不爽，好教少年子弟做个榜样。"无碍居士《警世通言叙》也将"稚子"与"村夫"、"里妇"、"估儿"并称，把他（她）们视作通俗演义小说的爱好者。②

由上可知，明代少年读者接受通俗小说的形式丰富多样，既可阅读文本，又可通过听说书等形式接触到小说故事。

二、清代少年读者的情况

以下大致按照时代先后顺序作简要叙述。

《二十四史通俗演义》作者吕抚（1671—1742）在此书第四十二回《说鬼神　录格言　鉴断翻新》中提到自己年少时阅读《三国演义》等小说的情形：

（吕）抚少年最喜读史，独惜其词义颇深，不能通俗。康熙甲子三岁，借读《三国志》于旷轩，因恨三国前后，无有如《三国志》者，遂欲将古今事迹，汇为通俗演义，以便观者。乃构求《开辟演义》、《盘古志》、《夏禹王治水传》、《列国志》、《西汉传》、《东汉传》、《三国志》、《两晋传》、《南北史》、《艳史》、《隋唐演义》、《唐传》、《残唐传》、《北宋志》、《南宋志》、《岳王传》、《辽金元外史》、《英烈传》、《新世宏勋》等书，严加删辑，去其诬讹，补其漏遗，使事必从实。（最后撰成《二十四史通俗演义》）③

---

① （明）盛于斯：《休庵影语·西游记误》，收入朱一玄：《明清小说资料选编》，南开大学出版社 2006 年版，第 429 页。

② （明）无碍居士：《警世通言叙》，《警世通言》，《古本小说集成》据天启四年兼善堂刊本影印，上海古籍出版社 1990 年版，卷首。

③ （清）吕抚：《二十四史通俗演义》第四十二回《说鬼神　录格言　鉴断翻新》，中国书店出版社 1993 年版，第 625 页。

清康熙甲子即公元1684年，吕抚年14岁。从上文可知，吕抚少年时即读小说近二十种，数量可观，这也从侧面说明在吕抚生活的康熙、雍正、乾隆时期，通俗小说作品数量之多、流传范围之广。

清代程穆衡在十几岁时即读《水浒传》，其撰于乾隆己亥年（1779）的《水浒传注略小引》云：

> 我自十余龄读之（按：指《水浒传》），恤然而骇者数矣。盖其贯穿经史，网罗百家，旁摭二氏，衍一义，订一言，靡不融会载籍而出之，乃数百年来从无识者。即自诩能读矣，止窥其构思之异敏，运笔之灵幻。若其炉锤古今，征材浩演，语有成处，字无虚构，余腹笥未可谓俭，然且茫如望洋焉。……既以复我诸子，并书之以告后之读是书者。[①]

程穆衡少年时阅读《水浒传》即为之折服，认为“数百年来从无识者”，后为之作注。清道光三十年（1850），张新之也在《妙复轩评石头记自记》中记述自己幼时阅读《红楼梦》之事：“闲人自幼喜读《石头记》，与同学董子蔗芗相剧谈，每得所触发。是时谈者多，而与闲人谈者则寥寥，以所见违众也，然亦未敢遽著笔。”[②]

晚清时期（咸丰、同治、光绪、宣统诸朝），社会持续动荡不安，内忧外患交替发生，西方思想与技术大量输入中国，社会处于急剧变革之中。在通俗小说的创作、传播领域，一方面传统的小说观念受到巨大冲击，经史地位衰微，人们对小说的社会价值有了重新认识，小说地位大幅度提高。清代惺园退士同治甲戌年（1874）撰《儒林外史序》声称：“士人束发受书，经史子集，浩如烟海，博观约取，曾有几人？惟稗官野乘，往往爱不释手。”[③] 另一方面，长期盛行于明清两代的雕版刊印逐渐被石印等新技术取代。同时，小说出现了报刊连载的方式，通俗小说的传播范

---

① （清）程穆衡：《水浒传注略小引》，收入马蹄疾：《水浒资料汇编》，中华书局1977年版，第116～117页。

② （清）张新之：《妙复轩评石头记自记》，收入朱一玄：《明清小说资料选编》，南开大学出版社2006年版，第591～592页。

③ （清）惺园退士：《儒林外史序》，收入朱一玄、刘毓忱：《儒林外史资料汇编》，南开大学出版社2003年版，第284页。

围、读者群体因而更加广泛，而少年读者是其中值得关注的重要阶层。

清光绪戊寅年（1878），竹秋氏撰《绘芳录序》指出："余于童年即爱观诸家说部，若《水浒传》、《红楼梦》等书，偶一展阅，每不忍释，以是遭父师之责者不知凡几，终不能改。"① 王韬作于光绪十四年（1888）的《镜花缘图像叙》云："予少时好观小说家言，里中严君忆荪甫有此书，假归阅之，神志俱爽。"② 晚清周馥《负喧闲语》称："小说闲书，不可入目。余幼时见友人说《列国演义》，事迹多实，因瞒先生借观之，过目不忘。后又阅《三国演义》，则觉其张皇粉饰，无足观矣。乃觅《三国志》观之，始知纲要，然嫌其尊魏而抑蜀，欲觅他善本，迄未得。"③ 清代光绪年间，文龙于《金瓶梅》第七十一回回评中云："予幼年见有《隔帘花影》一书，吴月娘改为梦云娘，又有银钮丝、红绣鞋等名色。"④ 这几条文献均为文人回忆各自年少之际阅读通俗小说之事，其中周馥虽然表明对《三国演义》等小说的反感态度，但也记录了自己幼年时阅读这些小说的情景。综合材料可以发现，少年读者阅读面较广，除《水浒传》、《红楼梦》、《列国演义》、《镜花缘》等书外，还阅读《隔帘花影》等情色小说；少年读者喜爱小说，虽因此屡遭父师之责而终不能改。

有些少年读者在阅读小说时表现出一定的认识与理解水平，如解弢《小说话》云：

《红楼》宝玉受打，为一大关键。受打之先，宝玉、黛玉时相讽讥口角；受打之后，互相宾礼。所以然者，在诗帕之传递耳。此回情节，犹赴岸之波，层层相追逐，不达彼岸不止。发端于宝玉、湘云谈话，黛玉窃听，听至"林姑娘不说这些混账话"，已感知己于无涯。至宝玉出来，为

① （清）竹秋氏：《绘芳录序》，收入《北京图书馆藏珍本小说丛刊》第4册，书目文献出版社1996年版，第2121页。

② （清）王韬：《镜花缘图像叙》，收入丁锡根：《中国历代小说序跋集》，人民文学出版社1996年版，第1446页。

③ （清）周馥：《负喧闲语》卷上，收入《近代中国史料丛刊》第9辑第82册《秋浦周尚书（玉山）全集》，台北文海出版社2003年版，第5453页。

④ （清）文龙评《金瓶梅》第七十一回回评，见文龙评《金瓶梅》，今藏国家图书馆。

> 黛玉眼泪所逼，已逼出心肝之语，而作者不为伤雅之笔，故为狡狯，以袭人送扇为解脱。既出而受打，归卧怡红，梦中复惊床头之哭，露泪淋浪，不能不逼出于帕之赠。此后二人相遇，其言语概可想矣，复可口角讽讥之有哉？余于十四岁时，已见及此。[①]

《红楼梦》中对宝玉被父亲责打的一段描写，是宝黛爱情发展的重要环节。解弢自称“于十四岁时，已见及此”，当时他作为一名少年读者，已认识到宝玉挨打在宝黛爱情发展过程中具有突出地位，是作品的“一大关键”，这是相当难得的。

由上可知，明清时期少年读者接受通俗小说的形式丰富多样，可以通过阅读文本、听说书等多种形式了解小说故事，阅读通俗小说的数量也比较多，一些少年读者在阅读之际还显示出较高的认识与理解水平。

三、明清时期少年读者的阅读特点及其与通俗小说创作、传播的关系

笔者试从以下几方面分别阐述：

第一，就整体而言，少年喜读的通俗小说类型主要为《西游记》、《封神演义》等神魔小说以及《水浒传》等英雄侠义小说。例如，清代顾家相《五余读书廛随笔》云：“太公本姜姓，吕乃封国，以国为氏者也。是以子、史各书，均称吕望，或称吕尚，从无称姜望、姜尚者。后世忽称为姜太公，皆误于《封神演义》。其实起古人于九原而问之，并不知有姜太公其人也。今则三尺童子，皆知姜太公，积重难返矣。”[②] 以“姜太公”称呼吕尚，其误源于《封神演义》。尚为伯夷后人，“吕”乃其祖上之姓（国姓），而“姜”则为族姓，子、史诸书记载尚时均以“吕”姓称之。少年读者皆知姜太公却不知历史人物吕尚，是因为他们通过阅读小说获取相关知识，相对于史实，有趣的故事情节与人物更容易为他们所关注，从这里

---

① 解弢：《小说话》，民国八年（1919）中华书局印本。

② （清）顾家相：《五余读书廛随笔》，收入孔另境：《中国小说史料》，古典文学出版社 1957 年版，第 96 页。

也可看出通俗小说对少年读者的影响。清代含晶子于光绪十七年（1891）撰《西游记评注自序》云："《西游记》一书，为长春邱真人所著。世传其本，以为游戏之书，人多略之，不知其奥也。孩童喜其平易，多为谈助，予少时亦以为谈天炙棵之流耳。"[①] 少年人爱读《西游记》之类的神魔小说，并以此作为聊天材料，这与他们喜爱幻想的纯真天性有关。同时，《水浒传》等英雄侠义小说也是少年读者喜读的作品（详见下文所论）。

除神魔、英雄侠义小说之外，世情小说乃至情色小说有时也成为他们的阅读对象。清代杨懋建《梦华琐簿》云："余自幼酷嗜《红楼梦》，寝馈以之。十六七岁时，每有所见，记于别纸。积日既久，遂得二千余签。拟汰而存之，更为补苴掇拾，葺成《红楼梦注》。"[②] 杨懋建自幼酷爱阅读世情小说《红楼梦》，十六七岁的时候便对其有了深刻感触，记有"二千余签"的体悟，并在此基础上撰成《红楼梦注》。清代梁恭辰《劝戒录续编》卷三则提到儒生与少年人求购情色小说的事情："吴中江铁君又言：'有书贾周某，端且谨，出纳不苟。'一日，语予曰：'某贾书市中，有儒生携一少年，求小说所谓《肉蒲团》者。'"[③]

第二，少年读者通过阅读小说可以增长知识、扩大视野，但由于他们年纪尚小，性格未定，也容易受到通俗小说的不良影响。在记录清代几次禁毁小说的文献中都强调了小说传奇对少年的负面影响。丁日昌《山阳县禀遵饬查禁淫书并呈示稿及收买书目由》云："淫词小说，最为蛊惑人心，童年天真未漓，偶得《水浒》、《西厢》等书，遂致纵情放胆，因而丧身亡家者多矣。"[④] 江苏巡抚汤斌在《严禁私刻淫邪小说戏文告谕》中也指出："江苏坊贾，惟知射利，专结一种无品无学希图苟得之徒，编纂小说传奇，宣淫诲诈，备极秽亵，污人耳目，绣像镂版，极巧穷工。致游佚无行，与

---

① （清）含晶子：《西游记评注自序》，收入朱一玄、刘毓忱：《西游记资料汇编》，南开大学出版社2002年版，第363页。

② （清）杨懋建：《梦华琐簿》，收入朱一玄：《明清小说资料选编》，南开大学出版社2006年版，第675页。

③ （清）梁恭辰：《劝戒录续编》卷三，收入王利器：《元明清三代禁毁小说戏曲史料》（增订本），上海古籍出版社1981年版，第382页。

④ （清）丁日昌：《抚吴公牍》卷七，广州古籍书店影印清宣统元年（1909）南洋官书局石印本。

年少志趋未定之人，血气摇荡。淫邪之念日生，奸伪之习滋甚，风俗陵替，莫能救正，深可痛恨，合行严禁。”① 清代黄正元《欲海慈航少年宜戒·子弟禁看淫书小说》云：

黄藜乙《蒙养篇》云：“人家子弟，已识字后，即禁看淫书小说，此种本属子虚乌有，少年误认为真，摇目荡心，最为害事。当稽察其背后借看，搜出即投之于火。十二岁后，父即携之同寝，留心察其睡中动静，居常女婢仆妇奶子，不论美恶老少，概不许近，只此一关，能与牢守，功名寿算，终身受用不尽。年至十七八时，即为完姻，庶免神驰之病，及邪淫之祸。”②

少年读者比较稚嫩天真，识别能力低，往往将小说家言误以为真，容易对书中人物进行效仿。

下面试以《水浒传》、才子佳人小说、淫秽小说三类作品为例，分析明清通俗小说对少年读者所产生的影响。

由于《水浒传》热闹好看，符合少年情性，深受少年读者喜爱，其于阅读之余，还争相效仿。明代水竹散人《〈忠义水浒全传〉题记》云：“少年辈视《水浒》中所谓江湖上豪杰者，必大脔大碗饮酒食肉，悦其放纵之态，争仿之，于是肉价倍于旧日。”③ 陈忱《〈水浒后传〉论略》云：“（《水浒后传》）有高于《前传》处，读《前传》者，少年子弟易入任侠一流，读《后传》者，名教中人不敢道‘豪杰’二字。”④

清代绿园老人（李海观）乾隆四十二年（1777）撰《歧路灯序》云：

---

① （清）汤斌：《汤子遗书》卷九《严禁私刻淫邪小说戏文告谕》，收入《文津阁四库全书》第438册集部别集类，商务印书馆2005年版，第307页。

② （清）黄正元：《欲海慈航少年宜戒·子弟禁看淫书小说》，收入王利器：《元明清三代禁毁小说戏曲史料》（增订本），上海古籍出版社1981年版，第238～239页。

③ （明）水竹散人：《〈忠义水浒全传〉题记》，国家图书馆藏本《新镌李氏藏本忠义水浒全传》卷首。

④ （清）陈忱：《〈水浒后传〉论略》，收入马蹄疾：《水浒资料汇编》，中华书局1977年版，第115页。

亡友郏城郭武德曰：……淮南盗宋江三十六人，肆暴行虐，张叔夜擒获之，而稗说（按：指《水浒传》）加以“替天行道”字样，乡曲间无识恶少，仿而行之，今之顺刀手等会是也。流毒草野，酿祸国家。①

上述材料反映出少年人模仿《水浒传》中的豪杰行为，大块吃肉、大碗喝酒，以至市场肉价大涨；仿照《水浒传》梁山结义的情节，在民间聚众起事，给朝廷带来很大的压力。

才子佳人小说对少年读者的影响也不容低估，清代李仲麟《增订愿体集》卷二云：

淫词小说，多演男女之秽迹，敷为才子佳人，以淫奔无耻为逸韵，以私情苟合为风流，云期雨约，摹写传神，少年阅之，未有不意荡心迷、神魂颠倒者。在作者本属子虚，在看者认为实有，遂以钻穴逾墙为美举，以六礼父命为迂阔，遂致伤风败俗，灭理乱伦，则淫词小说之为祸烈也。即有因果报应，但人多略而不看，将信将疑；况人好德之心，决不能胜其好色之心，既以挑引于前，岂能谨饬于后。有司者正其士民，有家者闲其子弟，于此等淫词，严行禁毁。②

封建正统文人对才子佳人小说以及男女自由恋爱的态度不免带有偏见，但从这条材料也可看出，少年身心皆处于发育、成长时期，心性未成熟，意志不够坚强，因此才子佳人小说的人物塑造、情节设置较容易对他们产生影响。

相对于才子佳人小说比较有限的影响，淫秽小说则可以荼毒少年读者。疑成书于明末清初的《风流和尚序》中指出：“余观小说多矣，类皆

① （清）绿园老人：《歧路灯序》，（清）李绿园：《歧路灯》，朴社出版经理部1927年版。

② （清）李仲麟：《增订愿体集》卷二，清代史澄《趋庭琐语》卷七有一段相似的言论，分别收入王利器：《元明清三代禁毁小说戏曲史料》（增订本），上海古籍出版社1981年版，第178、234页。

妆饰淫词为佳，原说月为尚，使少年子弟易入邪思梦想耳。”[①] 清代光绪年间《金瓶梅》第二十七回文龙撰回评云：“年少之人，欲火正盛，方有出焉，不可令其见之（按：指《金瓶梅》）。……只有四书五经，古文、《史记》，详为讲贯，以定其性情。”[②] 一些论者就淫秽小说对少年读者的身心危害作了具体阐述，表明了他们对少年看小说特别是淫秽小说所持的否定态度。

清代黄正元《欲海慈航少年宜戒·子弟禁看淫书小说》云：

每见人家子弟，年方髫稚，情窦初开，或偷看淫书小说，或同学戏语亵秽，妄生相火，寻求丧命之路，或有婢仆之事，而斫丧真元，或无男女之欲，而暗泄至宝，渐渐肢体羸弱，饮食减少，内热、咳嗽、咯血、梦遗、虚痨等症叠现……即万端调治，幸而得痊，然早年受伤，终身多病，下元虚冷，子嗣艰难，腰疼腿痛，阳痿不举，目晕头昏，未老先衰，一切劳心用力之事，皆不能任，虽留此躯，亦属无用，何以承先启后，建功立业，而享富寿康宁诸福乎？为子弟者，幸自珍惜，爱身即所以孝亲，保身斯可以扬名也。[③]

清代汤来贺《内省斋文集》卷三一云：

学者立志，先端心术。……惟导淫小说，则少年无识者，反乐观之，沉酣渐渍，以致情窦日开，邪心日炽，竟化为禽兽而不觉，宁特费时失事云尔哉！且强盗剽掠，或仅劫人财耳，财虽既去，犹可复来；以小说导淫，则劫去人心，世风大坏，不能复返矣。予见好观小说者，穷居则多萌邪念，必有害于身心，得志则纵其奢淫，必贻祸于风俗。有志自立者，一

---

① （明末清初）佚名：《风流和尚序》，《风流和尚》，《古本小说集成》据北京大学图书馆藏抄本影印，上海古籍出版社 1990 年版，卷首。

② （清）文龙：《文龙评金瓶梅》，国家图书馆藏本。

③ （清）黄正元：《欲海慈航少年宜戒·子弟禁看淫书小说》，收入王利器：《元明清三代禁毁小说戏曲史料》（增订本），上海古籍出版社 1981 年版，第 239 页。

见导淫邪说，宜即刻焚去，以绝其萌芽，斯为有勇耳。①

清代余治《得一录》在论及收藏小说之四害时云：

三、害子弟。藏此书者，子弟必然偷看，其佳者以此早知觉，早破身，或以疾死，即转而自悔，而元气一散，断不能成大器。世间尽有佳子弟，秀出一时，迄无成就，由浑金璞玉，早年玷缺，皆乃父巾箱中密藏物所害也。若中下者，必好此破家矣。……

四、多恶疾。好此种书，必多妖，必多忌疾。杭州朱司马，人极丰伟，年甫五十，即乞归，谓家人曰："我幼时喜小说，风痰入肾，不久矣。"未几死。看淫书之害如此。②

由上观之，明清时期淫秽小说对当时少年读者的危害极大。从读者接受的角度来看，清代禁毁小说、戏曲，尤其是对淫秽小说的限制，具有一定的积极意义，有利于净化小说语言文字与摆正创作倾向，减少对包括少年读者在内的读者阶层的危害。

第三，少年读者由于年龄小、阅历浅等缘故，文字水平与文学修养有限，在阅读小说时常会留下疑问。例如，清代张书绅于乾隆戊辰年（1748）撰《新说西游记总论》指出："予幼读《西游记》，见其奇奇怪怪，忽而天宫，忽而地藏，忽说妖魔，忽说仙佛，及所谓心猿意马、八戒沙僧者，茫然不知其旨。"③ 清代野云主人《增评西游证道奇书序》也称：

余方稚齿时，得读《西游》，见其谈诡谲怪，初亦诧而为荒唐。然又疑天壤之大，或真有如是之奇人奇事，而吾之闻见局隘，未之或知也。及夷考史策，则影响茫然。询之长老，佥曰："此游戏耳，孺子不足深究

① （清）汤来贺：《内省斋文集》卷三一，《北京图书馆古籍珍本丛刊》第113册集部清别集类，书目文献出版社1990年版，第844页。据康熙书林五车楼刻本影印。

② （清）余治：《得一录》卷一一《收毁淫书局章程》，收入《近代中国史料丛刊三编》第92辑第913册，台北文海出版社2003年版，第3页。

③ （清）张书绅：《新说西游记总论》，《新说西游记》，《古本小说集成》据清乾隆十四年其有堂刊本影印，上海古籍出版社1990年版，卷首。

也。”然余见其书洋洋洒洒数十万言，果无其事，则是人者，累笔费墨、祸灾梨枣，亦颇费经营构撰，而成此巨帙，将安用之？又其中之回目提纲及诗歌论赞中，多称心猿意马、金公木母等名，似非无谓而漫云者。既无可与语，唯有中心藏之而已。……取而复读之，则见其每有针芥之合。余既不娴修炼，访之道流，又无解者，亦未遽信以为必尔也。忽得西陵汪澹漪子评本，题之曰《证道奇书》，多列《参同》、《悟真》等书以为之证，及叹古人有先得我心者，第其评语与余意亦未尽合，因重梓乃为增读法数十则而序之。①

野云主人年少时阅读《西游记》，对此书的创作动机、创作主旨以及书中很多术语、情节无法理解，留下疑问。直到成年后，随着学识、修养的提高，阅历的增加，加上汪氏评点本揭示出《西游记》的真谛，野云主人才能逐渐消除年少时阅读小说存留的诸多疑点。

下面以清代陈其泰评点《红楼梦》为例，考察少年读者对小说认识水平逐步提高的历程。陈其泰在少年时，对《红楼梦》第九回《训劣子李贵承申饬　嗔顽童茗烟闹书房》有一段评语云：

此回乃败笔也。潭潭公府，存周又望子读书之人，叔侄三人共延一师，吾犹以为非。况委诸义学丛杂中耶？宜改。

何不作贾政郑重延师，择有名甲榜，文行兼优之人，隆其礼貌，厚其修脯，待先生曲尽忠敬，而先生师范果端，又感主人情重，见宝玉天姿可造，尽心教训，无如宝玉嫌先生所教，皆世俗博取功名富贵一切速化之学，心鄙其人，大为枘凿。先生志不得行，力辞而去……宝玉因得肆无忌惮，勾通伴读，狎昵嬉戏，无所不至，以致秦钟内通凤姐，而贾蔷、贾瑞，亦以狎昵之事，时相亲近。如此说来，似较有意趣也。

作者之意，不过欲顺手带出家塾，并补叙贾族诸人，以见贾氏无一佳子弟耳。然宝玉附塾，既不人情，多叙亲戚，亦属无谓。②

---

①（清）野云主人：《增评西游证道奇书序》，据清九如堂刊本。

②（清）陈其泰：《红楼梦》第九回《训劣子李贵承申饬　嗔顽童茗烟闹书房》回评，收入刘操南：《桐花凤阁评红楼梦辑录》，天津人民出版社 1981 年版，第 74 ~ 75 页。

可以看出陈其泰少时年轻气盛，他对《红楼梦》第九回的情节提出非议，言语咄咄逼人，认为此回不合情理，也未能突出宝玉纨绔子弟的形象，是小说中的一处败笔，并为其另外设想更加有趣的情节。而成年以后，他的认识发生了变化：

此批乃余少时看书眼光未到，随笔抒写俗情耳。宝玉之情，与俗人不同。其于秦钟，只是情之所钟，以温存体贴为相好，不在淫亵也。即其不肯读书，亦只不屑作八股文、五言八韵诗耳。岂如世之顽童，一味逃学，束书不观者哉。此回书诚不佳，却须有不食人间烟火者，以清思隽笔改削之，使宝玉之真相毕现，乃佳，未可做得太浅陋也。[①]

随着自身修养的提高，陈其泰对其少年时的看法作出反思，体悟到宝玉之情与俗人不同，非在淫亵，认识到自己当时所设计的情节未免“浅陋”。由陈其泰在不同年龄段就《红楼梦》第九回所作出的不同评语可知，少年读者由于阅历和视野的局限，对小说情节的认识与理解是片面的，他们对小说的接受程度随着年龄的增长而呈现出明显的动态演变过程。

第四，少年读者对明清时期通俗小说创作、传播的影响，主要表现在两个方面：

一是少年读者的参与加速了明清小说通俗化的趋势。相对于成年读者而言，少年读者文字水平、理解能力偏低，阅读经、史、文言小说时，可能会出现一些文字上的障碍，而语言通俗易懂、情节新奇曲折的演义体小说比较符合他们的阅读水平，能满足他们的阅读兴趣。清人蔡元放为历史演义小说《东周列国志》作序云：“《东周列国》一书，稗官之近正者也。……其难读更倍于他史。而一变为稗官，则童稚无不可读得，夫至童稚皆得读史，岂非大乐极快之事邪！”[②] 可以说少年读者的参与，在一定程度上推动了演义体小说的发展，加快了明清小说的通俗化趋势。

---

① （清）陈其泰：《红楼梦》第九回《训劣子李贵承申饬 嗔顽童茗烟闹书房》回评，收入刘操南：《桐花凤阁评红楼梦辑录》，天津人民出版社1981年版，第75页。

② （清）蔡元放：《东周列国志序》，收入丁锡根：《中国历代小说序跋集》，人民文学出版社1996年版，第868页。

二是明清时期少年读者参与小说阅读，丰富了通俗小说的传播方式，扩大了通俗小说的传播范围。以插图的运用为例，小说编刊者经常考虑的一个读者群体就是少年读者群。日本赖襄《三国志演义序》云："坊间有译焉，加绣像，以便童蒙者。"[①] 可见，小说刊刻过程中增加插图的目的之一正是便于"童蒙"阅读。

本节在分析明清时期通俗小说少年读者阅读状况的基础上，就这一读者群的阅读特点及其与通俗小说之间的关系进行了探讨。如上所论，少年读者阅读通俗小说时呈现出与其他读者阶层不同的特点，他们在阅读过程中既受到小说作品的多方面影响，同时，也在一定程度上影响了通俗小说的题材、内容、体制、风格以及刊刻形态。

在以上两章中，笔者对明清时期通俗小说读者群的构成与特点及其对小说创作、传播的影响作了较为详细的阐述。从中可以看出，明清时期通俗小说的流传范围广泛，读者队伍庞大而复杂，上至帝王、皇后、贵族、官员、士大夫，下至市井百姓，不同阶层、不同身份的读者加入到通俗小说读者队伍之中，他们的阅读习惯、阅读特点各有差异，对通俗小说的影响也不尽相同。

---

① ［日］赖襄：《三国志演义序》，收入朱一玄：《明清小说资料选编》，南开大学出版社 2006 年版，第 72 页。

第四章

明清时期通俗小说读者的阅读形式

明清时期通俗小说读者的阅读形式，以包括刊本、抄本在内的文本阅读为主，考虑到这一时期通俗小说传播的特定状况，也适当兼顾听说书、戏曲扮演等形式，将文本读者以外的小说受众也纳入本章的研究范围。

总体来看，明清时期通俗小说读者的阅读形式丰富多样，既有购读、抄阅、借阅、租赁，又有听说书、赠读、诵读、戏曲扮演乃至游戏赌博、酒令诸形式。通俗小说阅读形式的变化体现了市场检验的结果，同时也折射出某一时代政治、经济、文化等方面的发展与变化历程。以《三国演义》的阅读形式为例，从早期以口头说唱的形式流传于民间，到元末明初成书后以抄本传播，再到嘉靖元年刊印出版，由此可以窥见古代印刷技术不断提高的过程，也可以考察通俗小说由口头文学而至案头、书面文学的发展轨迹。

下面，笔者试论述明清通俗小说读者的阅读形式，并对每种阅读形式各自不同的特点以及对小说的影响进行归纳。

第一节　购读

在明清时期通俗小说所有的阅读形式中，购读现象最为普遍。随着通俗小说的发展，出版印刷业的日益兴盛，购读小说成为最常见、最便利的阅读形式。购买小说以刊本为主，也涉及少数抄本。为避免与本章第二节“抄阅”重复，凡未明确提到以购买形式获取的小说抄本均放在“抄阅”一节讨论。

本节分明、清两代进行论述，并总结购读小说的特点。

一、明代

明初以来，通俗小说的发展长期呈现出缓慢发展甚至停滞状态，明嘉靖、隆庆时期，通俗小说才刚刚起步。从现有文献材料看，万历之前关于读者购读通俗小说的记载不多，试举一例：明正德年间，武宗南幸时，

"夜忽传旨取《金统残唐记》善本，中官重价购之肆中，一部售五十金"[①]。一部通俗小说竟售五十金，价格之高令人咋舌。

相比于通俗小说，这一时期文人对购读文言小说表现出更多的兴趣和热情，崔世节嘉靖十年（1531）撰《博物志跋》云："岁戊子冬，以贺正朝天，朝行至北海，贾以张华、李石两志来卖者，遂购得之。"[②] 胡应麟《少室山房笔丛》卷二九《九流绪论下》云："戊辰之岁，余偶过燕中书肆，得残刻十数纸，题《赵飞燕别集》，阅之乃知即《说郛》中陶氏删本。"[③] 戊辰之岁，即明隆庆二年，公元1568年。

至万历年间，通俗小说购读现象逐渐普遍。通俗小说在被刊刻之前常以抄本形式流传，价格较高。生活于这一时期的王宇泰曾购买《金瓶梅》抄本，明代屠本畯《山林经济籍》云："往年予过金坛，王太史宇泰出此，云以重赀购抄本二帙。予读之，语句宛似罗贯中笔。"[④] 受社会风气影响，万历时期情色小说刊刻成风，不少读者喜欢购读淫秽小说，明代憨憨子《绣榻野史序》称："奚僮不知，偶市《绣榻野史》进余。……逾年，间过书肆中，见冠冕人物与夫学士少年行，往往诹咨不绝。"[⑤] 万历三十四年（1606），余象斗在其刊刻的《列国志传》识语中指出："买者须认双峰堂为记。"[⑥] 双峰堂、三台馆都是余象斗的书坊，他希望读者购买自家刊刻的《列国志传》。

明末崇祯年间，通俗小说创作、传播的势头不减于万历时期，明代嘉会堂《新平妖传》识语称："旧刻罗贯中《三遂平妖传》二十卷，原起不

---

① （明）钱希言：《桐薪》卷三，国家图书馆藏明万历刊本。

② （明）崔世节：《博物志跋》，《博物志校证》，中华书局1980年版，第149页。

③ （明）胡应麟：《少室山房笔丛》卷二九《九流绪论下》，上海书店出版社2001年版，第284页。

④ （明）屠本畯：《山林经济籍》，收入《北京图书馆古籍珍本丛刊》子部杂家类，书目文献出版社1989年版。

⑤ （明）憨憨子：《绣榻野史序》，收入《明清善本小说丛刊初编》第18辑《艳情小说专辑》，台北天一出版社1985年版。

⑥ （明）余象斗：《列国志传》识语，《列国志传》，《古本小说集成》据明三台馆刊本影印，上海古籍出版社1990年版，卷首。

明，非全书也。墨憨斋主人曾于长安复购得数回，残缺难读。”[①] 雄飞馆主人《刊刻英雄谱缘起》中也提到读者购买《三国演义》、《水浒传》等小说[②]，由此观之，在通俗小说盛行的万历、崇祯年间，购读小说的现象相当普遍。

二、清代

清初沿袭明代后期的社会风气，情色小说依然盛行于世，清初佩蘅子《吴江雪》第九回云：“原来小说有三等……还有一等的无非说牝说牡、动人春兴的。这样小说世间极多，买者亦复不少。书贾借以觅利，观者借以破愁……这是坏人心术所为。”[③] 情色小说的创作与刊刻，在很大程度上是因为“买者亦复不少”，读者的需求推动了情色小说的创作与广泛流传。清代康熙年间所刊《肉蒲团》第三回描写未央生为挑动其妻子的情欲，购买了《绣榻野史》、《如意君传》、《痴婆子传》等一二十种情色小说，“放在案头，任他翻阅”[④]。

除情色小说外，其他类型的通俗小说也受到当时读者的广泛欢迎，以历史小说为例，《二十四史通俗演义》作者吕抚在康熙年间一人购买并阅读《开辟演义》、《盘古志》、《夏禹王治水传》、《列国志》等近二十部小说[⑤]，购读的小说数量十分可观。

至清代中期（雍正、乾隆、嘉庆、道光诸朝），购读仍是最重要的通俗小说阅读形式。冰玉主人《平山冷燕序》称：“庚申夏月，小监于肆中

---

① 《新平妖传》识语，《新平妖传》，《古本小说集成》据明崇祯年间嘉会堂刊本影印，上海古籍出版社 1990 年版，卷首。

② （明）雄飞馆主人：《英雄谱》识语，《二刻英雄谱》，《古本小说集成》据建阳雄飞馆崇祯刊本影印，上海古籍出版社 1990 年版，卷首。

③ （清）佩蘅子：《吴江雪》第九回，《新镌绣像小说吴江雪》，《古本小说集成》据国家图书馆分馆藏康熙刊本影印，上海古籍出版社 1990 年版，第 128 页。

④ 《肉蒲团》第三回《道学翁错配风流婿　端庄女情移轻薄郎》，收入《明清善本小说丛刊初编》第 18 辑《艳情小说专辑》，台北天一出版社 1985 年版。

⑤ （清）吕抚：《二十四史通俗演义》第四十二回《说鬼神　录格言　鉴断翻新》，中国书店出版社 1993 年版，第 625 页。

购得《平山冷燕》一书，余退朝之暇，取而观之，以消长夏。”① 冰玉主人即怡僖亲王弘晓，号冰玉道人，生活于雍正、乾隆朝，他还在阅读通俗小说的基础上对其进行评点。

清乾隆年间关于购读小说的记载较多，例如清代东海吾了翁《儿女英雄传弁言》云：“是书吾得之春明市上，其卷端颜曰《正法眼藏五十三参》。……乾隆甲寅（按：即乾隆五十九年，1794）暮春望前三日。”② 这一时期最受读者关注的当数《红楼梦》，周春《红楼梦记》云：

> 乾隆庚戌（按：即乾隆五十五年，1790）秋，杨畹耕语余云：“雁隅以重价购钞本两部：一为《石头记》，八十回；一为《红楼梦》，一百二十回，微有异同。爱不释手，监临省试，必携带入闱，闽中传为佳话。”③

记载了杨畹耕重价购买《红楼梦》抄本之事。《红楼梦》在传抄过程中，其卷数、名称均出现差异。清代程伟元《红楼梦序》云：“《红楼梦》小说本名《石头记》……好事者每传抄一部，置庙市中，昂其值得数十金，可谓不胫而走者矣。”④ 逍遥子《后红楼梦序》也称：“曹雪芹《红楼梦》一书，久以脍炙人口，每购抄本一部，须数十金。自铁岭高君梓成，一时风行，几于家置一集。”⑤

如上所述，《红楼梦》抄本价格昂贵，需数十金，非一般读者所能承受。一旦刊刻出版，印数增多，价格即相对低廉，“几于家置一集”。抄本为刊本检验了小说市场，而刊本则扩大了通俗小说的流传范围。梅溪主人嘉庆二十四年（1819）所撰《清风闸序》同样指出刊本传播范围较广、读者众多的现象：“览是书者，莫不啧啧而称羡之。予因是书脍炙人口……

① （清）冰玉主人：《平山冷燕序》，收入丁锡根：《中国历代小说序跋集》，人民文学出版社1996年版，第1246页。

② （清）东海吾了翁：《儿女英雄传弁言》，《儿女英雄传》，《古本小说集成》据聚珍堂初刊本影印，上海古籍出版社1990年版，卷首。

③ （清）周春：《红楼梦记》，《阅红楼梦随笔》，中华书局上海编辑所1958年版，卷首。据拜经堂抄本影印。

④ （清）程伟元：《红楼梦序》，书目文献出版社1992年版。

⑤ （清）逍遥子：《后红楼梦序》，《后红楼梦》，北京大学出版社1988年版，卷首。

不惜工价，付诸剞劂，庶使穷乡僻壤、海澨山陬无不可购而得之。”[1]

清代中期，情色小说虽经过多次查禁，然屡禁不止，甚至出现读者索购的现象。梁恭辰《劝戒录续编》卷三云：“吴中江铁君又言：有书贾周某，端且谨，出纳不苟。一日，语予曰：‘某贾书市中，有儒生携一少年，求小说所谓《肉蒲团》者。’”[2]

晚清时期（咸丰、同治、光绪、宣统诸朝），通俗小说盛行。康有为在考察上海书肆之后深有感触，他在《闻菽园居士欲为政变说部诗以速之》中称：“我游上海考书肆，群书何者销流多？经史不如八股盛，八股无如小说何。郑声不倦雅乐睡，人情所好圣不呵。”[3] 当时书肆销售的各种书籍之中，就销量而言，经史著作不如八股时文，八股时文不如小说。这种状况一直持续到民国时期，梁启超民国初年撰《告小说家》时还发出慨叹：“试一流览书肆，其出版物，除教科书外，什九皆小说也。手报纸而读之，除芜杂猥屑之记事外，皆小说及游戏文也。”[4]

晚清有很多关于购读小说的记载。例如，清代天目山樵《儒林外史》识语云：“近日西人申报馆摆印《外史》，并附金跋及予语，字迹过细，大费目力，偶购得苏州聚珍大字印本，重录旧时所批一过，时光绪三年七月下弦。”[5] 光绪年间文龙为《金瓶梅》第七十一回撰写回评云：“前在寿州购得《续金瓶梅》，予题名《金银玉》，与《花影》大同小异，究不知是一是二也。”[6] 清代麦大鹏《镜花缘序》云：“李子松石《镜花缘》一书……闻芥子园新雕告竣，遂购一函，如获异宝。……己丑（按：指光绪

---

① （清）梅溪主人：《清风闸序》，《清风闸》，《古本小说集成》据吴晓铃藏本影印，上海古籍出版社 1990 年版，卷首。

② （清）梁恭辰：《劝戒录续编》卷三，收入王利器：《元明清三代禁毁小说戏曲史料》（增订本），上海古籍出版社 1981 年版，第 382 页。

③ （清）更生（即康有为）：《闻菽园居士欲为政变说部诗以速之》，《清议报》1900 年 11 月。

④ （清）梁启超：《告小说家》，收入《饮冰室合集》第 4 册，中华书局 1989 年版，第 68 页。

⑤ （清）天目山樵：《儒林外史》识语，见陈美林批评校注：《清凉布褐批评儒林外史》，新世界出版社 2002 年版，第 618 页。

⑥ （清）文龙评《金瓶梅》第七十一回回评，见文龙评《金瓶梅》，今藏国家图书馆。

十五年，1889）嘉平月既望。”[①] 钝宧（即清末进士冒广生）《小三吾亭随笔·满文金瓶梅》云：“往年于厂肆见有《金瓶梅》，全用满文，惟人名则旁注汉字，后为日本人以四十金购去，贾人谓是内府刻本。”[②] 解弢《小说话》云：“余于京都肆上，得抄本《石头记》三册，与通行本多有不同处……辛亥（按：指1911年）秋，匆匆旋里，置之会馆中，今遂失矣。惜哉！”[③]

上述文献表明，读者购读的小说既有汉文小说，也有满文读本；在购读小说的读者队伍中，绝大多数是本国人，也出现了日本人的身影。就购买价格而言，抄本较贵。蒋敦良同治三年（1864）撰《古本金瓶梅序》云：“曩游禾郡，见书肆架中，有《古本金瓶梅》抄本一书，取而读之……书贾索值五百金，乃谋诸应观察，以三百七十金购得之。”[④] 文光楼主人（石铎）于光绪庚寅年（1890）购买石玉昆《小五义》原稿时也声称“不惜重赀，购求到手”[⑤]。

三、明清时期购读小说的特点及其对通俗小说的影响

第一，购读现象相当普遍，读者首先想到的往往是通过购买的形式去获得通俗小说。清嘉庆三年（1798），秦子忱撰《续红楼梦弁言》云：“迨（郑）药园移席于滕，复致书曰：‘《红楼梦》已有续刻矣，子其见之乎？’余窃幸其先得我心也。因多方购求，得窥全豹。”[⑥] 清代姚聘侯《评演济公传序》称：“余友张孝廉文海，本钱塘名士，以游学京师，公余之暇，偶于稠人广众之区，见有谈是书之事者，一时脍炙人口，听者忘倦，及购，

---

① （清）麦大鹏：《镜花缘序》，《镜花缘》，《古本小说集成》据芥子园藏板影印，上海古籍出版社1990年版，卷首。

② （清）钝宧：《小三吾亭随笔·满文金瓶梅》，《国粹学报》1911年第75号。

③ 解弢：《小说话》，民国八年（1919）中华书局印本。

④ （清）蒋敦良：《古本金瓶梅序》，收入丁锡根：《中国历代小说序跋集》，人民文学出版社1996年版，第1112页。

⑤ （清）文光楼主人：《小五义序》，《小五义》，上海古籍出版社2000年版，卷首。

⑥ （清）秦子忱：《续红楼梦弁言》，《续红楼梦》，北京大学出版社1988年版，卷首。

诸坊本皆无。”[1]

明清时期读者购买的通俗小说文本中，以刊本居多。读者一旦听说有关小说新作刊刻的消息，立即前往书坊购买。就明清时期读者接受通俗小说的情况而言，购读无疑是读者最主要的阅读形式。

第二，购读对明清通俗小说的创作、刊刻产生影响。读者往往喜欢新奇之书，在购买时亦对此类作品表现出较大兴趣。采香居士光绪二十二年（1896）撰《续彭公案又叙》云：“余暇最喜读小说闲评，喜新搜奇，遍书肆中买尽。”[2]

关于购读形式对通俗小说的创作、刊刻所产生的影响，下面以小说书名为例加以说明。新奇、独特的书名往往会引起读者关注，《谭瀛室随笔》云：“《九尾龟》小说之出现，又后于《繁华梦》，所记亦皆上海近三十年青楼之事。……喜阅小说者，以其名之奇，购阅者甚众，是又引人注意之一法也。”[3]

为了吸引读者注意，有些小说编撰者便改换书名，以“从时好”，清代李渔康熙丁未年（1727）所撰《古今笑史序》云：

是编之辑，出于冯子犹龙，其初名为《谭概》，后人谓其网罗之事，尽属诙谐，求为正色而谈者，百不得一，名为《谭概》，而实则笑府，亦何浑朴其貌而艳冶其中乎！遂以《古今笑》易名，从时好也。……同一书也，始名《谭概》，而问者寥寥，易名《古今笑》，而雅俗并嗜，购之惟恨不早，是人情畏谈而喜笑也明矣。不投以所喜，悬之国门，奚裨乎?[4]

《古今笑史》一书原名《谭概》，初未能引起读者注意，“问者寥寥”，而

---

[1]（清）姚聘侯：《评演济公传序》，收入丁锡根：《中国历代小说序跋集》，人民文学出版社1996年版，第1421页。

[2]（清）采香居士：《续彭公案又叙》，收入丁锡根：《中国历代小说序跋集》，人民文学出版社1996年版，第1617页。

[3]《谭瀛室随笔》，收入朱一玄：《明清小说资料选编》，南开大学出版社2006年版，第707页。

[4]（清）李渔：《古今笑史序》，收入《李渔全集》第1册《笠翁文集》卷一，浙江古籍出版社1991年版，第30页。

易名之后效果明显，读者“购之惟恨不早”，表现出浓厚的阅读兴趣。

购读小说推动了通俗小说刊刻出版业的兴盛。因为存在巨大的市场需求，书坊及书坊主对通俗小说刊刻表现出极高的热情。清代惺园退士同治十三年（1874）撰《儒林外史序》云：“余素喜披览，辄加批注，屡为友人攫去。近年原板已毁，或以活字摆印，惜多错误。偶于故纸摊头得一旧帙（按：指《儒林外史》），兼有增批，闲居无事，复为补辑，顿成新观。”[①] 清代柱石氏《白牡丹小序》云：“明正德君之于白牡丹一事，史无闻矣……余长夏无事，信笔挥成，然言词舛谬，未免见笑于儒林，仍收而置诸箧。适坊友来游：‘有所谓《白牡丹》者，世人多有求售而不得者，现有此编，何不付梓以公同好？’余曰：‘不可。’嗣因恳请，爰书数语，以弁诸首云尔。”[②] 这反映出书坊主一旦得知有小说佳作，便主动与作者、评点者、收藏者联系，希望尽早付之刊刻，以获取高额利润。在他们刊刻、售卖的各类书籍中，通俗小说无疑是数量较多的。清代郑光祖《一斑录杂述》卷四云：“偶于书摊见有书贾记数一册，云是岁所销之书，《致富奇书》若干，《红楼梦》、《金瓶梅》、《水浒》、《西厢》等书称是，其余名目甚多，均不至前数。”[③] 上文所引康有为《闻菽园居士欲为政变说部诗以速之》、梁启超《告小说家》亦提及这种状况。

购读形式对小说刊刻的数量产生较大影响，读者对通俗小说的需求量变大，书商印刷数量也随之增多。以《小五义》为例，其最早刊行者文光楼主人以重金收购了它的底本，对文本作出一些修订后即进行刊印。清光绪庚寅年（1890），这部小说的印数达“五千余部”[④]。

购读形式在影响通俗小说的刊刻形态方面也刻下烙印，建阳雄飞馆于明崇祯时所刊《英雄谱》识语指出：“《三国》、《水浒》二传，智勇忠义，迭出不穷，而两刻不合，购者恨之。本馆上下其驷，判合其圭。”读者在

---

① （清）惺园退士：《儒林外史序》，收入朱一玄、刘毓忱：《儒林外史资料汇编》，南开大学出版社 2003 年版，第 284 页。

② （清）柱石氏：《白牡丹小序》，据清光绪二十七年上海书局石印本，收入丁锡根：《中国历代小说序跋集》，人民文学出版社 1996 年版，第 1019 页。

③ （清）郑光祖：《一斑录杂述》卷四，《续修四库全书》第 1140 册子部杂家类，上海古籍出版社 2002 年版，第 151 页。

④ （清）知非子：《小五义序》，《小五义》，上海古籍出版社 2000 年版，卷首。

购买小说时，对《三国》、《水浒》两书不能合刊感到遗憾，雄飞馆采取上下两栏的方式将之合刊为《英雄谱》正是为满足读者这一心理需求。

第三，随着时代的发展以及小说传播方式的变化，购阅小说的形式也发生了变化。晚清时期，小说传播方式由刊刻为主转向多元化，报纸连载小说是其中一个突出的方面，读者购阅的方式也因而发生转变。清末孙玉声《退醒庐笔记》卷下《李伯元》云：

> 南亭亭长李伯元，毗陵人，小说界之鼻祖也。……当其橐笔游沪时，沪上报馆，只《申报》、《新闻报》、《字林》、《沪报》等寥寥三四家。李乃独辟蹊径，创《游戏报》于大新街之惠秀里，风气所趋，各小报纷纷蔚起，李顾而乐之。又设《繁华报》，作《官场现形记》说部刊诸报端，购阅者踵相接，是为小报界极盛时代。①

李伯元以敏锐的洞察力把握住晚清之际小说传播方式转变的契机，独辟蹊径，创办《游戏报》、《繁华报》等报纸，利用报纸连载《官场现形记》等通俗小说，深受读者欢迎，购者甚众。这一时期，读者由以往购买通俗小说刊本、抄本转而购买报纸阅读连载小说，特定的时代赋予传统的小说购读形式以新的内涵与特点。

第二节　抄阅

本章第一节涉及有关小说抄本的一些文献，主要是从购读的角度去考察的，本节则对明清时期抄读小说的状况加以论述。

明清两代抄书成风，相关记载时常可见。例如，生活于明代景泰至弘治年间的苏州著名文人吴宽喜好抄书，朱彝尊《静志居诗话》卷八“吴宽”条云：“余尝见公（按：指吴宽）家遗书偶有流传者，悉公手录，以

① （清）孙玉声：《退醒庐笔记》卷下《李伯元》，收入《近代中国史料丛刊》第 80 辑第 800 册，台北文海出版社 2003 年版，第 133 页。

私印记之。"[①] 另外,《铁琴铜剑楼藏书目录》卷一九"张曲江集二十卷"云:"唐张九龄撰。明成化间邱文庄公得馆阁藏本,手自抄录。"[②] 邱文庄公即邱浚(1418—1495),明景泰五年(1454)进士,累官文渊阁大学士,谥文庄。明万历十七年(1589)状元焦竑(1541—1620)同样是抄书爱好者,《明诗综》云:"(焦竑)储书之富,几胜中簿,多手自抄撮。"[③] 万历时期,谢肇淛曾经抄写宋代杨大年《武夷新集》二十卷、宋代陈襄《古灵集》二十卷等多种书籍,《四库全书总目》卷一〇五《竹友集》云:"此本乃明谢肇淛从内府钞出。"[④] 傅增湘《藏园群书题记》卷一"明钞本论语意原跋"云:"(谢肇淛)官京曹时常从秘阁传钞典籍,故其钞本尤为世所宝贵。"[⑤]

清人亦重视抄本,黄丕烈《士礼居藏书题跋记》卷四"河南邵氏闻见后录三十卷"云:"宋人说部虽有刻本,必取其钞本而藏之,恐时刻非出自善本,故弃刻取钞也。钞本又必求其最善者,故一本不已,又置别本也。"[⑥] 清初顾炎武《钞书自序》云:"炎武之游四方十有八年,未尝干人,有贤主人以书相示者则留,或手钞,或募人钞之。"[⑦] 王士禛也抄录了很多书籍,朱彝尊《曝书亭集》声称:"新城王氏(按:即王士禛),门望甲齐东,先世遗书不少矣,然兵火后散佚者半,先生自始仕迄今,目耕肘书,借观辄录其副。"[⑧]

---

① (清)朱彝尊:《静志居诗话》卷八,人民文学出版社1990年版,第219页。

② (清)瞿镛:《铁琴铜剑楼藏书目录》卷一九"张曲江集二十卷",收入《宋元明清书目题跋丛刊》第10册,中华书局2006年版,第275页。

③ (清)朱彝尊:《明诗综》第5册卷五五"焦竑二首",中华书局2007年版,第2791页。

④ (清)纪昀等:《钦定四库全书总目》卷一〇五《竹友集》,中华书局1997年版,第2082页。

⑤ 傅增湘:《藏园群书题记》卷一"明钞本论语意原跋",上海古籍出版社1989年版,第37页。

⑥ (清)黄丕烈:《士礼居藏书题跋记》卷四"河南邵氏闻见后录三十卷"跋语,书目文献出版社1989年版,第154页。

⑦ (清)顾炎武:《钞书自序》,收入《顾亭林诗文集》,中华书局1959年版,第30页。

⑧ (清)朱彝尊:《曝书亭集》卷六六《池北书库记》,收入《文津阁四库全书》第440册集部别集类,商务印书馆2005年版,第181页。

叶德辉在刊于清末的《书林清话》卷十“明以来之钞本”中指出：

明以来钞本书最为藏书家所秘宝者，曰吴钞，长洲吴匏庵宽丛书堂钞本也。曰叶钞，先十八世族祖昆山文庄公赐书楼钞本也。曰文钞，长洲文衡山征明玉兰堂钞本也。曰王钞，金坛王宇泰肯堂郁冈斋钞本也。曰沈钞，吴县沈辨之与文野竹斋钞本也。曰杨钞，常熟杨梦羽仪七桧山房钞本也。曰姚钞，无锡姚舜咨咨茶梦斋钞本也。曰秦钞，常熟秦酉岩四麟致爽阁钞本也。曰祁钞，山阴祁尔光承㸁淡生堂钞本也。曰毛钞，常熟毛子晋晋汲古阁钞本也。曰谢钞，长乐谢肇淛在杭小草斋钞本也。曰冯钞，常熟冯已苍舒、冯定远班、冯彦渊知十兄弟一家钞本也。曰钱钞，常熟钱牧斋谦益绛云楼钞本、谦益从子钱遵王曾述古堂钞本、合之谦益从弟履之谦贞竹深堂钞本，皆谓之钱钞也。此外吾家二十五世祖石君公树廉朴学斋、秀水曹洁躬溶倦圃、昆山徐健庵乾学传是楼、秀水朱竹垞彝尊潜采堂、吴县惠定宇栋红豆斋、仁和赵功千昱小山堂、钱唐吴尺凫焯绣谷亭、海昌吴槎客骞、子虞臣寿旸拜经楼、歙县鲍以文廷博知不足斋、钱唐汪小米远孙振绮堂，皆竭一生之力，交换互借，手校眉批。不独其钞本可珍，其手迹尤足贵。①

叶德辉将明代以来受到藏书家珍爱的钞本书加以介绍，列举出吴钞、叶钞、文钞、王钞、沈钞、杨钞、姚钞、秦钞、祁钞、毛钞、谢钞、冯钞、钱钞等多家钞本，分布于长洲、昆山、金坛、吴县、常熟、无锡、山阴、长乐、秀水、海昌、歙县、钱塘等地，由此观之，明清时期不仅抄书者众多，而且分布的地域广泛。这些抄书者还互相借阅、交换藏本进行抄写，并加以校正、评点，为保存文化典籍作出了卓越贡献。

明清时期的抄书风气在通俗小说传播过程中也有着充分体现，下面分明、清两代加以论述，并就明清时期抄读小说的特点及其对通俗小说的影响进行归纳、总结。

---

① （清）叶德辉：《书林清话》卷十“明以来之钞本”，中华书局1957年版，第275～276页。

一、明代

明代嘉靖元年（1522）《三国志通俗演义》刊本卷首附有庸愚子《三国志通俗演义序》，撰于弘治甲寅年（1494）。其序云：“（《三国志通俗演义》）书成，士君子之好事者，争相誊录，以便观览。”① 这揭示了《三国志通俗演义》早期是以抄本形式流传的。署名林瀚的《隋唐志传叙》也记载了抄录小说之事：“予颇好是书（按：指《隋唐志传通俗演义》），不计年劳，抄录成帙。”②

在《金瓶梅》刊印之前，谢肇淛、王世贞、袁宏道、丘志充、沈德符、刘承禧、袁中道、董思白等人均曾参与此书的抄本传播，以下是几条相关记载。谢肇淛《金瓶梅跋》云：

此书向无镂版，钞写流传，参差散失。唯弇州（按：即王世贞）家藏者最为完好。余于袁中郎（按：即袁宏道）得其十三，于丘诸城（按：即丘志充）得其十五，稍为厘正，而阙所未备，以俟他日。③

沈德符《万历野获编》卷二五《词曲·金瓶梅》载：

袁中郎《觞政》以《金瓶梅》配《水浒传》为外典，予恨未得见。丙午（按：即明万历三十四年，1606），遇中郎京邸，问：“曾有全帙否？”曰：“第睹数卷，甚奇快。今惟麻城刘涎白承禧家有全本，盖从其妻家徐文贞录得者。”又三年，小修（按：即袁中道）上公车，已携有其书，因

---

① （明）庸愚子：《三国志通俗演义序》，《三国志通俗演义》，《古本小说集成》据嘉靖元年刊本影印，上海古籍出版社 1990 年版，卷首。

② （明）林瀚：《隋唐志传叙》，《隋唐两朝志传》，《古本小说集成》据日本尊经阁藏本影印，上海古籍出版社 1990 年版，卷首。

③ （明）谢肇淛：《小草斋文集》卷二四《金瓶梅跋》，《四库全书存目丛书》第 176 册集部，齐鲁书社 1997 年版，第 279 页。据明天启刊本影印。

与借抄挈归。[1]

袁宏道《与董思白》云：

《金瓶梅》从何得来？……后段在何处，抄竟当于何处倒换？幸一的示。[2]

可知，谢肇淛曾抄录多种书籍，《金瓶梅》等小说是其中一类，他向袁宏道、丘志充借来《金瓶梅》原本抄录，并作了一些必要的文字修改。同一时期，袁宏道则在与朋友的往来书信中就抄写《金瓶梅》之事进行讨论。这些都表明，明代抄阅通俗小说的现象是比较普遍的。

《水浒传》也是文人喜欢抄录的小说作品，袁中道《游居柿录》云："万历壬辰（1592）夏中，李龙湖方居武昌朱邸，予往访之，正命僧常志抄写此书（按：指《水浒传》），逐字批点。"[3] 这证明李贽让常志抄录过《水浒传》，并在抄本基础上进行了评点。

如果说文人士大夫抄录通俗小说一般是受当时盛行的抄书风气影响，那么下层读者则往往是由于书价较高、受自身经济条件所限而抄写小说，正如明代叶盛在《水东日记》中所言："今书坊相传射利之徒伪为小说杂书……农工商贩，钞写绘画，家畜而人有之。"[4]

二、清代

《红楼梦》、《绿野仙踪》等小说成书后，均出现诸多抄本，清代张汝执撰《红楼梦序》称："岁己酉（按：即乾隆五十四年，1789），有以手抄

---

① （明）沈德符：《万历野获编》卷二五《词曲·金瓶梅》，中华书局1959年版，第652页。

② （明）袁宏道：《与董思白》，收入《袁中郎小品》，文化艺术出版社1996年版，第45页。

③ （明）袁中道：《游居柿录》卷九，青岛出版社2005年版，第193页。

④ （明）叶盛：《水东日记》卷二一《小说戏文》，中华书局1980年版，第214～215页。

《红楼梦》三本见示者，亦随阅随忘，漫不经意而置之。”[①] 乾隆时，陶家鹤撰《绿野仙踪跋语》指出：“通部内句中多有傍注评语，而读者识见各有不同，弟意宜择其佳者，于抄录时，分注于句下，即参以己意，亦无不可，将来可省批家无穷心力。”[②]

生活于清嘉庆至同治时的余治在《得一录·收毁淫书局章程》中论及“收藏小说四害”时，曾提到某官员抄阅淫秽小说而受到惩罚的事情：“览此等书，必非正人佳士。南海一县令，好观《肉蒲团》，手钞小本日玩之，不意乱入详册，上司怒其无行，参革而死。”[③] 这位南海县令每日把玩情色小说《肉蒲团》抄本，直至因此获罪而死。

清代抄本小说的流传地域非常广泛，自南至北，从城市到乡村，皆有抄本传播。以《英雄小八义》的流传为例，忏梦庵主光绪七年（1881）所撰《英雄小八义赘言》云：“《英雄小八义》者，奇书也……故燕、鲁、晋、齐等处，将此书抄写殆遍，城市乡街多于传诵，士农工商欣于听闻。”[④]

总体来看，明清时期抄读通俗小说的现象比较普遍，一方面它是明清抄书风气影响下的产物，另一方面抄读小说也在一定程度上推动了当时抄书风气的盛行。

三、明清时期抄读小说的特点及其对通俗小说的影响

笔者试从以下两个方面作简要论述：

第一，通俗小说抄本一般在文人之间流传，以上提到的《金瓶梅》抄本在谢肇淛、王世贞、袁宏道等文人群体中流传即为例证。明末金圣叹

---

① （清）张汝执：《红楼梦序》，收入丁锡根：《中国历代小说序跋集》，人民文学出版社1996年版，第1156页。

② （清）陶家鹤：《绿野仙踪》跋语，《绿野仙踪》，人民文学出版社1987年版，卷首。

③ （清）余治：《得一录》卷一一《收毁淫书局章程》，收入《近代中国史料丛刊三编》第92辑第913册，台北文海出版社2003年版，第3页。

④ （清）忏梦庵主：《英雄小八义赘言》，收入丁锡根：《中国历代小说序跋集》，人民文学出版社1996年版，第1569页。

《第五才子书水浒传序三》云：

吾既喜读《水浒》，十二岁便得贯华堂所藏古本，吾日夜手抄，谬自评释，历四、五、六、七、八月，而其事方竣，即今此本是已。如此者，非吾有读《水浒》之法，若《水浒》固自为读一切书之法矣。①

金圣叹称其得到贯华堂所藏古本《水浒传》后，日夜手抄，历经五个月时间才把这部小说抄完，虽系假托，抄写一部小说所花费的时间和精力可窥一斑。抄写与一般性的阅读相比，能使读者的印象更加深刻，因此读者对小说人物与情节的理解也更为细致、独到。或许正因金圣叹曾花费大量时间去抄写《水浒传》，他才能为这部小说写出评点文字，提出自己的精辟见解。

第二，抄本通过读者、市场的检验，可以推动通俗小说的刊刻出版。抄本传播范围较小，而刊本则流传广泛，《红楼梦》从抄本到刊本的传播实践即为例证。清代陈镛《樗散斋丛谈》卷二《红楼梦》篇云："巨家间有之（按：指《红楼梦》），然皆抄录，无刊本，曩时见者绝少。乾隆五十四年春，苏大司寇家因是书被鼠伤，付琉璃厂书坊抽换装订，坊中人借以抄出，刊版刷印渔利，今天下俱知有《红楼梦》矣。"②

清道光二十九年（1849），珠湖渔隐《云钟雁全传序》也指出："今此书（按：指《云钟雁全传》）向有钞录旧本，江以南流播尚少，坊友属予阅定，惠付梨枣，庶几广为传观。"③

因抄写速度所限，抄本的传播范围、传播途径以及产生的社会影响通常比不上刊本，但抄本的流传为小说提供了读者、市场的检验结果，加速了小说刊刻的步伐，这一点在文言小说、通俗小说的传播历程中皆有体现。清代掀髯叟《笑林广记序》云："书（按：指《笑林广记》）为同人

① （明）金圣叹：《第五才子书水浒传序三》，《第五才子书施耐庵水浒传》，中华书局1975年版，卷首。据明崇祯十四年贯华堂刊本影印。

② （清）陈镛：《樗散斋丛谈》卷二《红楼梦》，收入朱一玄：《明清小说资料选编》，南开大学出版社2006年版，第595页。

③ （清）珠湖渔隐：《云钟雁全传序》，据道光二十九年琅环书屋刊本。

欣赏，久请付梓。”① 朱翔清《埋忧集自序》云：“今兹春归里门，箧中携有此本，诸同人见之，咸谓可以问世，谋醵金付梓。顷来此间，竹屏蒋君又力任剞劂事。”②《笑林广记》、《埋忧集》均为清代文言小说集，其在刊印之前以稿本、抄本形式流传，接受读者的检验。通俗小说的传播也是如此，明人甄伟《西汉通俗演义序》声称：“书成，识者争相传录，不便观览，先辈乃命工锓梓，以与四方好事者共之。”③ 明末即空观主人《二刻拍案惊奇小引》云，《拍案惊奇》成书后，“同侪过从者索阅一篇竟，必拍案曰：‘奇哉所闻乎！’为书贾所侦，因以梓传请。遂为钞撮成编，得四十种”④。清代一笑翁《飞跎全传序》云：“书为同人欣赏，久请付梓。”⑤ 小说传播、接受的过程就是一次次优胜劣汰的经历，优秀的、受到读者欣赏的小说被保存下来并刊刻出版，而受到读者冷落、抛弃的作品则渐渐湮没无闻。

第三节　借阅

借阅也是明清时期比较常见的阅读形式。明代张墉《廿一史识馀发凡》提到对史书的借阅：“明年（按：指崇祯四年，1631）借《三国志》、《晋书》与柴云倩。……壬申，读书绮石斋，从黄元辰借《魏书》，童禄如

① （清）掀髯叟：《笑林广记序》，收入丁锡根：《中国历代小说序跋集》，人民文学出版社 1996 年版，第 673 页。

② （清）朱翔清：《埋忧集自序》，《埋忧集》，台湾商务印书馆 1979 年版，卷首。

③ （明）甄伟：《西汉通俗演义序》，明万历四十年金陵大业堂刊《西汉通俗演义》卷首。

④ （明）即空观主人：《二刻拍案惊奇小引》，《二刻拍案惊奇》，《古本小说集成》据尚友堂刊本影印，上海古籍出版社 1990 年版，卷首。

⑤ （清）一笑翁：《飞跎全传序》，收入丁锡根：《中国历代小说序跋集》，人民文学出版社 1996 年版，第 1439 页。

借《南史》，吴德符借《宋书》、《隋书》、《元史》。”[①]

文言小说也是被借阅的对象，清代徐嘉炎《鉴诫录跋》云：“康熙己巳春日，华隐徐嘉炎从竹垞十兄借观。”[②] 清代汪士鋐《鉴诫录跋》云：“鋐在维扬书局，适吾师竹垞先生亦来客于此，因得借观。”[③]

通俗小说的借阅在明清两代颇为普遍，关于其借阅形式及其特点、影响，本节从两个方面加以阐述。

一、明清时期通俗小说的借阅形式

明清时期，通俗小说的借阅至少存在两种形式。下面分别论述其特点及其对通俗小说创作、传播的影响。

第一，读者向小说文本拥有者求借，这是最为常见的现象。明代刘仕义《新刊玩易轩新知录》云：“有言看《水浒传》可长见识者，曾借观之。”[④] 读者求借小说一般经历从得知消息到借阅的过程，刘仕义借读《水浒传》的经历就是如此，沈德符借读《玉娇李》也不例外，其《万历野获编》卷二五《词曲·金瓶梅》云：“中郎又云，尚有名《玉娇李》者……去年抵辇下，从邱工部六区（原注：志充）得寓目焉。仅首卷耳，而秽黩百端，背伦灭理，几不忍读。”[⑤] 沈德符从袁宏道那里得知有关《玉娇李》一书的信息，后来从邱志充处借读这部小说。

通俗小说中的名著流传广、影响大，往往更多地成为借阅对象。谢肇淛（字在杭）曾向袁宏道借阅《金瓶梅》，据袁宏道《与谢在杭》记载：

---

① （明）张墉：《廿一史识馀发凡》，《四库全书存目丛书》第150册史部，齐鲁书社1997年版，第575页。据安徽大学图书馆藏崇祯十七年刊本影印《廿一史识馀》卷首。

② （清）徐嘉炎：《鉴诫录跋》，《知不足斋丛书》第8册，中华书局1999年版，第57页。

③ （清）汪士鋐：《鉴诫录跋》，《知不足斋丛书》第8册，中华书局1999年版，第57页。

④ （明）刘仕义：《新刊玩易轩新知录》，转引自戴不凡：《小说见闻录·疑施耐庵即郭勋》文后附《水浒随录》，浙江人民出版社1980年版。

⑤ （明）沈德符：《万历野获编》卷二五，中华书局1959年版，第652页。

“仁兄近况何似？《金瓶梅》料已成诵，何久不见还也？”[1] 这封信写于明万历三十四年（1606），表明《金瓶梅》被谢肇淛所借，而袁宏道写信催还。

《红楼梦》也是如此，清代高鹗乾隆五十六年（1791）撰《红楼梦序》云：“予闻《红楼梦》脍炙人口者，几廿余年，然无全璧，无定本。向曾从友人借观，窃以染指尝鼎为憾。”[2] 秦子忱嘉庆三年（1798）所撰《续红楼梦弁言》云：

《红楼梦》一书，脍炙人口者数十年，余以孤陋寡闻，固未尝见也。丁巳春，余偶染疮疾，乞假调养，伏枕呻吟，不胜苦楚。闻同寅中有此，即为借观，以解烦闷。匝月读竣，而疾亦赖是渐瘳矣。[3]

高鹗、秦子忱久闻《红楼梦》之名，均借观这部小说，秦子忱更是以小说解烦闷、消病痛，“匝月读竣，而疾亦赖是渐瘳矣”。可见，小说具有神奇功效，可以调节心情，消除孤独，宁神静气，阅读小说有助于身体的调养和恢复。清代张新之撰《妙复轩评石头记自记》云：

闲人自幼喜读《石头记》……洎道光戊子岁（按：即清道光八年，1828），有黑龙江之行，客都护署，清净岑寂，铅椠外乃及之，而心定神闲，觉妙义纷来，如相告诉，评因起。及辛卯（按：即道光十一年，1831）春，得廿回，纲举目张，归京矣，扰扰缁尘，亦遂止。次年夏，铭子东屏相与谈，有同见，乃是书之知己也，乞借观，三阅月，屡索未还，而失之云。[4]

---

① （明）袁宏道：《与谢在杭》，收入《袁中郎小品》，文化艺术出版社1996年版，第128页。

② （清）高鹗：《红楼梦序》，《程甲本红楼梦》，书目文献出版社1992年版，卷首。据清乾隆五十六年程甲本影印。

③ （清）秦子忱：《续红楼梦弁言》，《续红楼梦》，北京大学出版社1988年版，卷首。

④ （清）张新之：《妙复轩评石头记自记》，收入朱一玄：《红楼梦资料汇编》，南开大学出版社2001年版，第699页。

记录了张新之喜读《红楼梦》并对其进行评点，后来评点本被他人借走，最终丢失的情形。

清代石函氏《品花宝鉴序》云：“余前客都中，馆于同里某比部宅……闲与比部品题梨园，雌黄人物。……遂窃拟之，始得一卷，仅五千余言。……继复得二三卷，笔稍畅，两月间得卷十五，借阅者已接踵而至，缮本出，不复返，哗然谓新书出矣。”[①]《品花宝鉴》作者陈森，号石函氏，他创作的这部小说甚受读者欢迎，刚写出十五卷即被人借阅。

晚清时期（咸丰、同治、光绪、宣统诸朝），小说借阅活动相当活跃。清代邹存淦《删补封神演义诠解序》云：“咸丰丙辰（按：即咸丰六年，1856），客杭，寓陈君耀奎溶照家，偶得俞湖隐景《封神诠解》草稿，勾勒涂抹，几难入目。时日长无事，因约略其句读，辑录一过，编为十卷。”[②] 清代王韬光绪十四年（1888）撰《镜花缘图像叙》云：“予少时好观小说家言，里中严君忆荪甫有此书，假归阅之，神志俱爽。”[③] 清代麦大鹏光绪十五年（1889）撰《镜花缘序》云：“李子松石《镜花缘》一书，耳其尽善，三载于兹矣。戊子清和，偶过张子燮书塾，稍窥全豹，不胜舞蹈。”[④] 清代姚聘侯光绪三十二年（1906）撰《评演济公传序》云：“余友张孝廉文海，本钱塘名士……适有友人阎君华轩，携郭小亭先生所著是书（按：指《评演济公传》）来，张君翻阅一遍，觉文言道俗，如历其境，如见其人。”[⑤] 清末邱炜萲《五百石洞天挥麈》卷二云：

余尝以《金瓶梅》一书名满天下……辗转向友人假得一部，开函读之，三日而毕。究于其中笔墨妙处，毫不见得。尚疑卤莽，再三展阅，仍属不见其妙。且文笔拖沓懈怠，空灵变幻不及《红楼》，刻画淋漓不及

---

① （清）石函氏：《品花宝鉴序》，《品花宝鉴》，《古本小说集成》据上海古籍出版社所藏刊本影印，上海古籍出版社 1990 年版，卷末。

② （清）邹存淦：《删补封神演义诠解序》，据天津市图书馆藏清邹存淦抄本。

③ （清）王韬：《镜花缘图像叙》，收入丁锡根：《中国历代小说序跋集》，人民文学出版社 1996 年版，第 1446 页。

④ （清）麦大鹏：《镜花缘序》，《镜花缘》，《古本小说集成》据芥子园藏板影印，上海古籍出版社 1990 年版，卷首。

⑤ （清）姚聘侯：《评演济公传序》，收入丁锡根：《中国历代小说序跋集》，人民文学出版社 1996 年版，第 1115 页。

《宝鉴》，不知何以负此重名。岂各处销毁，传本日少，人情浮动，以耳为目，遂有享敝帚于枕中，珍漏脯为席上者耶?①

通过上述材料我们可以看出，晚清是通俗小说借阅活动比较频繁的时期。借阅小说的读者既有如王韬一样的少年人，也有许多成年人；借阅者在阅读小说时还常常产生参与感，比如邹存淦在借观小说的同时，根据原本做了一些文字编辑与整理工作，而邱炜萲则记载了自己借阅过程中对小说的名不符实留下的诸多疑问。

第二，小说文本拥有者主动把小说借给对方或推荐阅读。清代俞樾是小说爱好者、研究者，他在《春在堂随笔》中记载友人吴平斋借给他小说之事："郑和之事，在明代固赫然在人耳目间，光绪辛巳（按：即光绪七年，1881）岁，老友吴平斋假余《西洋记》一书，即敷衍此事。"② 在《七侠五义序》中则讲述友人潘郑盦主动向他推荐小说作品一事："往年潘郑盦尚书奉讳家居，与余吴下寓庐相距甚近，时相过从。……尚书云：'有《三侠五义》一书，虽近时所出，而颇可观。'余携归阅之。"③

与俞樾的经历相似，清代闲云山人也是在友人推荐下借阅小说的，他在清光绪二十九年（1903）所撰《第一奇书钟情传序》中描述：

秋暮旅居澄江，偶访故友朱君，见案头有《第一奇书钟情传》一部。余窃以为今之小书无足观也，不遇见景生情，或叙古人之遗事，或传当世之浮谈，无非说那忠孝节义、死别生离的一番老套，遂弃而不顾焉。友曰："子盍观乎？夫当今之世，石印创行，兹书叠出，皆才子佳人，幽怀密约，固不足以旷吾儒之眼界，而独于《钟情传》一书，与别家迥异，非寻常小说之可比。"遂起身，以"武都头义待大郎兄，潘金莲情钟西门庆"，一一指示了遍，见其寓意之深，用词之达，济困扶危，恋情重义，意味深长，尤足脍炙人口，洵可供文人雅士之观。于是袖之归。每于夜静

① （清）邱炜萲：《五百石洞天挥麈》卷二，《续修四库全书》第1708册集部诗文评类，上海古籍出版社2002年版，第85页。据光绪二十五年邱氏粤垣刻本影印。

② （清）俞樾：《春在堂随笔》卷七，江苏古籍出版社2000年版，第100页。

③ （清）俞樾：《七侠五义序》，《七侠五义》，《古本小说集成》据光绪庚寅广百斋本影印，上海古籍出版社1990年版，卷首。

更阑，亲见校对，付诸梓人，以便有志者舟居旅次、酒罢茶余，畅怀悦目一览。①

闲云山人的记载比较详细，对于《第一奇书钟情传》（《金瓶梅》）这部小说，他在借阅之前和阅读以后的感受明显不同：借阅之前，他认为“今之小书无足观”，不脱老套情节，于是弃而不顾；阅读以后，他对这部小说的评价有了明显提高，认为其遣词、寓意俱佳，是一部好的作品。在这一转变过程中，朋友朱君的推荐起到了重要作用。

二、明清时期通俗小说借阅的特点及其对通俗小说创作、传播的影响

笔者试从以下三个方面分析：

第一，借阅小说的时间一般较短，所以读者更加珍惜阅读机会，阅读速度比较快。清代尤夙真嘉庆时作《瑶华传弁言》云：

（余）抵闽后，窃见友人处有一函置于案侧，询之曰《红楼梦》，不觉为之眼馋。再四情恳，而允假六日，遂珍重携归阅之。费去五日夜心神，得其全部要领，似与从前耳闻阅者之赞美大相径庭。……余又翻一种，标其目曰《瑶华传》，略窥卷首大旨，似乎有味，亦乞携归细阅焉，自始至终，仅有四十回，每回之数较之《红楼梦》长有数页，情节比之《红楼梦》更为烦冗。叙事之简明，段落之清楚，不待言矣，抑且起因发觉，尽非扯淡。②

尤夙真先后向友人借阅《红楼梦》、《瑶华传》两部通俗小说。在阅读过程中，他将两部小说进行比较，并借此突出《瑶华传》的艺术成就之高，对

---

① （清）闲云山人：《第一奇书钟情传序》，收入丁锡根：《中国历代小说序跋集》，人民文学出版社 1996 年版，第 1115 页。

② （清）尤夙真：《瑶华传弁言》，《瑶华传》，《古本小说集成》据清涛音书屋本影印，上海古籍出版社 1990 年版，卷首。

这部小说进行宣传。其在借阅《红楼梦》时，对方只“允假六日”，因此尤夙真“珍重携归阅之”。

因为所借之书在手边的时间一般比较短，所以读者会尽快阅读，全神贯注，十分投入。明人陈际泰在《太乙山房文稿》中就很形象地记载了自己如饥似渴地阅读小说的情形：

从族舅借《三国演义》，向墙角曝日观之，母呼我食粥，不应，呼食饭，又不应。后忽饥，索粥饭，母怒捉襟，将与之杖，既而释之。母后问舅：“何故借尔甥书？书中有人马相杀之事，甥耽之，大废服食。”[①]

陈际泰借来小说《三国演义》，被其中的情节深深吸引。他专心致志地阅读，以至于寝食皆忘，忽略了日晒，也忘记了饥饿。这段话非常传神地描述出读者阅读借来之书时的时间紧迫感。

第二，小说借阅一般在朋友、熟人之间进行。明人薛冈《天爵堂笔余》云：“往在都门，友人关西文吉士以抄本不全《金瓶梅》见示，余略览数回……后二十年，友人包岩叟以刻本全书寄敝斋，予得尽览。”[②] 薛冈先后两次向友人关西文、包岩叟借阅《金瓶梅》，一次为残本，一次为全本。清代佚名所撰《杨文广平闽全传叙》云：“近于友人处得阅《平闽全传》。”[③] 入迷道人《忠烈侠义传序》云：“辛未（按：指清同治十年，1871）春，由友人问竹主人处得是书而卒读之，爱不释手。”[④] 采香居士《续彭公案序》云：“丙申（按：指清光绪二十二年，1896）夏，见友人案头有两巨册，取阅之，乃题曰《续彭公案》。”[⑤] 以上小说借阅活动都是在朋友之间进行的。

---

① （明）陈际泰：《太乙山房文稿》，《四库禁毁书丛刊补编》第67册，北京出版社2005年版。

② （明）薛冈：《天爵堂笔余》卷二，收入黄霖：《金瓶梅资料汇编》，中华书局1987年版，第235页。

③ （清）佚名：《杨文广平闽全传叙》，《平闽全传》，《古本小说集成》据清道光鹭江崇雅堂刊本影印，上海古籍出版社1990年版，卷首。

④ （清）入迷道人：《忠烈侠义传序》，（清）石玉昆整理：《三侠五义》，山西人民出版社2009年版，第6页。

⑤ （清）采香居士：《续彭公案序》，转引自陈大康：《中国近代小说编年》，华东师范大学出版社2002年版，第67页。

在明清时期，也出现过向不熟悉之人借阅小说的情况。例如，清代松林居士乾隆四十七年（1782）撰《二度梅奇说序》，回忆自己由京城南下的旅途中，在船上甚感寂寞，又没什么可供消遣的东西，就想买一些有意思的书用以打发时间。后来看到"其舱有士，静念小说，意义甚正。因往借观"①。这里描述了他向一名萍水相逢之人借读小说的情形。不过从现有文献来看，这种向陌生人借阅小说的情况比较少。

第三，借阅小说现象推动了通俗小说的刊刻与传播。明清时期，书坊为了替小说作宣传或者为求得序言，常会把小说借给读者。清代麟媻子于《林兰香叙》中云："偶于坊友处睹《林兰香》一部，始阅之索然，再阅之憬然，终阅之怃然。"② 记录了文人到书坊看到通俗小说并借读后，对小说的成败优劣予以判定，且与书坊一起推动小说刊刻面世的情况。书坊主也会主动把未刊刻的小说推荐给当时名士阅读，以求宣传。光绪二十年（1894），沪北俗子撰《玉燕姻缘传序》云："坊友某，携《玉燕金钗》秘本至，略一翻阅，似胜别本弹词。"③

清代逍遥子《后红楼梦序》云：

同人相传雪芹尚有《后红楼梦》三十卷……余亟为借读。读竟，不胜惊喜。尤喜全书归美君亲，存心忠孝，而讽劝规警之处亦多；即诙嘲跌宕，亦雅令而有隽致。……爰以重价得之，与同人鸠工梓行，以公同好。④

此序将《后红楼梦》的著作权归诸曹雪芹，显系假托。不过从此序可知，逍遥子向友人借阅这部通俗小说之后，认为其存心忠孝，隽秀雅致，即以重价购之并刊刻出版，这说明在清代存在借阅后购买小说文稿并进行刊刻的现象。

---

① （清）松林居士：《二度梅奇说序》，收入丁锡根：《中国历代小说序跋集》，人民文学出版社1996年版，第1327页。

② （清）麟媻子：《林兰香叙》，《林兰香》，《古本小说集成》据清道光十八年本影印，上海古籍出版社1990年版，卷首。

③ （清）沪北俗子：《玉燕姻缘传序》，转引自陈大康：《中国近代小说编年》，华东师范大学出版社2002年版，第60页。

④ （清）逍遥子：《后红楼梦序》，《后红楼梦》，北京大学出版社1988年版，卷首。

有时文人在借阅某部通俗小说后，深以为佳，遂促成小说的刊印出版。清人樊寿岩《永庆升平序》云：

余寄燕都，设帐有年，偶散步至宝文堂书肆……见案头有抄录几页未竣之书，名曰《永庆升平》。聊然一目，则善恶攸分，淑慝殊途，与化行俗美，大有裨益。予曰："似此奇谈，盍不刊刻成函?"肆主曰："此系晓亭郭先生所著，自云鄙俚之言无文，恐吾辈莞尔矣。"予曰："非也！此书非涉躐无赖之谈，亦非伪妄虚诞之邪说，何以用文，用文者是谓之文也，非文者不必有文。……唾玉吐金，掷地有声，鬼神褫魄，如此而方为才也。噫！书之奇也不在文，事之实也不专词。"于是主人曰："然，有是言也。"于是刊版成部，留传寰宇，谓看官驱睡魔、消夜永，则不宜于世乎！①

序文介绍了《永庆升平》由抄本到刊本的历程，从中可知这部小说正是在樊寿岩借读之后，催促书坊刊印成书的。

由此观之，明清时期的借读现象在一定程度上推动了通俗小说的传播。

第四节　听说书

听说书是听众接受通俗小说的一种重要形式。宋元时期，小说出版印刷业尚未得到全面发展，小说故事主要以口头传播的形式流传；明清两代，随着商品经济的发展与出版印刷业的繁荣，通俗小说逐步走上文人案头，而说书形式此时依然广泛流行，通俗小说的书面传播与口头传播相互交叉、影响。下面，笔者试对明清时期有关听说书的材料进行梳理，并在此基础上阐述听说书形式的特点，分析听说书对受众以及通俗小说传播的影响。

---

① （清）樊寿岩：《永庆升平序》，《永庆升平》，《古本小说集成》据清光绪十八年宝文堂刊本影印，上海古籍出版社1990年版，卷首。

一、明代

在明代，名著故事是说书艺人演说的主要内容。以《水浒传》为例，明代袁宏道《听朱生说水浒传》云："后来读《水浒》，文字益奇变。"[①]袁宏道不仅自己听《水浒》，而且记载里中好读书者阅读《水浒传》的情形："里中有好读书者，缄嘿十年，忽一日拍案狂叫曰：'异哉！卓吾老子，吾师乎？'客惊问其故，曰：'人言《水浒传》奇，果奇。予每检《十三经》或《廿一史》，一展卷即忽忽欲睡去，未有若《水浒》之明白晓畅，语语家常，使予捧玩不能释手者也。'"[②]

明代钱希言《戏瑕》卷一《水浒传》也提及说《水浒》之事："文待诏诸公，暇日喜听人说宋江，先讲摊头半日，功父犹及与闻。"[③]

明末出现了一些以说《水浒》而著名的说书艺人，如莫后光、柳敬亭等。清初李辰山《南吴旧话录》记载莫后光说书的情形："莫后光三伏时每寓萧寺，说《西游》、《水浒》，听者尝数百人，虽炎蒸烁石，而人人忘倦，绝无挥汗者。后光尝语人云：'今村塾师冷面对儿童，焉能使渠神往，记诵如流水？须用我法，庶几坐消修脯。'"[④] 明代张岱《陶庵梦忆》卷五《柳敬亭说书》云：

南京柳麻子……善说书，一日说书一回，定价一两。十日前先送书帕下定，常不得空。南京一时有两行情人，王月生、柳麻子是也。余听其说《景阳冈武松打虎》白文，与本传大异。其描写刻画，微入毫发，然又找

---

① （明）袁宏道：《袁中郎全集》卷二七《听朱生说水浒传》，《四库全书存目丛书》第174册集部，齐鲁书社1997年版，第696页。据山西大学图书馆藏明崇祯二年武林佩兰居刻本影印。

② （明）袁宏道：《东西汉通俗演义序》，收入《袁中郎随笔·序跋卷》，作家出版社1996年版，第200页。

③ （明）钱希言：《戏瑕》卷一《水浒传》，《续修四库全书》第1143册子部杂家类，上海古籍出版社2002年版，第546页。据明刻本影印。

④ （清）李辰山：《南吴旧话录》卷二一"莫后光"条，转引自胡士莹：《话本小说概论》，中华书局1980年版，第375页。

截干净，并不唠叨，勃夬声如巨钟。说至筋节处，叱咤叫喊，汹汹崩屋。……每至丙夜，拭桌剪灯，素甆静递，款款言之，其疾徐轻重，吞吐抑扬，入情入理，入筋入骨，摘世上说书之耳，而使之谛听，不怕其不龀舌死也。①

莫后光曾指导过柳敬亭说书，对柳敬亭的书艺有较大影响。据李辰山记载，听莫后光说书的听众达数百人，人人忘倦。张岱关于柳敬亭说书的描写更加生动形象、栩栩如生，后人读之，恍若身处柳氏说书场。

在上述材料中，李辰山《南吴旧话录》还提到莫后光演说《西游记》的情况。除了《水浒传》、《西游记》这两部名著，《三国演义》也是听众喜爱的小说故事，明无碍居士《警世通言叙》云："里中儿代庖而创其指，不呼痛，或怪之。曰：'吾顷从玄妙观听说《三国志》来，关云长刮骨疗毒，且谈笑自若，我何痛为！'"②

名著以外的不少历史演义类通俗小说都曾经历作为口头文学传播的过程，例如《封神演义》曾出现过词话本。明代李云翔在《封神演义序》中指出："俗有姜子牙斩将封神之说，从未有缮本，不过传闻于说词者之口，可谓之信史哉？"③ 明代题徐渭《点校隋唐演义叙》亦云："它日复有听唱《小秦王》之句，此来《三国演义》盛行，而《秦王传》见者寡焉。"④ 从现有文献可以看出，明代说书艺人以名著故事与历史故事作为其主要演说内容，这些内容也是最受当时听众欢迎的。

二、清代

入清以后，《三国演义》、《水浒传》、《西游记》等名著依然是清代受

---

① （明）张岱：《陶庵梦忆》卷五《柳敬亭说书》，中华书局2007年版，第62～63页。

② （明）无碍居士：《警世通言叙》，《警世通言》，《古本小说集成》据天启四年兼善堂刊本影印，上海古籍出版社1990年版，卷首。

③ （明）李云翔：《封神演义序》，《封神演义》，《古本小说集成》据明舒载阳刊本影印，上海古籍出版社1990年版，卷首。

④ 题（明）徐渭：《点校隋唐演义叙》，《隋唐演义》，《古本小说集成》据首都图书馆藏本影印，上海古籍出版社1990年版，卷首。

众接受最多的小说故事，清代王士禛《香祖笔记》卷十云：“小说演义亦各有所据，如《水浒传》、《平妖传》之类，予尝详之《居易录》中。……前辈谓村中儿童听说三国事，闻昭烈败则颦蹙，曹操败则欢喜踊跃，正此谓也。”① 受说书艺术的影响，听众产生较强的尊刘贬曹的意识。刘銮《五石瓠·水浒小说之为祸》云：“张献忠之狡也，日使人说《三国》、《水浒》诸书。”② 徐珂《清稗类钞》音乐类《周猴说西游记》记录一位说《西游记》的艺人周猴的经历：“乾隆末叶，江宁每有无业游民，略熟《西游记》，即挟渔鼓，诣诸妓家，探其睡罢浴余，演说一二回，藉消清倦。所冀者，杖头微资而已。擅此者推周某，群呼为周猴。自入京，为某巨公所赏，名益著。某败，猴乃丧气而归。”③

也有说书人说本朝故事，清代郭广瑞在《永庆升平序》中记载自己少年时曾听说书之事：“余少游四海，在都尝听评词演《永庆升平》一书，乃我大清国褒忠贬佞、剿灭乱贼邪教之实事。”④

明清时期听说书现象比较普遍，说书艺术流传的地域很广，自京城到地方，自城市到乡村，皆有说书。可以说听说书与阅读小说刊本一样，成为当时大众接受通俗小说最重要的形式之一。

三、明清时期听说书的特点及其对受众和通俗小说传播产生的影响

试从以下三方面进行分析：

第一，说书的形式传播途径广，影响大，一般不受社会地位、文化水平等方面的制约，受到社会各阶层的广泛欢迎。然就总体看来，由于阅读能力与社会洞察力的限制，听说书的受众以下层百姓居多。清代沈德潜纂修《长洲县志》卷一一《风俗》指出：“吴中坊贾，编纂小说传奇，绣像

---

①（清）王士禛：《香祖笔记》卷十，上海古籍出版社1982年版，第189～190页。

②（清）刘銮：《五石瓠》，收入赵诒琛、王大隆：《庚辰丛编》，1940年线装排印本。

③（清）徐珂：《清稗类钞》第10册音乐类《周猴说西游记》，中华书局1984年版，第4953页。

④（清）郭广瑞：《永庆升平序》，《永庆升平》，《古本小说集成》据清光绪十八年宝文堂刊本影印，上海古籍出版社1990年版，卷首。

镂版，宣淫诲诈，败坏人心；遂有射利之徒，诵习演唱，街坊场集，引诱愚众，听观如堵，长淫邪之念，滋奸伪之习，风俗凌替，并宜救正。”[①] 这反映出当时以小说改编的唱本听众为“愚众”，即识字能力有限的下层百姓。

清代佚名《韵鹤轩杂著·听说书》称“举业无心贸迁懒，赶到书场怕已晚”[②]，描绘出某下层文人无心举业、不愿经商、喜欢听说书的境况。同时，明清时期一些社会上层人士，如上文提到的袁宏道等人听《水浒》。甚至帝王也喜欢听说书，明代顾起元《客座赘语》记“太祖令乐人张良才说平话”[③]，可见明太祖朱元璋是一位爱听说书的帝王。

第二，听众通过听说书获取知识，并受到说书的影响。袁宏道《东西汉通俗演义序》称：“今天下自衣冠以至村哥里妇，自七十老翁以至三尺童子，谈及刘季起丰沛、项羽不渡乌江、王莽篡位、光武中兴等事，无不能悉数颠末，详其姓氏里居，自朝至暮，自昏彻旦，几忘食忘寝，聚讼言之不倦。及举《汉书》、《汉史》示人，毋论不能解，即解亦多不能竟，几使听者垂头，见者却步。”[④] 由此可知，说书的受众尤其是下层百姓的历史知识不是通过阅读史书，而是通过听说书的形式获得的。清代兰茗馆主人（许奉恩）《里乘自序》就说书对受众的影响作出了描述：

小说虽小道，岂易言哉！夫编氓生长穷乡僻壤，耳不闻先正遗训，而同此秉彝，同此好恶。岁时伏腊，报赛爨弄，遇演忠臣、孝子、仁人、正士，无不肃然起敬，津津称叹者；遇演权奸、忤逆、佥壬、宵小，无不决眥恚愤，交口唾骂者；甚至演生天成佛，及地狱种种变相，又无不羡怖交集，以为福善祸淫，报施不爽；而互相劝戒不置者，于以见人心好恶之公，而秉彝之未泯也。[⑤]

---

① （清）沈德潜：《长洲县志》卷一一《风俗》，收入王利器：《元明清三代禁毁小说戏曲史料》（增订本），上海古籍出版社1981年版，第246页。

② （清）佚名：《韵鹤轩杂著》卷下《听说书》，据清道光元年坊刻巾箱本。

③ （明）顾起元：《客座赘语》卷六《平话》，中华书局1987年版，第189页。

④ （明）袁宏道：《东西汉通俗演义序》，收入《袁中郎随笔·序跋卷》，作家出版社1996年版，第200页。

⑤ （清）兰茗馆主人：《里乘自序》，《里乘》，重庆出版社2000年版，卷首。

形象地刻画出下层民众在听不同内容故事时的各种神态与表现。清人陈康祺《燕下乡脞录》列举了一个听众受说书影响的典型例证：

> 明末，李定国初与孙可望并为贼，蜀人金公趾在军中，为说《三国演义》，每斥可望为董卓、曹操，而期定国以诸葛。定国大感，曰："孔明不敢望，关、张、伯约，不敢不勉。"……及受明桂王封爵，自誓努力报国，洗去贼名，百折不回，殉身缅海，为有明三百年忠臣之殿。[①]

李定国受说书的影响很深，说书艺人金公趾为他说《三国演义》，期望他像诸葛亮一样忠君爱国，让李定国大受感动。他接受明桂王封爵后，"自誓努力报国"，坚持抗清，成为忠臣。李定国的身份显示了其由"贼"到忠臣的巨大转变，其原因就在于"传习鄙书之效"。明清时期说书对受众的影响，由此可见一斑。

第三，听说书的形式加速了通俗小说的传播，这一点是显而易见的。前文提到的莫后光、柳敬亭等说书名家善于抓住听众心理，运用通俗易懂的语言，以生动形象的讲述使小说故事深入人心，并广为流传。正如晚清觚庵《觚庵漫笔》所言："《三国演义》一书，其能普及于社会者，不仅文字之力。……得力于评话家柳敬亭一流人，善揣摩社会心理，就书中记载，为之穷形极相，描头添足，令听者眉色飞舞，不肯间断……宜乎妇孺皆耳熟能详。"[②]

清代采香居士《续彭公案又叙》也指出："《彭公案》一书……吾喜在坊酒肆之中，闻听评谈此书，吾津津有味，记诵即熟，故立意刊刻此书，流传后，使同好者之人得观全终，故与本坊主人同力刊成。"[③]

听说书的传播方式与小说刊本的传播往往是相互影响、交叉甚至并行不悖的。很多通俗小说都经历过口头传播的阶段，如上文提到的《彭公案》就是经过说书受众、市场的检验后而被刊刻出版的。同时，也有些小

---

① （清）陈康祺：《燕下乡脞录》卷十，收入《清代笔记丛刊》第4册，齐鲁书社2001年版。

② （清）觚庵：《觚庵漫笔》，《小说林》1907年第1卷。

③ （清）采香居士：《续彭公案又叙》，收入丁锡根：《中国历代小说序跋集》，人民文学出版社1996年版，第1618页。

说刊刻之后成为说书艺人演说的故事题材。概而言之，听说书的形式扩大了通俗小说的传播范围，并加快了其传播速度，使通俗小说的社会影响更加广泛。

第五节 其他阅读形式

明清时期小说读者的阅读形式丰富多样，除上文论述的几种外，还存在赠阅、租赁、窃书而观、戏曲扮演、诵读、游戏赌博、酒令等多种形式。下面分别作简要阐述。

一、赠阅

明代袁中道《游居柿录》卷九云："袁无涯来，以新刻卓吾批点《水浒传》见遗。予病中草草视之。"① 袁无涯是吴县书坊主，其书种堂于明万历四十二年（1614）刊刻了《李卓吾批评忠义水浒全传》，他主动把自己所刻的《水浒传》赠送给袁中道。赠阅的行为一般在朋友、熟人之间进行，清代袁枚所藏《金瓶梅》就是朋友赠送给他的。袁枚在《原本金瓶梅跋》中云："朋好宾从，知余嗜痂有癖，亦纷纷撷取缥缃，摹仿善本，书邮投馈，在远不遗。此《金瓶梅》一书，盖即向日心余太史贻赠之品也。"②

二、租赁

明清时期，小说租赁业比较发达。清嘉庆时，诸明斋《生涯百咏》卷一《租书》记载了以小说租赁为业者的情形："藏书何必多，《西游》、

---

① （明）袁中道：《游居柿录》卷九，青岛出版社 2005 年版，第 193 页。

② （清）袁枚：《原本金瓶梅跋》，收入黄霖：《金瓶梅资料汇编》，中华书局 1987 年版，第 13 页。

《水浒》架上铺。借非一瓻，还则需青蚨。喜人家记性无，昨日看完，明日又租。真个诗书不负我，拥此数卷腹可果。"[①] 可知《西游》、《水浒》等小说在租赁铺上比较常见。读者租书行为也颇为频繁，"昨日看完，明日又租"。

从现存文献来看，关于明清租赁小说的情况多见于清代禁毁小说的材料之中，下面笔者参照王利器《元明清三代禁毁小说戏曲史料》（增订本）的分类，分中央法令和地方法令两个方面列举相关文献。

第一，中央法令。列举以下数条材料：

清代琴川居士编《皇清奏议》卷二二云："（康熙二十六年）刑科给事中臣刘楷谨奏：……臣见一二书肆刊单出赁小说，上列一百五十余种，多不经之语，诲淫之书，贩买于一二小店如此，其余尚不知几何？"[②] 清魏晋锡纂修《学政全书》卷七《书坊禁例》云：

乾隆三年议准，查定例：……盖淫词秽说，最为风俗人心之害，例禁綦严。但地方官奉行不力，致向存旧刻销毁不尽；甚至收买各种，叠架盈箱，列诸市肆，租赁与人观看。……凡民间一应淫词小说……其有开铺租赁者，照《市卖例》治罪。该管官员任其收存租赁，明知故纵者，照《禁止邪教不能察缉例》，降二级调用。[③]

《大清仁宗睿皇帝实录》卷二八一云："嘉庆十八年癸酉十二月癸丑，又谕：陈预奏，整饬吏治一摺。……此等小说，未必家有其书，多由坊肆租赁。"[④]

第二，地方法令。列举以下数条材料，《劝毁淫书征信录》云：

---

① （清）诸明斋：《生涯百咏》卷一《租书》，转引自王利器：《元明清三代禁毁小说戏曲史料》（增订本），上海古籍出版社1981年版。

② （清）琴川居士：《皇清奏议》卷二二，收入《近代中国史料丛刊三编》第99辑第984册，台北文海出版社2003年版，第2041～2042页。

③ （清）魏晋锡：《学政全书》卷七《书坊禁例》，《续修四库全书》第828册史部政书类，上海古籍出版社2002年版，第584～585页。据清乾隆三十九年武英殿刻本影印。

④ 《大清仁宗睿皇帝实录》卷二八一，《清实录》第31册，中华书局1986年版，第837页。

（道光二十四年浙江巡抚禁淫词小说）案，据省城绅士张鉴等呈称：窃惟淫词小说，为风俗人心之害，例禁森严；奈书肆藐玩，辄将淫词小说，与正经书籍一体货卖。更有一种税书铺户，专备一切无稽唱本，招人赁看。①

（浙江杭州知府禁淫词小说）今本护道访得省城内外，每有不肖书坊，辄将淫词小说，居然货卖；更有一种税书铺户，专备稗官野史，及一切无稽唱本，招人赁看，名目不一，大半淫秽异常，为害尤巨。②

（浙江仁和县知县禁淫书小说）仍恐书铺税书铺户，匿不缴局，呈请示禁等情。据此，除饬保传谕外，合行示禁。③

清余治《得一录》卷一一云：

江苏按察使司按察使裕，为严禁淫书淫画以正风俗事。……访闻苏城坊肆，每将各种淫书翻刻市卖，并与外来书贾，私行兑换销售，及抄传出赁，希图射利，炫人心目，亵及闺房，长恶导淫，莫此为甚。……此次示谕之后，凡一应淫词小说，永远不许刊刻贩卖出赁，及与外来书贾私相兑换销售。④

据吴县候廪生陈龙甲等禀称……苏地各书肆，及赁书铺中，淫书亦复不少，种种名目不一，秽亵异常，射利者辗转流传，坏人心术，莫此为甚。⑤

---

① 《劝毁淫书征信录》，收入王利器：《元明清三代禁毁小说戏曲史料》（增订本），上海古籍出版社1981年版，第118页。

② 《劝毁淫书征信录》，收入王利器：《元明清三代禁毁小说戏曲史料》（增订本），上海古籍出版社1981年版，第120页。

③ 《劝毁淫书征信录》，收入王利器：《元明清三代禁毁小说戏曲史料》（增订本），上海古籍出版社1981年版，第124页。

④ （清）余治：《得一录》卷一一《收毁淫书局章程》，收入《近代中国史料丛刊三编》第92辑第913册，台北文海出版社2003年版，第7页。

⑤ （清）余治：《得一录》卷一一《收毁淫书局章程》，收入《近代中国史料丛刊三编》第92辑第913册，台北文海出版社2003年版，第9页。

由上述文献可知，通俗小说租赁阅读的形式至迟在清代康熙朝已经出现，乾隆、嘉庆、道光诸朝均存在小说租赁现象；就地域观之，以经济和文化比较发达的江苏、浙江两地为多；小说租赁的数量、种类相当可观，据材料中提到的清代琴川居士编《皇清奏议》所记，清康熙二十六年（1687），规模较小的书肆出赁小说的品种已达一百五十余种，规模大的书肆当远超此数。正因为租赁阅读小说的现象在清代非常普遍，所以清代各朝禁毁小说时，均强调要阻断小说租赁这一传播渠道。

三、窃书而观

对明清时期窃书（通俗小说）而观的现象，文献记载较少，笔者仅举一例说明这种现象在当时确有存在。清代李焕章《水浒人传》云："水浒人，居乘东偏八里，世农，家无识之无者。至水浒人，性小慧，习句读，通点画。幼为富人灌园，一日窃《水浒传》，读之竟，再读……水浒人姓杨名文杰。"[①]

世代务农的杨文杰无力购书，只好窃《水浒传》而读，以满足个人的阅读需求。

四、综合阅读形式

有些通俗小说的阅读形式往往不是单一的，而是多种形式并存的。例如：

第一，购读与赠阅相结合。清代光绪年间曾任知县的文龙评《金瓶梅》第一册后附记云："在安庆书肆中，偶遇一部（按：指《金瓶梅》），索价五元，以其昂贵置之。邵少泉少尹，知予有闲书癖，多方购求，竟获此种，交黄仆寄来。惜被邹隽之大令抽去三本，不成全璧矣。"[②] 邵少泉购买《金瓶梅》并寄赠文龙，就是购读与赠阅的结合。清代西岷山樵也有同

① （清）李焕章《水浒人传》，收入（清）周亮工：《周亮工全集》第15册，《赖古堂文选》卷一三，凤凰出版社2008年版，第971页。

② （清）文龙评《金瓶梅》，今藏国家图书馆。

样的经历，其清光绪八年（1882）所撰《野叟曝言序》云："今夏六月，余友程子自海上购得此书，以予好读奇书，持以相赠。"① 描述了朋友程氏购买小说《野叟曝言》赠送给西岷山樵，供其阅读的事。

第二，借读与抄读并存。清代徐允临光绪十年（1884）撰《儒林外史跋》云：

允临志学之年，即喜读《儒林外史》，避寇时，家藏书籍都不及取，独此自随。自谓生平于是书有偏好，亦颇以为有心得。己卯秋，余戚杨古酝大令过余斋，见案陈是书，亟云："曾见张啸山先生评本乎?"余曰："未也。"古酝曰："不读张先生评，是欲探河源而未造于巴颜喀喇。吾恐未极其蕴也。"因急从艾补园茂才假读，则皆余心所欲言而口不能达者，先生则一一笔而出之。信乎是书之秘钥已，遂过录于卷端。

今年七月，与甥婿闵颐生上舍会于法华镇李氏，纵谈《外史》事，因言张先生近有评语定本，闻之欣跃，遂不待颐生旋，径驰书向先生乞假以来，重过录焉。同里王竹鸥方伯与有同好，尝假余过录本。②

徐允临在此跋中介绍了自己阅读张啸山评本《儒林外史》的经历，他曾经向友人艾补园借读此书并加以抄写，后来同里王竹鸥又向徐允临借阅抄本。

第三，抄读与赠阅结合。清代王昙《古本金瓶梅考证》云："按此古本，乃翠微山房主人所抄录而珍藏者，为大兴舒铁云所得，慨然见遗。"③ 翠微山房主人将自己抄录、珍藏的《金瓶梅》赠与王昙，显示出两人之间的友情。

第四，抄读、听说书、借读、购读等多种阅读形式相结合。清代孙寿彭《彭公案序》云：

---

① （清）西岷山樵：《野叟曝言序》，人民文学出版社 1997 年版《野叟曝言》卷首。

② （清）徐允临：《儒林外史跋》，收入李汉秋：《儒林外史研究资料》，上海古籍出版社 1984 年版，第 141 页。

③ （清）王昙：《古本金瓶梅考证》，收入丁锡根：《中国历代小说序跋集》，人民文学出版社 1996 年版，第 1115 页。

《彭公案》一书，京都钞写殆遍，大街小巷，侈为异谈，皆以为脍炙人口。故会庙场中谈是书者，不记其数，一时观者如堵，听者忘倦。予课暇亦少听几句，津津有味，然因功夫忙迫，故不知其本末。壬辰馆于京师，友人刘君衡堂持此编以示，展诵数回，悉其始终，乃知彭公是我朝显宦，实千古人才之杰出者也……（刘衡堂）因不惜重资，付之剞劂。①

通俗小说《彭公案》先后经历抄阅、听说书、借阅等多种阅读形式，刊刻后又被读者购买阅读。这一事例比较典型地反映出明清通俗小说经过多种方式、多种渠道进行综合传播的状况。

第五，戏曲扮演。通俗小说故事被改编成戏曲在民间演出，吸引了大量观众。明代张岱《陶庵梦忆》卷七《及时雨》云：

壬申（按：即崇祯五年，1632）七月，村村祷雨，日日扮潮神海鬼，争唾之。余里中扮《水浒》，且曰：画《水浒》者，龙眠、松雪近章侯，总不如施耐庵，但如其面勿黛，如其髭勿鬣，如其兜鍪勿纸，如其刀杖勿树，如其传勿杜撰，勿弋阳腔，则十得八九矣。于是分头四出，寻黑矮汉，寻梢长大汉，寻头陀，寻胖大和尚，寻茁壮妇人，寻姣长妇人，寻青面，寻歪头，寻赤须，寻美髯，寻黑大汉，寻赤脸长须，大索城中。无则之郭、之村、之山僻、之邻府州县，用重价聘之，得三十六人。梁山泊好汉，个个呵活，臻臻至至，人马称娖而行，观者兜截遮拦，直欲看杀卫玠。②

以上记载的是民间扮演《水浒》人物的场景，角色众多，场面热闹，深受观众欢迎。徐珂《清稗类钞》宗教类《义和拳》亦云："《西游记》、《封神传》、《三国演义》、《绿牡丹》、《七侠五义》诸小说，为北方常演之戏剧也。"③ 戏曲扮演小说故事，扩大了通俗小说的受众群体，有力地促进了

① （清）孙寿彭：《彭公案序》，收入丁锡根：《中国历代小说序跋集》，人民文学出版社1996年版，第1616页。

② （明）张岱：《陶庵梦忆》卷七《及时雨》，中华书局2007年版，第85页。

③ （清）徐珂：《清稗类钞》宗教类《义和拳》，中华书局1984年版，第1980页。

通俗小说的传播。

第六，作者亲为诵读。清代卢联珠道光二十七年（1847）所撰《第一快活奇书序》云：

（《第一快活奇书如意君传》作者陈天池）请余阅其书，余辞以病未能也。天池曰："君试坐而我为君诵之，可乎?"余辞以病，坐亦未能也。天池曰："君试卧而我为君诵之，可乎?"于是左携杯，右执卷，且读且饮，每至得意处，则意气飞扬，辄起立急口疾读，或奋声高歌，兴酣酒浓，手舞足蹈，不半日间，一部七十二回大文，已了然若揭，而天池亦醉不可支。①

清代通俗小说《如意君传》的作者陈天池对自己的作品充满感情，急欲与朋友分享，于是亲自向卢联珠诵读小说。这种情况比较少见，不过也可视为通俗小说的一种独特传播形式。

第七，游戏赌博、酒令等形式。明清时期，通俗小说中的人物与情节还能以叶子游戏、纸牌、酒令等形式传播，以使更多人了解通俗小说。在叶子游戏中，《水浒传》是其重要内容之一。明代佚名撰《謏闻续笔》云："叶子之戏，不知起自何时。……叶子所绘，皆《水浒》中人，原有深意，若曰好赌而负，必至为盗，即幸而胜，心与盗贼等耳。"②

清代褚人获《坚瓠十集》卷一《叶子》云："叶子，不知何起……不知何时，改用宋江等名。潘之恒《叶子谱》云：'叶子始于昆山，用《水浒传》中人名，为角觝戏耳。'黎遂球《运掌经》云：'署之以宋江之徒者，必勇敢忠义，然后可胜，而又非徒读书者所能知，故署之以不知书之人。'"③

纸牌游戏也多同《水浒传》等通俗小说中的故事情节相关联，明代张岱《陶庵梦忆》卷六《水浒牌》云："古貌、古服、古兜鍪、古铠胄、古

---

① （清）卢联珠：《第一快活奇书序》，据上海文记书局排印本。

② （明）佚名：《謏闻续笔》卷四，收入《笔记小说大观》第30册，江苏广陵古籍刻印社1984年版，第293页。

③ （清）褚人获：《坚瓠十集》卷一《叶子》，《清代笔记丛刊》第2册，齐鲁书社2001年版，第1176页。

器械，章侯自写其所学所问已耳，而辄呼之曰宋江，曰吴用，而宋江、吴用亦无不应者，以英雄忠义之气，郁郁芊芊，积于笔墨间也。周孔嘉丐余促章侯，孔嘉丐之，余促之，凡四阅月而成。”① 清代褚人获《坚瓠十集》卷一《纸牌说》云：“李东琪（式玉）《纸牌说》：‘……自二十万以至万万，数极矣。有其资者，势拟乎封君，而事可以帝制，故尊之以宋江也。’”②

此外，酒令也是读者接受通俗小说的一种形式，清代俞敦培《酒令丛钞》曾记载以《水浒传》、《西游记》等小说故事作为酒令之事。其书卷四《水浒酒筹》云：

李逵大闹浔阳江（首二坐为宋江、戴宗，末坐为张顺。得筹为李逵，饮一大杯，宋、戴陪小杯，即与张顺猜十拳，张顺输则饮酒，李逵输饮开水）

武松醉夺快活林（无三不过望，先饮三杯。对面为蒋门神，要连胜三拳方过，再打通关一转）

鲁智深醉打山门（先饮一大杯。首二坐为金刚，每人猜三拳）

金翠莲酒楼卖唱（首二三坐为鲁达、李忠、史进。得筹者或弹或歌，敬三人酒）

一丈青擒王矮虎（与并坐者猜拳，胜后牵巾饮三交杯，合席共贺一杯）

景阳冈武松打虎（三碗不过冈，先饮三大杯，与寅年生人或与姓名字带虎头者猜拳，以胜为度）

请诸邻武松杀嫂（以左右四座为四邻，各照三杯。年少无须者为嫂。猜拳以胜为度）

梁山泊群雄聚义（合席各饮三杯）③

---

① （明）张岱：《陶庵梦忆》卷六《水浒牌》，中华书局2007年版，第76页。

② （清）褚人获：《坚瓠十集》卷一《纸牌说》，《清代笔记丛刊》第2册，齐鲁书社2001年版，第1176页。

③ （清）褚人获：《坚瓠十集》卷一《纸牌说》，《清代笔记丛刊》第2册，齐鲁书社2001年版，第1176页。

《寻唐僧令》如下：

> 孙行者寻师，筹可多制，无筹或用牙牌代之。以幺二为行者，二四为唐僧，二六为八戒，二五为沙僧，长二为白马，人牌为观音，天牌为如来，幺四为红孩儿，五六为牛魔王，四六为铁扇公主，长五为金钱豹，三六为黑熊精，四五为九尾狐，三四为盘丝洞，二三为无底洞，长三、幺五、幺六均为小妖，余牌随意分派，可供二十余客也。略注十余筹于左：
> 孙行者（制得此筹者，满席寻师，余筹须秘）
> 猪八戒（行者须胜一拳收伏，方听使命，可以代拳代酒）
> 沙僧（收伏后代拳代酒）
> 三藏（寻得者，师徒对饮一杯，完令）
> 观音（遇妖魔太强者，可以压服）
> 红孩儿（猜拳无算，听观音分付）
> 牛魔王（十一拳）
> 铁扇公主（十拳）
> 黑熊（八拳）
> 盘丝洞（八戒说一笑话）
> 金钱豹（五拳）
> 九尾狐（五官搬家令）
> 无底洞（筷落饮酒令）
> 小妖（一拳）①

除此以外，《酒令丛钞》还记载了《捉曹操令》、《红楼人镜》等，均与通俗小说《三国演义》、《红楼梦》中的人物、情节密切相关。

受众阶层通过游戏赌博、酒令等形式所了解的通俗小说题材内容和人物形象未必全面、具体，但是游戏赌博、酒令等作为明清时期鲜活而独特的小说传播形式，却反映了民众对通俗小说的喜爱，同时也体现出通俗小说在当时流行与普及的程度。

---

① （清）褚人获：《坚瓠十集》卷一《纸牌说》，《清代笔记丛刊》第2册，齐鲁书社2001年版，第1176页。

第五章

读者与明清通俗小说的创作观念

明清时期，通俗小说的创作出现鼎盛局面，与此同时，小说创作观念也是丰富多样、异彩纷呈的。在小说创作观念形成及发展的过程中，读者因素愈显突出。德国学者沃尔夫冈·伊瑟尔在《阅读活动——审美反应理论》中指出：

阅读不是一种本文在读者心灵中的直接的“内化”，因为阅读活动不是一个单向的过程……（而）是本文与读者相互作用的动态过程。①

读者阅读小说不是一个单向接受的过程，而是与作品相互作用、双向影响的动态过程。从通俗小说创作观念的角度来看，读者所起的作用是非常明显的。本章不拟对明清通俗小说的创作观念作全面阐述，而是仅从读者接受的角度分析读者在小说创作观念的形成和发展过程中的作用与地位，重点探讨读者对通俗小说劝戒说、补史说、娱乐说等创作观念的影响。

第一节　读者与劝戒说

在中国古代小说观念的发展过程中，劝戒说是非常流行、影响深远的创作观念之一。早在唐代，小说创作中已经出现劝戒观念，有很多小说模仿史书论赞的形式在结尾发表议论，体现出较强的劝戒意识。

例如，李公佐《南柯太守传》结尾云：

虽稽神语怪，事涉非经，而窃位著生，冀将为戒。后之君子，幸以南柯为偶然，无以名位骄于天壤间云。前华州参军李肇赞云：贵极禄位，权倾国都。达人视此，蚁聚何殊。②

① ［德］沃尔夫冈·伊瑟尔著，金元浦、周宁译：《阅读活动——审美反应理论》（第三编）第五章“把握本文——文学本文的实现过程”，中国社会科学出版社 1991 年版，第 127 ~ 128 页。

② （唐）李公佐：《南柯太守传》，收入汪辟疆校录：《唐人小说》，上海古籍出版社 1978 年版，第 90 页。

小说作者以淳于棼为例，对一些无才无德的“窃位著生”明确提出劝戒，并告诫“后之君子”勿以名位自傲。《虬髯客传》结尾也指出：“人臣之谬思乱者，乃螳臂之拒走轮耳。我皇家垂福万叶，岂虚然哉。”[①] 小说体现出浓厚的封建正统思想，对意图叛乱朝廷的言行提出警告。

明清时期，通俗小说创作过程中的劝戒观念更是普遍存在，借助小说创作宣扬社会教化，提倡忠孝节义，成为大多数小说编刊者形成的共识。明清通俗小说文献中关于劝戒观念的内容较多，笔者将选择与读者相关的材料，从读者与劝戒说的角度试作如下论述。

一、读者是通俗小说劝戒的立足点和着眼点

通俗小说劝戒说的形成与发展同读者之间关系紧密，读者是通俗小说劝戒的立足点和着眼点，这在小说出版业繁荣发达的明清时期尤显突出。金陵兼善堂明天启四年（1624）刊《警世通言》识语云：“兹刻出自平平阁主人手授，非警世劝俗之语，不敢滥入，庶几木铎老人之遗意，或亦士君子所不弃也。”[②] 明崇祯年间尚友堂刊《拍案惊奇》的凡例第五则云：“是编主于劝戒，故每回之中三致意焉，观者自得之，不能一一标出。”[③] 清初课花书屋刊《快心编》凡例第四则云：“至于曼倩笑傲、东坡怒骂，则亦寓劝世深衷，知者自不草草略过。”[④] 清代醉犀生光绪十七年（1891）撰《古今奇闻序》云：“今人见典谟训诰、仁义道德之书，辄忽忽思睡；见传奇小说，则津津不忍释手。呜呼！世风日下，至于此极。然而稗官小说亦正有移风易俗之功。”[⑤]

上述识语、凡例、序言的作者都非常注重读者的因素，《警世通言》

---

① （唐）杜光庭：《虬髯客传》，收入汪辟疆校录：《唐人小说》，上海古籍出版社1978年版，第181页。

② 《警世通言》识语，《警世通言》，《古本小说集成》据金陵兼善堂天启四年刊本影印，上海古籍出版社1990年版，卷首。

③ 《拍案惊奇》凡例，《拍案惊奇》，《古本小说集成》据明崇祯尚友堂刊本影印，上海古籍出版社1990年版，卷首。

④ 《快心编》凡例，《快心编》，《古本小说集成》据清初课花书屋刊本影印，上海古籍出版社1990年版，卷首。

⑤ （清）醉犀生：《古今奇闻序》，据清光绪十七年铅印本《古今奇闻》卷首。

的识语指出小说中的警世劝俗之语“或亦士君子所不弃也”；《拍案惊奇》的凡例认为小说主于劝戒的创作观念“观者自得之”；《快心编》凡例提醒读者不要忽视小说的劝戒之意，“知者自不草草略过”；醉犀生《古今奇闻序》针对读者爱读小说的世风，强调小说具有“移风易俗之功”。可以看出，通俗小说编刊者在强调劝戒的同时，还表现出浓厚的读者意识。劝戒说的内涵丰富复杂，本节试从忠孝节义，戒淫，宣扬因果报应，劝戒世人安分守己、不要信奉邪教，戒除不良生活习惯等方面分别归纳论述。

第一，宣扬儒家伦理道德，倡导忠孝节义。明代庸愚子（蒋大器）弘治甲寅年（1494）撰《三国志通俗演义序》云：

> （《三国志通俗演义》）文不甚深，言不甚俗，事纪其实，亦庶几乎史，盖欲读诵者，人人得而知之，若《诗》所谓里巷歌谣之义也。……予谓诵其诗，读其书，不识其人，可乎？读书例曰：若读到古人忠处，便思自己忠与不忠；孝处，便思自己孝与不孝。至于善恶可否，皆当如此，方是有益。若只读过而不身体力行，又未为读书也。……遗芳遗臭，在人贤与不贤，君子小人，义与利之间而已。观演义之君子，宜致思焉。①

庸愚子在序言中多次表现出对读者的劝戒意图，首先强调这部小说“文不甚深，言不甚俗”，所以读者人人都可明白其中的意思。然后提醒读者在阅读小说的同时应进行反思，将自己的日常所作所为与故事中的古人相对照，“身体力行”地做到忠孝良善，他认为这才是有益的读书行为。最后再次提醒“观演义之君子，宜致思焉”，通过阅读小说体会作品的劝戒之旨。

金陵万卷楼明万历年间刊《三教开迷归正演义》凡例第一则云：“本传独重吾儒纲常伦理，以严政教而参合释道，盖取其见性明心、驱邪荡秽、引善化恶以助政教。”第二则云：“本传指引忠孝之门，发明礼义，下返混元，又是丹经一脉。”第五则云：“本传……固以开迷是良药苦口之喻，寓言若戏，亦以开迷，是以酒解醒之说，乃正人君子、忠孝立身者不

---

① （明）庸愚子：《三国志通俗演义序》，《三国志通俗演义》，《古本小说集成》据明代嘉靖元年刊本影印，上海古籍出版社 1990 年版，卷首。

迷，而且哂喋喋嚣嚣者之迷。”[①] 小说题名“开迷”，并注重以儒家纲常伦理来指引“忠孝之门”，使读者“见性明心、驱邪荡秽、引善化恶”，体现出其创作的劝戒主旨。明代薇园主人《清夜钟自序》云：

余偶有撰著，盖借谐谈说法，将以明忠孝之铎，唤省奸回；振贤哲之铃，惊回顽薄。名之曰《清夜钟》，著觉人意也。大众洗耳，莫只当春风之过，负却一片推敲苦心！[②]

薇园主人强调自己的小说注重忠孝，如同清夜里响起的钟声，可以“惊回顽薄”，期待读者“洗耳”听之，不要辜负自己意图劝戒的创作苦心。明代元九《警世阴阳梦醒言》云：

生百魏忠贤，以乱一时忠佞之局，正生一魏忠贤，以定千秋忠佞之案。……长安道人，知忠贤颠末，详志其可羞可鄙、可畏可恨、可痛可怜情事，演作阴阳二梦，并摹其图像以发诸丑，使见者闻者人人惕励其良心，则是刻不止为忠贤点化，实野史之醒语也。[③]

作者对奸佞之辈予以斥责，指出小说对魏忠贤可鄙的一生进行了详细描述，以揭示其丑陋行径、奸佞嘴脸，使读者“人人惕励其良心”，从而达到劝戒目的。

明末出现的时事小说《辽海丹忠录》是一部为武将毛文龙翻案的小说。明崇祯二年（1629），袁崇焕以阅兵为名乘舟至双岛，祭出尚方宝剑，宣布毛文龙十二条当斩之罪后，斩之于帐前。毛文龙被杀的历史原因比较

---

① 《三教开迷归正演义》凡例，《三教开迷归正演义》，《古本小说集成》据金陵万卷楼万历刊本影印，上海古籍出版社 1990 年版，卷首。

② （明）薇园主人：《清夜钟自序》，《清夜钟》，《古本小说集成》据路工藏和安徽省博物馆藏本拼合影印，上海古籍出版社 1990 年版，卷首。

③ （明）元九：《警世阴阳梦醒言》，《警世阴阳梦》，《古本小说集成》据崇祯元年刻本影印，上海古籍出版社 1990 年版，卷首。

复杂，但崇祯皇帝对袁崇焕擅杀毛文龙非常不满，史载“帝骤闻，意殊骇”①。也许皇帝的态度影响了大众的是非判断，与毛文龙同为钱塘人的陆人龙随即创作《辽海丹忠录》，借以让读者感受到毛文龙的忠贞。翠娱阁主人在为《辽海丹忠录》所作序言中突出毛文龙之忠，希望读者辨明其冤屈。“铄金之口，能死豪杰于舌端；而如椽之笔，亦能生忠贞于毫下：此予弟《丹忠录》所由录也。……具眼者自鉴之。”② 明确表达小说的创作意图，是要“生忠贞”于笔下，希望“具眼者自鉴之”。

清乾隆四十四年（1779），滋林老人撰《说呼全传序》，就通俗小说对读者的劝戒作了较为详尽的阐发：

> 小说家千态万状，竞秀争奇，何止汗牛充栋。然必有关惩劝扶植纲常者，方可刊而行之。一切偷香窃玉之说，败俗伤风，辞虽工直，当付之祖龙耳。统阅《说呼》一书，其间涉险寻亲，改装祭墓，终复不共戴天之仇，是孝也。救储君子四虎之口，诉沉冤于八王之庭，愿求削佞除奸之敕，是忠也。维忠与孝，此可以为劝者也。至庞氏专权，表里为奸，卒归于全家殄灭，其为惩创孰大焉。虽遐稽史册，其足以为劝惩者，灿若日星，原无庸更藉于稗官野乘。然而史册所载，其文古，其义深，学士大夫之所抚而玩，不能挟此以使家喻而户晓也。如欲使家喻而户晓，则是书不无裨于世教云。③

作者阐明《说呼全传》一书的主旨是歌颂忠孝，谴责奸佞之臣，希望此书家喻户晓，有补于教化。他认为世间小说虽然种类极多，但必须是“有关惩劝扶植纲常”的作品才可得以刊行。以此为标准，《说呼全传》歌颂忠孝，谴责奸佞，对世教大有裨益。然而史册中可以用作劝惩的事例已经“灿若日星”，为何还要通过小说来达到这一目的呢？作者在序言中进一步解释：由于史书所载“文古”、“义深”，只有“学士大夫”能通晓其意，

---

① （清）张廷玉等：《明史》卷二五九《袁崇焕传》，中华书局 1974 年版，第 6717 页。

② （明）翠娱阁主人：《辽海丹忠录序》，《辽海丹忠录》，《古本小说集成》据明崇祯翠娱阁刊本影印，上海古籍出版社 1990 年版，卷首。

③ （清）滋林老人：《说呼全传序》，《说呼全传》，中华书局 1999 年版，卷末。

普通人是读不明白的，所以才借助大家都可读懂的通俗小说，使忠孝之义“家喻而户晓”。

清乾隆年间所刊《北史演义》凡例第十五则指出：“书中女子以节义著者，如西魏宇文后殉节于少帝……皆用特笔表出，以示劝勉之意。”① 此则宣扬了女性节义。也有些小说将忠孝与节义并举。例如，清代娜嬛斋刊本《红楼复梦》凡例第三则云：“此书虽系小说，以忠孝节义为本，男女阅之有益无碍。”② 清代彭一楷《台湾外志叙》云：“读是编者，可以教孝，可以教忠，可以教义。闺阁闻之，亦莫不油然生节烈之心。有功名教，良非浅鲜。异日之以登对大廷，备史氏之阙文，江子与是书不朽矣。”③ 这些材料都试图对不同性别的读者进行忠孝节义方面的道德指引。

以上提到的几部通俗小说虽然创作时代不同，但编刊者在以小说进行劝戒这方面的看法比较一致，意在利用小说“以助政教”、“扶植纲常”、“以忠孝节义为本”、“有功名教”，通过通俗小说的传播、阅读来影响读者的思想与言行，达到教化目的。

第二，戒淫。文本中摈除淫词亵语是很多通俗小说所着力强调的一点，这种倾向在明末清初尤为突出。这一时期，情色之风兴盛，明崇祯元年（1628）苏州尚友堂刊《拍案惊奇》卷首附即空观主人（凌濛初）自序云：“近世承平日久，民佚志淫。”④ 清康熙九年（1670）抄本《绣屏缘》凡例第六则云：“秽亵诸语，时习所尚。”⑤ 一些小说编刊者迎合了“民佚志淫”的社会风尚，导致情色小说泛滥，有识之士对此深恶痛绝，正如兼善堂明天启四年（1624）刊《警世通言》识语所云：“奈射利者专

---

① 《北史演义》凡例，《北史演义》，《古本小说集成》据乾隆原刊本影印，上海古籍出版社1990年版，卷首。

② 《红楼复梦》凡例，《红楼复梦》，北京大学出版社1988年版，卷首。

③ （清）彭一楷：《台湾外志叙》，《台湾外志》，齐鲁书社2004年版，卷末。

④ （明）即空观主人：《拍案惊奇自序》，《拍案惊奇》，《古本小说集成》据尚友堂崇祯刊本影印，上海古籍出版社1990年版，卷首。

⑤ 《绣屏缘》凡例，《绣屏缘》，《古本小说集成》据荷兰汉学研究所藏抄本影印，上海古籍出版社1990年版，卷首。

取淫词，大伤雅道。本坊耻之。"[1]

在这种"专取淫词，大伤雅道"的社会风气下，许多通俗小说编刊者着重强调小说的教化功用，与淫秽之风、情色小说划清界限。兼善堂刊《警世通言》识语作者指出："兹刻出自平平阁主人手授，非警世劝俗之语，不敢滥入，庶几木铎老人之遗意，或亦士君子所不弃也。"尚友堂刊《拍案惊奇》的凡例第二则云："是编矢不为风雅罪人，故回中非无语涉风情，然止存其事之有者，蕴藉数语，人自了了，绝不作肉麻秽口，伤风化，损元气。"这些均向读者表明了自己的小说与"伤风化"的淫词秽语截然不同。人瑞堂崇祯四年（1631）刊《隋炀帝艳史》凡例也对"宣淫"之书提出批评：

著书立言，无论大小，必有关于人心世道者为贵。《艳史》虽穷极荒淫奢侈之事，而其中微言冷语，与夫诗词之类，皆寓讥讽规谏之意，使读者一览，知酒色所以丧身，土木所以亡国，则兹编之为殷鉴，有裨于风化者岂鲜哉！方之宣淫等书，不啻天壤。……风流小说，最忌淫亵等语以伤风雅，然平铺直叙，又失当时亲昵情景。兹编无一字淫哇，而意中妙境尽婉转逗出，作者苦心，临编自见。[2]

虽将作品自归于"风流小说"，凡例作者还是强调《隋炀帝艳史》与"宣淫"之书的区别，认为小说创作虽要避免平铺直叙，以让读者体会意中妙境，但同时也要做到有裨于风化。作者重视通俗小说对读者的劝戒功用，借隋炀帝荒淫奢侈之事，让读者阅后可知沉浸酒色对身体的危害以及骄奢能导致国家灭亡这个道理。

明崇祯年间所刊《欢喜冤家》续第六回《王有道疑心弃妻子》回末总评也提倡戒色，希望读者自警。"天下最易动者莫如色，然败人德行，损己福命者，亦莫如色。奈世人见色迷心，日逐贪淫，而自不知省，孰知祸

---

① 关于明末清初情色风气兴盛的状况、读者与情色小说流派的关系，可参见本书第六章"读者与明清通俗小说流派"第三节"读者与情色小说流派"，为避免重复，这里不再赘述。

② 《隋炀帝艳史》凡例，（明）齐东野人：《隋炀帝艳史》，中华书局2000年版，第339页。

淫福善，天神共鉴……观者宜自警焉。”[①] 诸如此类的戒淫之语不免有小说作者自我标榜、名不符实的成分，但从整体而言，这对当时社会的佻荡之风确可起到一定的净化作用。

清初以后，戒淫之旨在通俗小说创作中也有不同程度的体现。例如，清代曹雪芹《石头记》凡例声称：“《红楼梦》……又名《风月宝鉴》，是戒妄动风月之情。”[②] 直接在书名之中体现劝戒主旨。清代娜嬛斋刊《红楼复梦》凡例云：“卷中无淫亵不经之语，非若《金瓶》等书以色身说法，使闺阁中不堪寓目。”[③] 强调《红楼复梦》与《金瓶梅》等书的区别，宣扬戒淫主旨。初刊于清光绪十八年（1892）的《海上花列传例言》云：

> 此书为劝戒而作，其形容尽致处，如见其人，如闻其声。阅者深味其言，更返观风月场中，自当厌弃嫉恶之不暇矣。[④]

作者认为《海上花列传》可以对读者产生很好的劝戒作用，读者阅读之后，对风月之事会有不同的看法和认识，甚至“厌弃嫉恶之不暇矣”。结合作者的生活实践来看，我们可以更好地体会其创作主旨。小说作者花也怜侬即韩邦庆（1856—1894），江苏松江人，长期寓居于上海，曾为《申报》撰稿，与一妓女关系密切，所得稿酬尽挥霍于花丛。《海上花列传》即以上海妓女为描写对象，小说第一回写花也怜侬在梦中见到“一大片浩淼苍茫，无边无际的花海”，那些花“虽然枝叶扶疏，却都是没有根蒂的，花底下即是海水”，有些花“早已沉沦汩没于期间”，花也怜侬见此光景，“辄有所感，又不禁怆然悲之”。海上之花是妓女的象征，她们在社会的底层随波逐流，却又有其奸谲可恨之处。作者以悲悯的态度作为“过来人为

---

① 《欢喜冤家》续第六回《王有道疑心弃妻子》回末总评，《欢喜冤家》，《古本小说集成》据山水邻原刊本影印，上海古籍出版社1990年版，第254~255页。

② （清）曹雪芹：《石头记》凡例，《石头记》，《古本小说集成》据《脂砚斋重评石头记》（甲戌本）影印，上海古籍出版社1990年版，卷首。

③ 《红楼复梦》凡例，《红楼复梦》，北京大学出版社1988年版，卷首。

④ （清）韩邦庆：《海上花列传例言》，《海上花列传》，人民文学出版社1982年版，卷首。

之现身说法”，以使“阅者按迹寻踪”，[1] 整部小说处处体现出其创作的戒淫主旨。

第三，宣扬因果报应、劝人积善行德。明代冯梦龙《石点头叙》云：“《石点头》者，生公在虎丘说法故事也。小说家推因及果，劝人作善，开清净方便法门，能使顽夫伥子，积迷顿悟，此与高僧悟石何异？”[2] 强调这部小说对读者具有显著的劝戒作用，就如同高僧生公在虎丘宣讲佛法时可以使石头都感动得频频点头一样。清代东岭学道人《醒世姻缘传序》中也体现出劝戒思想：

> 原书本名《恶姻缘》，盖谓人前世既已造业，所世必有果报；既生恶心，便成恶境，生生世世，业报相因，无非从一念中流出。……能于一念之恶禁之于其初，便是圣贤作用，英雄手段，此正要人豁然醒悟。若以此供笑谈，资狂僻，罪过愈深，其恶直至于披毛戴角，不醒故也。余愿世人从此开悟，遂使恶念不生，众善奉行，故其为书有裨风化将何穷乎！因书凡例之后，劝将来君子开卷便醒，乃名之曰《醒世姻缘传》。[3]

序文强调，小说创作不是用来“供笑谈，资狂僻”的工具，而是借小说中的因果报应情节使世人惊醒，“从此开悟”，进而劝戒世人不要产生恶念，要多多行善积德。《醒世姻缘传》全书一百回，叙述冤仇相报的两世姻缘，前二十二回写主人公前世姻缘，后七十八回写其今世姻缘。小说继承了《金瓶梅》的现实主义精神，以晁源（狄希陈）、计氏（童计姐）、狐精（薛素姐）的婚姻为故事主线。薛素姐为报前世被晁源射杀之仇，经常把自己的丈夫——由晁源托生而来的狄希陈折磨得死去活来，手掴、棒打、钳拧、坐牢、烟熏、暗咒、诬告、火烧、箭射，种种手段无所不用其极。同时作者也用白描手法暴露了明末清初社会上儒学商品化、人际关系商品化、官场仕途商品化等怪现象。这些极端的描写都令读者瞠目结舌，确能

① 参见（清）韩邦庆：《海上花列传》第一回《赵朴斋咸瓜街访舅　洪善卿聚秀堂做媒》，人民文学出版社 1982 年版。

② （明）冯梦龙：《石点头叙》，《石点头》，上海古籍出版社 1957 年版，卷末。

③ （清）东岭学道人：《醒世姻缘传序》，《醒世姻缘传》，《古本小说集成》据清同德堂刊本影印，上海古籍出版社 1990 年版，卷首。

起到“开卷便醒”的劝戒效果。

清代缪荃孙同样指出《醉醒石》一书宣扬果报、劝戒世人的创作主旨。“大凡小说之作，可以见当时之制度焉，可以觇风俗之纯薄焉，可以见物价之低昂焉，可以见人心之诡谲焉。于此，演说果报，决断是非，挽几希之仁心，断无聊之妄念，场前巷底，妇孺皆知，不较九流为有益乎？”①

第四，劝戒世人安分守己，不要信奉邪教。清代龙友氏光绪十九年（1893）撰《永庆升平后传序》云：

> 兹续考旧闻，搜求古事，为续刻百回，纲举目张，源源本本，正大堂皇。此书一出，令阅者知王法之森严，小丑跳梁，必蹈大辟；人生治平之世，各宜安分守己；无好勇而逞豪强，无喜新而信邪说；见善则迁，引恶为戒。是书虽居稗官小说之列，未始非垂戒之一助也。②

通俗小说《永庆升平》分前、后两传，是在民间说书的基础上创作而成的。小说讲述清康熙年间市井中人马成龙、马梦太等协助朝廷剿灭天地会、八卦教之事。这段文字告诫读者要谨守朝廷法规，安分守己，不要信奉邪教。龙友氏这一劝戒思想有着特定的现实基础。明清两代，尤其是清代民间宗教盛行，比较知名的教派诸如白莲教、八卦教、天理教等，主要由农民、手工业者、矿工、水手、城市贫民、小商人和流民等构成，曾多次举行起义，如清乾隆三十九年（1774）山东王伦起义、嘉庆元年（1796）川楚陕农民大起义、嘉庆十八年（1813）直鲁豫交界地区的反清起义等。小说《永庆升平》正是产生于这样的社会背景之下，龙友氏《永庆升平后传序》既是针对现实有感而发，同时也体现出此部小说创作者的劝戒观念。

第五，劝读者戒除不良生活习惯也是通俗小说劝戒说的内容之一，这一观念在小说正文、序跋、评语等文献中时有出现。

---

① （清）缪荃孙：《醉醒石序》，《醉醒石》，上海古籍出版社1956年版，卷末。

② （清）龙友氏：《永庆升平后传序》，《永庆升平后传》，《古本小说集成》据上海书局石印本影印，上海古籍出版社1990年版，卷首。

才子佳人小说《白圭志》第三回回前总评云："甚矣，酒之为物也。张博因之以丧命，庭瑞因之以失言，美玉又因之以见囚。好饮者，可不畏哉？"① 在小说中，张博因酒丧命，书生张庭瑞因酒失言，书生张美玉赴乡试之际，因醉酒得罪主考官而被革逐。种种悲剧使评点者不禁指出饮酒之害，希望读者引以为戒。另有清刊通俗小说《八段锦》分别以"惩贪色"、"戒惧内"、"赌妻子"、"对不如"、"惩容娶"、"悔嗜酒"、"戒浪嘴"、"蓄寡妇"等作为标题，每段故事情节均围绕标题展开，对读者的劝戒渗透其中。清刊《二奇合传》是"三言"、"二拍"的选本，共16卷40回，每回题目在"三言"、"二拍"原有标题的基础上增加三字劝戒语。如卷八第十七回《十三郎五岁朝帝阙》标注"戒夜游"，卷九第十八回《灌园叟暮年逢仙女》标注"劝惜花"，卷一一第二十三回《吴宣教情魔投幻网》标注"戒邪僻"，卷一六第三十八回《陈秀才内助全产业》标注"戒冶游"等，多是对不良生活习惯的劝戒之语。通俗小说中这种醒目的标题无疑会对小说读者产生一定影响，作者与编刊者的劝戒初衷由此得以实现。

如前所述，通俗小说编刊者在宣扬劝戒观念之际，注重读者因素，认为一部佳作应使"男女阅之有益无碍"（清代嫏嬛斋刊本《红楼复梦》凡例），希望读者"深味其言"（《海上花列传例言》），了解并遵从小说的劝戒主旨。与明代之前的小说相比，明清时期通俗小说作为刊刻出版时代的产物，作为供小说读者选择的商品，在其形成与发展过程中，读者、市场的作用日益凸显，读者因素对明清通俗小说创作观念的影响不可低估。

二、通俗小说能对读者起到很好的劝戒效果

通俗小说语言贴近生活，故事情节曲折，人物形象生动，利用通俗小说来宣扬劝戒观念，可以对读者尤其是下层读者起到很好的劝戒效果。

明清时期，通俗小说因其浅显易懂的文字容易打动人心，而受到社会各阶层读者的广泛欢迎。清代钱大昕曾将小说与儒、释、道三教并提，他指出："古有儒、释、道三教，自明以来，又多一教曰小说。小说演义之

---

① 《白圭志》第三回《建章无意遇缘人　美玉醉狂招横祸》回前总评，《白圭志》，《古本小说集成》据清绣文堂刊本影印，上海古籍出版社1990年版，第55页。

书，未尝自以为教也，而士大夫、农、工、商、贾，无不习闻之，以至儿童、妇女不识字者，亦皆闻而如见之，是其教较之儒释道而更广也。”[①] 通俗小说流传范围广，读者众多，其影响可与儒、释、道三教相提并论，被称为“小说教”，小说中的劝戒观念对读者的影响甚至超越经史书籍所能达到的效果。明代修髯子《三国志通俗演义引》指出：

史氏所志，事详而文古，义微而旨深，非通儒夙学，展卷间，鲜不便思困睡。故好事者以俗近语檃括成编，欲天下之人，入耳而通其事，因事而悟其义，因义而兴乎感。不待研精覃思，知正统必当扶，窃位必当诛，忠孝节义必当师，奸贪谀佞必当去。是是非非，了然于心目之下，裨益风教广且大焉。[②]

这里把史书与通俗小说进行比较，指出史书文辞古雅，义旨深奥，给读者带来阅读困难，“展卷间，鲜不便思困睡”。相比之下，通俗小说语言及义理浅显，容易吸引人、感动人，进而可以对读者产生很好的劝戒效果。明代绿天馆主人（冯梦龙）《古今小说叙》也认为：

小说之资于选言者少，而资于通俗者多。试令说话人当场描写，可喜可愕，可悲可涕，可歌可舞。……怯者勇，淫者贞，薄者敦，顽钝者汗下。虽小诵《孝经》、《论语》，其感人未必如是之捷且深也。噫，不通俗而能之乎？[③]

此序指出，通俗小说因其传播速度快、传播途径多、传播范围广、传播效果显著，可以使“怯者勇，淫者贞，薄者敦，顽钝者汗下”，而《孝经》、《论语》等经书对读者产生的劝戒效果则往往比不上通俗小说快捷和深入

---

① （清）钱大昕：《潜研堂文集》卷一七《正俗》，收入《嘉定钱大昕全集》第9册，江苏古籍出版社1997年版，第272页。

② （明）修髯子：《三国志通俗演义引》，《三国志通俗演义》，《古本小说集成》据嘉靖元年刊本影印，上海古籍出版社1990年版，卷首。

③ （明）绿天馆主人：《古今小说叙》，《喻世明言》，人民文学出版社1958年版，卷首。

人心。

入清之后，关于经史著作与通俗小说对读者产生不同劝戒效果的比较的论述很多，生活于清代康熙年间的南安府知府陈奕禧为《女仙外史》第一百回撰写回评指出：

古今忠孝节义有编入传奇演义者，儿童妇女皆能记其姓名，何者？以小说与戏文为里巷人所乐观也。若仅出于正史者，则懵然无所见闻，唯读书者能知之，即使日与世人家喻户晓，彼亦不信。故作《外史》者，自贬其才以为小说，自卑其名曰“外史”，而隐寓其大旨焉。俾市井者流，咸能达其文理，解其情事，夫如是而逊国之忠臣义士、孝子烈媛，悉得一一知其姓氏，如日月在天，为世所共仰，山河在地，为人所共由。此固扶植纲常，维持名教之深心，《外史》之功也。虽然，亦《外史》之罪与？[①]

对于正史记载的忠孝节义事迹，具有一定文化水平的“读书者”能够熟悉并理解。而文化水平不高、识字不多的下层读者则“懵然无所见闻”，他们主要通过小说、戏文了解忠臣义士、孝子烈媛的事迹。从这种意义来看，《女仙外史》虽名为“外史”，却可以产生正史难以达到的劝戒功用。

小说《说唐》产生的劝戒效果也是如此，如莲居士乾隆元年（1736）撰《说唐序》云：

夫经书之诣最奥而深，史鉴之文亦邃而俊，然非探索之功、研究之力，焉能了彻于胸而为人谈说哉？……今见藏书阁中有《说唐》一书，自五代后起，至盛唐而终，历载治乱之条贯，兴亡之错综，忠佞之判分，将相之奇猷。善恶毕具，妍丑无遗，文辞径直，事理分排。使看者若燎火，闻者如听声，说者尽悬河。能兴好善之心，足惩为恶之念，亦大有裨世之良书也。[②]

---

① （清）陈奕禧：《女仙外史》第一百回《忠臣义士万古流芳　烈媛贞姑千秋表节》回末总评，《女仙外史》，《古本小说集成》据复旦大学图书馆藏钓璜轩本影印，上海古籍出版社1990年版，卷末。

② （清）如莲居士：《说唐序》，《说唐》，中华书局1996年版，卷末。

清代静恬主人《金石缘序》也有相似的论述：

小说何为而作也？曰：以劝善也，以惩恶也。夫书之足以劝惩者，莫过于经史，而义理艰深，难令家喻而户晓，反不若稗官野乘，福善祸淫之理悉备，忠佞贞邪之报昭然。能使人触目儆心，如听晨钟，如闻因果，其于世道人心，不为无补也。[①]

以上两则序言均认为小说创作的目的是劝善止恶。具有同样阅读效果的经史之书义奥文深，一般人难以理解，而小说则“文辞径直，事理分排”，能够使“家喻而户晓”，有裨于世道人心，所以可称之为“良书”。

通俗小说之所以产生经史著作所难以达到的劝戒效果，除上文所述语言通俗、人物形象生动、读者易于理解等影响因素外，还可以从读者的接受心理来分析其原因。清代珠湖渔隐道光二十九年（1849）撰《云钟雁序》声称：“古人著书，以相戒劝。正言之而不能行者，则微言之；微言之而不能行者，则创为传奇小说，以告戒于世。庸夫愚妇，无不口谈心讲，以悦耳目，其苦心孤诣，更有功于警迷觉悟耳。”[②] 相比之下，经史著作是正言，通俗小说是喻言（或称寓言），“正言不足悦耳，喻言之可也”[③]，珠湖渔隐从读者接受的角度对经史著作与小说的劝戒效果进行比较。清代苏潭道人《五凤吟序》也指出：

举世之人，每见道义之书，则开卷交睫；若持风雅之章，则卷不释手。何也？庄语辞严而意正，不克解人之闷，释人之愁。惟绮语，事鄙而情真，易于留人之眼，博人之欢。有心世道者，苟能从风雅一途，醒人以处正之获吉若斯，挟邪之得祸若斯，则细琐俚鄙之谈，未尝无补于世道人

① （清）静恬主人：《金石缘序》，《新镌金石缘全传》，《古本小说集成》据文光堂本影印，上海古籍出版社1990年版，卷首。

② （清）珠湖渔隐：《云钟雁序》，《云钟雁三闹太平庄全传》，百花洲文艺出版社1990年版，卷首。

③ （清）谐道人：《照世杯序》，《照世杯》，《古本小说集成》据《佐伯文库丛刊》本影印，上海古籍出版社1990年版，卷首。

心也。……阅者幸勿草草作平常观。①

其认为道义之书态度公允，词严意正，然而缺乏情感，很难引起读者共鸣，往往让人一开卷就昏昏欲睡。小说所述故事虽甚俗，但感情真切，可以打动人心，所以较之经史更能有补于世道。

清末梁启超《译印政治小说序》对此有精辟论述：

政治小说之体，自泰西人始也。凡人之情，莫不惮庄严而喜谐谑，故听古乐，则惟恐卧，听郑卫之音，则靡靡而忘倦焉。此实有生之大例，虽圣人无可如何者也。善为教者，则因人之情而利导之，故或出之以滑稽，或托之于寓言。……善夫南海先生之言也，曰：仅识字之人，有不读经，无有不读小说者，故六经不能教，当以小说教之；正史不能入，当以小说入之；语录不能谕，当以小说谕之；律例不能治，当以小说治之。②

梁启超指出，“惮庄严而喜谐谑”是人之常情，也是读者普遍存在的接受心理，“虽圣人无可如何者也”。经史著作庄严、简练，通俗小说则诙谐、生动，其移人之深大于“庄言”的作用。因识字之人有从不读经书的，但“无有不读小说者”，故而利用小说进行道德指引，可以对读者产生良好的劝戒效果。

三、“善读”观与小说的劝戒效果

通俗小说能否产生编刊者所期望的劝戒效果，在很大程度上取决于读者是否“善读”。所谓“善读”，主要指读者在阅读小说的过程中，正确理解作品的语言文字、章法结构、创作倾向与创作主旨，体会作者的写作目的和意图。清代爱日老人《续金瓶梅序》就阅读《金瓶梅》与《续金瓶

---

① （清）苏潭道人：《五凤吟序》，收入丁锡根：《中国历代小说序跋集》，人民文学出版社1996年版，第1287页。

② （清）梁启超：《译印政治小说序》，收入《饮冰室合集》第1册《饮冰室文集之三》，中华书局1989年版。

梅》之事加以论述：

不善读《金瓶梅》者，戒痴导痴，戒淫导淫。吴道子画地域变相，反为酷吏增罗织之具，好事不如无矣。……续编六十四章（按：即《续金瓶梅》），忽惊忽疑，如骂如谑，读之可以瞿然而悲，粲然而笑矣。……善读是书，檀郎只要闻声；不善读是书，反怪丰干饶舌尔。[①]

《金瓶梅》的主旨在于戒痴、戒淫，对于不善读者而言，则会导痴、导淫；阅读《续金瓶梅》也是如此，读者应善于从中发现劝戒之旨。刘廷玑《在园杂志》卷二《历朝小说》也提醒人们要善读小说：

嗟乎！四书也，以言文字，诚哉奇观，然亦在乎人之善读与不善读耳。不善读《水浒》者，狠戾悖逆之心生矣。不善读《三国》者，权谋狙诈之心生矣。不善读《西游》者，诡怪幻妄之心生矣。欲读《金瓶梅》，先须体认前序，内云："读此书而生怜悯心者，菩萨也；读此书而生效法心者，禽兽也。"然今读者多肯读七十九回以前，少肯读七十九回以后，岂非禽兽哉！

近日之小说，若《平山冷燕》、《情梦柝》、《风流配》、《春柳莺》、《玉娇梨》等类，佳人才子，慕色慕才，已出之非正，犹不至于大伤风俗。若《玉楼春》、《宫花报》，稍近淫佚，与《平妖传》之野，《封神传》之幻，《破梦史》之僻，皆堪捧腹。至《灯月圆》、《肉蒲团》、《野史》、《浪史》、《快史》、《媚史》、《河间传》、《痴婆子传》，则流毒无尽。更甚而下者，《宜春香质》、《弁而钗》、《龙阳逸史》，悉当斧碎枣梨，遍取已印行世者，尽付祖龙一炬，庶快人心。然而作者本寓劝惩，读者每至流荡，岂非不善读书之过哉！[②]

强调读者应善读《水浒传》、《三国演义》、《西游记》、《金瓶梅》等著名

① （清）爱日老人：《续金瓶梅序》，《续金瓶梅》，《古本小说集成》据顺治十七年原刊本影印，上海古籍出版社1990年版，卷首。

② （清）刘廷玑：《在园杂志》卷二《历朝小说》，中华书局2005年版，第84～85页。

小说，才不会由此而生狠戾悖逆之心、权谋狙诈之心、诡怪幻妄之心、效法之心。对于当时流传的才子佳人小说、情色小说，刘廷玑也予以评价，主张读者要善于阅读，取其精华，去其糟粕，领悟作者的劝惩寓意。清代芝香馆居士《删定二奇合传叙》云：

> 二奇者，《拍案惊奇》、《今古奇观》也。合而辑之，故曰二奇也。……是书之所以奇者，谓于人伦日用间，寓劝惩之义，或自阽危顿挫时，彰灵异之迹，既可飞眉而舞色，亦足怵目而刿心，不奇而奇也，奇而不奇也，斯天下之至奇也。第是书既主醒世，而写生之笔，有涉诲淫者则所宜摈者也。……有读是书而反败行者，匪惟不善读书，亦书有以误之也。[①]

内容选自《拍案惊奇》、《今古奇观》等书的《二奇合传》表现出很强的劝戒意识，芝香馆居士希望读者能认真领悟，善于阅读，不要误读，以致出现“读是书而反败行”的不良后果。鸳湖紫髯狂客《豆棚闲话评》第十二则“陈斋长论地谈天总评”云：

> 著书立言，皆圣贤发愤之所为作也，亦在乎后学之善读。……即小说一则，奇如《水浒记》（按：即《水浒传》），而不善读之，乃误豪侠而为盗趣。如《西门传》（按：即《金瓶梅》），而不善读之，乃误风流而为淫。其间警戒世人处，或在反面，或在夹缝，或极快极艳，而惨伤寥落寓乎其中，世人一时不解也。此虽作者深意，俟人善读，而吾以为不如明白简易，随读随解，棒喝悟道，止在片时，殊有关乎世道也。[②]

不善读《水浒传》者，“误豪侠而为盗趣”，萌生为盗之心；不善读《金瓶梅》者，“误风流而为淫”，不能领悟小说的劝戒之旨。鸳湖紫髯狂客认为，小说作者的深意体现在其作品中，俟人“善读”之，所以自己帮读者“随读随解”，从而达到教化的目的。清人俞龙光在《荡寇志》识语中同样

---

① （清）芝香馆居士：《删定二奇合传叙》，《二奇合传》，《古本小说集成》据清光绪四年刊影印，上海古籍出版社1990年版，卷首。

② （清）鸳湖紫髯狂客：《豆棚闲话评》第十二则“陈斋长论地谈天总评”，（清）艾衲居士：《豆棚闲话》，人民文学出版社1984年版，第142页。

希望读者善读《水浒传》：

嗟乎，耐庵之笔深而曲，不善读者辄误解，而复坏于罗贯中之续貂……盖先君子遗意，虽以小说稗官为游戏，而于世道人心亦大有关系。①

俞龙光指出，由于施耐庵用笔深奥，不善读《水浒传》的人往往会有误解，加上罗贯中后续之书十分粗劣，致使小说未能有益于世道人心。于是其父俞万春创作了《荡寇志》，以消除《水浒传》产生的不良影响。

对小说的理解通常取决于读者自身的道德文化修养与领悟能力，所以每位读者对同一部小说的理解也都不尽相同，正所谓“一千个读者就有一千个哈姆雷特”。然而明清时期的小说作者与编刊者仍愿意对读者有所指引，时时提醒读者“善读”小说，期待自己的作品能起到劝戒教化作用，甚至情色小说的作者也认为其书“本寓劝惩”，希望读者善于读书以领会其中深意。这反映了当时社会的基本道德衡量标准，同时也从另一个角度折射出通俗小说的创作、传播与读者之间相互影响的关系。

综上所述，读者与通俗小说劝戒说之间关系密切，读者是劝戒说的立足点和出发点；与经史著作相比，通俗小说受到读者阶层尤其是下层读者的普遍欢迎，因而可以产生更为明显、更为广泛的劝戒作用；读者是否“善读”小说，也直接影响到小说的劝戒效果。值得一提的是，通俗小说在创作、传播的过程中，时常被赋予过多的社会功能，充满浓郁的说教意味，以致遭到读者厌弃。以话本小说为例，劝戒意识的日益增强可谓导致其走向衰落的重要原因之一，对此问题前贤已多有论及，不再赘述。

第二节 读者与补史说

将小说看成补史之工具，以正史的标准衡量小说的成败优劣，这种补

---

① （清）俞龙光：《荡寇志》识语，《荡寇志》，人民文学出版社 1981 年版，第 1044 页。

史观念在中国古代小说创作过程中不仅源远流长，而且影响深远。东晋葛洪在《西京杂记跋》中就曾经指出："（《西京杂记》）以裨《汉书》之阙。"① 唐代刘知几在《史通·杂述》中则明确提出补史说，他从正史的角度出发，认为小说不应被忽视："是知偏记小说，自成一家，而能与正史参行，其所由来尚矣。"② 刘知几把小说分成偏记、小录、逸事、琐言、郡书、家史、别传、杂记、地理书、都邑簿十类，他认为：

> 国史之任，记事记言，视听不该，必有遗逸，于是好奇之士，补其所亡……此之谓逸事者也。……大抵偏记、小录之书，皆记即日当时之事，求诸国史，最为实录。③

刘知几的补史说对后来的小说创作影响很大。明清时期，补史说相当盛行，这一点在小说序跋、识语、凡例、评点、正文诸文献中均可窥见一斑。在以小说补史的观念中，读者因素也很突出，读者与补史说之间关系密切，笔者试从以下几个层面加以论述。

一、小说创作的补史作用

小说创作可以弥补正史记载之不足，丰富读者的历史知识，并在一定程度上承担对读者进行历史教育的功能。

唐传奇的出现标志着古代小说创作的成熟，同时也表明小说逐渐摆脱子、史的束缚而走向文体独立。然而在唐代以后中国古代小说的发展道路上，史学影响仍然留下明显痕迹，明清时期通俗小说创作、传播领域中补史说的盛行即为例证。在不少通俗小说编刊者、传播者看来，小说是补史的工具。明代修髯子《三国志通俗演义引》云："是（按：指《三国志通

---

① （东晋）葛洪：《西京杂记跋》，（汉）刘歆撰，刘克庄校注：《西京杂记校注》，上海古籍出版社 1991 年版，第 279 页。

② （唐）刘知几：《史通·杂述》，（清）浦起龙：《史通通释》，上海古籍出版社 1978 年版，第 273 页。

③ （唐）刘知几：《史通·杂述》，（清）浦起龙：《史通通释》，上海古籍出版社 1978 年版，第 273 页。

俗演义》）可谓羽翼信史而不违者矣。”[①] 明代无碍居士《警世通言叙》称：“通俗演义一种，遂足以佐经书史传之穷。”[②] 明代甄伟《西汉通俗演义序》云：“予为通俗演义者，非敢传远示后，补史所未尽也。”[③] 清代佚名《施公案序》云：“（《施公案》）凡五百二十八回，悉心雠校重刊，以公同好。虽属稗官野史之文，而实迹实事，直可补正史之一助耳。”[④] 清代章学诚《丙辰札记》云：“《三国演义》固为小说，事实不免附会，然其取材，则颇博赡。如武侯班师泸水，以面为人首，裹牛羊肉以祭厉鬼，正史所无，往往出于稗记，亦不可尽以小说无稽而斥之也。”[⑤]

上述小说作者、评论者或序言作者继承葛洪、刘知几等人的小说补史观念，认为小说取材丰富，可以“羽翼信史”、“补史所未尽也”。有些小说甚至直接以史之“遗文”或“外史”命名，例如《隋史遗文》、《女仙外史》等。明代吉衣主人《隋史遗文序》对此认为：“史以遗名者何？所以辅正史也。正史以纪事，纪事者何？传信也。遗史以搜逸，搜逸者何？传奇也。……盖本意原以补史之遗，原不必与史背驰也。”[⑥]

值得重视的是，在明清时期以小说补史的观念中，读者因素愈显突出，通俗小说作者与传播者注重读者视角，重视读者的参与。清代申江居士《新史奇观序》称：

古今良史多矣，学者宜博观远览，以悉治乱兴亡之故。既以开广其心胸，而又增长其识力，所裨良不浅矣。至于稗官野史，纪事阙而不全，抑

---

① （明）修髯子：《三国志通俗演义引》，《三国志通俗演义》，《古本小说集成》据嘉靖元年刊本影印，上海古籍出版社 1990 年版，卷首。

② （明）无碍居士：《警世通言叙》，《警世通言》，《古本小说集成》据天启四年兼善堂刊本影印，上海古籍出版社 1990 年版，卷首。

③ （明）甄伟：《西汉通俗演义序》，据明万历四十年金陵大业堂刊《西汉通俗演义》卷首。

④ （清）佚名：《施公案序》，《施公案》，宝文堂书店 1982 年版，卷末。

⑤ （清）章学诚著，冯惠民点校：《丙辰札记》，《学术笔记丛刊》，中华书局 1986 年版，第 89 页。

⑥ （明）吉衣主人：《隋史遗文序》，《隋史遗文》，《古本小说集成》据崇祯六年杭州名山聚刊本影印，上海古籍出版社 1990 年版，卷首。

且疑信参半。然其中亦可采撮，以俟后之深考。好古者犹有取焉。①

小说尽管“纪事阙而不全，抑且疑信参半”，但是其中也有可供后世考证的文献记载，对于“好古者”而言，有其可取之处。清乾隆十七年（1752）蔡元放撰《东周列国志序》云：

顾人多不能读史，而无人不能读稗官。稗官固亦史之支派，特更演绎其词耳。善读稗官者，亦可进于读史，故古人不废。

《东周列国》一书，稗官之近正者也。周自平辙东移，下逮吕政，上下五百有余年之间，列国数十，变故万端，事绪纠纷，人物庞沓，最为棘目聱牙。其难读更倍于他史。而一变为稗官，则童稚无不可读得。夫至童稚皆得读史，岂非大乐极快之事邪？……寅卯之岁，予家居多暇，稍为评骘，条其得失而抉其隐微。……聊以豁读者之心目，于史学或亦不无小裨焉。②

蔡元放从阅读的层面就小说与史书的关系加以论述。他认为，善于阅读小说有助于读史，丰富读者的历史知识，使读者增加对历史人物、事件的了解。以此观点来看，《东周列国志》一书的优点显而易见。东周列国时期前后历经五百余年，事绪复杂，人物繁多，相关史书比较难读，相比之下，这部通俗小说更易被读者接受，读者通过小说作品同样可以了解历史知识。蔡元放考虑到读者阅读的需要，对此书加以评点，并声称“聊以豁读者之心目，于史学或亦不无小裨焉”。

清代莼史氏《重校第一才子书叙》云：“《三国志演义》一书……书中演说，有陈史所未发，申之而详者；有陈史所未备，补之而明者。陆离光怪，笔具锋芒，快心悦目，足娱闲遣，足助清谭；人皆称善，则虽谓之

---

① （清）申江居士：《新史奇观序》，收入丁锡根：《中国历代小说序跋集》，人民文学出版社 1996 年版，第 1037 页。

② （清）蔡元放：《东周列国志序》，收入丁锡根：《中国历代小说序跋集》，人民文学出版社 1996 年版，第 868～869 页。

大文章可矣。”[①] 他同样强调《三国志演义》能补陈寿《三国志》之不足，而且这部通俗小说较之史书更加详细和完整，加上故事情节曲折，文笔又佳，足以令读者在丰富历史知识的同时又能得到赏心悦目的精神满足，所以可“谓之大文章”。清代小琅环主人《五虎平南后传序》也称：

外史野史亦可备国史所未备。要其大旨，总以阐明大义，导扬盛美为主。……仁宗之世，文如包龙图，武如狄平西公，继起襄赞之勋，堪济美焉。今观《宋史》，仅载包公骨鲠，人咸敬惮，当时称其“笑比河清”，其他事不多觏焉。狄青于时为良将，所纪血战之功，历一百十有七战，而平南之役亦尤闻，其或国史所未备，必借他书以传之与？……彼其间如狄公之观星应灾，不避艰险，可以想其忠。如二子争父难，顾义忘身，可以想其孝。他如四将战力，威亚貔貅，红玉怜才，匪寇婚媾，可以想其节与义。此大旨之昭然可揭者也。……好古之士诚览是编，而义旨如见，忠奸莫淆，则何书不可观，何书不宜观，奚必以拘牵文义，摭据实故，而谓之有益哉！[②]

小琅环主人指出，小说与正史之义旨是相同的，都以“阐明大义，导扬盛美”为目的，然而正史多简明扼要，阅者心中不免遗憾。例如《宋史》对包公的记载就非常不全面，对狄青的记载更为简略，宋代狄青战功卓著，事迹众多，但史书往往缺载。《五虎平南后传》正好可以弥补这一缺憾，小说全方位描述了狄青的忠孝节义，补充了正史记载之不足，既能令读者领略到与史书同样“阐明大义”的旨意，又可以满足“好古之士”了解历史的阅读需求。

晚清小说《罂粟花》是一部反映鸦片战争全史的小说，清代观我斋主人《罂粟花弁言》云：

《罂粟花》一书，于当日文忠（按：即林则徐）运筹，庸臣误事，以

① （清）莼史氏：《重校第一才子书叙》，收入丁锡根：《中国历代小说序跋集》，人民文学出版社1996年版，第907页。

② （清）小琅环主人：《五虎平南后传序》，《五虎平南后传》，《古本小说集成》据清代启元堂刊本影印，上海古籍出版社1990年版，卷首。

及英人贻祸中国，无礼要求，详叙始末，纤悉无遗。欲令读是书者，触目惊心，痛恨洋烟之为祸，则此后之禁烟，各宜加之实力，庶中国尚有万一之可救，此则著者之苦衷焉。[①]

《罂粟花》模仿史家实录的笔法揭示晚清鸦片祸害中国之事，歌颂林则徐、邓廷桢、关天培等人忠贞报国、大力禁烟之举，记述详细，“纤悉无遗”，以补史书之阙。弁言作者希望读者体会著书者之苦衷，了解这段历史，从而“触目惊心，痛恨洋烟之为祸”，增强爱国情感。

清代吴沃尧《痛史序》曾对史书与小说进行比较，并充分肯定小说在对读者进行历史教育方面的作用与地位：

年来吾国上下，竞言变法，百度维新；孝父授之术，亦采法列强；教科之书，日新月异。历史实居其一，吾曾受而读之，蒙学中学之书，都嫌过简，至于高等大学，或且仍用旧册矣。……

小说家言，兴味浓厚，易于引人入胜也，是故等是魏蜀吴事，而陈寿《三国志》，读之者寡，如《三国演义》，则自士大学迄于舆台，盖靡不手一篇者矣。惜哉历代史籍，无演义以为之辅翼也。吾于是发大誓愿：编撰历史小说，使今日读小说者，明天读正史，如见故人；昨日读正史而不得入者，今日读小说而如身亲其境。[②]

历史教科书内容简单、陈旧，其教育效果有限，而通俗小说尤其是历史演义读者众多，传播途径广泛，可以弥补这一缺憾。读者喜读小说，并通过小说了解历史故事与人物，从这种意义上来看，通俗小说在一定程度上发挥着对读者进行历史教育的功能。

---

① （清）观我斋主人：《罂粟花弁言》，广雅出版有限公司 1984 年版。据《晚清小说大系》本。

② （清）吴沃尧：《痛史序》，收入丁锡根：《中国历代小说序跋集》，人民文学出版社 1996 年版，第 1001～1002 页。

二、读者阅读通俗小说可增进对历史的认识

通俗小说可以成为正史之参考，使读者在相互比较之中增进对历史人物、事件的全面认识。明代熊大木嘉靖三十一年（1552）撰《序武穆王演义》云：

《武穆王精忠录》，原有小说，未及于全文。今得浙之刊本，著述王之事实，甚得其悉。然而意寓文墨，纲由大纪，士大夫以下遽尔未明乎理者，或有之矣。近因眷连杨子素号涌泉者，挟是书谒于愚曰："敢劳代吾演出辞话，庶使愚夫愚妇亦识其意。"……于是不吝臆见，以王本传行状之实迹，按《通鉴纲目》而取义。至于小说与本传互有同异者，两存之以备参考。……史书小说有不同者，无足怪矣。屡易日月，书已告成锓梓，公诸天下，未知览者而以邪说罪予否？①

熊大木在这篇序言中说得很清楚，他应书坊主杨涌泉之邀，在《精忠录》基础上编撰《大宋武穆王演义》的主要原因就是出于读者阅读的需要。原作《精忠录》对岳飞事迹记载详细，然而义理深奥，"士大夫以下"的下层民众未必能够领悟其创作主旨。熊大木就史书与小说的关系明确提出："至于小说与本传互有同异者，两存之以备参考。"小说补正史之所未备，两者之间存在一些差异是很正常的现象，读者比较史书记载与小说描写，有助于对历史人物与事件有更加客观、全面的认识。由上述材料也可以看出，熊大木重视读者的反应，"未知览者而以邪说罪予否"，希望读者能够理解他编撰的小说作品和他的小说观念。

三、通俗小说编刊者、传播者往往以正史标准要求小说

通俗小说编刊者、传播者强调小说创作必须"传信"于读者，认为小

① （明）熊大木：《序武穆王演义》，《大宋中兴通俗演义》，《古本小说集成》据嘉靖三十一年杨氏清白堂刊本影印，上海古籍出版社 1990 年版，卷首。

说创作应“归于正”。对此，笔者试从评价标准、材料取舍、写作态度及创作笔法等方面来谈。

首先，在评价标准上，有些通俗小说编刊者以正史的标准衡量小说创作的成败优劣。苏州舒载阳所刊《封神演义》识语云：“此书……真可羽翼经传，为商周一代信史，非徒宝悦琛瑰而已，识者鉴之。”① 识语作者以“信史”评价《封神演义》，认为小说的价值在于“羽翼经传”，成为经史之补充，识语作者还提醒读者“鉴之”。清代张竹坡《金瓶梅读法》也指出：“《金瓶梅》是一部《史记》。”② 清代蠡庵《女开科传跋》称赞小说《女开科传》是“一部小《史记》”③。清人郑开禧在《阅微草堂笔记序》中说：“虽小说，犹正史也。”④ 他们均以正史标准衡量小说，将“信史”作为小说创作的目的。

其次，在引用材料方面，强调材料来源的真实可靠。人瑞堂崇祯刊《隋炀帝艳史》凡例云：“今《艳史》一书，虽云小说，然引用故实，悉遵正史，并不巧借一事，妄设一语，以滋世人之惑。故有源有委，可征可据，不独脍炙一时，允足传信千古。”⑤ 作者强调材料来源于正史，“有源有委，可征可据”，没有虚构、夸张、想象之笔，可以“传信千古”。清代吴沃尧同样注重小说材料的取舍问题，他在《两晋演义序》中指出：

虽坊间已有《东西晋》之刻，然其书不成片段，不合体裁，文人学士见之，则曰“有正史在，吾何必阅此”？略识之无者见之，则曰“吾不解此也，是有小说如无小说也”。吾请为更之，以《通鉴》为线索，以《晋书》、《十六国春秋》为材料，一归于正，而沃以意味，使从此而得一良小

---

① 《封神演义》识语，《封神演义》，《古本小说集成》据万历末苏州舒载阳刊本影印，上海古籍出版社 1990 年版，卷首。

② （清）张竹坡：《金瓶梅读法》，见《金瓶梅》会评会校本，中华书局 1998 年版。

③ （清）蠡庵：《女开科传跋》，《女开科传》，《古本小说集成》据清名山聚刊本影印，上海古籍出版社 1990 年版，卷末。

④ （清）郑开禧：《阅微草堂笔记序》，《阅微草堂笔记》，重庆出版社 2007 年版，卷末。

⑤ 《隋炀帝艳史》凡例，（明）齐东野人：《隋炀帝艳史》，中华书局 2000 年版，第 339 页。

说焉，谓为小学历史教科之臂助焉可，谓为失学者补习历史之南针焉，亦无不可。[①]

早在吴沃尧编写《两晋演义》之前，已有《东西晋演义》，对于此书，吴沃尧与“文人学士”、“略识之无者”等不同文化水平的读者一样不满意，认为这部小说不成片段、不合体裁。所以他在重编《东西晋演义》时，非常注重材料的来源及取舍标准，“以《通鉴》为线索，以《晋书》、《十六国春秋》为材料，一归于正”，并希望此书成为历史教科书的辅助材料以及读者补习历史的指南针。

最后，在写作态度上，强调客观记载；在创作笔法上，强调实录。清代黄世仲《洪秀全演义自序》云：

而今也文明东渡，民族主义既明，如《太平天国战史》、《杨辅清福州供词》及日人《满清纪事》诸书，相继出现，益知昔之贬洪王曰“匪”曰“逆”者，皆戕同媚异、忘国颂仇之辈，又狃于成王败寇之说，故颠倒其是非，此皆媚上之文章，而非史笔之传记也。爰搜集旧闻，并师诸说及流风余韵之犹存者，悉记之，经三年而是书乃成。其中近三十万言，皆洪氏一朝之实录，即以传汉族之光荣。吾同胞观之，当知虽无老成，尚有典型，祖宗文物，犹未泯也，亦伟矣乎！[②]

黄世仲不满以往诸书将洪秀全之太平天国运动称为“匪”或“逆”的态度，认为这是讨好朝廷的做法，并不符合史家客观记事的态度和原则。于是他利用三年时间编撰《洪秀全演义》，号称“洪氏一朝之实录”，并相信此书会给读者带来很多启迪与教育作用。

中国是一个重史的国度，所以补史说将小说与正史相提并论，有助于扩大通俗小说的社会影响，提高通俗小说在读者心目中的地位。明代林瀚《隋唐志传序》云：“后之君子能体予此意，以是编（按：指《隋唐志

① （清）吴沃尧：《两晋演义序》，江西人民出版社1988年版。据《中国近代小说大系》点校本。

② （清）黄世仲：《洪秀全演义自序》，《洪秀全演义》，人民文学出版社1984年版，卷首。

传》）为正史之补，勿第以稗官野乘目之，是盖予之至愿也夫。”[①] 他希望读者将《隋唐志传》看成是对正史的补充，而不愿其被视作“稗官野乘”。正因如此，小说补史说也存在许多局限，它以正史的标准、实录的原则衡量通俗小说，排斥虚构和想象，在一定程度上阻滞了通俗小说的发展步伐。

第三节 读者与娱乐说

明清时期，随着通俗小说创作的兴盛以及小说文体的发展，小说观念出现多元化的倾向，娱乐说的流行就是其中一个突出的表现。如果说劝戒说、补史说让小说创作背负了沉重的历史负担和社会责任的话，那么，娱乐说可以称得上是对小说创作的一种解放。

在中国小说发展史上，娱乐说产生得较早。早在东晋时，干宝《搜神记自序》就曾经指出：“幸将来好事之士录其根体，有以游心寓目而无尤焉。”[②] 在这里，干宝提出小说具有“游心寓目”的作用，初步涉及小说娱乐说的内涵。唐代张籍与韩愈围绕《毛颖传》曾有过一场争论。韩愈撰写小说《毛颖传》，张籍写信称之为“驳杂无实之说”，韩愈在回信中认为“此吾所以为戏耳”[③]，明确提出“以文为戏”的观点，促进了小说娱乐说的进一步发展。

小说娱乐说与创作主体关系紧密，文人借小说创作以娱乐、以文为戏的现象比较普遍。明代宣德年间，赵弼自称所作《效颦集》是“初但以为暇中之戏，不意好事者录传于士林中”[④]。明代简庵居士《钟情丽集序》

① （明）林瀚：《隋唐志传序》，《隋唐两朝志传》，《古本小说集成》据明万历四十七年龚绍山刊本影印，上海古籍出版社 1990 年版，卷首。

② （晋）干宝：《搜神记自序》，《搜神记》，中华书局 1979 年版，卷首。

③ （五代）王定保：《唐摭言》卷五《切磋》，上海古籍出版社 1978 年版，第 55 页。

④ （明）赵弼：《效颦集后序》，《效颦集》，古典文学出版社 1957 年版，卷末。

云："子（按：指《钟情丽集》作者玉峰主人）特游戏翰墨云尔。"[①] 明胡应麟《少室山房笔丛》卷二九《九流绪论下》云："小说者流，或骚人墨客游戏笔端。"[②] 清代詹熙光绪二十三年（1897）撰《花柳深情传自序》云："此小说也，成于无心，大半皆游戏语。"[③] 也有些小说是作者在游戏之中抒发个人情怀的产物，例如明末即空观主人（凌濛初）《二刻拍案惊奇小引》云："丁卯之秋，事附肤落毛，失诸正鹄，迟徊白门，偶戏取古今所闻一二奇局可纪者，演而成说，聊舒胸中磊块。非曰行之可远，姑以游戏为快意耳。"[④]

由上可知，无论是文言小说还是白话小说，以文为戏的观念在其创作过程中都很常见。作者通过小说创作展示才华，或者表达自己对社会、人生的看法，作品充满较为浓郁的个人情感。关于小说娱乐说的提出及其研究，以往学术界多就作者层面予以较多关注，而很少涉及读者层面，实际上，读者与小说娱乐说的关系也非常密切。从通俗小说的起源来看，作为特殊读者阶层的宋代帝王就对此起到一定的推动作用。明代郎瑛认为，通俗小说源于宋仁宗，他在《七修类稿》卷二二《辩证类·小说》篇中云："小说起宋仁宗，盖时太平盛久，国家闲暇，日欲进一奇怪之事以娱之。"[⑤] 他指出通俗小说正是为了满足作为特殊读者的宋仁宗的娱乐需要而产生的，注意到皇帝作为读者对小说产生的影响。随着商品经济的发展与小说出版业的相应兴盛，在明清通俗小说创作、传播的过程中，读者因素更加突出，读者与小说娱乐说之间的关系也较以往更为密切。对此，本节从以下几个方面进行分析。

---

① （明）简庵居士：《钟情丽集序》，收入朱一玄：《明清小说资料选编》，南开大学出版社 2006 年版，第 983 页。

② （明）胡应麟：《少室山房笔丛》卷二九，上海书店出版社 2001 年版，第 283 页。

③ （清）詹熙：《花柳深情传自序》，收入丁锡根：《中国历代小说序跋集》，人民文学出版社 1996 年版，第 1670 页。

④ （明）即空观主人：《二刻拍案惊奇小引》，《二刻拍案惊奇》，《古本小说集成》据尚友堂刊本影印，上海古籍出版社 1990 年版，卷首。

⑤ （明）郎瑛：《七修类稿》卷二二《辩证类·小说》，上海书店出版社 2001 年版，第 229 页。

一、不同层次、不同身份的读者与通俗小说娱乐说之间关系紧密

作为小说，首先引起读者兴趣的就是它的娱乐功能，明代甄伟《西汉通俗演义序》指出："好事者或取予书（按：指《西汉通俗演义》）而读之，始而爱乐以遣兴。"① 读者可以借助小说阅读消除疲劳，缓解紧张的情绪。不同层次、不同身份的读者都有着自己的精神需求，明代谢友可《国色天香序》云："今夫辞写幽思寄离情，毋论江湖散逸，需之笑谭；即缙绅家辄藉为悦耳目。"② 所谓"江湖散逸"主要指处于社会下层的读者群体；而"缙绅家"则主要指社会中上层人士。虽然他们社会地位不同，经济状况、审美趣味也各不相同，但在通过阅读《国色天香》之类的小说以"悦耳目"这一点上是有相通之处的。清代冰玉主人《平山冷燕序》也认为小说创作是文人游戏之笔墨，适于不同阶层、不同文化水平的读者阅读：

> 夫文人游戏之笔，最宜雅俗共赏。阳春白雪，虽称高调，要之举国无随而和之者，求其拭目而观，与倾耳而听，又乌可得哉？庚申夏月，小监于肆中购得《平山冷燕》一书……虽游戏笔墨，要何可废。③

诚如冰玉主人所言，阳春白雪类的文字虽然高雅，但知音难觅，"举国无随而和之者"。相比之下，像《平山冷燕》这样作为文人游戏笔墨、通俗易懂的小说作品更适宜雅俗共赏。

在通俗小说读者群体中，下层读者人数众多，分布广泛，他们的阅读活动鲜明地体现了通俗小说的娱乐功能。清光绪二十五年（1899），卧读生撰《才子如意缘序》云：

---

① （明）甄伟：《西汉通俗演义序》，据明万历四十年金陵大业堂刊《西汉通俗演义》卷首。

② （明）谢友可：《国色天香序》，《国色天香》，《古本小说集成》据周氏万卷楼万历刊本影印，上海古籍出版社1990年版，卷首。

③ （清）冰玉主人：《平山冷燕序》，收入丁锡根：《中国历代小说序跋集》，人民文学出版社1996年版，第1246页。

有市中之好学者过访，坐既定，曰："吾辈日长无事，袖手凭栏，冀得一可消长昼，而增文学、广见识以助谈柄者，得毋以阅闲书小说为最得乎？……"言次，袖出《如意缘》一集……能使阅者掩卷而思，开卷而笑。[①]

序言指出，"市中之好学者"作为普通的下层读者，认为阅读闲书小说是打发无聊时光、消遣娱乐、增长见闻的最佳方式。而他给卧读生带来的小说《如意缘》可以使读者"掩卷而思，开卷而笑"，既有一定内涵，又具备很好的娱乐功能。透过这段序言我们不难看出，下层读者以阅读小说作为娱乐的现象是比较常见的。

二、读者与不同类型通俗小说的娱乐创作观念之间关系密切

通俗小说新奇曲折的情节设置、栩栩如生的人物形象塑造等因素，使小说作品呈现出很强的娱乐功能，读者可以通过阅读小说作品获得精神的愉悦与满足。下面试以历史小说、写情类小说、神魔小说、侠义小说、话本小说等为例，阐述读者与不同类型通俗小说娱乐说之间的关系。

第一，历史小说。明代佚名《新刻续编三国志引》云：

夫小说者，乃坊间通俗小说，固非国史正纲，无过消遣于长夜永昼，或解闷于烦剧忧态，以豁一时之情怀耳。今世所刻通俗列传并梓《西游》、《水浒》等书，皆不过取快一时之耳目。[②]

指出通俗小说不像"国史正纲"那样庄重、严肃，而是以消遣、解闷为己任。同样清代澹园主人《三国后传石珠演义序》亦云："历观古今传奇乐

① （清）卧读生：《才子如意缘序》，收入丁锡根：《中国历代小说序跋集》，人民文学出版社1996年版，第1330页。

② （明）佚名：《新刻续编三国志引》，《三国志后传》，《古本小说集成》据万历三十七年刊本影印，上海古籍出版社1990年版，卷首。

府……皆翰墨游戏，随兴所之，使读者既喜既怜，而欲歌欲哭者，比比然矣。”[①] 清四雪草堂《重编隋唐演义》发凡第一则云：“更取正史及野乘所纪隋唐间奇事、快事、雅趣事，汇纂成编，颇堪娱目。”[②] 上述文献均表明，大量历史小说以让读者娱乐、为读者解闷消愁作为创作目的。清正气堂刊《廿一史通俗衍义》凡例第五则云：“是书摘其大要，略其细事，然于战阵、妇女奇异之事，则颇加详，间有从他记补入者，以从时好，无非引人乐观而已。”所谓“时好”，就是当时读者的阅读兴趣与欣赏习惯，所以《廿一史通俗衍义》虽为正史之演义，其描述重点却是战阵、妇女等“奇异之事”，以适应“时好”而“引人乐观”，为读者提供娱乐效果。

第二，写情类小说。包括世情小说、情色小说、才子佳人小说等在内的写情类小说与历史小说一样，亦以娱乐读者为己任。明末清初合义堂刊《风流悟》识语云：“是集也……聊作新谭，摇扇比窗，拥炉南阁，可使闷怀忽畅，亦令倦睫顿开。敢云艺苑之罕珍，庶几墨林之幽赏，识者辨之。”[③] 清代钟斐《题女才子序》云：“倘遇不芳不韵、岑寂无聊之际，足以解颐而破恨，则惟秋涛子之《女才子集》在。”[④] 上述材料都明确表达了这一观点。

清代雍正年间写刻本《快士传》识语云：

古今妙文所传，写恨者居多。太史公曰：《诗》三百篇，大抵皆圣贤发愤之所为作也。然但观写恨之文，而不举文之快者以宕漾而开发之，则恨□（按：原字模糊）中结何以得解必也。运扫愁之思，挥得意之笔，翻恨事为快事，转恨人为快人，然后□□（按：原字模糊）破涕为欢。[⑤]

---

① （清）澹园主人：《三国后传石珠演义序》，《后三国石珠演义》，《古本小说集成》据清刊大字本影印，上海古籍出版社 1990 年版，卷首。

② 《重编隋唐演义》发凡，《隋唐演义》，《古本小说集成》据清四雪草堂刊本影印，上海古籍出版社 1990 年版，卷首。

③ 《风流悟》识语，《风流悟》，《古本小说集成》据明末清初合义堂刊本影印，上海古籍出版社 1990 年版，卷首。

④ （清）钟斐：《题女才子序》，《女才子书》，《古本小说集成》据清大德堂刊本影印，上海古籍出版社 1990 年版，卷首。

⑤ 《快士传》识语，《快士传》，《古本小说集成》据清代刊本影印，上海古籍出版社 1990 年版，卷首。

指出这部小说与以往写恨之作不同，“翻恨事为快事，转恨人为快人”，让人阅读之后能“破涕为欢”，去除心中怨恨、烦闷之情。另外，《快士传》娱乐读者的创作目的，从此书命名亦可窥见一斑。曹雪芹在《红楼梦》第一回也指出其小说的娱乐功能：

（此书）事迹原委，亦可以消愁破闷；也有几首歪诗熟话，可以喷饭供酒。……我这一段故事，也不愿世人称奇道妙，也不定要世人喜悦检读；只愿他们当那醉余饱卧之时，或避事去愁之际，把此一玩，岂不省了些寿命筋力？[①]

《红楼梦》的续书之一，清代嫏嬛斋所刊《红楼复梦》凡例第十九则云：“书中嘻笑怒骂信笔发科，并无寓意讥人之意，读者鉴之。”第二十则云：“读此书不独醒困，可以消愁，可以解闷，可以释忿，并可以医病。”[②] 清嘉庆十年（1805）绣文堂刊《白圭志》凡例第一则指出：“此书……使后之读者悦目快心，拍案称奇。”[③] 清代梦庄居士咸丰五年（1855）撰《双英记序》云：“昼长无事，正欲觅端作遣。适客来携一卷小说示予，披而览之。”[④] 清代三江钓叟《铁花仙史序》云：“传奇家摹绘才子佳人之悲离欢合，以供人娱耳悦目也旧矣。”[⑤]

上述几则小说识语、凡例、序言、正文等文献资料均阐明小说的娱乐功能，阅读小说可以赏心悦目，《红楼复梦》凡例更是明确声称小说可以让读者醒困、消愁、解闷、释忿，甚至可以医病。在这一点上，小说没有承担社会教化的重负，也无须用作补史，而是让读者在烦恼、疲劳的状态

① （清）曹雪芹：《红楼梦》第一回《甄士隐梦幻识通灵　贾雨村风尘怀闺秀》，人民文学出版社 1982 年版，第 5 页。

② 《红楼复梦》凡例，《红楼复梦》，北京大学出版社 1988 年版，卷首。

③ 《白圭志》凡例，《白圭志》，《古本小说集成》据嘉庆十年绣文堂刊本影印，上海古籍出版社 1990 年版，卷首。

④ （清）梦庄居士：《双英记序》，转引自陈大康：《中国近代小说编年》，华东师范大学出版社 2002 年版，第 13 页。

⑤ （清）三江钓叟：《铁花仙史序》，《铁花仙史》，春风文艺出版社 1985 年版，上海古籍出版社 1990 年版，卷首。

下得以放松和消遣，是文人抒发个人情怀、“既以自娱，亦可以娱人”① 的载体。

明清时期，部分通俗小说因过于提倡娱乐而导致情色化倾向，例如明代憨憨子《绣榻野史序》云：“奚僮不知，偶市《绣榻野史》进余。始谓当出古之脱簪珥永巷有裨声教者类，可以娱目，不意其为谬戾。”② 清代松林居士《二度梅奇说序》也描述：“壬寅（按：1782 年）之秋，自都门舟旋，经吴历越。舟中寂寞，别无醒目者……客伴虽有小说，多属郑卫之淫风，案前开卷，能不放荡性情者鲜矣。”③ 旅途无聊，与松林居士同船的旅客以小说打发时光，但这些小说多是些“放荡性情”的淫秽之作。清代紫宙轩刊《春灯闹》识语云：

从来正史取义，小说取情。文必雅驯，事必绮丽。使观者如入金谷园中，但觉腻紫娇红，纷纷夺目而有丽人在焉，呼之欲出。且又洞房乐事，俱从灵腕描来；锦帐春风，尽属情根想就。方足以供闲窗娱览，而较之近时诸刻，不大径庭者哉。故《桃花影》一编，久已脍炙人口，兹后以《春灯闹》续梓，识者鉴诸。④

清代申江居士《新史奇观序》称：

乃世有淫词小说，实为无稽之谈，最易动人听闻。阅者每至忘餐废寝。盖人情喜荡佚而恶绳检故也。而犹镌来一编以流传人口何也？吾尝谓天下之深足虑者：淫哇新声，荡人心志。其于治乱兴亡之故，漫无关系。

---

① （清）陈朗：《雪月梅自序》，《雪月梅》，《古本小说集成》据德华堂刊本影印，上海古籍出版社 1990 年版，卷首。

② （明）憨憨子：《绣榻野史序》，收入《明清善本小说丛刊初编》第 18 辑《艳情小说专辑》，台北天一出版社 1985 年版。

③ （清）松林居士：《二度梅奇说序》，收入丁锡根：《中国历代小说序跋集》，人民文学出版社 1996 年版，第 1327 页。

④ 《春灯闹》识语，转引自林辰：《明末清初小说述录》，春风文艺出版社 1988 年版，第 339 页。

此特以供闾里谈笑，优偃戏侮之资。[1]

小说以写情为目的，意在娱乐读者，“供闾里谈笑，优偃戏侮之资”，满足读者消遣、娱乐的需要，这与“正史取义”显然不同。然而《春灯闹》之类的小说在创作主旨上过分强调“供闲窗娱览”，渲染洞房乐事、锦帐春风，以情色招揽读者，从而使娱乐说走向低俗的极端。

第三，神魔小说。追求热闹、好看，追求娱乐性，是读者比较普遍的心理状态，也是促成明代神魔小说创作、刊刻的原因之一。朝鲜人边暹等所编《朴通事谚解》即云：“《西游记》热闹，闷时节好看。”[2] 褚人获于清康熙年间撰《封神演义序》云：“此书直与《水浒》、《西游》、《平妖》、《逸史》一般诡异，但觉新奇可喜，怪变不穷，以之消长夏，祛睡魔而已。”[3]

与其他类型通俗小说相比，神魔小说虚构成分较多，想象奇特，鬼怪色彩浓厚，而这些往往可以满足读者追求新奇怪异的心理，所以《封神演义》与《西游记》等神魔小说成为读者“消长夏，祛睡魔”的重要工具。清代李汝珍《镜花缘》第一百回云：

有个老子的后裔，略略有点文名……心有余闲，涉笔成趣，每于长夏余冬，灯前月夕，以文为戏，年复一年，编出这《镜花缘》一百回……其友方抱幽忧之疾，读之而解颐、而喷饭，宿疾顿愈。因说道：“子之性既懒而笔又迟，欲脱全稿，不卜何时；何不以此一百回先付梨枣，再撰续编，使四海知音以先睹其半为快耶？”[4]

---

① （清）申江居士：《新史奇观序》，收入丁锡根：《中国历代小说序跋集》，人民文学出版社1996年版，第1037页。

② ［朝］边暹等：《朴通事谚解》，收入朱一玄、刘毓忱：《西游记资料汇编》，南开大学出版社2002年版，第110页。

③ （清）褚人获：《封神演义序》，收入丁锡根：《中国历代小说序跋集》，人民文学出版社1996年版，第1404页。

④ （清）李汝珍：《镜花缘》第一百回《建奇勋节度还朝　传大宝中宗复位》，人民文学出版社1955年版，第760页。

李汝珍自称他创作的《镜花缘》是“以文为戏”，尚未完稿便令朋友读后“解颐”、“喷饭”，甚至治好抑郁的“疾病”，其娱乐效果非常显著。清代陈啸庐光绪三十四年（1908）撰《新镜花缘作意述略》也指出：“《新镜花缘》……以供阅者酒后茶余之谈助。”① 可见，神魔小说为读者提供的娱乐功用不可低估。

第四，侠义小说。《水浒后传》蔡元放评本卷首《水浒后传读法》云：

> 本传四十回大书，上而神仙帝王、忠臣义士，下而厮养乞丐、奸佞凶残，大而礼乐征伐，揭地掀天，小而饮食起居，细微琐屑；中国外国，男子妇人，件件写到，可谓如火如锦，无所不备矣。然则皆是乌有先生，乃作者凭空撰出，以娱后人耳目。恐读者误认为真，故于结末团圆时写一演戏……②

为了给读者更多的娱乐享受以取悦读者，小说创作往往在人物塑造、情节设置诸方面采取虚构手法，增加小说的传奇色彩，以增强小说的趣味性和可读性。蔡元放认为，小说作者在虚构的同时，也没有忘记考虑读者的因素：“恐读者误认为真，故于结末团圆时写一演戏。”从《水浒后传》的创作以及蔡元放的评点来看，通俗小说在一定程度上摆脱了史书“实录”的束缚，注重小说本身的艺术性和审美特性，注重读者的参与，这可以说是在中国古代小说发展史上的一种进步。清代洗心主人《永庆升平序》亦云：“昭彰不爽，报应分明。使读者有拍案称快之乐，无废书长叹之时。……使人可以悦目赏心。”③ 同样强调小说的娱乐性，指出小说创作能给读者带来艺术享受。

第五，话本小说。早在明代嘉靖年间，杭州书坊主洪楩编刊话本小说集《六十家小说》之际，由其小说名《雨窗集》、《长灯集》、《随航集》、

---

① （清）陈啸庐：《新镜花缘作意述略》，百花洲文艺出版社 1996 年版。据《中国近代小说大系》点校本。

② 《水浒后传》蔡元放评本卷首《水浒后传读法》，收入黄霖、韩同文：《中国历代小说论著选》（上册），江西人民出版社 2000 年版，第 430～431 页。

③ （清）洗心主人：《永庆升平序》，《永庆升平》，《古本小说集成》据清光绪十八年宝文堂刊本影印，上海古籍出版社 1990 年版，卷首。

《欹枕集》、《解闲集》、《醒梦集》，便不难看出这些话本小说的编刊目的。清代烟水散人《珍珠舶自序》云：

客有远方来者，其舶中所载，凡珊瑚玳瑁夜光木难之珍，璀璨陆离，靡不毕备。故以宝之多者称为上客。至于小说家搜罗闾巷异闻，一切可惊、可愕、可欣、可怖之事，罔不曲描细叙，点缀成帙，俾观者娱目，闻者快心，则与远客贩宝何异？此予《珍珠舶》之所以作也。[①]

烟水散人将小说创作比作远客贩宝，认为小说创作的目的就在于“俾观者娱目，闻者快心”，为读者提供娱乐，所以自己的小说就像装满珍珠的船舶一样，可以给读者带来许多惊奇与快乐。

如前所述，在不同类型的通俗小说的娱乐说发展历程中，小说的作者与编刊者都注重读者感受，读者的影响占据着重要地位。

三、通俗小说往往将娱乐与劝戒相结合，寓教于乐

晚清觉我（徐念慈）《余之小说观》云：“小说者，文学中之以娱乐的，促社会之发展，深性情之刺戟者也。”[②] 小说娱乐说不是脱离于现实社会而孤立存在的创作观念，而是以不同时期特定的社会现实作为其存在土壤，通过娱乐的形态讽喻社会与人生，促进社会的改革和进步。通俗小说编刊者往往将娱乐与劝戒相结合，希望对读者起到寓教于乐的作用。本章第一节在讨论读者与劝戒说时，曾举人瑞堂明崇祯四年（1631）刊《隋炀帝艳史》作为例证，此书凡例在劝戒的同时，还明确提出娱乐说：“炀帝为千古风流天子，其一举一动，无非娱耳悦目，为人艳羡之事，故名其篇曰‘艳史’。”[③] 关于小说娱乐与劝戒的结合，清代文献中有大量相关论述，试举例如下。

---

① （清）烟水散人：《珍珠舶自序》，《珍珠舶》，《古本小说集成》据日本抄本影印，上海古籍出版社 1990 年版，卷首。

② （清）觉我：《余之小说观》，收入黄霖、韩同文：《中国历代小说论著选》（下册），江西人民出版社 2000 年版，第 297～298 页。

③ 《隋炀帝艳史》凡例，《隋炀帝艳史》，中华书局 2000 年版，第 339 页。

清代蠡庵《女开科传跋》云：

读《万斛泉》竟，不觉拍案大叫曰：游戏三昧，已成劝惩。全书愤世绝俗，半多诙谐笑话。……若仅以小说视之，亦可谓不善读是说矣。质之众口，我言匪谀。①

清代佚名《五虎平西前传序》云：

小说传奇，不出悲欢离合，而悦时人鉴阅之心。然必以忠臣报国为主，兴善惩恶为先。阅其忠君烈士，无不令人起恭起敬；观此误国奸徒，皆为百世可忿可憎，削佞余奸，褒善贬恶，而植纲常，以为劝惩者，方可刊行于世……阅者其去恶乐善之念油然而生，虽传奇而犹有维持风世，然非治齐之要，亦足以导善而戒奸也。……雅俗共赏，尽人可观，于世不无小补焉。②

清代蠡勺居士清同治十一年（1872）撰《昕夕闲谈小序》云：

予则谓小说者，当以怡神悦魄为主，使人之碌碌此世者，咸弃其焦思繁虑，而暂迁其心于恬适之境者也；又令人之闻义侠之风，则激其慷慨之气；闻忧愁之事，则动其凄惋之情；闻恶则深恶，闻善则深善，斯则又古人启发良心惩创逸志之微旨，且又为明于庶物，察于人伦之大助也。③

清代忏梦庵主光绪七年（1881）所撰《英雄小八义赘言》云：

《英雄小八义》者，奇书也……士农工商欣于听闻，诚有遣睡魔之奇

---

① （清）蠡庵：《女开科传跋》，《女开科传》，《古本小说集成》据清代名山聚刊本影印，上海古籍出版社 1990 年版，卷末。

② （清）佚名：《五虎平西前传序》，《五虎平西前传》，《古本小说集成》据清代聚锦堂本影印，上海古籍出版社 1990 年版，卷首。

③ （清）蠡勺居士：《昕夕闲谈小序》，收入黄霖、韩同文：《中国历代小说论著选》（上册），江西人民出版社 2000 年版，第 630 页。

观，亦培植世道之秘籍也。①

清代庆森光绪十六年（1890）撰《小五义序》云：

稿中凡有忠义者存之，淫邪者汰之，间附己说，不尽原稿也。盖于醒心悦目之中，而寓劝人励俗之意，岂仅为利哉？②

上述文献分别出现于清初、嘉庆、同治、光绪等时代，虽然跨越的时段从清初到晚清，但其中表达的创作观念比较接近。那就是提倡通俗小说创作“于醒心悦目之中，而寓劝人励俗之意”，提醒读者要善读小说，体悟作者的劝戒用心，包括一些情色小说也表现出这种创作观念。例如，明代观海道人《金瓶梅序》认为：

值此熙朝鼎盛，海晏河清，在位多贤，四方率正，轻徭薄敛，万姓乂安，酒后茶余，夜阑团聚，展此卷而毕读一过，匪仅使人知所戒惧，抑亦可使人怡悦心性焉。③

情色小说以大段篇幅津津乐道于色情描写，以满足部分读者追求感官刺激的阅读心理，这类小说也被冠以劝戒之名，既要使人“怡悦心性”，又要使人“知所戒惧”。当然劝百而讽一，其讽谏效果非常有限。

还有些小说直接在书名中体现出娱乐与劝戒相结合的倾向。例如，清代自怡轩主人乾隆五十七年（1792）撰《娱目醒心编序》云：

（《娱目醒心编》）能使悲者流涕，喜者起舞，无一迂拘尘腐之辞，而无不处处引人于忠孝节义之途。既可娱目，即以醒心，而因果报应之理，隐寓于惊魂眩魄之内。俾阅者渐入于圣贤之域而不自知，于人心风俗，不

---

① （清）忏梦庵主：《英雄小八义赘言》，收入丁锡根：《中国历代小说序跋集》，人民文学出版社 1996 年版，第 1569 页。

② （清）庆森：《小五义序》，《小五义》，上海古籍出版社 2000 年版，卷首。

③ （明）观海道人：《金瓶梅序》，收入丁锡根：《中国历代小说序跋集》，人民文学出版社 1996 年版，第 1110 页。

无有补焉。余故急为梓之以问世。世之君子，幸勿以稗史而忽之也。[1]

此序言就《娱目醒心编》书名中的“娱目”与“醒心”加以解释，交代本书的创作主旨是在“娱目”的同时宣扬教化，希望读者不要小瞧它的作用，勿以“稗史”而忽视它。

综上所述，读者在通俗小说娱乐说的产生及演进过程中起到重要作用，不同身份、不同地位的读者均与小说娱乐说关系紧密。在不同类型小说的娱乐观念中，读者因素都有所表现。小说编刊者往往将娱乐与劝戒相结合，希望对读者起到寓教于乐的作用，正如清末吴沃尧《两晋演义序》所云：“《月月小说》者……寓教育于闲谈，使读者于消闲遣兴之中，仍可获益于消遣之际。”[2] 这种观念在通俗小说娱乐说的发展史上是比较普遍的。

① （清）自怡轩主人：《娱目醒心编序》，《娱目醒心编》，上海古籍出版社 1988 年版，卷首。

② （清）吴沃尧：《两晋演义序》，江西人民出版社 1988 年版。据《中国近代小说大系》点校本。

第六章

读者与明清通俗小说流派

本章探讨明清时期通俗小说读者群的心理需求、文化水平、欣赏习惯、审美倾向等与不同题材小说之间的关系。明代谢肇淛《五杂俎》指出："《三国演义》与《钱唐记》、《宣和遗事》、《杨六郎》等书，俚而无味矣。何者？事太实则近腐，可以悦里巷小儿而不足为士君子道也。"[①] 尽管谢肇淛对《三国演义》等书的批评有其局限性，但他对"里巷小儿"与"士君子"等不同阶层、不同身份的读者的阅读习惯及特点有所区分，是很有道理的。由于相关文献材料所限，本章根据现有资料选取明清时期历史小说、才子佳人小说、情色小说等流派为例，尝试论述读者与不同题材的通俗小说之间的关系。

第一节　读者与历史小说流派

历史小说流派是明清通俗小说之中成熟最早，作品数量和创作成就都很突出的小说流派。[②] 这一小说流派的兴盛与发展是多种原因合力的结果，而读者是其中不可忽视的重要因素，在历史小说创作、传播的过程中都留下了读者影响的烙印。正如德国曼弗烈德·纳乌曼在其《从历史、社会角度看文学接受》中所言："某一时代产生的文学不仅仅体现着作家们的创作个性，同时也体现了读者们的需求、趣味和接受能力。因此，这一时期创作的作品或作品集合所显示的不同的特性总是内含了文学接受中的读者群体的某些特性。"[③]

本节主要探讨读者与历史小说兴盛之间的关系，分析读者对历史小说

---

① （明）谢肇淛：《五杂俎》卷一五《事部三》，上海书店出版社 2001 年版，第 312 页。

② 明清历史题材的通俗小说创作，随着时间的推移，由早期历史演义按鉴创作的叙事模式而发展为多元化的叙事格局。明末《隋史遗文》即为例证，它呈现历史演义与英雄传奇小说合流的倾向，故本节使用历史小说而不是历史演义小说的概念。以往也有学者使用这一概念，例如欧阳健撰《历史小说史》（浙江古籍出版社 2003 年版）等。

③ ［德］曼弗烈德·纳乌曼：《从历史、社会角度看文学接受》，收入张廷琛：《接受理论》，四川文艺出版社 1989 年版，第 71 页。

编创方式及情节结构的影响。

一、读者阅读心理与明清历史小说之兴

姚斯在《文学史作为向文学理论的挑战》一文中提出期待视野的话题，他认为：

从类型的现在理解、从已经熟识作品的形式与主题、从诗歌语言和实践语言的对立中产生了期待系统。……（文学作品）唤醒以往阅读的记忆，将读者带入一种特定的情感态度中，随之开始唤起“中间与终结”的期待，于是这种期待便在阅读过程中根据这类本文的流派和风格的特殊规则被完整地保持下去，或被改变、重新定向，或讽刺性地获得实现。在审美经验的主要视野中，接受一篇本文的心理过程，绝不仅仅是一种只凭主观印象的任意罗列，而是……一个相应的、不断建立和改变视野的过程，也决定着个别本文与形成流派的后继诸本文间的关系。①

读者受个人主观情感、知识基础、生活阅历、价值取向等多种因素的影响，在阅读时存在着心理期待。这种心理期待对小说的创作、传播产生影响，对小说流派的形成与发展也起到促进作用。余秋雨《观众心理学》指出：“心理需要是一种能动化了的心理因素。它以一种默然的力量塑造着艺术。艺术是观众心理需要的对象化存在。”② 虽主要针对戏曲观众而言，但对通俗小说读者来说也是适用的。关于读者阅读心理与明清历史小说兴盛之间的关系，笔者试从以下四个方面进行论述。

（一）读者求知心理与历史小说

明清时期，读者有着很强的历史求知欲，尤其下层民众更是如此，他们通过听说书或者阅读小说刊本等多种形式获知历史故事。明代东山主人《云合奇踪序》指出：

---

① ［德］H. R. 姚斯著，周宁、金元浦译：《文学史作为向文学理论的挑战》，《接受美学与接受理论》，辽宁人民出版社 1987 年版，第 28 ~ 29 页。

② 余秋雨：《观众心理学》，台北天下远见出版股份有限公司 2006 年版，第 43 页。

田间里巷自好之士，目不涉史传，而于两汉三国、东西晋、隋唐等书，每喜搜揽。于一代之治乱兴衰，贤佞得失，多能津津称述，使闻之者倏喜倏怒，亦足启发人之性灵，其间谶谣神鬼，不无荒诞，殆亦以世俗好怪喜新，故以是动人耳目。……使于愚夫愚妇之前，谈经说史，群且笑为迂妄。①

“田间里巷自好之士”、“愚夫愚妇”等下层读者“喜搜揽”历史故事，对历史故事充满浓厚的兴趣。他们一般不是通过阅读经史著作去获取历史知识，而是通过听说书或阅读小说刊本等方式熟悉历代兴衰治乱。虽然小说有其荒诞之处，但读者读之可以启发性灵，亦能自得其乐。清代许宝善在《北史演义叙》中也提到：“今试语人曰：‘尔欲知古今之事乎?’人无不踊跃求知者。”② 可见读者对历史故事表现出强烈的求知欲望。

历史小说的创作动机之一就在于满足读者的这种求知欲望，丰富他们的历史知识。明代秦淮墨客《续英烈传叙》云：“窃尝综建文、永乐故实，汇为续传，阅是书者，其于盛衰顺逆之故，平坡往复之机，亦可了如指掌矣。”③《续英烈传》（一名《云合奇踪后传》）叙自建文削发为僧至正统时被迎入皇宫事，作者自称阅读此书有助于读者了解明朝靖难时的一段历史，了解建文、永乐诸朝的故实。明末王黉《开辟衍绎叙》云：

自古天生圣君，历代帝王创业，而有一代开辟之君，必有一代开辟之臣。……然未有开天辟地，三皇五帝，夏、商、周诸代事迹，因民附相讹传，寥寥无实，惟看鉴士子，亦只识其大略。更有不干正事者，未入鉴中，失录甚多。今搜辑各书，若各传式，按鉴参演，补入遗阙。但上古尚未有文法，故皆老成朴实言语。自盘古氏分天地起，至武王伐纣止，将天

---

① （明）东山主人：《云合奇踪序》，收入丁锡根：《中国历代小说序跋集》，人民文学出版社 1996 年版，第 1005 页。

② （清）许宝善：《北史演义叙》，《北史演义》，《古本小说集成》据乾隆原刊本影印，上海古籍出版社 1990 年版，卷首。

③ （明）秦淮墨客：《续英烈传叙》，《续英烈传》，《古本小说集成》据励园书室本影印，上海古籍出版社 1990 年版，卷首。

象日月、山川草木禽兽，及民用器物、婚配、饮食、药石、礼法，圣主贤臣，孝子节妇，一一载得明白，知有出处，而识开辟至今有所考，使民不至于互相讹传矣，故名曰《开辟衍绎》云。[①]

王黉考虑到一般读者不太熟悉“三皇五帝，夏、商、周诸代事迹”，以致相互讹传，即使是看过《通鉴》的读书人，也只是了解其梗概，所知有限。有鉴于此，他编撰《开辟衍绎》一书，“皆老成朴实言语”，说明其以下层民众作为主要期待读者。小说将开天辟地以来的历史故事详细记载，目的是“使民不至于互相讹传”，一方面增加读者的历史知识，另一方面也纠正读者对历史事实的错误认识。

晚清时期，历史小说用来丰富读者历史知识的创作动机依然被小说编刊者所沿袭，有些小说编刊者甚至将其作品作为历史教科书的辅助读物。例如，光绪二十九年（1903）作新社排印本《万国演义》凡例第一则云：“是编专述泰东西古近事实，以供教科书之用。”[②] 吴沃尧也把小说《两晋演义》视作“失学者补习历史之南针焉”[③]。

历史小说依据史实创作，容易使读者相信。不过在如何认识、处理历史真实与艺术真实的问题上，就作者而言，应用心斟酌；作为读者来说，也不应把小说等同于历史，混淆历史真实与艺术真实之间的区别。明代胡应麟在《少室山房笔丛·庄岳委谈下》中提到对关羽“缪明烛”一事的看法：

古今传闻讹谬，率不足欺有识，惟关壮缪明烛一端则大可笑，乃读书之士亦什九信之，何也？盖由胜国末村学究编魏、吴、蜀演义，因《传》有“羽守邳，见执曹氏”之文，撰为斯说，而俚儒潘氏又不考而赞其大节，遂致谈者纷纷。案《三国志》羽传及裴松之注，及《通鉴》、《纲

---

① （明）王黉：《开辟衍绎叙》，《开辟衍绎通俗志传》，《古本小说集成》据崇祯年间麟瑞堂刊本影印，上海古籍出版社1990年版，卷首。

② 《万国演义》凡例，光绪二十九年作新社排印本《万国演义》卷首。

③ （清）吴沃尧：《两晋演义序》，江西人民出版社1988年版。据《中国近代小说大系》点校本。

目》，并无其文，演义何所据哉?[①]

《三国演义》中描写，关羽下邳战败后为保甘、麋二夫人而投降曹操，曹使羽与二夫人共处一室，关羽避其嫌疑，秉烛立于户外，彻夜达旦。关羽的磊落行为令读者心折，从而广为传颂。而事实上，这一情节是小说家因《三国志·关羽传》中有“羽守邳，见执曹氏”之语，为保持关羽的完美形象而虚构的，所以胡应麟直指其荒谬，强调读者在阅读时应对历史事实与小说家之言有所区分。出于类似原因，清人章学诚在《丙辰札记》中也曾对《三国演义》提出批评：

凡演义之书，如《列国志》、《东西汉》、《说唐》及《南北宋》，多纪实事，《西游》、《金瓶》之类全凭虚构，皆无伤也。惟《三国演义》则七分实事，三分虚构，以致观者往往为所惑乱，如桃园等事，学士大夫直作故事用矣。故演义之属，虽无当于著述之伦，然流俗耳目渐染，实有益于劝惩。但须实则概从其实，虚则明著寓言，不可虚实错杂，如《三国》之淆人耳。[②]

章学诚认为，《三国演义》“七分实事，三分虚构”的创作方式往往会使读者为其所惑，使读者在历史真实和艺术真实之间难辨真假，所以他提出历史小说创作应做到“实则概从其实”，不可出现像《三国演义》这样虚实错杂的小说作品。章学诚这种完全写实的历史小说创作主张一方面带有封建正统的视野局限，另一方面也反映了时人的崇真心理。

（二）读者崇真心理与历史小说创作

注重真实的现象在唐代文言小说创作领域中已比较普遍，而这种对真实的重视很大程度上是为了取信于读者。唐人小说结尾往往标注故事来源，其中多为不实之词。例如《离魂记》描写张镒之女倩娘离魂的故事，这在现实中是不可能发生的，小说结尾却写道：“大历末，（作者陈玄祐）

① （明）胡应麟:《少室山房笔丛》卷四一，上海书店出版社2001年版，第432页。

② （清）章学诚著，冯惠民点校:《丙辰札记》，《学术笔记丛刊》，中华书局1986年版，第90页。

遇莱芜县令张仲觇，因备述其本末。（张）镒则仲觇堂叔，而说极备悉，故记之。”[①] 这种“自欺欺人”的标注正是因为真实的事情更易被读者接受并引起共鸣。清代赵学辙《客窗偶笔序》指出：

余维小说家言，大抵优孟衣冠，得其似而失其真者；更有蜃楼海市，幻由心造，往往出于文人学士穿凿附会之所为……先生此编，事事真实，有裨世道为多，而务去陈言，仍令读者忘倦，“思无邪”一言，允堪持赠矣。[②]

《客窗偶笔》是清代贡生金捧阊创作的小说，主要辑录旧闻，宣扬劝惩之旨。赵学辙在为这部小说所作序言中，一方面批评小说创作中普遍存在的“得其似而失其真”、穿凿附会的现象；另一方面对《客窗偶笔》“事事真实”的做法予以充分肯定，强调其既有裨于世道人心，又能令读者阅而“忘倦”，直可与《诗经》相媲美。序文反映出小说对一些读者崇真心理的迎合。

读者喜欢真实的心理也影响了明清通俗小说的创作，明人谢肇淛《五杂俎》卷一五《事部三》强调“凡为小说及杂剧戏文，须是虚实相半，方为游戏三昧之笔”[③]。与此同时，他指出当时读者的崇真心理：“近来作小说，稍涉怪诞，人便笑其不经。”[④] 人瑞堂崇祯年间刊《隋炀帝艳史》凡例云：“今《艳史》一书，虽云小说，然引用故实，悉遵正史，并不巧借一事，妄设一语，以滋世人之惑。故有源有委，可征可据，不独脍炙一时，允足传信千古。”[⑤] 强调材料来源真实可靠、传信千古。对此，本书第五章

① （唐）陈玄祐：《离魂记》，收入汪辟疆校录：《唐人小说》，上海古籍出版社1978年版，第49页。

② （清）赵学辙：《客窗偶笔序》，收入丁锡根：《中国历代小说序跋集》，人民文学出版社1996年版，第481页。

③ （明）谢肇淛：《五杂俎》卷一五《事部三》，上海书店出版社2001年版，第313页。

④ （明）谢肇淛：《五杂俎》卷一五《事部三》，上海书店出版社2001年版，第313页。

⑤ 《隋炀帝艳史》凡例，（明）齐东野人：《隋炀帝艳史》，中华书局2000年版，第339页。

“读者与明清通俗小说的创作观念”第二节“读者与补史说”曾有论及，这里不再赘述。

（三）读者崇古心理与历史小说创作

探讨明清时期历史小说兴盛的原因，不能忽视读者的崇古心理。晚清吴趼人《两晋演义序》指出：

> 自《三国演义》行世之后，历史小说，层出不穷。盖吾国文化，开通最早，开通早则事迹多。而吾国人具有一种崇拜古人之性质，崇拜古人则喜谈古事。自周、秦迄今，二千余年，历姓嬗代，纷争无已，遂演出种种活剧，诚有令后人追道之、犹为之怵心胆、动魂魄者。故《三国演义》出而脍炙人口，自士大夫以至舆台，莫不人手一篇。人见其风行也，遂竞效为之，然每下愈况，动以附会为能，转使历史真相，隐而不彰；而一般无稽之言，徒乱人耳目。愚昧之人读之，互相传述，一若吾古人果有如是种种之怪谬之事也者。呜呼！自此等书出，而愚人益愚矣。吾尝默计之，自《春秋列国》以迄《英烈传》、《铁冠图》，除《列国》外，其附会者当居百分之九九。①

吴趼人在批评历史小说创作附会、虚构的同时，也分析了读者崇拜古人的心理。中国文化源远流长，在几千年的漫长历史中，中华民族的祖先创造了灿烂文化，令后人为之自豪，产生崇古心理。“崇拜古人则喜谈古事”，复杂多变、纷争不断的历史留给后人说不尽的话题，以至于社会各阶层读者自上而下，“人手一篇”《三国演义》。编刊者见其风行盛况，又编创出大量历史小说，以满足读者的崇古心理。可以说，读者的崇古心理是明清历史小说创作繁盛的一个重要推动力。

（四）读者好奇心理与历史小说

“好奇”是古代小说作家普遍存在的审美观念，也是阅读者广泛注重的审美需求。在中国古代小说发展历程中，“奇”的内涵随着时代的变迁而有所变化。唐代以及唐前小说作家所倡导的“奇”多指情节的新奇曲

---

① （清）吴趼人：《两晋演义序》，江西人民出版社 1988 年版。据《中国近代小说大系》点校本。

折，宋明以后，随着小说通俗化的迅速进展，加上宋明理学的崛起与盛行，传统的小说观念产生更新与转变，小说被赋予更多社会化色彩，主张“奇”与“理”的统一，也就是把“奇”与符合儒家伦理道德的思想、理念相统一。[①] 从读者的角度进行考察可以发现，读者的好奇心理对历史小说的兴盛也起到了一定的促进作用，明代李贽《三国志叙》云：

> 外传多矣，人独爱《三国》者何？意昭烈帝崛起孤穷，能以信义结民，延缆天下第一流，托以鱼水，卒能维鼎西隅，少留炎汉之祚，殊足罍快人意。且古来割壤窃号，递兴倏废，皆强并弱款，并未有如三国智足相衡，力足相抗，一时英雄云兴，豪杰林集，皆足当一面，敌万夫，机权往来，变化若神，真宇内一大棋局。两国手争能，不相下哉，宜志士览古乐观而忘倦也。乃吾所喜《三国》人物，则高雅若孔北海，狂肆若祢正平，清隐若庞德公，以至卓行之崔州平，心汉之徐元直，玄鉴之司马德操，皆未效尽才于时。然能不为者，乃能大有为，而无所轻用者，正其大有用也。若人而可作，吾愿与为莫逆交。若诸葛公之矫矫人龙，则不独予向慕之，虽三尺竖子，皆神往之耳。[②]

《三国演义》描写刘备从孤穷中崛起的事迹，富于传奇色彩；三国时期的历史纷繁复杂，英雄豪杰云集一时，“机权往来，变化若神”；小说中的人物故事“皆未效尽才于时”，留下诸多遗憾，所有这些都可引起读者强烈的阅读兴趣，“志士览古乐观而忘倦也”，甚至“三尺竖子”也为之神往。明代东山主人《云合奇踪序》也提到，读者喜读历史小说，“殆亦以世俗好怪喜新，姑以是动人耳目”[③]。

“世俗好怪喜新”，读者喜爱历史故事的传奇色彩，对朝代更替、贤佞得失的历史题材津津乐道，从而推动了民间说唱艺术的繁荣与历史小说的兴盛。

---

① 参见程国赋：《三言二拍传播研究》，中国社会科学出版社 2006 年版，第 41 ~ 45 页。

② （明）李贽：《三国志叙》，收入丁锡根：《中国历代小说序跋集》，人民文学出版社 1996 年版，第 894 ~ 895 页。

③ （明）东山主人：《云合奇踪序》，收入丁锡根：《中国历代小说序跋集》，人民文学出版社 1996 年版，第 1005 页。

二、读者与历史小说文体的发展

读者对历史小说文体的发展与演变的影响，集中体现在读者与按鉴创作的演义体小说之间的关系中。在作品取材与历史小说自身文体发展两个方面，读者都发挥了重要作用，下面笔者分而论之。

第一，在历史题材的通俗小说创作中，尤其是早期历史演义的创作，一个显著的特点就是按鉴演义，所按之鉴主要指司马光的《资治通鉴》和朱熹的《通鉴纲目》。还有一些“通鉴”类的续书，也是历史题材小说取材的主要依据。[①] 这种取材倾向的形成是由于对普通读者而言，史书篇幅庞大，不利于阅读；且文字古奥、义理深邃，给阅读带来很多困难，因此便出现了按鉴创作的演义体小说。

宋代秦果在《续世说序》中就已指出：“史书之传信矣，然浩博而难观。”[②] 清代张芬敬光绪十三年（1887）撰《纲鉴通俗演义叙》云：

> 涑水《通鉴》，朱子《纲目》，读史者无不家置一编。二十四史，各有专籍，亦或有藏之者，然博览不易，往往束诸高阁，徒为书笥中壮观而已。……吕氏《纲鉴演义》，能统廿四史事实，说得原原本本，至其中条分缕析处，亦复一线穿成，洵史集中之别体，余素为之服膺者也。……尤愿读是书者，其进而求之《通鉴》、《纲目》，以至二十四史各专籍，庶几一以贯之矣。[③]

张芬敬在此指出，《通鉴》、《纲目》、二十四史等史籍篇幅浩大，“博览不易”，虽然也有读史者对其进行收藏，然往往不会去读，至多放在书房做摆设。而吕抚的《纲鉴通俗演义》共二十六卷四十四回，简要记载了自盘

① 参见纪德君：《“按鉴”与历史演义小说文体之生成》，《文学遗产》2003 年第 5 期。

② （宋）秦果：《续世说序》，《续世说》，《续修四库全书》第 1166 册子部杂家类，上海古籍出版社 2002 年版，第 9 页。据宛委别藏清抄本影印。

③ （清）张芬敬：《纲鉴通俗演义叙》，收入丁锡根：《中国历代小说序跋集》，人民文学出版社 1996 年版，第 1072 页。

古开天辟地至明代的历史概况，篇幅集中，适合读者尤其是初学历史者阅读。此外，阅读历史小说还为有兴趣进一步阅读《通鉴》、《纲目》甚至二十四史的读者打下扎实的基础。

除篇幅因素外，历史小说出现的另一原因是史书文字古奥、义理深邃，不便于阅读，而小说语言通俗、浅显，从而受到读者欢迎。明代庸愚子《三国志通俗演义序》云：

> 然史之文，理微义奥，不如此，乌可以昭后世？《语》云："质胜文则野，文胜质则史。"此则史家秉笔之法，其于众人观之，亦尝病焉。故往往舍而不之顾者，由其不通乎众人，而历代之事，愈久愈失其传。前代尝以野史作为评话，令瞽者演说，其间言辞鄙谬，又失之于野，士君子多厌之。若东原罗贯中，以平阳陈寿传，考诸国史，自汉灵帝中平元年，终于晋太康元年之事，留心损益，目之曰《三国志通俗演义》。文不甚深，言不甚俗，事纪其实，亦庶几乎史。盖欲读诵者，人人得而知之，若诗所谓里巷歌谣之义也。[①]

庸愚子揭示出历史小说产生的历程，由正史到属于口头传播的评话，再到供案头阅读的演义小说：正史"理微义奥"，读者"往往舍而不之顾"→瞽者演说评话，"其间言辞鄙谬，又失之于野，士君子多厌之"→演义小说雅俗共赏，"文不甚深，言不甚俗"，人人都可阅读，在了解史实方面又能取得和读史相似的效果，所以受到各阶层读者的广泛欢迎。从中可以看出，读者在历史小说文体的形成过程中起到重要作用。清代滋林老人《说呼全传序》声称："史册所载，其文古，其义深，学士大夫之所抚而玩，不能挟此以使家喻而户晓也。如欲使家喻而户晓，则是书（按：指《说呼全传》）不无裨于世教云。"[②] 也是同样的道理。

清代许宝善乾隆五十八年（1793）撰《北史演义叙》云：

---

① （明）庸愚子：《三国志通俗演义序》，《三国志通俗演义》，《古本小说集成》据嘉靖元年刊本影印，上海古籍出版社 1990 年版，卷首。

② （清）滋林老人：《说呼全传序》，《说呼全传》，中华书局 1999 年版，第 167 页。

史之言质而奥，人不耐读，读亦罕解。故唯学士大夫或能披览外，此则望望然去之矣。假使其书一目了然，智愚共见，人孰不争先睹之为快乎？晋陈寿《三国志》，结构谨严，叙次峻洁，可谓一代良史。然使执卷问人，往往有不知寿为何人，《志》属何代者。独《三国演义》，虽农工商贾、妇人女子无不争相传诵。夫岂演义之转出正史上哉？其所论说易晓耳。[①]

史书“言质而奥”，给阅读带来很大困难，一般人读不懂也无耐心去读，只有学士大夫才有能力披览。而人们又渴望了解历史，如若“其书一目了然”，那么人人都想先睹为快。叙文指出，《三国志》虽是“良史”，但普通人很少知道其书属何年代、陈寿是何人，对于《三国演义》，则“农工商贾、妇人女子无不争相传诵”。这并不是说通俗小说比史书更高明，只是对读者而言，小说更加通俗易懂，所以深受喜爱。清人邹存淦《删补封神演义诠解序》中所描述的“今人心不古，江河日下，读正史者，每不终卷；得小说读之，则津津有味”[②]，就是出于这个原因。

第二，就历史小说自身文体发展而言，读者对历史演义体的形成和发展也起到推动作用。明代熊大木《序武穆王演义》称：

《武穆王精忠录》，原有小说，未及于全文。今得浙之刊本，著述王之事实，甚得其悉。然而意寓文墨，纲由大纪，士大夫以下，遽尔未明乎理者，或有之矣。……于是不吝臆见，以王本传行状之实迹，按《通鉴纲目》而取义（创作《大宋中兴通俗演义》）。[③]

《大宋中兴通俗演义》是在原有说岳小说《精忠录》的基础上编撰而成的。《精忠录》义理深邃，“士大夫以下”的下层读者难以明白，所以熊大木依据《通鉴纲目》诸书创作成篇，阐发其义理，以便于读者阅读。明万历三

① （清）许宝善：《北史演义叙》，《北史演义》，《古本小说集成》据乾隆原刊本影印，上海古籍出版社 1990 年版，卷首。

② （清）邹存淦：《删补封神演义诠解序》，据天津市图书馆藏清邹存淦抄本。

③ （明）熊大木：《序武穆王演义》，《大宋中兴通俗演义》，《古本小说集成》据嘉靖三十一年清白堂刊本影印，上海古籍出版社 1990 年版，卷首。

十四年（1606），三台馆刊本《列国志传》卷首所附余邵鱼《题全像列国志传引》云：

> 士林之有野史，其来久矣。……抱朴子性敏强学，故继诸史而作《列国传》。起自武王伐纣，迄今秦并六国，编年取法麟经，记事一据实录。凡英君良将，七雄五霸，平生履历，莫不谨按五经并《左传》、《十七史纲目》、《通鉴》、《战国策》、《吴越春秋》等书，而逐类分纪。且又惧齐民不能悉达经传微辞奥旨，复又改为演义，以便人观览。[①]

关于列国题材，原有抱朴子所作《列国传》，余邵鱼“惧齐民不能悉达经传微辞奥旨，复又改为演义”，将志传改为演义，其目的在于“便人观览”。读者的阅读需求推动了演义体小说的发展，正如明代署名钟惺所撰《盘古至唐虞传序》云：“今依鉴史，自盘古以迄唐虞事迹可稽者，为之演义，总编为一传，以通时目。”[②]“以通时目”点明了小说的创作目的是满足当时读者的阅读需要。

在明清时期的读者群体中，人数众多、文化水平不高的下层读者是历史小说编刊者考虑的重要对象。明末兼善堂本《警世通言》识语称：“通俗演义一种，尤便于下里之耳目。”[③]清代绿园老人《歧路灯序》云：“《三国志》者，即承祚之书，而演为稗官者也……再传而为演义，徒便于市儿之览。”[④]上述材料都表明了这一事实。随着越来越多的下层民众加入通俗小说读者的队伍中，他们的审美趣味和阅读需求在通俗小说创作、传播的过程中都有所体现，这对演义体小说的大量编刊起了一定的推动作用。

---

① （明）余邵鱼：《题全像列国志传引》，《列国志传》，《古本小说集成》据明万历三十四年三台馆刊本影印，上海古籍出版社1990年版，卷首。

② （明）钟惺：《盘古至唐虞传序》，《盘古至唐虞传》，《古本小说集成》据明代余季岳刊本影印，上海古籍出版社1990年版，卷首。

③ 《警世通言》识语，《警世通言》，《古本小说集成》据天启四年兼善堂刊本影印，上海古籍出版社1990年版，卷首。

④ （清）绿园老人：《歧路灯序》，《歧路灯》，朴社出版社经理部1927年版。

三、读者与历史小说的编创方式及创作内容

读者阶层的欣赏习惯、审美特性在一定程度上决定了小说的编创方式。在中国小说创作理论史上，关于虚实相间的问题是经久不衰的话题之一。宋代洪迈就认识到小说虚构性的特征，他指出："稗官小说家言不必信，固也。信以传信，疑以传疑，自《春秋》三传则有之矣。"① 明清时期是通俗小说创作、传播比较发达的时期，也是小说编创方式丰富多样的时期，虚实相间的编创方式被普遍认同与运用。就历史小说而言，内容虚实结合的作品也被许多读者所接受。清代金丰《说岳全传序》云：

从来创说者，不宜尽出于虚，而亦不必尽出于实。苟事事皆虚，则过于诞妄，而无以服考古之心；事事皆实，则失于平庸，而无以动一时之听。……实者虚之，虚者实之，娓娓乎有令人听之而忘倦矣。②

过度虚构的历史小说对于喜欢"考古"的读者而言，是不能令他们信服的；而过度追求真实的作品，则容易陷入平庸的境地，缺乏生动曲折的情节，难以吸引人，所以金丰主张小说创作应做到虚实相间，"实者虚之，虚者实之"，从而对读者产生强烈的艺术感染力。清代惜余馆主《平金川全传序》云：

古今说部，载实事者，莫如《三国》；逞荒诞者，莫如《西游》；皆各擅所长，以成体例。独是书颇能综二者而兼之，惜因俗务繁冗，不及润

---

① （宋）洪迈：《夷坚支丁序》，《夷坚志》，中华书局1981年版，第967页。

② （清）金丰：《说岳全传序》，《说岳全传》，上海古籍出版社1985年版，第728页。清代洪兴全《中东大战演义自序》中有类似论述："从来创说者，事贵出乎实，不宜尽出于虚。然实之中虚，亦不可无者也。苟事事皆实，则必出于平庸，无以动诙谐者一时之听。苟事事皆虚，则必过于诞妄，无以服稽古者之心。是以余之创说也，虚实而兼用焉。"据光绪二十六年上海石印本《中东大战演义》。

色。而索观者已户限将穿，爰付石文而述之旨。[1]

惜余馆主认为张小山的《平金川全传》（一题《年大将军平西传》）兼具《三国演义》与《西游记》两者之长，虚实结合，所以受到读者的追捧。虽然还只是未经润色的初稿，“索观者已户限将穿”，可见读者的喜爱程度。

关于虚实问题的讨论，与以往多重视真实的看法不同的是，明清时期许多论者比较看重读者的因素，认为只要读者读之“快心”，就算与史实有所出入也可以接受。明代张凤翼《水浒传序》云：“即其事（按：指宋江之事）未必悉如传所言，而令读者快心，要非徒虞初悠谬之论矣。”[2] 张凤翼认为，关于宋江三十六人起义的故事，即使《水浒传》所载与史实有出入，但只要读者喜欢，也可以理解并接受。由此观之，在明清时期历史小说虚实相间的编创方式的发展历程中，读者的影响不容忽视。

在历史小说的创作过程中，读者对小说的内容也会产生一定影响。在此试以清初吕熊（号逸田）《女仙外史》的创作为例加以阐述。清人刘廷玑在《江西廉使刘廷玑在园品题》中记载自己与友人吕熊数次讨论《女仙外史》的创作情况：

岁辛巳（按：指康熙四十年，1701），余之任江西学使，八月望夜，维舟龙游，而逸田叟从玉山来请见。杯酒道故，因问叟：“向者何为？”叟对以将作《女仙外史》。余叩其大旨，曰：“常读《明史》，至逊国靖难之际，不禁泫然流涕，故夫忠臣义士与孝子烈媛，湮灭无闻者，思所以表彰之，其奸邪叛道者，思所以黜罚之，以自释其胸怀之哽噎。”余闻之，矍然曰：“良有同心。叟书竣日，当为付诸梓。”

壬午（按：1702 年），叟至洪都，余为适馆授餐，俾得殚精于此书。

癸未（按：1703 年）冬，余挂公事，削职北返，旅于清江浦。

甲申（按：1704 年）秋，叟自南来，见余曰：“《外史》已成。”以稿

---

① （清）惜余馆主：《平金川全传序》，转引自陈大康：《中国近代小说编年》，华东师范大学出版社 2002 年版，第 77 页。

② （明）张凤翼：《水浒传序》，收入朱一玄、刘毓忱：《水浒传资料汇编》，南开大学出版社 2002 年版，第 275 页。

本见示。余读一过，曰："叟之书，自贬为小说，意在贤愚共赏乎！然余意尚须男女并观。中有淫亵语，盍不改诸？"叟以为然。不日改正所憾。余既落籍，不能有践前言，乃品题廿行为简端，以为此书之先声而归之。①

吕熊在准备创作《女仙外史》之际，即征求过刘廷玑的意见。他对《明史》中的"靖难之役"深有感怀，以致"泫然流涕"，所以打算创作小说以褒扬忠臣义士与孝子烈媛，谴责奸邪叛道，抒发个人情怀。刘廷玑对这部小说的创作主旨予以充分肯定，并答应以后承担出版之任。三年后，吕熊完成《女仙外史》的创作，以稿本求教于刘廷玑，刘廷玑对小说中涉及淫亵的语言及情节结构提出修改意见，希望通过修改使作品更好地凸显主旨，这些意见被吕熊所接受。这是读者影响历史小说创作的直接例证。

第二节　读者与才子佳人小说流派

才子佳人小说的概念有广义和狭义之分，广义的才子佳人小说指中国古代小说史上以才子佳人爱情故事作为题材的小说，包括文言小说和白话小说，苏建新《中国才子佳人小说演变史》（社会科学文献出版社 2006 年版）即采取这一界定标准；狭义的才子佳人小说主要指明末清初才子佳人题材的通俗小说。为避免研究的泛化，并考虑到明清时期才子佳人小说创作的特定状况，本书所论才子佳人小说主要指明末至清代创作的才子佳人小说，包括清乾隆壬寅年（即乾隆四十七年，1782）水箬散人撰序的《驻春园小史》、咸丰五年（1855）所刊《双英记》等作品。

关于读者与明清才子佳人小说流派之间的关系，本节试从以下几个方面进行论述。

---

① （清）刘廷玑：《江西廉使刘廷玑在园品题》，《女仙外史》，《古本小说集成》据复旦大学图书馆藏钓璜轩本影印，上海古籍出版社 1990 年版，卷首。

一、读者与才子佳人小说之兴

才子佳人小说可以做到雅俗共赏，适合不同阶层的读者阅读，清代何昌森《水石缘序》云："今以陶情养性之诗词，托诸才子佳人之吟咏，凭空结撰，兴会淋漓，既足以赏雅，复可以动俗。"[1] 读者对明清才子佳人小说的兴盛起到了较大的推动作用，主要表现在两个方面：

第一，读者心理对明末至清代才子佳人小说创作的影响。在读者群体中，尤其在文人读者群之中，喜欢"风花雪月"的心理比较普遍，明末临海逸叟所撰《鼓掌绝尘叙》指出：

> 花红柳绿，飘拂牵游，即老成端重之儒，无不快睹而欣焉。乃知老成端重，其貌尤假；风花雪月，其情最真也。[2]

喜欢"风花雪月"是人之常情，哪怕"老成端重"的儒生也不例外。"老成端重"的外表只是一种理性的掩饰，喜好"风花雪月"才是其真性情，是其内心真实的感受，即使在时局动荡、战火频仍的明末清初也不例外。

这种留恋"风花雪月"的心理，对明清时期才子佳人小说的兴盛起到促进作用。清代佚名《五虎平西前传序》指出："至若窃玉偷香诸小说，非不领异标新，观者艳羡。"[3] 读者对描写"窃玉偷香"题材的小说充满兴趣，在一定程度上推动了才子佳人小说的发展。

第二，大量女性读者的存在推动了明末至清代才子佳人小说流派的形成与发展。本书第三章"明清时期通俗小说读者群的构成及其特点、影响（下）"第二节"女性读者"中提到，明清时期存在大量的女性小说受众，皇后、贵族女性、平民乃至妓女都喜欢听小说故事、阅读小说文本，女性

---

① （清）何昌森：《水石缘序》，收入丁锡根：《中国历代小说序跋集》，人民文学出版社 1996 年版，第 1296 页。

② （明）临海逸叟：《鼓掌绝尘叙》，《鼓掌绝尘》，《古本小说集成》据崇祯四年龚氏刊本影印，上海古籍出版社 1990 年版，卷首。

③ （清）佚名：《五虎平西前传序》，《五虎平西前传》，《古本小说集成》据清代聚锦堂本影印，上海古籍出版社 1990 年版，卷首。

喜欢听、读言情小说和语言雅洁的作品，而才子佳人小说正好符合女性的阅读习惯和特点，因而受到她们的欢迎。

《红楼梦》第五十四回描述贾母及贾府女眷在元宵节请女先生说书的情形：

一时歇了戏，便有婆子带了两个门下常走的女先生儿进来……贾母便问：“近来可有添些什么新书？”那两个女先生儿回说道：“倒有一段新书，是残唐五代的故事。”贾母问是何名，女先生儿道：“叫做《凤求鸾》。”①

《红楼梦》中女先生所说的《凤求鸾》，是讲述五代时期王熙凤与李雏鸾之间的爱情故事的才子佳人小说。从小说中女先生“门下常走”以及听说书时的热闹场面可知，贾府女眷喜欢听、读才子佳人小说。小说来源于现实生活，这也是当时社会女性读者喜爱才子佳人小说这一事实在《红楼梦》中的折射。

二、才子佳人小说的创作、传播注重与读者的互动

在才子佳人小说创作、传播的过程中，读者因素日益突出，小说编刊者比较注重与读者的互动。清代康熙年间，拚饮潜夫《春柳莺序》指出：

今君子操觚号微，莫不咸悉其道，故稗官野史，救污辟秽，于此为盛。一时市儿读之，不知怜才为劝，好色为戒，反取色而恶才，直欲丑净而作生旦，又乌得乎？……复请之小说，才色在所不偏，劝戒俱所不废。使天下之人，知男女相访，不因淫行，实有一段不可移之情。情生于色，色因其才，才色兼之，人不世出。所以男慕女色，非才不韵；女慕男才，非色不名。二者具焉，方称佳话。……桑间濮上之辈，何得妄以衣冠为

① （清）曹雪芹：《红楼梦》第五十四回《史太君破陈腐旧套　王熙凤效戏彩斑衣》，人民文学出版社1982年版，第757～758页。

尊，蓬蒿见鄙，浪向天地间说风流者哉！[①]

这篇序言突出了才子佳人小说的创作主旨，即宣扬才色而不涉淫秽，指出创作小说是为了“救污辟秽”。但学识粗浅的“市儿”读后却往往误会其中的意思，不但不知怜才戒色，反而“取色而恶才”，这是对小说极其错误的理解。序文强调男女之间的爱慕并非因为“淫行”，而是自有一段深情在其中，这种情感或因美色而生，但美色则由于才学而更美。男女相慕，只有美色与才学兼具，才能称得上一段“佳话”，这不是那些偷欢之淫行可以比拟的。拚饮潜夫这段解释，是希望读者不要误读小说，引导读者领悟其中的劝戒之旨。在此书的凡例中，编撰者南轩鹖冠史者也对读者进行指引：

一、此书儿戏者不许看，赠与明理之士案头供读。盖此书精妙处，如丝贯绵，大小节次，毫不渗漏。于轻快处，如秋水横波，长天应色，令人浮气尽销，不厌三复。若一详彼略此，则不见作者之心并识者之明。

一、《春柳莺》巧工而兼化工，与诸书不同。有真情妙理，大纲细目，读者不妨一字一句，潜心体味，借以悟文。[②]

南轩鹖冠史者希望读者不要以儿戏的心态阅读才子佳人小说《春柳莺》，而应在阅读之际体悟小说情节、语言及回目的精妙之处，以领略作者的良苦用心。清代水箬散人乾隆四十七年（1782）所撰《驻春园小史序》在向读者揭示《驻春园》一书题材渊源的同时，也对读者作出提示：

《驻春园》一书，传世已久。……间有类《玉娇梨》、《情梦柝》，似不越寻常蹊径，而笔墨潇洒，皆从唐宋小说《会真》、《娇红》诸记而来，与近世稗官迥别。昔人一夕而作《祁禹传》，诗歌曲调，色色精工，今虽不存，《燕居笔记》尚采摘大略，但用情非正，总属淫词。必若此编，才

① （清）拚饮潜夫：《春柳莺序》，《春柳莺》，《古本小说集成》据康熙年间刊本影印，上海古籍出版社1990年版，卷首。

② （清）南轩鹖冠史者：《春柳莺》凡例，《春柳莺》，《古本小说集成》据康熙年间刊本影印，上海古籍出版社1990年版，卷首。

无惭大雅。……普天下看官，无作刻舟求剑观，作关关雎鸠读，则得矣。[①]

水箬散人指出，《驻春园》源于《会真》、《娇红》诸记，并与《玉娇梨》、《情梦柝》等才子佳人小说相类，但文笔更加新颖潇洒。他认为“普天下看官，无作刻舟求剑观，作关关雎鸠读，则得矣”，提醒读者阅读时不要拘泥于史实；希望读者认识到《驻春园》一书不同于淫秽小说，而是继承了《诗经》“乐而不淫”、“发乎情止乎礼”的创作倾向，体现出“无惭大雅”的创作特点。

清代梦庄居士所撰小说《双英记》刊于清咸丰五年（1855），在这部小说创作、传播的过程中，读者曾就小说人物姓名、情节等与作者交流，梦庄居士《双英记序》称：

客见（按：指《双英记》）而哂曰：“汝本因人成事之流，姑且莫论。但汝尽将书中人之姓名编为诡异，何也?”曰：“是犹《红楼梦》之甄士隐、贾雨村、渺渺真人、空空大士之意云耳。亦述也，非作也。”客又曰：“汝又指为无稽之外国事何居?”曰：“子不见《镜花缘》舍内地而专言外国乎？是宗也，非创也。总而言之，是卷皆窃比也。”客掀髯笑曰：“汝既以老彭为师，吾亦不以小疵相责。……”[②]

读者本对《双英记》创作提出批评意见，经过作者解释后，才释然于怀。通过小说作者与读者的交流和互动，可看出《双英记》的创作渊源及特点。

三、读者对才子佳人小说的批评

明清时期出现的才子佳人小说是对世情小说的一种创新，它丰富了通

① （清）水箬散人：《驻春园小史序》，《驻春园小史》，《古本小说集成》据清乾隆三余堂刊本影印，上海古籍出版社1990年版，卷首。

② （清）梦庄居士：《双英记序》，收入丁锡根：《中国历代小说序跋集》，人民文学出版社1996年版，第1323～1324页。

俗小说的创作流派。然久而久之，其人物塑造、情节设置等方面过于模式化、理想化的创作格局越来越被读者指责以至于厌弃。清初刊《快心编》凡例第二则就考虑到读者的感受，对才子佳人小说创作的陈腐套路提出批评："从来传奇小说往往托兴才子佳人，缠绵烦絮，剌剌不休，想耳目间久已尘腐。"[①] 清人李春荣乾隆甲寅年（1794）撰《水石缘后序》认为："历观古来传奇，不外乎佳人才子；总以吟诗为媒，牵引苟合；渐至淫荡荒乱，大坏品行，殊伤风化。"[②] 清代伯良氏《义勇四侠闺媛传序》也指出："小说一书，大抵佳人才子、风华雪月之作，汗牛充栋，千手雷同，阅者无不讨厌。"[③] 读者对才子佳人小说的批评涉及小说创作的多个方面，下面分别加以论述。

第一，读者对才子佳人小说的书名提出批评。清代三江钓叟在《铁花仙史序》中声称：

> 传奇家摹绘才子佳人之悲离欢合，以供人娱耳悦目也旧矣。然其书成而命之名也，往往略不加意，如《平山冷燕》则即才子佳人之姓为颜；而《玉娇梨》者，又至各摘其人名之一字以并之。草率若此，非有心唐突才子佳人，实图便于随意扭捏成书而无所难耳。[④]

三江钓叟作为一名读者，对《平山冷燕》、《玉娇梨》等小说以书中才子、佳人的姓或名随意扭捏成为书名的现象提出批评，认为这种做法大为"草率"，如果不是故意要唐突佳人的话，则实是贪图简便而随意起了个书名。才子佳人小说的这种取名方式受《金瓶梅》影响较大，《金瓶梅》即在小说中三位女性潘金莲、李瓶儿、庞春梅的姓名中各抽取一字组成书名。这

---

① 《快心编》凡例，《快心编》，《古本小说集成》据清初课花书屋刊本影印，上海古籍出版社1990年版，卷首。

② （清）李春荣：《水石缘后序》，收入丁锡根：《中国历代小说序跋集》，人民文学出版社1996年版，第1294页。

③ （清）伯良氏：《义勇四侠闺媛传序》，收入丁锡根：《中国历代小说序跋集》，人民文学出版社1996年版，第1600页。

④ （清）三江钓叟：《铁花仙史序》，《铁花仙史》，春风文艺出版社1985年版，卷首。

种取名方式带有随意组合的意味，难以概括全书的内容和特点，而明清时期有多部才子佳人小说沿用这种取名方式，不免令读者生厌。从这个意义上来说，三江钓叟的批评是有一定道理的。

第二，读者对才子佳人小说的人物塑造提出批评。清代曹雪芹《红楼梦》第一回曾就才子佳人小说中才子、佳人等主要人物塑造的模式化倾向表达意见："至若佳人才子等书，则又千部共出一套，且其中终不能不涉于淫滥，以致满纸潘安、子建、西子、文君……通共熟套之旧稿。"① 认为才子佳人小说作品中的人物形象非常相似，"以致满纸潘安、子建、西子、文君"，角色刻画均属同一套路。《红楼梦》第二回甲戌眉评云："看他写黛玉，只用此四字（按：指'聪明清秀'四字），可笑近来小说中，满纸天下无二、古今无双等字。……最可笑者，近小说中，满纸班昭、蔡琰、文君、道韫。"②《红楼梦》评点者作为特殊的读者，将《红楼梦》中林黛玉的形象塑造与才子佳人小说进行比较，指责了才子佳人小说"满纸天下无二、古今无双"，"满纸班昭、蔡琰、文君、道韫"的现象。

才子佳人小说在人物塑造上的自相矛盾之处也受到读者不少批评，清康熙年间刊《春柳莺》凡例第一则云：

> 小说今日滥觞极矣，多以男女钻穴之辈妄称风流，更可笑者，非女子移情，即男儿更配，在稗官以为作篇中波澜，终是生旦收场，在识者观之，病其情有可移，此乌得谓真才子、真佳人、真风流者哉！③

《红楼梦》第二回甲戌眉评指出：

> 可笑近时小说中，无故极力称扬浪子淫女，临收结时，还必致感动朝廷，使君父同入其情欲之界，明遂其意，何无人心之至！不知被（彼）作

---

① （清）曹雪芹：《红楼梦》第一回《甄士隐梦幻识通灵　贾雨村风尘怀闺秀》，人民文学出版社 1982 年版，第 5 页。

② （清）曹雪芹：《红楼梦》第二回《贾夫人仙逝扬州城　冷子兴演说荣国府》甲戌眉评，收入朱一玄：《红楼梦资料汇编》，南开大学出版社 2001 年版，第 104 ~ 105 页。

③ （清）南轩鹖冠史者：《春柳莺》凡例，《春柳莺》，《古本小说集成》据康熙年间刊本影印，上海古籍出版社 1990 年版，卷首。

者有何好处，有何谢报到朝廷廊庙之上，直将半生淫朽（污），秽渎睿聪，又苦拉君父作一干证护身符，强媒硬保，得遂其淫欲哉？①

以上两则文献均表明，读者对才子佳人小说的人物塑造多有不满，批评其在主要人物即才子、佳人的塑造方面，“多以男女钻穴之辈妄称风流”、“非女子移情，即男儿更配”，这种“浪子淫女”式的人物不能称为“真才子、真佳人、真风流者”。才子佳人小说的形象塑造存在众多自相矛盾之处，与其“不涉淫秽”的创作主旨有较大出入，因而受到读者指责。

除此以外，明清时期读者也指责才子佳人小说在次要人物塑造上的诸多不足。以《红楼梦》为例，其第一回称“至若佳人才子等书……且鬟婢开口即者也之乎，非文即理。故逐一看去，悉皆自相矛盾、大不近情理之话”，揭示出才子佳人小说中次要人物丫鬟、婢女等人物的语言与其身份不符。作者曹雪芹在此作为才子佳人小说的一名读者，针对其人物塑造上的弱点所提出的批评是客观而公允的。

第三，读者对才子佳人小说的情节设置提出批评。才子佳人小说在情节结构上呈现明显的模式化倾向，《红楼梦》第一回有对这种模式的概括：“至若佳人才子等书……不过作者要写出自己的那两首情诗艳赋来，故假拟出男女二人名姓，又必旁出一小人其间拨乱，亦如剧中之小丑然。”② 清代嫏嬛斋刊《红楼复梦》凡例也对才子佳人小说模式化的情节结构予以归纳：

凡小说内才子必遭颠沛，佳人定遇恶魔，花园月夜香阁红楼为勾引藏奸之所，再不然公子逃难，小姐改妆，或遭官刑，或遇强盗，或寄迹尼庵，或羁栖异域，而逃难之才子有逃必有遇合，所遇者定系佳人才女，极人世艰难困苦、淋漓尽致，夫然后才子必中状元，作巡按报仇雪恨，娶佳人而团圆。凡小说中舍此数项，无从设想。③

---

① （清）曹雪芹：《红楼梦》第二回《贾夫人仙逝扬州城　冷子兴演说荣国府》甲戌眉评，收入朱一玄：《红楼梦资料汇编》，南开大学出版社 2001 年版，第 104 页。

② （清）曹雪芹：《红楼梦》第一回《甄士隐梦幻识通灵　贾雨村风尘怀闺秀》，人民文学出版社 1982 年版，第 5 页。

③ 《红楼复梦》凡例，《红楼复梦》，北京大学出版社 1988 年版，卷首。

这种情节设置上的模式化以及其中存在的矛盾之处受到读者较多的批评，清代静恬主人《金石缘序》指出：

《情梦柝》、《玉楼春》、《玉娇梨》、《平山冷燕》诸小说，脍炙人口，由来以久，谁知其中破绽甚多，难以枚举，试即一二言之。堂堂男子，乔扮女妆，卖人作婢，天下有是理乎？髫龄闺媛，诗篇字法，压倒朝臣，天下又有是理乎？且当朝宰辅，方正名卿，为女择配，不由正道，将闺中诗词索人倡和，成何体统？此即理之所必无，宜为情之所宜有？①

静恬主人认为一些才子佳人小说名作中存在明显破绽，比如堂堂男子汉扮为女装还被卖作婢女竟然不会穿帮，少女的诗篇字法水平竟然超过朝廷中的所有大臣等，故事情节极不合理。《红楼梦》第五十四回中，曹雪芹借贾母之口对才子佳人小说的情节设置予以更详尽深刻的批评：

贾母笑道："这些书都是一个套子，左不过是些佳人才子，最没趣儿。把人家女儿说的那样坏，还说是佳人，编的连影儿也没有了。开口都是书香门第，父亲不是尚书就是宰相，生一个小姐必是爱如珍宝。这小姐必是通文知礼，无所不晓，竟是个绝代佳人。只一见了一个清俊的男人，不管是亲是友，便想起终身大事来，父母也忘了，书礼也忘了，鬼不成鬼，贼不成贼，那一点儿是佳人？便是满腹文章，做出这些事来，也算不得是佳人了。比如男人满腹文章去作贼，难道那王法就说他是才子，就不入贼情一案不成？可知那编书的是自己塞了自己的嘴。再者，既说是世宦书香大家小姐都知礼读书，连夫人都知书识礼，便是告老还家，自然这样大家人口不少，奶母丫鬟伏侍小姐的人也不少，怎么这些书上，凡有这样的事，就只小姐和紧跟的一个丫鬟？你们白想想，那些人都是管什么的，可是前言不答后语？"②

---

① （清）静恬主人：《金石缘序》，《新镌金石缘全传》，《古本小说集成》据文光堂本影印，上海古籍出版社 1990 年版，卷首。

② （清）曹雪芹：《红楼梦》第五十四回《史太君破陈腐旧套　王熙凤效戏彩斑衣》，人民文学出版社 1982 年版，第 758～759 页。

上段颇具说服力的言论体现出贾母的文学修养和鉴赏水平，代表了作者曹雪芹对才子佳人小说的态度，也可代表当时读者对此类小说的普遍看法。当然，这一情节在《红楼梦》中有着特定意义，贾母的言论不仅表达了她对才子佳人小说的不满，实际更另有所指，这一点前贤已多有论及，在此不作重复。

对于才子佳人小说模式化及其自相矛盾的情节设置，读者视之为“尘腐”、“恶俗不堪”，正如清代嫏嬛斋刊《红楼复梦》凡例所云：“此书仿《聊斋》之意，为花木作小传，非若小说家一味佳人才子，恶态可丑。”[①]因此，清初以来许多小说尤其是写情类小说在创作观念上力图超脱才子佳人之窠臼，曹雪芹《红楼梦》第一回《甄士隐梦幻识通灵　贾雨村风尘怀闺秀》即称“（《红楼梦》）亦令世人换新眼目”。嫏嬛斋刊《红楼复梦》第十八则凡例也说：“此书无公子偷情小姐私订及传书寄柬恶俗不堪之事。”作者试图突破才子佳人小说模式化特点，避免其自相矛盾之处，在创作上追求别具风格，以让读者阅后耳目一新。

第四，读者对才子佳人小说创作的不良倾向及其影响加以批评。试举两例：

其一，清代虚明子《重刊绣云阁序》云：

尝观历朝传书多矣，或描写才子佳人，则尽态极妍，岂知闺阁之形容太露，是启人以淫盗之媒。[②]

其二，清人史澄《趋庭琐语》卷七云：

小说多将男女秽迹所谓父母国人皆贱之者，敷为才子佳人，以淫奔无耻为逸韵，私情苟合为传奇，则名教纲常，彼尽抹杀矣。而形容暧昧，丑态铺张，使阅者即老成历练，犹虞摇撼；况无知少年，内无主宰，未有不

① 《红楼复梦》凡例，《红楼复梦》，北京大学出版社 1988 年版，卷首。

② （清）虚明子：《重刊绣云阁序》，《绣云阁》，《古本小说集成》据复旦大学藏本影印，上海古籍出版社 1990 年版，卷首。

意荡心迷，神魂颠倒，常见贞士为之丧守，节妇为之改操矣。在作者本属子虚，在看者竟认为实，因而伤风败俗有之，犯法灭伦有之。[①]

上述两条材料中，虚明子和史澄作为才子佳人小说读者，提出的批评不免带有封建正统观念，具有时代局限性。然而他们对这类小说的不良创作倾向与影响的指责也有一定道理，尤其对“闺阁之形容太露”、“形容暧昧，丑态铺张”等特点的揭示，对净化通俗小说创作有着积极的意义和作用。

第三节 读者与情色小说流派

对于人类的自然本性与正常欲望，以孔子为代表的先儒们曾予以充分理解和肯定，孔子说过：“吾未见好德如好色者也。”[②]《礼记》卷四《礼运》也认为：“饮食男女，人之大欲存焉。”[③] 随着宋代理学的兴起，朱熹、“二程”等理学家主张“存天理，灭人欲”、“饿死事极小，失节事极大”，对人的欲望和本性在一定程度上予以压制。明朝立国之初，朱元璋也提倡程朱理学。然而随着商品经济的发展，王阳明心学的崛起，尤其以李贽等人为代表的王学左派思潮的兴盛，明代后期社会逐渐出现奢靡、纵欲之风，“人情以放荡为快，世风以侈靡相高，虽逾制犯禁，不知忌也”[④]。产生于明代后期、一直延续到清代的情色小说正是在这种特定的风气中形成并发展的。下面主要阐述读者与明清情色小说流派的关系，分析读者对情色小说的兴盛以及传播的影响。

---

① （清）史澄：《趋庭琐语》卷七，收入王利器：《元明清三代禁毁小说戏曲史料》（增订本），上海古籍出版社 1981 年版，第 234 页。

② 孔子：《论语·子罕第九》，中华书局 2008 年版，第 168 页。

③ 《礼记》卷四《礼运》，上海古籍出版社 1987 年版，第 126 页。

④ （明）张瀚：《松窗梦语》卷七《风俗纪》，中华书局 1985 年版，第 139 页。

一、读者与情色小说之兴

关于读者与情色小说兴盛的关系，本节从以下两个方面来谈：

第一，大约从明代中期开始，社会出现士风颓靡的倾向。嘉靖年间，士大夫好谈房中术，纵欲成风。明代沈德符《万历野获编》卷十八《佞幸·士人无赖》记：

> 国朝士风之敝，浸淫于正统，而糜溃于成化。……嘉靖初年，士大夫尚矜名节，自大礼献媚而陈洸、丰坊之徒出焉，比上修玄事兴，群小托名方技希宠，顾可学、盛端明、朱隆禧，俱以炼药贵显，而隆禧又自进太极衣，为上所眷宠，乃房中术也。……当时谄风滔天，不甚以为怪也。[1]

沈德符尖锐地批评这一时期的士风之弊——士大夫对上司腆颜奉承，炼丹药进献于皇帝以图仕进，毫不顾惜名节。晚明社会世风奢靡，蓄妓之风盛行，并流行同性恋之风习，且这种同性恋之风习在晚明纵欲之风消歇后依然盛行于清代。[2] 这是明清时期情色小说流行的重要原因。正如明崇祯元年（1628）尚友堂刊《拍案惊奇》卷首即空观主人自序所云："近世承平日久，民佚志淫。一二轻薄恶少，初学拈笔，便思污蔑世界，广摭诬造，非荒诞不足信，则亵秽不忍闻，得罪名教，种业来生，莫此为甚！"[3] 在"民佚志淫"的社会风气下，情色小说如雨后春笋般破土而出。

第二，读者心理与情色小说之兴。明代胡应麟《少室山房笔丛》卷二九《九流绪论下》指出："淫声丽色，（大雅君子）恶之而弗能弗好也。"[4] 喜好"淫声丽色"是包括"大雅君子"这样的上层社会人士在内的读者的本性之一，读者对待情色的态度比较复杂，在理智上予以排斥，而情感上

---

① （明）沈德符：《万历野获编》卷十八《佞幸·士人无赖》，中华书局1959年版，第541～542页。

② 参见吴存存：《明清社会性爱风气》，人民文学出版社2000年版。

③ （明）即空观主人：《拍案惊奇自序》，《拍案惊奇》，《古本小说集成》据尚友堂崇祯刊本影印，上海古籍出版社1990年版，卷首。

④ （明）胡应麟：《少室山房笔丛》卷二九，上海书店出版社2001年版，第282页。

又“弗能弗好”。明代欣欣子《金瓶梅词话序》云：

譬如房中之事，人皆好之，人皆恶之。人非尧舜圣贤，鲜不为所耽。富贵善良，是以摇动人心，荡其素志。观其高堂大厦，云窗雾阁，何深沉也；金屏绣褥，何美丽也；鬓云斜亸，春酥满胸，何婵娟也；雄凤雌凰迭舞，何殷勤也；锦衣玉食，何侈费也；佳人才子，嘲风咏月，何绸缪也；鸡舌含香，唾圆流玉，何溢度也；一双玉腕绾复绾，两只金莲颠倒颠，何猛浪也。既其乐矣，然乐极必悲生。①

尽管欣欣子在这段话的结尾提到，贪色后果是“乐极必悲生”，但正如其所言，“房中之事，人皆好之”，饱暖思淫逸，序文中所描摹的富贵、美色也是许多读者内心企慕的景象。社会上一旦出现礼教松弛、思想开放的境况，读者内心的真实情感便得以放纵，明代后期《金瓶梅》、《浪史》、《玉妃媚史》、《昭阳趣史》、《绣榻野史》等情色小说正是适应读者这种心理需求而大量编刊的。

入清之后，读者喜好“淫声丽色”、喜谈“房中之事”的心理一直影响着情色小说的创作与发展。清康熙九年（1670）抄本《绣屏缘》凡例第六则云：“秽亵诸语，时习所尚。”② 所谓“时习”应指当时的社会风气以及读者的阅读兴趣，由此可见，时至清初，虽经改朝换代，但通俗小说创作领域追求“秽亵诸语”的风气仍得以延续。清初佩蘅子《吴江雪》第九回云：

原来小说有三等……还有一等的无非说牝说牡，动人春兴的。这样小说世间极多，买者亦复不少。书贾借以觅利，观看借以破愁，还有少年子

① （明）欣欣子：《金瓶梅词话序》，明万历刊本《金瓶梅词话》卷首，见《金瓶梅》会评会校本，中华书局 1998 年版，第 1469～1470 页。

② 《绣屏缘》凡例，《绣屏缘》，《古本小说集成》据倚兰汉学研究所藏抄本影印，上海古籍出版社 1990 年版，卷首。

弟，看了春心荡漾……这是坏人心术所为。[①]

情色小说问世后，书商和读者各取所需，书商利用其来赚钱，读者买来阅读以满足自己的内心需求。针对这种情况，《肉蒲团》第一回有段话描述得更加形象：

> 近日的人情，怕读圣经贤传，喜看稗官野史，就是稗官野史里面，又厌闻忠孝节义之事，喜看淫邪诞妄之书。风俗至今日，可谓靡荡极矣，若还著一部道学之书劝人为善，莫说要使世上人将银子买了去看，就如好善之家施舍经藏的刊刻成书，装订成套，赔了贴子送他，他不是拆了塞瓮，就是扯了吃烟，那里肯把眼睛去看一看。[②]

指出在当时靡荡至极的社会风气下，如果写一部劝戒主旨的"道学之书"，别说让人花银了购买，就算做善事将其刊刻后白白送给人读，也不过被人随手拆烂丢弃，或者扯破用来卷烟，绝对不会有人看上一眼。人们都不爱读经史，只爱读小说，读小说又不爱读赞颂忠孝节义的作品，只喜爱淫邪之书。

上述两条文献材料表明，情色小说在清代受到读者欢迎，他们"喜看淫邪诞妄之书"、"买者亦复不少"，书商注意到读者的这种阅读心理，遂大量刊刻情色小说"借以觅利"。读者的喜好在情色小说的流行过程中起到推波助澜的作用。

有清一代，读者喜好"淫声丽色"、喜读情色小说之风一直延续下来，晚清曼殊曾在《小说丛话》中指出："凡读淫书者，莫不全副精神贯注于淫秽之处，此外，则随手披阅，不大留意，此殆读者之普通性矣。"[③]

---

① （清）佩蘅子：《吴江雪》第九回《小姐密传心事　雪婆巧改家书》，《新镌绣像小说吴江雪》，《古本小说集成》据国家图书馆分馆藏康熙影印，上海古籍出版社1990年版，第128页。

② 《肉蒲团》第一回，《明清善本小说丛刊初编》第18辑《艳情小说专辑》，台北天一出版社1985年版。

③ 曼殊：《小说丛话》，收入孔另境：《中国小说史料》，古典文学出版社1957年版，第88页。

从现有文献来看，在情色小说读者群体之中，士大夫以及少年读者尤其显得突出，明代憨憨子《绣榻野史序》称："逾年，间过书肆中，见冠冕人物与夫学士少年行，往往诹咨不绝。"① 清黄正元《欲海慈航闲邪正论·传奇小说为孽》亦云："吕祖师曰：'尝见读书才士，与一切伶俐俊少，谈及淫污私情，必多方揣摩，一唱百和，每因言者津津，遂致听者跃跃。'"② 士大夫和少年读者对《绣榻野史》等小说充满浓厚的兴趣，他们是情色小说读者队伍的重要组成部分，其追逐情色的心理直接推动了这类小说的编刊。

二、读者与情色小说之禁毁

情色小说给读者带来诸多危害，清代敏斋居士于嘉庆十四年（1809）撰《警富新书序》云："尝稽古今小说，非叙淫亵，则载荒唐，不啻汗牛充栋，使阅者目乱神迷，一旦丧其所守。"③ 情色小说虽然冠以劝戒之名，但往往"劝百而讽一"，其劝戒效果微乎其微。对于不善读、不能领略其创作主旨的读者而言，情色小说容易造成"导淫"的负面影响，晚清吴沃尧《说小说·杂说》云："《金瓶梅》、《肉蒲团》，此著名之淫书也，然其实皆惩淫之作，此非著作者之自负如此，即善读者亦能知此意，固非余一人之私言也。顾世人每每指为淫书，官府且从而禁之，亦可见善读书者之难其人矣。"④ "善读"《金瓶梅》、《肉蒲团》等情色小说的人能够理解作品的惩淫之意，但这样的善读者极少，一般读者皆视之为淫书，并不能领悟这类书的劝戒之旨。

情色小说给读者带来的危害，在少年读者、女性读者等读者群体中体

---

① （明）憨憨子：《绣榻野史序》，《明清善本小说丛刊初编》第18辑《艳情小说专辑》，台北天一出版社1985年版。

② （清）黄正元：《欲海慈航闲邪正论·传奇小说为孽》，收入王利器：《元明清三代禁毁小说戏曲史料》（增订本），上海古籍出版社1981年版，第238页。

③ （清）敏斋居士：《警富新书序》，《警富新书》，《古本小说集成》据清翰选楼刊本影印，上海古籍出版社1990年版，卷首。

④ （清）吴沃尧：《说小说·杂说》，清光绪三十三年《月月小说》第一卷。

现得尤为显著。[①] 清初文人张缵孙在《正同学书》中指出：

近来文字之祸，百怪俱兴，往往创为荒唐诡僻之事，附以淫乱秽亵之词，谓为艺苑雄谈，风流佳话；甚之曲笔写生，规模逼肖，俾观者魂摇色夺，毁性易心，其意不过取蝇头耳……以暨黄童红女，幼弱无知，血气未定，一读此等词说，必致凿破混沌，邪欲横生，抛弃躯命，毁灭伦彝，小则灭身，大且灭家，呜呼！[②]

清乾隆刊《远色编》卷中《禁绝淫书》云：

（淫书）遂使青年俊少，夺目艳心，忽兴怀于赠勺，造履不端；识字闺娃，神迷意乱，即志憾于摽梅，名行顿改；旷夫怨女，欲火滋燃，陡起旁私之念；尼僧孀妇，悔心勃动，每多丧节之私；即夫妇正色，妾媵固有，亦必巧为异样淫合，翻腔改调，极尽奸污，直至减年折福，削禄丧身。[③]

清代自怡轩主人乾隆五十七年（1792）撰《娱目醒心编序》云：

稗史之行于天下者，不知几何矣。或作诙奇诡谲之词，或为艳丽淫邪之说。其事未必尽真，其言未必尽雅。方展卷时，非不惊魂眩魄。然人心入于正难，入于邪易。虽其中亦有一二规戒之语，正如长卿作赋，劝百而讽一。流弊所及，每使少年英俊之士，非慕其豪放，即迷于艳情。人心风俗之坏，未必不由于此。可胜叹哉！[④]

---

① 关于情色小说对少年读者、女性读者的消极影响，本书第三章“明清时期通俗小说读者群的构成及其特点、影响（下）”第二节“女性读者”、第三节“少年读者”已有所涉及，这里只作简要论述。

② （清）张缵孙：《正同学书》，转引自（清）周亮工：《周亮工全集》卷一二《尺牍新钞》，凤凰出版社 2008 年版，第 872 ~ 873 页。

③ 清乾隆刊《远色编》卷中《禁绝淫书》，收入王利器：《元明清三代禁毁小说戏曲史料》（增订本），上海古籍出版社 1981 年版，第 235 页。

④ （清）自怡轩主人：《娱目醒心编序》，《娱目醒心编》，上海古籍出版社 1988 年版，卷首。清代王寅《今古奇闻自序》文字与此相似。

清代笠舫《文昌帝君谕禁淫书天律证注》第六节更是就淫词小说对读者的危害作了详细论述：

天律之严，莫严于淫恶；淫恶之甚，莫甚于淫书。……青年子弟，一见此书，情不自禁，或因以内乱，或因以外迷，其弊无穷，其事无尽，我不禁叹息痛恨于是书之率兽而食人也。即或身不之犯，而邪火焚炽，耗损其精，心动而神驰，神驰而梦作，百感相尝，百病交发，如盗汗、遗精等症，不可胜疗，精漏气枯，命为之陨，其毒亦甚矣哉！……风流自赏之士，握管为之，辄将才子佳人四字，抹煞斯民廉耻之心，遂使展卷之余，魂摇魄荡，贞妇为之失节，志士为之改操，千祥百福，从此折除，横祸飞灾，从此招集。举天下之禄位名寿，而视同土芥鸿毛；驱天下之吉士名姝，而俾之禽行兽处。①

淫词艳曲对少年读者、女性读者的精神与身体都可造成伤害，并在一定程度上败坏了社会风气，因此在清代多次被朝廷和地方政府严令禁毁。《大清圣祖仁皇帝实录》卷二五八云：

康熙五十三年四月谕礼部："朕惟治天下，以人心风俗为本。欲正人心，厚风俗，必崇尚经学，而严绝非圣之书，此不易之理也。近见坊间多卖小说淫词，荒唐鄙俚，殊非正理，不但诱惑愚民，即缙绅士子未免游目而蛊心焉。所关于风俗者非细，应即通行严禁。其书作何销毁，市卖者作何问罪，着九卿詹事科道会议具奏。"寻议："凡坊肆市卖一应小说淫词，在内交与八旗都统、都察院、顺天府，在外交与督抚，转行所属文武官弁，严查禁绝，将板与书，一并尽行销毁。"②

清俞正燮《癸巳存稿》卷九《演义小说》云：

---

① （清）笠舫：《文昌帝君谕禁淫书天律证注》，收入王利器：《元明清三代禁毁小说戏曲史料》（增订本），上海古籍出版社1981年版，第412～413页。

② 《大清圣祖仁皇帝实录》卷二五八，《清实录》第6册，中华书局1986年版，第552页。

（嘉庆）十五年六月，御史伯依保奏禁《灯草和尚》、《如意君传》、《浓情快史》、《株林野史》、《肉蒲团》等。……十八年十月，又禁淫词小说。①

清康熙年间江苏巡抚汤斌发布禁毁告谕，其《汤子遗书》卷九《严禁私刻淫邪小说戏文告谕》云：

朝廷崇儒重道，文治修明，表章经术，罢斥邪说，斯道如日中天。独江苏坊贾，惟知射利，专结一种无品无学希图苟得之徒，编纂小说传奇，宣淫诲诈，备极秽亵，污人耳目，绣像镂版，极巧穷工。致游佚无行与年少志趣未定之人血气摇荡，淫邪之念日生。奸伪之习滋甚，风俗陵替，莫能救正，深可痛恨，合行严禁。仰书坊人等知悉：……若仍前编刻淫词小说戏曲，坏乱人心，伤败风俗者，许人据实出首，将书板立行焚毁。其编次者、刊刻者、发卖者，一并重责，枷号通衢；仍追原工价，勒限另刻古书一部，完日发落。②

清代禁毁小说的原因很多，有时也因小说中出现的种族主义倾向而施行禁毁，乾隆朝就是如此。③ 上述材料中提到的“淫词小说”不仅指语言、情节上淫秽的情色小说，也包括像《水浒传》这类被统治集团称为“诲盗之作”的小说。然而，情色小说是禁毁对象的重要组成部分，读者对情色小说表现出浓厚的兴趣并受其影响是情色小说被禁的主要原因，虽屡禁不止，然清政府仍数次禁之。

戴不凡《小说见闻录·禁猥亵小说之背景》对当时清政府禁毁色情小说的情况作了比较详尽的阐述：

清代时禁小说，黄色猥亵小说更在其列。然据《红楼梦》第二十三回

---

① （清）俞正燮：《癸巳存稿》卷九《演义小说》，辽宁教育出版社 2003 年版。

② （清）汤斌：《汤子遗书》卷九《严禁私刻淫邪小说戏文告谕》，收入《文津阁四库全书》第 438 册集部别集类，商务印书馆 2005 年版，第 307 页。

③ 参见胡海义、程国赋：《论乾隆朝小说禁毁的种族主义倾向》，《明清小说研究》2006 年第 2 期。

茗烟给宝玉偷买之小说传奇中，有关于“飞燕、合德、武则天、杨贵妃的外传”，宝玉只选“文理细密的”偷偷拿进房中“放在床顶上”偷看，“那粗俗过露的都藏在外面书房里”，足见当时这类“粗俗过露”的作品在市上仍是可以买得。此类书至乾隆以后，实仍未禁绝。如嘉庆九年刊本之《蜃楼志》第三回，即写《娇红传》、《灯月缘》、《趣史》、《快史》（按：当是《昭阳趣史》与《浓情快史》）等书被闺中少女“素馨视为至宝”，在“灯下看了一本《灯月缘》真连城到处奇逢故事”。又嘉庆十二年刊本小说《金石缘》中，亦有写及这类黄色小说处。这些小说中公然描写黄色小说深入深闺，这该是嘉庆七年禁坊肆不经小说，此后不准再行编造，以及嘉庆十五年六月御史伯依保奏禁《如意君传》、《浓情快史》、《肉蒲团》等小说之具体背景。①

清代朝廷和地方政府禁毁小说的主要目的是加强统治，禁毁政策毫无疑问地对通俗小说的创作与传播形成了阻碍。然而就其对淫秽小说的禁毁而言，这些政策的施行对于净化通俗小说语言、纠正通俗小说创作的色情倾向，以及消除粗俗描写对读者的不良影响也具有一定的积极意义。

明清两代是通俗小说出版印刷的鼎盛时期，在通俗小说的流传过程中，读者因素成为其创作、传播的重要推动力，并产生了深远的影响。笔者在明清时期众多的通俗小说流派中间，依据现存文献，选取历史小说、才子佳人小说、情色小说等流派加以论述，主要考察读者与不同题材小说流派之间的关系，探讨读者心理与通俗小说兴盛之间的关系，阐述读者对通俗小说体制、结构、编创方式、传播等所带来的影响，关注读者与通俗小说创作、传播之间的互动，尝试由此探寻明清通俗小说形成并发展的真实状况及内在规律。

---

① 戴不凡：《小说见闻录》，浙江人民出版社 1980 年版，第 291 ~292 页。

第七章

读者与明清通俗小说语言及章法结构

语言及章法结构对于明清通俗小说的创作非常重要，以往学术界对这一论题的研究，多从作家和文本的角度予以关注，笔者尝试从读者接受这一特定视角对其进行阐述。

第一节　读者与通俗小说语言

《三国演义》、《水浒传》等小说名著成书于元末明初，此后，通俗小说经历了从明初到明代中叶一段漫长时间的沉寂，直到嘉靖时期才开始崛兴。自嘉靖到晚清时期，通俗小说创作呈现出繁荣发达的盛况，作家辈出，作品众多，名篇佳作不断涌现。

从通俗小说读者的层面来看，以明代万历中期作为界限，可划分为前后两个时期。大约在万历中期之前，士子和中上层商人构成通俗小说读者群的主体。[①] 金陵万卷楼明万历年间刊《国色天香》卷一《珠渊玉圃》篇标题下注称："是集大益举业，君子慎毋忽焉。"[②] 很显然，《国色天香》的编撰者主要是以参加科举考试的读书人为期待读者的，这一点从其内容也可以看出，《国色天香》包含诰、制、诏、启、状、判、文、帖、铭、颂、论、书、行、箴、序、跋、疏、赞、联、诗、吟、词、歌、赋等诸多文体。与此相似的是，建阳书坊主余象斗在其双峰堂万历二十六年（1598）所刊《万锦情林》的封面识语中指出："更有汇集诗词歌赋诸家小说甚多，难以全录于票上，海内士子买者一展而知之。""汇集诗词歌赋诸家小说"是《万锦情林》的编撰特色，这部小说选本收录的文体共有辨本、疏、书、联、判、诗、吟、行、词、歌、赋、曲、题图、文、赞、箴、铭、状 18 种。《国色天香》、《万锦情林》收录的诸多文体显然不适合下层读者，而是为了士子阶层的阅读服务的。从《国色天香》、《万锦情林》的刊本中也可为此找到例证，金陵万卷楼万历刊《国色天香》卷一

---

① 参见程国赋：《明代小说读者与通俗小说刊刻之关系阐析》，《文艺研究》2007 年第 7 期。

② 《国色天香》卷一《珠渊玉圃》篇，《古本小说集成》据周氏万卷楼万历刊本影印，上海古籍出版社 1990 年版，第 1 页。

《珠渊玉圃》篇标题下所称“君子”，双峰堂万历时所刊《万锦情林》封面识语所称“士子”、“海内士子”等，明显指具有一定知识水平与文学修养的读者群体。因书价等因素的限制，在明万历中期之前，虽然也有一些购买力较弱、文化水平不高的下层读者加入到小说刊本的读者队伍之中，比如嘉靖年间清江堂刊《大宋中兴通俗演义》凡例就提到“以便愚庸观览”，但下层读者实际参与小说刊本阅读的情况很少，他们一般以听说书的形式接受小说。

大约从明万历中期以后，下层民众越来越多地加入到小说读者队伍之中，与士子、商人共同构成通俗小说读者群体。下层读者的参与给通俗小说的创作与传播带来诸多变化，其中一方面突出地体现在小说语言的运用上。本节尝试对读者与明清通俗小说语言之间的关系加以论述。

一、下层读者参与阅读与小说语言的通俗化趋势

下层读者的大量增加加快了小说创作通俗化的步伐，语言趋向通俗、浅显是小说通俗化的重要表现之一。明代绿天馆主人（冯梦龙）《古今小说叙》称：“大抵唐人选言，入于文心；宋人通俗，谐于里耳。天下之文心少而里耳多，则小说之资于选言者少，而资于通俗者多。”① 这是针对唐宋小说的创作倾向及其与不同阶层读者的关系进行阐述的。“宋人通俗，谐于里耳”虽就宋代小说而言，但对于明清时期通俗小说创作来说同样适用。运用通俗易懂的语言，甚至采用俚俗语言、方言以适应乃至于取悦下层读者是当时众多通俗小说常见的做法。明嘉靖三十一年（1552）建阳清江堂杨涌泉刊《大宋中兴通俗演义》凡例第七则云：“句法粗俗，言辞俚野，本以便愚庸观览，非敢望于贤君子也耶。”② 这清楚地表明《大宋中兴通俗演义》的编刊是为“愚庸”这样的下层民众阅读服务的，而不是为了满足具有较高社会地位与文化水平的“贤君子”的阅读需要。正因如此，

---

①（明）绿天馆主人：《古今小说叙》，《喻世明言》，人民文学出版社 1958 年版，卷首。

②《大宋中兴通俗演义》凡例，《大宋中兴通俗演义》，《古本小说集成》据嘉靖三十一年建阳清江堂杨涌泉刊本影印，上海古籍出版社 1990 年版，卷首。

熊大木的《大宋中兴通俗演义》在书坊主杨涌泉的怂恿下急于成篇，匆忙刊印，从而在语言文字运用上出现“句法粗俗，言辞俚野”的情况，同时还存在不少错误。比如，此书卷一《李纲措置御金人》一节提到：

主将斡离不怒曰：“宋将止有一旅之师，尚不能取胜，倘四方勒王之众一集，我辈无遗类矣。”①

这句话中的“勒王之众”显然是“勤王之众”之误写，是小说在编刊过程中出错所致。

至清代，大量下层民众的参与同样推动了小说语言文字的通俗化趋势。清初所刊《醒世姻缘传》凡例第八则云：“本传造句涉俚，用字多鄙。”② 清顺治十七年（1660）刊《续金瓶梅》凡例第二则云：“近观时作半用书柬活套，似失演义正体，故一切不用，间有采用四六等句法，仿唐人小说者，亦即时改入白话，不敢粉饰寒酸。”③ 清代娜嬛斋刊《红楼复梦》凡例第六则云：“书中不用生僻字样，便于涉览。”④ 清光绪二十九年（1903）作新社排印本《万国演义》凡例第一则云：“是编专述泰东西古近事实，以供教科书之用，特为浅显之文，使人易晓，故命曰《万国演义》。”⑤ 下层读者文化水平不高，所以小说编刊者不用生僻字样，采用浅显之文，甚至将原作、旧本“间有采用四六等句法”之处改为白话，其目的就在于迎合下层读者的阅读需要。清初刊通俗小说《快心编》凡例第一则云：“字义庸浅，期于雅俗同喻，不敢以深文自饰，得罪大雅诸君子也。”⑥ 这里作者考虑得比较全面，期望《快心编》能够做到雅俗共赏。不

① （明）熊大木：《大宋中兴通俗演义》卷一《李纲措置御金人》，《古本小说集成》据嘉靖三十一年建阳清江堂杨涌泉刊本影印，上海古籍出版社 1990 年版，第 17 页。

② 《醒世姻缘传》凡例，《醒世姻缘传》，《古本小说集成》据清初刊本影印，上海古籍出版社 1990 年版，卷首。

③ 《续金瓶梅》凡例，《续金瓶梅》，《古本小说集成》据顺治十七年刊本影印，上海古籍出版社 1990 年版，卷首。

④ 《红楼复梦》凡例，《红楼复梦》，北京大学出版社 1988 年版，卷首。

⑤ 《万国演义》凡例，光绪二十九年作新社排印本《万国演义》卷首。

⑥ 《快心编》凡例，《快心编》，《古本小说集成》据清初课花书屋刊本影印，上海古籍出版社 1990 年版，卷首。

过，从语言通俗、字义浅显这一特点来看，识字不多的下层民众应是其重要的期待读者群。

下层读者参与阅读使通俗小说语言朝生活化、市井化的趋势发展，明代欣欣子《金瓶梅词话序》指出：

吾尝观前代骚人，如卢景晖之《剪灯新话》、元微之之《莺莺传》、赵君弼之《效颦集》、罗贯中之《水浒传》、丘琼山之《钟情丽集》、卢梅湖之《杯春雅集》、周静轩之《秉烛清谈》，其后《如意传》、《于湖记》，其间语句文确，读者往往不能畅怀，不至终篇而掩弃之矣。此一传者，虽市井之常谈，闺房之碎语，使三尺童子闻之，如饫天浆而拔鲸牙，洞洞然易晓。虽不比古之集，理趣文墨，绰有可观。[①]

欣欣子把《金瓶梅》与它之前的小说进行比较，认为与《剪灯新话》、《莺莺传》、《效颦集》、《水浒传》等作品相比，《金瓶梅》描写的是“市井之常谈，闺房之碎语”，采用市井化的语言，通俗易懂，充满生活气息，可以满足包括少年读者在内的广大读者的阅读需求。欣欣子所言虽不免有为《金瓶梅》吹嘘之嫌，但他提出《金瓶梅》的语言趋于市井化、生活化不无道理。明末拟话本小说集“三言”、“二拍”以市民作为描写重心，反映市井百态，充满浓厚的生活气息，无疑在《金瓶梅》运用市井化语言的基础上又往前迈进一步，而下层读者的阅读需求正是通俗小说语言趋于市井化、生活化的重要推动力。

为适应下层读者的阅读需要，通俗小说创作还尽量避免“用典”。清代袁载锡《雨花香序》云：

兹观《雨花香》一编，并不谈往昔旧典，是将扬州近事，取其切实而明验者汇集四十种，意在开导常俗，所以不为雅驯之语，而为浅俚之言，令读之者无论贤愚，一闻即解……又何可计其言之雅驯浅俚也耶！[②]

---

① （明）欣欣子：《金瓶梅词话序》，见《金瓶梅》会评会校本，中华书局1998年版，第1469～1470页。

② （清）袁载锡：《雨花香序》，《雨花香》，《古本小说集成》据上海图书馆藏本影印，上海古籍出版社1990年版，卷首。

小说《雨花香》不谈“往昔旧典”，而是采摭读者较为熟悉的“扬州近事”，以浅近、通俗的语言叙述故事，从而使此书广泛流传，达到很好的传播效果。

值得注意的是，明清通俗小说编刊者注重语言通俗，同时亦往往强调避免秽言淫语。清康熙九年（1670）抄本《绣屏缘》凡例第四则云：“一回一事，终属卑琐，况有窃里巷之秽谈，供俗人之耳目。愚虽菲薄，稍异颓靡。”① 反对以庸俗、淫秽的语言去迎合小市民的低级趣味，避免出现格调低下的小说作品。清代钟离睿水《十二楼序》云：

盖自说部逢世，而侏儒牟利，苟以求售。其言猥亵鄙靡，无所不至，为世道人心之患者无论矣。即或志存扶植，而才不足以达其辞，趣不足以辅其理，块然幽闷，使观者恐卧而听者反走，则天地间又安用此无味之腐谈哉！今是编以通俗语言鼓吹经传，以入情啼笑拉引顽痴，殆老泉所谓“苏、张无其心，而龙、比无其术”者欤!②

指出自小说问世以来，一些俗人只追求其产生的商业利益，一味迎合民众的低级趣味，创作出的小说“猥亵鄙靡，无所不至”，大坏世道。就算有些创编者怀有劝戒的初衷，然而由于自身缺乏才学与情趣，作出的小说也只是“无味之腐谈”，让读者感到厌倦。一部好的小说，应同《十二楼》一般语言通俗，格调高雅，只有如此才能让读者获得美好的阅读感受。对此，清代滋林老人《说呼全传序》也认为：

小说家千态万状，竞秀争奇，何止汗牛充栋。然必有关惩劝扶植纲常者，方可刊而行之。一切偷香窃玉之说，败俗伤风，辞虽工直，当付之祖龙耳。……遐稽史册，其足以为劝惩者，灿若日星，原无庸更藉于稗官野乘。然而史册所载，其文古，其义深，学士大夫之所抚而玩，不能挟此以

① 《绣屏缘》凡例，《绣屏缘》，《古本小说集成》据荷兰汉学研究所藏抄本影印，上海古籍出版社 1990 年版，卷首。

② （清）钟离睿水：《十二楼序》，收入《李渔全集》第 9 册，浙江古籍出版社 1991 年版，第 7 页。

使家喻而户晓也。如欲使家喻而户晓，则是书不无裨于世教云。[①]

无论是钟离睿水的《十二楼序》，还是滋林老人的《说呼全传序》，均将自己推荐的小说与充斥着庸俗、淫秽语言的作品划清界限，同时强调小说语言不可像史书那样文古义深，只适于“学士大夫”阅读，而应浅显易懂，以便家喻户晓。这种概括可看作明清时人对通俗小说语言的要求。

二、通俗小说创作中方言、俗语的运用也体现了读者的影响

明清通俗小说中常可见到方言、俗语的运用，这令读者感到亲切且十分易懂，有助于部分读者阅读小说、理解作品，正如清代邵彬儒《俗话倾谈自序》所云：“善讲古者，须谈别致，讲得深奥，妇孺难知，惟以俗情俗语之说通之，而人皆易晓矣，且津津有味矣。”[②]

冯友兰《歧路灯序》指出：

在旧小说里面，《金瓶梅》、《水浒传》用山东话，《红楼梦》、《儿女英雄传》用北京话，近来新的小说中，也有用上海话、苏州话的。《歧路灯》用的是河南话……这些地方，真比那些叫乡下老说外国话的新小说能动人。[③]

清初刊《醒世姻缘传》凡例第八则也称：“本传造句涉俚，用字多鄙，惟用东方土音从事。”[④] 用方言创作小说最大的优点就是生动形象，读者阅读时可以体会到小说中的人物仿佛呼之欲出，正如冯友兰所言，这种方言创作能够给人以“真切的感动”。

清代文道堂刊《岭南逸史》凡例第三则云：

---

① （清）滋林老人：《说呼全传序》，《说呼全传》，中华书局1999年版，第167页。

② （清）邵彬儒：《俗话倾谈自序》，《俗话倾谈》，《古本小说集成》据国家图书馆分馆藏五经楼藏板影印，上海古籍出版社1990年版，卷首。

③ 冯友兰：《歧路灯序》，（清）李绿园：《歧路灯》，朴社出版经理部1927年版。

④ 清初刊《醒世姻缘传》凡例，《醒世姻缘传》，上海古籍出版社1981年版，第1537页。

是编期于通俗，《圣山志》多用土语，如谓小曰仔，称良家子曰亚官仔，如南海差役谓逢玉“尔这亚官仔”是也；谓无曰冒；谓如此好曰敢好，如“敢好后生冒好花”是也；谓我曰碍；谓鱼曰牛；谓饭曰迈……诸如此类，其易晓者，悉仍之，其不易晓者，悉用汉音译出，以便观览。[①]

其凡例第四则指出：“是编期以通俗语言，鼓吹经史，入情笑骂，接引愚顽。”[②] 由此可知，使用通俗语言是《岭南逸史》的重要特点，小说主要描写明代岭南地区的瑶族人民聚众起义之事，文中岭南方言的大量运用正是这一特点的集中体现。作者充分考虑到读者的阅读状况，对一些不易理解的土语，则用汉音（通用语）加以标注。

晚清小说创作也相当重视方言的运用，例如李伯元的《官场现形记》多用江淮方言纪事。此书第十回云：

新嫂嫂回头对魏翩仞道：“魏老，勿是倪说话勿作准，为仔俚格人有点靠勿住。嫁人是一生一世格事体，倪又勿是啥林黛玉，张书玉，歇歇嫁人，歇歇出来，搭俚弄白相。现在租好仔小房子，搭俚住格一头两节，合式末嫁拨俚，勿好末大家勿好说啥，魏老，阿是?”魏翩仞笑而不答。[③]

在《官场现形记》中，类似这种方言的运用是比较普遍的，茂苑惜秋生《官场现形记序》称：“（《官场现形记》）立体仿诸稗野，则无钩章棘句之嫌；纪事出以方言，则无诘屈聱牙之苦。……读是编者，知必有同情者已。”[④] 另有韩邦庆所撰《海上花列传》，对话亦全用吴语，他在《海上花列传》例言中指出：“苏州土白，弹词中所载多系俗字，但通行已久，人

① 《岭南逸史》凡例，《岭南逸史》，《古本小说集成》据清代文道堂刊本影印，上海古籍出版社1990年版，卷首。

② 《岭南逸史》凡例，《岭南逸史》，《古本小说集成》据清代文道堂刊本影印，上海古籍出版社1990年版，卷首。

③ （清）李伯元：《官场现形记》第十回《怕老婆别驾担惊　送胞妹和尚多事》，人民文学出版社1957年版，第142页。

④ （清）茂苑惜秋生：《官场现形记序》，1903年世界繁华报馆刊本。

所共知，故仍用之，盖演义小说不必沾沾于考据也。”① 下面从这部小说中试举一例，其第一回云：

> 后生道：“我叫赵朴斋，要到咸瓜街浪去，陆里晓得个冒失鬼，奔得来跌我一交。耐看我马褂浪烂泥，要俚赔个啘！”花也怜侬正要回言，只见巡捕道：“耐自家也匆小心啘，放俚去罢。”②

方言、俗语的运用增加了小说语言的通俗性，使读者特别是所属方言区的读者阅读时“无诘屈聱牙之苦”。

不过，方言、俗语的运用要考虑到地区差异，考虑到不同地区读者的语言特点及阅读习惯。在通俗小说创作、传播的过程中，如何很好地使用方言、俗语也受到了小说编刊者的重视。这一方面成功的例子如清嘉庆四年（1799）抱瓮轩刊《续红楼梦》。作为《红楼梦》的续书，这部作品就成功借用了原书中的方言以扩大影响，其书凡例云：

> 书内诸人一切语言口吻，悉本前书，概用习俗之方言。如“昨儿晚上”、“今儿早起”、“明儿晌午”，不得换“昨夜”、“今晨”、“明午”也；又如“适才”之为“刚才儿”、“究竟”之为“归根儿”，“一日、两日”之为“一天、两天”，“此时、彼时”之为“这会儿、那会儿”皆是也。以一概百，可以类推。盖士君子散处四方，虽习俗口头之方言亦有各省之不同者，故例此则以便观览，非敢饶舌也。③

因为读者“散处四方”，分布的地域较广，而各地的方言、口语又不尽相同，难以照顾周到，所以作者沿用原书即《红楼梦》中的北京俗语，“悉本前书”。《红楼梦》是流传很广的名著，借用其中的方言容易为广大读者所熟悉并接受，同时也可以使这部续书在语言风格上与原书保持一致。

---

① （清）韩邦庆：《海上花列传》例言，《海上花列传》，人民文学出版社1982年版，卷首。

② （清）韩邦庆：《海上花列传》第一回《赵朴斋咸瓜街访舅　洪善卿聚秀堂做媒》，人民文学出版社1982年版。

③ 《续红楼梦》凡例，《续红楼梦》，北京大学出版社1988年版，卷首。

在小说中运用方言、俗语适合特定地区的读者阅读，但对于其他地区的读者则不免会带来阅读上的困难。因此，明清时期有些读者对部分小说中方言、俗语的运用提出疑问。例如，清代拜颠生（孙玉声）《海上繁华梦序》云："《海上花》则本地风光，自成一家，惜乎书中纯操苏白，江浙间人能读之，外此每格格不入，且其运笔深入处，未能显出，以是美犹有憾。"① 拜颠生在对《海上花列传》予以充分肯定的同时，对其中对话只用吴语的做法提出质疑，担心这部小说仅适合江浙地区读者阅读，而不易被江浙以外的读者所欣赏，是"美犹有憾"。因此通俗小说在运用方言、俗语时要考虑这一因素，注意不同地区读者群体的阅读需求。解弢《小说话》对此作了比较精辟的论述：

白话小说用方言，当附以官话诠释，不然他方人读之，不解其趣。《红楼梦》宝玉受打，黛玉独立花阴，遥望往怡红院看视者，久不见王熙凤，心中纳闷道："如何他不来看宝玉？便是有事缠住了，他必定也要来打个花胡哨，讨老太太、太太的好。""打花胡哨"一语，谓匆忙急遽，旋入旋出也。吾知南人读此，不晓其义者多矣。……《孽海花》一段苏州话，必为趣语，惜北人不晓其意。昔在保阳，见《上海花演义》一书，喜其笔简而意足，而纯用上海土语，苦于不能了解。②

解弢认为，小说运用方言要考虑到读者的地域性，应附以官话（通用语）解释。他举了《红楼梦》中的"打花胡哨"等语、《孽海花》中的苏州话和《上海花演义》中的上海土语为例加以说明，颇有说服力。

由此可见，方言、俗语的运用是增加小说可读性、提高小说艺术性，进而吸引读者注意力的重要手段。同时，由于方言、俗语带有很强的地域特色，所以小说在创作过程中应对此加以合理运用，附以官话（通用语）解释，以满足更为广泛的读者群体的阅读需求，从而扩大小说传播范围。

---

① （清）拜颠生：《海上繁华梦序》，收入丁锡根：《中国历代小说序跋集》，人民文学出版社 1996 年版，第 1236 页。

② 解弢：《小说话》，民国八年（1919）中华书局印本。

三、读者对通俗小说语言的影响还体现在对浅显简明的诗词的运用上

明清通俗小说作品中穿插诗词的现象相当普遍，其中有些诗词是作者故意显露才学的产物，以致佶屈聱牙、晦涩难懂。从读者阅读的角度来看，他们更喜欢简明扼要、通俗浅显的诗词作品。金陵万卷楼明万历时所刊《三教开迷归正演义》凡例第四则指出："本传通俗诗词吟咏，欲人了明，而俗中藏妙，浇处和淳，自未可以工拙论。"① 康熙年间刊《春柳莺》凡例第六则云："每回贯首诗不作正经诗法，只是明白浅述，　便俗之意。"② 小说创作在诗词的运用方面考虑到读者的不同阅读水平与感受，"欲人了明"、"便俗"便成为通俗小说穿插诗词的主要目的和运用原则。

清初所刊《醒世姻缘传》凡例第七则声称："本传敲律填词，意专肤浅，不欲使田夫闺媛懵懂面墙，读者无争笑其打油之语。"③ 此则凡例更为明确地提出，诗词要让田夫、闺媛都看得懂，不能故作高深，成为作者卖弄才情的工具。出于这一目的，有些作者在创作续书时还针对原书中词曲艰涩、隐僻的特点作了必要的修改。清代娜嬛斋刊《红楼复梦》凡例第二十一则即云："前书词曲过于隐僻，不但使读者闷而难解，抑且无味，不若此书叙事叙人赏心快目。"作为《红楼梦》的续书，《红楼复梦》作者对原书的词曲提出批评意见，认为其太"隐僻"，忽视了大多数读者的感受，而《红楼复梦》则弥补了这一缺憾。

四、读者对通俗小说的语言文字提出疑问

明清时期有些读者自身修养较高，他们在阅读小说的过程中，有时会直接对小说语言表达意见，提出不同看法。试以清代昭梿为例，昭梿

---

① 《三教开迷归正演义》凡例，《三教开迷归正演义》，《古本小说集成》据金陵万卷楼万历刊本影印，上海古籍出版社 1990 年版，卷首。

② （清）南轩鹖冠史者：《春柳莺》凡例，《春柳莺》，《古本小说集成》据康熙年间刊本影印，上海古籍出版社 1990 年版，卷首。

③ 《醒世姻缘传》凡例，《醒世姻缘传》，上海古籍出版社 1981 年版，第 1537 页。

(1776—1833)，字汲修，自号汲修主人，满清贵族，努尔哈赤次子礼亲王代善的第六世孙，生活于乾隆、嘉庆、道光年间，《清史稿》卷三十《礼烈亲王代善传》附有“昭梿传”。他在其著作《啸亭续录》中对《水浒传》、《金瓶梅》等书的语言文字提出批评：

余以小说初无一佳者，其他庸劣者无足论，即以前二书（按：指《水浒传》、《金瓶梅》）论之。……（《水浒传》）至三打祝家庄后，文字益加卑鄙，直与《续传》无异，此善读书人必能辨别者。《金瓶梅》，其淫亵不待言，至叙宋代事，除《水浒》所有外，俱不能得其要领。以宋、明二代官名羼乱其间，最属可笑。是人尚未见商辂《宋元通鉴》者，无论宋、金正史，弇州山人何至谫陋若此？必为赝作无疑也。世人于古今经史略不过目，而津津于淫邪庸鄙之书，称赞不已，甚无谓也！①

《水浒传》、《金瓶梅》作为明代“四大奇书”中的两部，一直广受世人称赞，昭梿作为其中一个读者，对两书的语言文字提出了比较严厉的批评。他认为，《水浒传》中“三打祝家庄”以后的文字“益加卑鄙”；《金瓶梅》不仅语言淫秽，而且错漏百出、不得要领，更将宋、明两代官名混杂其间。应该说，昭梿对《水浒传》、《金瓶梅》等书的语言文字的批评不无道理。

第二节　读者与通俗小说章法结构

读者与中国古代小说章法结构之间关系密切，无论是文言小说还是白话小说，在其章节设置上，都或多或少地留下读者影响的印记。清代乾隆年间，陈球用骈体写成《燕山外史》，这部小说在章节安排上明显受到读者的影响，其书凡例第三则云：“是作共计三万一千余言，本是长篇骈骊文字，不分卷数，阅者苦其冗长，目力不继，因是分为二卷，聊徇阅者之

① （清）昭梿：《啸亭续录》卷二《小说》，中华书局1980年版，第427页。

意。强为割裂，实非余之本意也。”[①]

文言小说《燕山外史》从初稿的“长篇骈骊文字”到后来分为两卷，主要是因为读者“苦其冗长”，抱怨无力将之连贯地阅读完。陈球对自己小说的“割裂”，是为了满足读者阅读的需要，而非出自作者本意。

较之文言小说，白话小说在章法结构上受读者的影响更为显著。明清通俗小说尤其是章回小说篇幅较长，情节复杂，人物众多，如果不注意章法结构安排，则可能出现“虎头蛇尾、线断针折”的情况，给阅读带来不便。清人陶家鹤在《绿野仙踪序》中指出：

余每于经史百家披阅之余，时注意于说部，为其不费心力，可娱目适情耳。而于说部中之七八十回至百十回者，尤必详玩其脉络、关纽、章法、句法，以定优劣。大要千百部中失于虎头蛇尾、线断针折者居多。缘其气魄既大，非比数回内外书易于经营尽美善也。[②]

陶家鹤对小说章法结构非常重视，他每阅读一部小说，必对其后半部分的结构安排与章法语言细加把玩，并视之为评定小说优劣的重要标准。晚清邱炜萲也强调小说章法结构的重要性，他在《菽园赘谈·梁山泊》中指出：

诗文虽小道，小说盖小之又小者也。然自有章法、有主脑在。否则，满屋散钱，从何串起？读者亦觉茫无头绪，未终卷而思睡矣。……《水浒》主脑，在于收结三十六人，故以“梁山泊惊恶梦”戛然而止。意在于著书，故可止而止，不在于群盗。故凭空而起者，亦无端而息，所谓以不了了之也。此是著书体例，非示人以破绽。后之不察，纷纷蛇足，几何不令读者齿冷？[③]

---

① 《燕山外史》凡例，《韩国藏中国稀见珍本小说》第二卷，《燕山外史》，中国大百科全书出版社 1997 年版，卷首。

② （清）陶家鹤：《绿野仙踪序》，（清）李百川：《绿野仙踪》，人民文学出版社 1987 年版，第 814 页。

③ （清）邱炜萲：《菽园赘谈》（节录），收入朱一玄、刘毓忱：《水浒传资料汇编》，南开大学出版社 2002 年版，第 360 页。

邱炜萲认为，章法不明的作品会使读者感到茫然无头绪，以至于展卷便昏昏欲睡。他以《水浒传》结尾为例，认为以“梁山泊惊恶梦”作结，其妙处在于不会出现“诲盗”的负面效果，并突出本书的创作主旨。后人纷纷为之续作，可谓画蛇添足，只会让读者感到可笑。邱炜萲之所论依据的虽是金圣叹删改本，但他对小说结构的看法也有一定道理。

读者的阅读需要与通俗小说章法结构之间存在着密切关系。本节从小说篇首、情节结构设置、创作笔法，以及读者对通俗小说情节结构的批评四个方面对此加以阐述。

一、读者与明清通俗小说篇首的关系

通俗小说编刊者设置作品篇首时注重考虑读者的阅读效果，清代问竹主人（石玉昆）《忠烈侠义传序》云：

> 此书一部中包公本是个纲领，起首应从包公说起，为何要先叙仁宗呢？其中有个缘故。故只因包公事繁，仁宗事简。开口若说包公降生，如何坎坷，怎么受害，将来仁宗的事补出来时，反觉赘笔。莫若先君后臣，将仁宗事叙明，然后再言包公降生，一气文字贯通，方不紊乱。就是后文草桥遇后时，也觉省笔，读者一目了然。①

通俗小说《忠烈侠义传》又名《三侠五义》，讲述包公以及众多侠士行侠仗义、除暴济困的事迹。小说本以包公作为描写中心，但篇首却自宋仁宗写起，问竹主人对此予以解释，不仅因为“包公事繁，仁宗事简”，而且合乎“先君后臣”的次序，同时也为后文包公草桥遇太后的情节埋下伏笔。小说开篇如此安排，目的是让读者一目了然，可以更快地融入到故事情节中去。

有些读者对小说篇首提出疑问，以清道光二十八年（1848）刊本《三

① （清）石玉昆：《忠烈侠义传序》，《忠烈侠义传》，《古本小说集成》据吴晓铃藏石玉昆抄本影印，上海古籍出版社 1990 年版，卷首。

分梦全传》为例，此书凡例第二则云："有人谓此书起首似乎平淡无奇。"①对此，凡例作者予以说明："殊不知依事直叙，势难增减，不比《西游记》等书可以任意添造也。"② 其强调《三分梦全传》重视情节的合理性，不像《西游记》那样任意虚构，以消除读者之疑。

二、读者对通俗小说情节结构产生影响

德国学者沃尔夫冈·伊泽尔《文本与读者的相互作用》一文指出："阅读任何文学作品，关键在于作品结构与其接受者之间的相互作用。"③读者与小说情节结构之间的影响是相互的：一方面，曲折生动、安排合理的小说情节可带给读者美妙的艺术享受；另一方面，在通俗小说创作过程中，读者是影响情节结构设置的重要因素。例如，《三分梦全传》凡例第五则云："他书所说战法妖法，多系凭空杜撰，不近情理，此书却是不同，论交战则合兵法，说妖术则寓劝惩，且趣语横生，最足解人之颐，醒人之睡，迥非他书可及。"④ 它指出这部小说情节合理，寓含劝惩意味，而且语言有趣，可以给读者带来很大的阅读快感。清乾隆年间刊《北史演义》凡例则详细交代此书的写作章法，多与读者因素有关。其书凡例第四则云："兵家胜败有由，是书每写一战，必先叙所以胜败之故，或兵强而败形已兆，或兵弱而胜势已成，结构各殊，皆曲曲传出，俾当日情事，阅者了然心目。"第十一则云："书中紧要人皆用重笔提清，令阅者着眼。"第十二则云："叙书中勇将，若尔朱兆、高敖曹、彭乐、贺拔胜等，同一所向无敌，而气概各别，开卷即见。"⑤ 这几则凡例指出《北史演义》每次描写战

---

① 《三分梦全传》凡例，《三分梦全传》，《古本小说集成》据道光二十八年刊本影印，上海古籍出版社 1990 年版，卷首。

② 《三分梦全传》凡例，《三分梦全传》，《古本小说集成》据道光二十八年刊本影印，上海古籍出版社 1990 年版，卷首。

③ ［德］沃尔夫冈·伊泽尔：《文本与读者的相互作用》，收入张廷琛：《接受理论》，四川文艺出版社 1989 年版，第 44 页。

④ 《三分梦全传》凡例，《三分梦全传》，《古本小说集成》据道光二十八年刊本影印，上海古籍出版社 1990 年版，卷首。

⑤ 《北史演义》凡例，《北史演义》，《古本小说集成》据清乾隆刊本影印，上海古籍出版社 1990 年版，卷首。

争时，必预先交代“所以胜败之故”，为战争结局作铺垫，使读者了然于胸，不会觉得突兀；当涉及小说重要人物形象的刻画时，作者也会考虑到读者的因素，“用重笔提清”，详加描摹，以吸引读者注意；对于小说中所向无敌的勇将，又将他们的气概刻画得各有特色，让读者一目了然，不会混淆。

通俗小说篇幅较长，头绪繁多，情节复杂，如果没有清晰的线索，不能做到重点突出的话，会给阅读带来困难。吴县叶敬池明崇祯年间刊《新列国志》凡例第五则云：“宣王至周亡，计年五百余岁，始而东迁，继而五霸，又继而十二国，七国，中间兴衰事迹，累牍不尽。一百八回所纂有限，但取血脉联贯，难保搜录无遗，即如高渐离结末，事在始皇中年，应入《前汉志》内，观者勿以有漏见谪。”[①]《新列国志》所述故事的时间跨度自周宣王时期至周灭亡，前后五百多年，作者对期间的历史人物、事件不可能一一涉及，只能有所选择，以确保线索清晰、脉络分明。清乾隆年间刊《北史演义》凡例第八则云：“是书头绪虽多，皆一线贯穿，事事条分缕析，以醒阅者之目。”同样强调在头绪繁杂的情况下，小说做到了以一线贯穿，每件事都条理清晰，“以醒阅者之目”。

三、明清通俗小说的创作笔法与读者也有一定关系

清光绪三十四年（1908）石印本《洪秀全演义》凡例云：

是书有详叙法。如赚杨秀清举义，当时许多曲折，自然费许多笔墨。若赚石达开举义，则一弄即成，毫不费力。盖石达开人格高出秀清之上，自然闻声相应。是书有欲合仍离法。如卷首即写钱江，然必待洪王起后始与同军。此十数回中，应令读者想望钱先生不置。及其一出，又令读者另换一副精神。[②]

---

① 《新列国志》凡例，《新列国志》，《古本小说集成》据吴县叶敬池崇祯年间刊本影印，上海古籍出版社 1990 年版，卷首。

② 《洪秀全演义》凡例，清光绪三十四年石印本《洪秀全演义》卷首。

此处提到“详叙法”、“欲合仍离法”等创作笔法，从凡例可知，小说中之所以采用这些笔法，其着眼点离不开读者群体。清正气堂刊《廿一史通俗衍义》凡例第三则云：“是书自夏商以前书愈少，则愈从详，间有从荒史《山海经》及他记补入者；自周以后书愈多，则愈从略，但序大势大体而已，便观者一览即知。”凡例第五则云：“是书摘其大要，略其细事，然于战阵、妇女奇异之事，则颇加详，间有从他记补入者，以从时好，无非引人乐观而已。”关于夏商二朝，以往书籍记载较少，读者对此了解不多，所以小说叙述较为详细，这实际上就是前文提到的详叙法；有关周朝以后的文献记载较多，作者则采取省略法，“但序大势大体而已”。作者还注重满足读者好奇的阅读心理，对战争和女性奇异之事详细叙述，引人观看。

四、读者对明清通俗小说的情节结构等直接表达意见

读者对明清通俗小说情节结构的批评比较集中地体现于才子佳人小说中，对此，本书第六章“读者与明清通俗小说流派”第二节“读者与才子佳人小说流派”已经论及，这里不再赘述。除才子佳人小说之外，读者对明清其他通俗小说的情节结构也提出过赞成或批评的意见，例如，清代王望如《评论出像水浒传总论》云：“余不喜阅《水浒》，喜阅圣叹之评《水浒》，为其终以恶梦，有功于圣人不小也。”① 王望如既是《水浒传》的读者，也是《水浒传》的评点者，他在阅读金批本《水浒传》时，对金圣叹以一场噩梦作为小说结局的处理方式表示充分肯定。从这些言语也可看出他对梁山诸将持有与金圣叹相似的态度，并不认为宋江等人是“忠义”之士，反对小说中梁山一百零八将被朝廷招安的安排。

也有些读者对通俗小说的情节结构提出批评意见，《女仙外史》第十八回回评云：

张宾门（按：即清康熙三十二年举人张永铨）曰：此四回皆靖难师之实事。余读正史每嫌其头绪太繁，脉理不能贯通，呼吸不能接应；读《续

① （清）王望如：《评论出像水浒传总论》，据清顺治十四年醉耕堂刻本《评论出像水浒传》，见《水浒传》会评本，北京大学出版社 1990 年版，第 36 页。

英烈传》，又怪其散漫若滥流之无源，蒙茸若藤蔓之附末。今读《外史》，自燕王造谋兴师以至登极止，皆剪却荆榛而成康庄，理其棼丝而就经纶，条达贯通，纵横驰骋，而无所碍，奚啻拨云雾而睹星辰之象！故知庸流文笔，能窒塞天下人之心胸；才子文笔，能开豁天下人之智慧。①

关于明初“靖难之役”，作为读者兼评点者的张永铨对正史相关记载以及通俗小说《续英烈传》的情节结构分别提出批评。他认为前者头绪太繁杂，以至于脉理不通；后者又极散漫，以至于无头绪。当然这种不赞同是为了反衬自己所肯定的作品《女仙外史》，张永铨称之为“才子文笔”，认为这部小说结构合理，“条达贯通”，给人以拨云见星般的明朗感受，可以“开豁天下人之智慧”，扩大读者视野，增长读者知识，取得很好的阅读效果。

《西游记》、《水浒传》虽为小说名著，但因阅之者众多，对其评价亦多，读者一方面喜爱它们，另一方面又对其情节结构提出不少批评，尤其对《水浒传》，读者的批评最多。清代陈忱《〈水浒后传〉论略》云：“人嗤《西游记》唐僧有难，便求南海大士，我亦嫌《前传》（按：指《水浒传》）中好汉被陷，除梁山泊救兵更无别法也。”②《西游记》的情节表现出模式化倾向，一旦唐僧有难，便求观音菩萨前往解救；《水浒传》也是如此，好汉遇到麻烦，便搬梁山泊救兵。正因如此，陈忱吸取《水浒传》的经验教训，在其所著《水浒后传》的情节结构和人物塑造上花费了很多心血，考虑更为周到。清代蔡元放《水浒后传读法》对此有比较详细的分析：

本传虽是承前传而作，然煞有胜似前传处。如前传所写杀人之事，固有死当其罪者，却亦有无辜枉死，令人可怜者：如秦明之家眷、瓦官寺之老僧。虽非手刃，然正如王导所云：“我虽不杀伯仁，伯仁由我而死。”用

---

① （清）张永铨：《女仙外史》第十八回《陈都督占谶附燕王　王羽士感梦迎圣驾》回评，《女仙外史》，《古本小说集成》据复旦大学图书馆藏钓璜轩刻本影印，上海古籍出版社1990年版。

② （清）陈忱：《〈水浒后传〉论略》，收入马蹄疾：《水浒资料汇编》，中华书局1977年版，第115页。

事者不得辞其过也。又如扈家庄已是通和，扈成又将祝彪解来，却将他全家杀死。至于朱仝之小衙内，更是可怜。……

晁盖家道有余，何又劫取生辰纲，为此冒险犯法之事？宋江、花荣既已得救脱身，何必定要赚取秦明？他如李应、杜兴、朱仝等类，皆是可以不必之事。本传凡写一人起事，一人上山，必皆有其必不得已之故、无可奈何之情，则较之前传，更为正当，更为光明，使读者更无异议也。[①]

蔡元放对《水浒传》中不合常理的情节设置提出批评，认为《水浒后传》虽只是《水浒传》的续书，但在情节结构方面却胜过原著。

关于《水浒传》的情节设置与人物塑造，清代昭梿、刘玉书也提出过批评，昭梿《啸亭续录》云：

(《水浒传》) 一百八人原难铺排，然亦必各见主角，始为著书体裁，如太史公《汉兴诸王侯》是也。今于鲁达、林冲辈详为铺叙，至卢俊义、关胜辈乃天罡著名者，反皆草率成章，初无一见长处。又于马麟、蒋敬等四五人层见叠出，初不能辨其眉目，太史公之笔固如是乎?[②]

清代刘玉书《常谈·水浒传》云：

读《水浒传》知施耐庵之该博、金圣叹之精详矣。然有二事尚欠斟酌。其一，打虎，武松双手按虎之顶而踢之，虎负痛，力疾前爪抓地成渠云云。但虎之性情，余固不知，虎之形状，见之审矣。其前后爪皆可遍及周身，常以爪搔其首，若按其顶，则两臂必被抓伤。虎爪甚利，木可穿，石有痕，况人乎？虎之通体如猫。曾见人按一猫之顶，转瞬间手与腕血肉狼藉矣。其一，石秀既杀道人，及杀海奢利，遂插刀死尸之手，妆点自戕之状。而检验之人，竟以一被杀、一自戕成案，夫被杀与自戕之不同，判

---

① （清）蔡元放：《水浒后传读法》，收入黄霖、韩同文：《中国历代小说论著选》（上册），江西人民出版社2000年版，第426页。

② （清）昭梿：《啸亭续录》卷二《小说》，中华书局1980年版，第427页。

若黑白，世人皆知，况刑仵乎?①

前者对《水浒传》的创作笔法提出批评，后者则指出故事中两处不合理的情节。

另一部经典名著《红楼梦》虽深受读者喜爱，但同样也有读者就其中美中不足之处提出自己的看法。眷秋《小说杂评》云：

《石头记》于一人出现，惟略叙其履历，不追述以前经过之事。书中所述事体，首尾一贯，毫无间断。其线索穿插，皆伏于文字中，非细心钩稽不可知，即作者自己亦难检点，往往前后矛盾，令读者茫无头绪，似涉于太晦。②

眷秋称赞《红楼梦》首尾连贯、一气呵成，但也指出其线索穿插中存在着自相矛盾的地方，使读者感到茫然无头绪。

综上所述，读者与明清通俗小说章法结构之间的关系可谓密切：读者对通俗小说的篇首、情节设置和创作笔法均产生了影响，甚至直接对小说情节、人物塑造提出自己的意见，这些在明清通俗小说的创作、传播过程中都留下了痕迹。

---

① （清）刘玉书：《常谈》，收入朱一玄、刘毓忱：《水浒传资料汇编》，南开大学出版社 2002 年版，第 329 页。

② 眷秋：《小说杂评》，收入马蹄疾：《水浒资料汇编》，中华书局 1977 年版，第 248 页。

第八章

读者与明清时期通俗小说续书

中国古代小说续书数量众多，据《中国通俗小说总目提要》统计，仅通俗小说续书就有至少150多种。关于中国古代小说续书的研究，较早出现的专著是李忠昌所著《古代小说续书漫话》（辽宁教育出版社1992年版），该书属于“古代小说评介丛书”中的一种，只有八万多字，比较简略。近几年来，随着古代小说的研究走向更加全面与深入，小说续书受到研究者越来越多的关注，学术界出版了多部相关著作。主要有高玉海《明清小说续书研究》（中国社会科学出版社2004年版）、王旭川《中国小说续书研究》（学林出版社2004年版）、段春旭《中国古代长篇小说续书研究》（上海三联书店2009年版）等，此外还有一些相关研究论文。这些著述对中国古代小说续书的形成原因、创作历程、艺术得失、理论和批评、历史地位以及重要的续书个案都进行了可贵的探索，为这一课题的深入研究打下了扎实的基础。

总体来看，研究者从读者角度关注续书现象的论述较少，相关研究成果主要有：李忠昌《古代小说续书漫话》（三）“在名著的续书多与寡的背后——续书探因”中就心理原因、政治原因、时代原因、审美原因、理论原因、道德原因、名利原因七个方面对小说续书产生的原因作出简要分析，其中“心理原因”一节论及作者、读者的心理对续书创作的影响。[①] 高玉海《明清小说续书研究》第三章“续书现象的文化成因”第三节“续书读者的接受心理”从大团圆心理与小说续书、轮回果报观念与小说续书、读者期盼心理与小说续书三个方面进行论述。[②] 段春旭《接受美学与中国古代长篇小说续书》（载《福建师范大学学报》2005年第2期）也提出了一些颇具价值的见解。然而关于读者与小说续书的关系，在研究广度和深度上仍有很多可以探讨的空间。

读者的需求推动了小说续书的发展，明代冯梦龙《智囊补序》提到，他用近两个月的时间“辑成《智囊》二十七卷，以请教于海内之明哲，往往滥蒙嘉许，而嗜痂者遂冀余有续刻。……兹补或亦海内明哲之所不弃，不止塞嗜痂者之请而已也”[③]。冯梦龙的《智囊》成书后，得到读者的充分

---

① 李忠昌：《古代小说续书漫话》，辽宁教育出版社1992年版，第58～63页。

② 高玉海：《明清小说续书研究》，中国社会科学出版社2004年版，第138～157页。

③ （明）冯梦龙：《智囊补序》，《智囊补》，黑龙江人民出版社1987年版，卷首。

肯定，“嗜痂者遂冀余有续刻”，正是在读者的支持和鼓励下，才有了《智囊补》一书的面世。

文言小说如此，在明清时期通俗小说续书的创作、传播过程中，读者因素则更为突出，读者的欣赏与喜爱推动了通俗小说续书创作的兴盛。清代拜颠生（孙玉声）光绪二十八年（1902）撰《海上繁华梦序》云：

> 今读警梦痴仙所著《繁华梦》一书，而不禁有观止之叹焉。……只以书仅初集，皆未收结，令人急欲纵观其后，是则痴仙笔墨狡狯，犹之珍羞在前，一叫不令入口，逮至略[illegible]忍饥，而其味尤美。夫忍饥时读是书者，尚其知作者用心，勿徒尝书中之花天酒地，一片神行，亦思盛极之难乎为继。①

《海上繁华梦》是一部描写妓馆生活的通俗小说，作者本来只写初集，因为受到读者欢迎，“人急欲纵观其后”，所以一续再续，最后共撰有初集三十回、二集三十回、后集四十回，盛行于晚清。

读者与小说续书关系密切，而对这一论题的研究仍显不足。有鉴于此，本章拟从以下几方面就明清时期读者与通俗小说续书的关系作出论述。

第一节　读者与通俗小说续书的编刊目的和动机

在明清时期通俗小说续书的编刊过程中，不少续书是从读者的角度着手进行的，读者与通俗小说续书的编刊目的和动机关系密切，本节从四个方面对此进行阐述。

---

① （清）拜颠生：《海上繁华梦序》，收入丁锡根：《中国历代小说序跋集》，人民文学出版社 1996 年版，第 1236～1237 页。

一、因原著残缺不全或存在错漏，给读者阅读带来缺憾而续书

明代嘉会堂刊《新平妖传》识语云：“旧刻罗贯中《三遂平妖传》二十卷，原起不明，非全书也。墨憨斋主人曾于长安复购得数回，残缺难读。乃手自编纂，共四十卷，首尾起文，始称完璧。题曰《新平妖传》，以别于旧。”①《三遂平妖传》在对事件发生与发展的描写和刻画上，存在着模糊不清之处，不是完美无缺的“全璧”，给读者留下了阅读上的遗憾。因而墨憨斋主人（冯梦龙）在残本的基础上编撰《新平妖传》，以满足读者需求。

同样，《红楼梦》一书面世后，在很长时间内以残本流传。清代高鹗《红楼梦序》云：“予闻《红楼梦》脍炙人口者，几廿余年，然无全璧，无定本。”② 读者引以为憾，于是便出现了后四十回的高鹗续本，正如清代程伟元《红楼梦序》所言：

> 《红楼梦》……原目一百廿卷，今所传只八十卷，殊非全本。即间称有全部者，及检阅仍只八十卷，读者颇以为憾。……爰为竭力搜罗，自藏书家甚至故纸堆中无不留心，数年以来，仅积有廿余卷。一日偶于鼓担上得十余卷，遂重价购之，欣然翻阅，见其前后起伏，尚属接笋，然漶漫殆不可收拾。乃同友人细加厘剔，截长补短，抄成全部，复为镌板，以公同好，《红楼梦》全书始至是告成矣。③

指出因《红楼梦》不是全本、故事不完整而令读者颇感遗憾，程伟元才和友人校编了其余数十卷。虽是假托，也说明了小说编刊者对读者的重视。

清代贪梦道人所作《续永庆升平》（又称《永庆升平后传》）一书也

① 《新平妖传》识语，《新平妖传》，《古本小说集成》据明代嘉会堂刊本影印，上海古籍出版社 1990 年版，卷首。

② （清）高鹗：《红楼梦序》，《程甲本红楼梦》，书目文献出版社 1992 年版，卷首。据清乾隆五十六年刊本影印。

③ （清）程伟元：《红楼梦序》，《程甲本红楼梦》，书目文献出版社 1992 年版，卷首。据清乾隆五十六年刊本影印。

是考虑到《永庆升平》“有始无终”、“后事未免略而不详”、“未令人得窥全豹”而创作、刊刻的。他于清光绪十九年（1893）撰《续永庆升平叙》云：

今《续永庆升平》一书，因前部刊刻，续事未完，并非平空捏造。前部自侯化泰二闹广庆园无端放下，不知后来如何结果。如妖人吴恩，叛反国家，杀害生灵，屠毒百姓，上干天怒，下招人怨，兴立邪教，未能平灭，有始无终，使读者不能畅怀。故今又接续刻，全集实事百数回，各种目录书中之大小，无非是惊愚劝善，感化人心，善恶分明，使忠臣义士，得留名于后世；邪教乱臣，尽遭报应循环。使读者有悦目赏心之欢，拍案惊奇之乐。①

《永庆升平》中忠臣与妖人未得其所，读者不能畅怀，于是便有《续永庆升平》之编刊，以使忠臣义士可以留传佳名于后世，而邪教乱臣则都遭到“报应循环”，“使读者有悦目赏心之欢，拍案惊奇之乐”。清代佚名《续永庆升平叙》表达了同样的观点：“《永庆升平》一书，乃当年除邪教、平逆匪之实迹也。惜前卷无端而止，未令人得窥全豹，殊为憾事。……今本堂不惜重资，购觅载纪，采访遗史，倩人续演其书，词不尚乎古高，事惟取其征实，使阅者知义愤之不可犯，妖魔之不克终。”②

华琴珊《续镜花缘》是有感于《镜花缘》一书“全豹未窥”而续作的，他在清宣统二年（1910）所作《续镜花缘自序》中指出：

曩阅《镜花缘》一书于稗官野史之中，别开生面，嬉笑怒骂，触处皆成文章。虽曰无稽之谈，亦寓劝惩之意，不可谓非锦心绣口之文也。惜全豹未窥，美犹有憾，周咨博访垂数十年，卒不可得，用是不揣固陋，妄自续貂，就李君（按：指《镜花缘》作者李汝珍）书中未竟之绪，参以己

① （清）贪梦道人：《续永庆升平叙》，《绘图永庆升平后传》，《古本小说集成》据清光绪上海书局石印本影印，上海古籍出版社1990年版，卷首。

② （清）佚名：《续永庆升平叙》，清光绪上海书局石印本《绘图永庆升平后传》卷首。清代龙友氏《永庆升平后传序》也有相近观点。

意，纵笔所之，工拙奚暇计哉！名之曰《续镜花缘》，欲其有始有卒也。[①]

华琴珊既是《续镜花缘》的作者，又是《镜花缘》的读者，他阅读此书后认为这部小说别致出色，且寓有劝戒之旨，是“锦心绣口”之文。经过数十年搜求，华琴珊仍未见到《镜花缘》一书的“全豹”，深感遗憾，因而创作续书。

在明清通俗小说续书史上，与上文所举事例相类，由于原著残缺不全或存在错漏，给读者带来阅读遗憾而续书的现象比较普遍。清代月湖渔隐《三续七剑十三侠序》云：

前者之百二十回，已详叙大半，其中绘声绘色，久已脍炙人口，甚至有手不释卷者。然全豹未窥，诚不知奸王是何究竟，阅者不免憾焉。桃花馆主知阅者之亟求水落石出，复据原史而增撰之，仍得六十回，用以付梓。[②]

清代采香居士《续彭公案又叙》也指出：

《彭公案》一书，前卷未能全终，使读者衷心闷闷，不能畅怀。吾少游四海，喜读各种闲书，偶阅《彭公案》前部，未能全函。……立意刊刻此书，流传后，使同好者之人得观全终，故与本坊主人同力刊成。[③]

无论是《三续七剑十三侠》还是《续彭公案》，其创作目的和动机均与读者相关。读者因“前卷未能全终”而闷闷不乐，无法释怀，精明的书商如桃花馆主、“本坊主人”了解到读者这一心理需求后迅速作出反应，编刊续作投放至通俗小说市场以满足读者的阅读需要。

---

① （清）华琴珊：《续镜花缘自序》，《续镜花缘》，《古本小说集成》据国家图书馆分馆所藏稿本影印，上海古籍出版社 1990 年版，卷首。

② （清）月湖渔隐：《三续七剑十三侠序》，转引自陈大康：《中国近代小说编年》，华东师范大学出版社 2002 年版，第 86 页。

③ （清）采香居士：《续彭公案又叙》，收入丁锡根：《中国历代小说序跋集》，人民文学出版社 1996 年版，第 1618 页。

二、有些续书意在消除原著对读者的消极影响

在这类续书之中，最著名的事例当属《荡寇志》的创作。此书是针对《水浒传》的翻案之作，它以金圣叹删改的七十回本《水浒传》作为底本，从第七十一回续起，可以视为《水浒传》的续书。此书的创作动机，是作者俞万春（1794—1849）担心读者误读《水浒传》，并受其不良影响而续写的。他在《荡寇志》卷首《结水浒全传》中指出：

> 这一部书，名唤作《荡寇志》。看官，你道这书为何而作？缘施耐庵先生《水浒传》并不以宋江为忠义。众位只须看他一路笔意，无一字不描写宋江的奸恶。其所以称他忠义者，正为口里忠义，心里强盗，愈形出大奸大恶也。圣叹先生批得明明白白：忠于何在？义于何在？总而言之，既是忠义必不做强盗，既是强盗必不算忠义。乃有罗贯中者，忽撰出一部《后水浒》来，竟说得宋江是真忠真义。从此天下后世做强盗的，无不看了宋江的样：心里强盗，口里忠义。……他这部书既已刊刻行世，在下亦不能禁止他。……我亦何妨提明真事，破他伪言，使天下后世深明盗贼、忠义之辨，丝毫不容假借。况梦中既受嘱于真灵，灯下更难已于笔墨。看官须知：这部书乃是结耐庵之《前水浒传》，与《后水浒》绝无交涉也。本意已明，请看正传。①

官僚地主家庭出身的俞万春具有根深蒂固的忠君思想，他继承了金圣叹的观点创作《荡寇志》，不以宋江为忠义，认为真正的忠义之士不可能做强盗，既然做了强盗就一定不能称之为忠义。俞万春提醒“看官”注意领会《荡寇志》的创作主旨，希望借助这部续书消除《水浒传》给读者带来的不良影响。清代徐佩珂咸丰二年（1852）撰《荡寇志序》也明确指出：

> （《水浒传》）其书无人不读，而误解者甚夥，非细心体察，鲜不目为

---

①（清）俞万春：《荡寇志》第一回《结水浒全传》，人民文学出版社1981年版，第1页。

英雄豪杰。……余友仲华俞君，深嫉邪说之足以惑人，忠义、盗贼之不容不辨，故继耐庵之传，结成七十卷光明正大之书，名之曰《荡寇志》。盖以尊王灭寇为主，而使天下后世，晓然于盗贼之终无不败，忠义之不容假借混朦，庶几尊君亲上之心，油然而生矣。[1]

徐佩珂认为《水浒传》在社会上影响很大，给许多读者造成误解，以致对于梁山诸将，大家多认为其属于“英雄豪杰”，俞万春创作《荡寇志》“以尊王灭寇为主”，初衷正在于消除《水浒传》的这种不良影响。他希望《荡寇志》一书能起到维系世道人心的作用，让天下百姓乃至后世人都明白盗贼最终会失败，真正的忠义不容蒙混，这样人们尊重君上的心就会“油然而生”了。正因如此，《荡寇志》成书后曾以巾箱本的形式刊刻面世，对此，清代东篱山人咸丰七年（1857）撰《重刻荡寇志叙》解释：

恐传之难遍也，爰校其舛讹，重付剞劂，宛成袖珍，俾行者易纳巾箱，居亦便于检阅，流传遍览。咸知忠义非可伪托，盗贼断无善终，即误入歧途者，亦凛然思，翻然悔，转邪就正，熙熙然共享太平之乐也，岂不休哉?[2]

清代钱湘《续刻荡寇志序》也指出：“当道诸公急以袖珍板刻播是书（按：指《荡寇志》）于乡邑间，以资劝惩。厥后渐臻治安，谓非是书之力也，其谁信之哉!”[3] 巾箱本体积小而便于携带，流传范围广，在读者群体中影响大，所以“当道诸公”借助这种形式刊刻《荡寇志》，以最大限度地消除《水浒传》带来的影响，这种做法与俞万春创作《荡寇志》的初衷可谓不谋而合。

---

① （清）徐佩珂：《荡寇志序》，《荡寇志》，人民文学出版社 1981 年版，第 1042 页。

② （清）东篱山人：《重刻荡寇志叙》，收入朱一玄、刘毓忱：《水浒传资料汇编》，南开大学出版社 2002 年版，第 514 页。

③ （清）钱湘：《续刻荡寇志序》，《荡寇志》，人民文学出版社 1981 年版，第 1052 页。

三、续书进一步向读者阐发原书创作主旨

《金瓶梅》被大多读者视作“淫书”，认为其在读者阅读过程中会产生“导淫”的不良后果，爱日老人对此持有不同的看法，他在《续金瓶梅序》中指出：

不善读《金瓶梅》者，戒痴导痴，戒淫导淫。吴道子画地狱变相，反为酷吏增罗织之具，好事不如无矣。……续编六十四章，忽惊忽疑，如骂如谑，读之可以瞿然而悲，粲然而笑矣。……善读是书，檀那只要闻声；不善读是书，反怪丰干饶舌尔。[①]

爱日老人提醒读者要善读《金瓶梅》，领会此书“戒痴”、“戒淫”的创作主旨。序文强调，《金瓶梅》的劝戒之旨在《续金瓶梅》中得到进一步阐发，此续书在前书的基础上，让原著中的人物各自投胎转世，从而体现了善有善报、恶有恶报的思想。清代讷山人嘉庆二十五年（1820）撰《增补红楼梦序》也认为：

《红楼梦》……其书则反复开导，曲尽形容，为子弟辈作戒，诚忠厚悱恻有关于世道人心者也。顾其旨深而词微，具中下之资者，鲜能望见涯岸，不免堕入云雾中，久而久之，直曰情书而已。……予尝欲阐其义而弗克。予友嫏嬛山樵先获此志，成《补红楼梦》一书……分别段落，大旨揭然，使天下之子弟合前《红楼梦》而读之，有以知若此则得，若彼则失者，真《红楼梦》之大功臣也。[②]

讷山人在此明确指出《红楼梦》的创作主旨是“为子弟辈作戒”，起到教

---

① （清）爱日老人：《续金瓶梅序》，《续金瓶梅》，《古本小说集成》据顺治十七年刊本影印，上海古籍出版社1990年版，卷首。

② （清）讷山人：《增补红楼梦序》，（清）嫏嬛山樵：《增补红楼梦》，北京大学出版社1988年版，第2页。

化社会的作用，但因小说词旨深奥，文化水平不高的读者一般难以理解和接受其劝戒旨意，常误以之为“情书”，所以嫏嬛山樵撰写《补红楼梦》，意在进一步阐发《红楼梦》的创作主旨，以避免出现读者误读的情况。

四、读者接受心理与通俗小说续书创作的目的和动机[①]

余秋雨《观众心理学》指出：

一般认为，接受者（观众和读者）的心理虽然重要，毕竟已在创作之外、作品之外，不应成为艺术心理学的重点。……但是，随着现代社会的展开，人们越来越感到研究接受心理、观众心理、读者心理的重要。……接受心理的重要性并不低于创作心理，而且正是创作心理的一部分。创作心理前进的每一步，都离不开接受心理的推动和校正。[②]

余秋雨所论虽针对戏曲观众而言，但对于通俗小说创作来讲也是适用的。读者的接受心理与小说续书的创作目的和动机之间关系密切，并因此推动了通俗小说续书的创作。下面笔者从四个方面对此加以论述。

第一，读者借助通俗小说续书寄寓人生理想，寄托个人情怀。清末胡石庵《忏鬣室随笔》云：

自《七侠五义》一书出现后，世之效颦学步者不下百十种，《小五义》也，《续小五义》也，再续、三续、四续《小五义》也。更有《施公案》、《彭公案》、《济公》、《海公案》，亦再续、重续、三续、四续之不止。此外复有所谓《七剑十三侠》、《永庆升平》、《铁仙外史》，皆属一鼻子出气。……余初窃不解世何忽来此许多笔墨也，后友人告余，凡此等书，由海上书伧觅蝇头之利，特倩稍识之无者编成此等书籍，以广销路。盖以此

① 读者接受心理中喜爱大团圆之心理，及其对通俗小说续书结局的影响，将在本章第二节作专门论述。

② 余秋雨：《观众心理学》，台北天下远见出版股份有限公司2006年版，第33、37页。

等书籍最易于取悦于下等社会，稍改名字，即又成为一书……盖下等社会之人类，知识薄弱，焉知此等书籍为空中楼阁？一朝入目，遂认作真有其事，叱吒杀人，藉口仗义，诡秘盗物，强曰行侠。[①]

《七侠五义》、《施公案》等小说面世后，出现众多续书和同类作品，胡石庵在分析这种现象的原因时认为，这类小说容易受到下层读者的欢迎。而下层读者知识有限，不了解小说创作虚构的特点，常误把小说记载当成实事，甚至存在模仿小说中人物言行的情况。胡石庵上述论断虽带有对下层读者的轻视，不过我们从中也可看出，读者之所以对《七侠五义》之类的作品充满兴趣，是因为这些小说可以满足他们在现实中难以实现的人生理想与愿望，他们以此寄托个人情怀。对此，清初毛宗岗曾经指出："尝读《昙花记》，见冥王坐勘曹操，拷之问之，打之骂之。或曰：此后人欲泄其愤，无聊之极思耳。予曰：不然，理应如是，不可谓之戏也。古来缺陷不平之事，有欲反其事以补之者……斯皆以天数俯从人心，以人心挽回天数。"[②] 毛宗岗以戏曲《昙花记》的剧情为例加以说明，认为戏曲创作在于满足"人心"，消除受众阶层因为现实中的"缺陷不平之事"而带来的不满、痛恨等种种心理。艺术都是相通的，毛宗岗所论对通俗小说续书而言同样适用。

第二，读者对忠烈侠义之书的喜爱，促使此类小说续书的持续面世。清代郑鹤龄光绪十六年（1890）撰《三续忠烈侠义传序》云：

天地间惟忠烈侠义最足以感动人心。学士大夫博览诸史，见古人尽一忠烈，则尊之敬之；见古人行一侠义，则羡之慕之。读正史者概如是，读小说者何独不然！今岁秋间，友人石振之刻有《续忠烈侠义传》，即世所称之《小五义》也。传中所载，人尽忠烈侠义之人，事尽忠烈侠义之事，非若他书之风花雪月，仅足供人消遣者比。嗣复欲刊刻三续，商之于余。余曰："善！凡简编所存，无论正史、小说，其无关于世道人心者，皆当

① （清）胡石庵：《忏觚室随笔》，收入阿英：《晚清文学丛钞·小说戏曲研究卷》，中华书局1960年版，第443页。

② （清）毛宗岗评本《三国志演义》第二十三回回评，据清大魁堂刊本《绣像金批第一才子书》校印，上海古籍出版社2007年版，第288页。

付之一炬；其有关于世道人心者，则多多益善。使忠烈侠义之书一续出，人必争先快睹，多见一忠烈侠义之书，即多生一忠烈侠义之心，虽曰小说，于正史不无小补。”因劝之亟为刊刻，以公诸世云。[①]

忠烈侠义之事容易感动读者，所以郑鹤龄劝友人刊刻《三续忠烈侠义传》。他认为此类小说刊印后，“人必争先快睹”，表现出极大的阅读热情，同时，这些小说续书还有助于宣扬教化，补充正史记载之不足。

第三，遗民心态与小说续书。以《水浒传》的续书《水浒后传》为例，这部小说卷首署名“古宋遗民著”，并有明万历戊申年即万历三十六年（1608）所撰之序，实际上，作者陈忱出生于1613年，所以“古宋遗民”之说以及万历三十六年所撰序言显然系假托。《水浒后传》成书于康熙初年，以奸臣当道的南宋作为故事背景，描写《水浒传》人物李俊、阮小七等人重新聚义，到海外建立功业事。作者陈忱一人兼有多重身份，既是《水浒传》的读者，又是《水浒后传》的作者，他在《〈水浒后传〉论略》中表达了阅读《水浒传》之后的感受：

《水浒》，愤书也。宋鼎既迁，高登遗老，实切于中，假宋江之纵横，而成此书，盖多寓言也。愤大臣之覆餗，而许宋江之忠；愤群工之阴狡，而许宋江之义；愤世风之贪，而许宋江之疏财；愤人情之悍，而许宋江之谦和；愤强邻之启疆，而许宋江之征辽；愤潢池之弄兵，而许宋江之灭方腊也。[②]

陈忱认为《水浒传》是“愤书”，他对这部小说为何将宋江塑造得忠义、慷慨、谦和予以解释，并表明自己创作的《水浒后传》进一步阐发了原著忠义之旨：

《后传》为泄愤之书。愤宋江之忠义，而见鸩于奸党，故复聚余人，

---

① （清）郑鹤龄：《三续忠烈侠义传序》，《续小五义》，中国戏剧出版社1990年版，卷首。

② （清）陈忱：《〈水浒后传〉论略》，收入马蹄疾：《水浒资料汇编》，中华书局1977年版，第107页。

而救驾立功，开基创业；愤六贼之误国，而加之以流贬诛戮；愤诸贵幸之全身远害，而特表草野孤臣，重围冒险；愤官宦之嚼民饱壑，而故使其倾倒宦囊，倍偿民利。①

陈忱强调，《水浒后传》同为对现实不满而泄“愤”之书，在创作主旨上与原书一脉相承。这部续书表面上描写宋朝，实际乃借宋朝之事隐喻清初现实，作者伪托为“古宋遗民”，意在表达自己忠于旧朝之节操。可以说，这种遗民心态有时会推动小说续书的创作。

第四，有些小说续书的创作意在弥补读者认为原书报应不足的遗憾心理。试以清代通俗小说《隔帘花影》为例，此书据《续金瓶梅》删改而成，是《金瓶梅》的续书之一。四桥居士《隔帘花影序》认为：“《金瓶梅》一书，虽系寓言，但观西门平生所为，淫荡无节，豪横已极，宜乎及身即受惨变，乃享厚福以终，至其报复，亦不过妻散财亡，家门零落而止，似乎天道悠远，所报不足以蔽其辜。”② 四桥居士指出，《金瓶梅》中的西门庆作恶多端，最终却“享厚福以终”，其报应不过是“妻散财亡，家门零落而止”，未能很好地体现报应观，让读者心有遗憾。因而他创作《隔帘花影》，极力描写报应之事：

故南宫吉生前好色贪财等事，于首卷轻轻点过，以后将人情之恶薄，感应之分明，极力描写，以见无人不报，无事不报，直至妻子历尽苦辛，终归于为善，以赎前愆而后已。揆之福善祸淫之理彰明较著，则是书也，不独深合于六经之旨，且有益于世道人心者不小。后之览者，幸勿以寓言而忽之也可。③

希望读者领悟《隔帘花影》的报应观，“勿以寓言而忽之”，“以见无人不

① （清）陈忱：《〈水浒后传〉论略》，收入马蹄疾：《水浒资料汇编》，中华书局1977年版，第107页。

② （清）四桥居士：《隔帘花影序》，《隔帘花影》，《古本小说集成》据清本衙藏刊本影印，上海古籍出版社1990年版，卷首。

③ （清）四桥居士：《隔帘花影序》，《隔帘花影》，《古本小说集成》据清本衙藏刊本影印，上海古籍出版社1990年版，卷首。

报，无事不报”。续书借此劝戒读者，教化社会。

第二节 读者与通俗小说续书的大团圆结局

明清时期的通俗小说、戏曲多采用大团圆结局，这种结局与读者接受心理有着密切的联系。明代谢肇淛《五杂俎》指出：“愚人得吉梦则喜，得凶梦则忧，遇苦楚之戏则愀然变容，遇荣盛之戏则欢然嬉笑，总之，不脱处世见解耳。”[①] 戏曲观众与小说读者喜吉忧凶的心理在一定程度上影响了戏曲与小说创作的结局。王国维在《红楼梦评论》中从中国文化精神层面对此进行分析：“吾国人之精神，世间的也，乐天的也，故代表其精神之戏曲、小说，无往而不著此乐天之色彩：始于悲者终于欢，始于离者终于合，始于困者终于亨，非是而欲餍阅者之心，难矣。”[②] 小说、戏曲的团圆结局体现了中国文化的乐天精神。觚庵《觚庵漫笔》指出：“人无不喜读《红楼梦》，然自‘苦绛珠魂归离恨天’以下，无有忍读之者。人无不喜读《三国志》，然自‘陨大星汉丞相归天’以下，无有愿读之者。解者曰：‘人情喜歌恶离，喜顺恶逆，所以悲惨之历史，每难卒读是已……’”[③]

关于古代小说大团圆结局的问题，学术界已予以较多关注。本节拟以历史小说、侠义小说、写情类小说为例，从读者与通俗小说续书大团圆结局的关系这一角度作简要论述。

一、读者与历史小说续书的大团圆结局

在明清时期通俗小说的发展过程中，以《三国演义》为代表的历史小说最早出现，读者的接受心理对历史小说续书的大团圆结局产生了重要影

---

① （明）谢肇淛：《五杂俎》卷一五《事部三》，上海书店出版社 2001 年版，第 313 页。

② 王国维：《红楼梦评论》，上海古籍出版社 2006 年版，第 13 页。

③ （清）觚庵：《觚庵漫笔》，《小说林》1907 年第 1 卷。

响。试以《三国演义》为例，明代佚名《新刻续编三国志引》云：

及观《三国演义》，至末卷见汉刘衰弱，曹魏僭移，往往皆掩卷不怿者众矣。又见关、张、葛、赵诸忠良反居一隅，不能恢复汉业，愤叹扼腕，何止一人？及观刘后主复为司马氏所并，而诸忠良之后杳灭无闻，诚为千载之遗恨。及见刘渊义子因人心思汉乃崛起西北，叙檄历汉之诏，遣使迎孝怀帝，而兵民景从云集，遂改称炎汉，建都立国，重奥继绝。虽建国不永，亦快人心。今是书之编，无过欲泄愤一时，取快千载，以显后关、赵诸位忠良也。其思欲显耀奇忠……以警后世奸雄，不过劝惩来世戒叱凶顽尔。①

读者阅读《三国演义》后，对汉刘衰弱、曹魏僭移的小说结局深感遗憾，正是受这种心理的影响，《新刻续编三国志》出现了。此书续《三国演义》而作，主要描写蜀国灭亡后，刘渊等诸宗室及将领子弟恢复汉室、掳晋帝报国仇之事。续书作者“泄愤一时，取快千载”，以满足读者阅读时“快人心”的需求为目的，在创作中带有明显的情感倾向。为把刘渊等人塑造得勇谋超凡、君贤臣忠，“以显后关、赵诸位忠良”，小说中颇多虚构。《新刻续编三国志引》曾就此回答读者疑问：

客或有言曰：书固可快一时，但事迹欠实，不无虚诳渺茫之议乎？予曰：世不见传奇戏剧乎？人间日演而不厌，内百无一真，何人悦而众艳也？但不过取悦一时，结尾有成，终始有就尔。诚所谓乌有先生之乌有者哉。大抵观是书者，宜作小说而览，毋执正史而观，虽不能比翼奇书，亦有感追踪前传，以解世间一时之通畅，并豁人世之感怀君子云。②

通过上述问答我们可以看出，续书作者对小说的虚构性有着充分的认识，希望读者把这部作品“作小说而览，毋执正史而观”。他认为小说中的虚

① （明）佚名：《新刻续编三国志引》，《三国志后传》，《古本小说集成》据万历三十七年刊，上海古籍出版社 1990 年版，卷首。

② （明）佚名：《新刻续编三国志引》，《三国志后传》，《古本小说集成》据万历三十七年刊，上海古籍出版社 1990 年版，卷首。

构情节是可以被接受的，因为创作续书描述汉室恢复、国仇得报的目的就在于迎合读者喜欢大团圆结局的心理，从而增加阅读时的愉悦感。

二、读者与侠义小说续书的大团圆结局

侠义小说《水浒传》问世后出现了多部续书，如明代青莲室主人的《后水浒传》、清初陈忱的《水浒后传》、清代赏心居士序本《征四寇传》、俞万春的《荡寇志》、冬青的《新水浒》等，这类侠义小说续书的大团圆结局同样与读者密切相关。前文曾以《水浒后传》为例，讨论过读者的遗民心态与小说续书的创作目的和动机之间的关系，就此部续书而言，读者的阅读期待也是其出现大团圆结局的重要原因。清代蔡元放《水浒后传读法》云：

> 前传之天罡地煞一百八星，在地穴中幽闭多年，甫能挣得出世；及出世后，经了多少忧愁，受了多少苦恼，耽了多少惊怕，方才聚合一处。招安之后，东征西讨，建了许多功业。而征方腊之役，殁于王事者过半，已是可怜。而宋江、卢俊义，又被奸臣鸩死，吴用、花荣、李逵亦皆为殉，更令人扼腕不平。其余三十三人，除武松残废不算，那三十二人之中，虽有几个为官，而大半亦俱忧愁放废，四分五落，不特有离群索居之感，而天罡地煞出世一番，并无一个好收成结果，天道人事之不平，孰过于此。作者因前传有李俊后为暹罗国王一语，因想到李俊既可去外国为王，则当日兄弟岂不可去作一国之开基辅弼，使其另建一番功业，另受一番荣华，同归一处，以讨后半收成结果，作美满大团圆以大快人心。此作《水浒后传》之主意也。①

《水浒传》中梁山一百零八将多以悲剧结局，读者为此“扼腕不平”，《水浒后传》因此借李俊等人另建一番功业，“作美满大团圆以大快人心”，满足读者的心理需求。

---

① （清）蔡元放：《水浒后传读法》，收入黄霖、韩同文：《中国历代小说论著选》（上册），江西人民出版社2000年版，第425页。

三、读者与写情类小说续书的大团圆结局

在写情类小说的续书创作中，《红楼梦》的续作非常突出。《红楼梦》自在清代乾隆年间面世后至民国时期，至少有四十余种续书，且大多以大团圆作结。《红楼梦》续书的大团圆结局与读者接受心理存在着一定关系。郑师靖为刊于嘉庆四年（1799）的《续红楼梦》作序称：

> 《红楼梦》为记恨书，与《西厢记》等。……离而合之易，死而生之难。雪坞秦都阃（按：即《续红楼梦》作者秦子忱）……谓余曰："是不难。吾将爇返魂香，补离恨天，作两人再生月老，使有情者尽成眷属，以快阅者心目。"……乃别撰《续红楼梦》三十卷，著为前书衍其绪，非与后刻争短长也。余读之竟，恍若游华胥，登极乐，闯天关，排地户，生生死死，无碍无遮，遂使吞声饮恨之《红楼》，一变而为快心满志之《红楼》，抑亦奇矣。[①]

《红楼梦》的结局给读者留下诸多遗憾，所以郑师靖称之为"记恨书"。秦子忱创作《续红楼梦》意在为读者"补恨"，变记恨书为"快心"书，使有情人终成眷属，"以快阅者心目"。

《红楼梦》的其他续书亦多从为读者"补恨"的角度出发而创作，试举数例如下：

清代六如裔孙撰《红楼圆梦序》云：

> 世之阅前梦者，莫不感宝、黛之钟情，而愿其成眷属焉。岂独阅者之心如是，即原其宝、黛之心，亦未尝不认为将来之必成佳偶也。及见黛玉身死，宝玉出家，无不废卷而太息，诚古今之恨事也。兹得长白临鹤山人所作《圆梦》一书，令黛玉复生，宝玉还家，成为夫妇，使天下有情人卒成眷属，不亦快哉！且《前传》之所不平者，无不大快人心。[②]

---

① （清）郑师靖：《续红楼梦序》，《续红楼梦》，北京大学出版社 1988 年版，卷首。

② （清）六如裔孙：《红楼圆梦序》，《红楼圆梦》，北京大学出版社 1988 年版，卷首。

清代犀脊山樵《红楼梦补序》云：

近日世人所脍炙于口者，莫如《红楼梦》一书。……归锄子乃从新旧接续之处，截断横流，独出机杼，结撰此书，以快读者之心，以悦读者之目。余因之而重有感矣。夫前书乃不得志于时者之所为也。……归锄子有感于此，故为之雪其冤，而补其阙，务令黛玉正位中宫，而晴雯左右辅弼，以一吐其胸中郁郁不平之气。……前书事事缺陷，此书事事圆满，快心悦目，孰有过于此乎?[①]

清代花月痴人《红楼幻梦序》云：

凡读《红楼梦》者，莫不为宝黛二人咨嗟，甚而至于饮泣……（默庵）曰：子曷不易其梦而使世人破涕为欢，开颜作笑耶？余曰：可。于是幻作宝玉贵，黛玉华，晴雯生，妙玉存，湘莲回，三姐复，鸳鸯尚在，袭人未去，诸般乐事，畅快人心，使读者解颐喷饭，无少欷歔。[②]

清代西湖散人《红楼梦影序》云：

海内读此书者，因绛珠负绝世才貌，抱恨夭亡，起而接续前编，各抒己见。为绛珠吐生前之夙怨，翻薄命之旧案，将红尘之富贵，加碧落之仙姝。死者令其复生，清者扬之使浊……此无他故，与前书本意相悖耳。[③]

以上几部《红楼梦》续书，虽然其作者、创作时代各有差异，但在为宝玉、黛玉等人雪恨而设置大团圆结局方面非常相似，其目的就在于“快阅者心目”，满足读者的心理需求。

综上所述，笔者以历史小说、侠义小说和写情类小说为例，探讨了读者对明清时期通俗小说续书大团圆结局的影响。通过上述材料我们可以看

① （清）犀脊山樵：《红楼梦补序》，《红楼梦补》，北京大学出版社 1988 年版，卷首。

② （清）花月痴人：《红楼幻梦序》，《红楼幻梦》，《古本小说集成》据疏景斋本影印，上海古籍出版社 1990 年版，卷首。

③ （清）西湖散人：《红楼梦影序》，《红楼梦影》，北京大学出版社 1988 年版，卷首。

出，不少小说续书正是出于为读者“补恨”的目的而创作的，续书的创作与读者接受心理之间存在着密切的关系。

第三节　读者与通俗小说续书的人物形象塑造

关于读者与通俗小说续书的人物形象塑造之间的关系，本节从三个方面加以探讨。

首先，通俗小说续书编刊者在对原作人物进行修改、补充或续写之际，常常会考虑读者的阅读基础、阅读心理和欣赏习惯。以《红楼梦》续书为例，嘉庆四年（1799）抱瓮轩所刊《续红楼梦》凡例第二则云：“前《红楼梦》书中如史湘云之婿以及张金哥之夫，均无纪出姓名，诚为缺典，兹本若不拟以姓名，仍令阅者茫然！今不得已妄拟二名，虽涉穿凿，君子谅之。”[1] 原书中，史湘云之婿及张金哥之夫均未出现姓名，给阅读带来不便，所以续书增加次要人物姓名，意在补原书人物设置之不足。嫏嬛斋刊本《红楼复梦》自《红楼梦》第一百二十回之后续起，全书近九十万字，叙述宝玉投胎转世到江苏镇江丹徒祝家事，以描写祝府为主，以贾府为辅。此书凡例第九则云：“前书人物事实每多遗其结局，此则无不成其始终。”[2] 这部续作对前书中“遗其结局”的人物都作了补充交代，以解读者悬念。清道光十三年（1833）藤花榭重刊《红楼梦补》凡例第六则云：

林黛玉系书中之主，警幻仙之抽改十二钗册，全为黛玉起见，自必筹及，所以位置之处使扬眉吐气，一雪前书中之愤恨。[3]

《红楼梦》续书对原书中人物的地位、命运与结局进行修改和调整，令黛玉“扬眉吐气，一雪前书中之愤恨”。此种安排意在弥补读者阅读原著时

---

① 《续红楼梦》凡例，《续红楼梦》，北京大学出版社 1988 年版，第 4 页。
② 《红楼复梦》凡例，《红楼复梦》，北京大学出版社 1988 年版，卷首。
③ 《红楼梦补》凡例，《红楼梦补》，北京大学出版社 1988 年版，卷首。

内心的缺憾。

其次，小说续书对原著中的人名进行修改，并极力摆脱原书影响，使读者产生新奇之感。清代四桥居士《隔帘花影序》云：

至于（《隔帘花影》中）西门易为南宫，月娘易为云娘，孝哥易为慧哥，其余一切人等，名目俱更，俾阅者惊其笔端变幻，波澜绮丽，几莫识其所自始。其实作者本意，不过借影指点，知前编有相为表里之妙，故南宫吉生前好色贪财等事，于首卷轻轻点过，以后将人情之恶薄、感应之分明，极力描写，以见无人不报，无事不报，直至妻子历尽苦辛，终归于为善，以赎前愆而后已。[①]

《隔帘花影》是《金瓶梅》的一部续书，为《续金瓶梅》的删改本。这部续书通过安排原著中的主要人物托生再世，对《金瓶梅》中的人物姓名进行了修改，将西门庆易名为南宫吉，吴月娘改名为楚云娘，孝哥改名为慧哥，并将原书中其余角色的姓名都一一作出更改，以“俾阅者惊其笔端变幻，波澜绮丽”，让读者在阅读的过程中充满新奇与独特的感受。

最后，读者对通俗小说续书的人物形象塑造直接提出批评意见。清代张海鸥《海沤闲话》云：“《水浒》之后，有《荡寇志》，其主人则《水浒》中人还魂也。《红楼梦》之后，有《续红楼》，其主人皆《红楼梦》中还魂也。此等思想，可厌已甚。在作者不过欲借此以便于传尔。”[②] 指出《荡寇志》、《续红楼》等小说续书在人物形象的塑造上，皆借助读者所熟知的原书中人物加以渲染，展开情节。他认为“此等思想，可厌已甚”，因为续书作者不过借此宣传自己所撰的小说，毫无创新可言，极易使读者产生厌烦心理。

再以《增补红楼梦》为例，在这部小说续作中，主人公贾宝玉作为《红楼梦》续书的特定读者，曾批评《后红楼梦》、《续红楼梦》、《绮楼重梦》、《红楼复梦》等数部《红楼梦》续书的人物塑造，其第一回中描述：

---

① （清）四桥居士：《隔帘花影序》，《隔帘花影》，《古本小说集成》据清本衙藏刊本影印，上海古籍出版社 1990 年版，卷首。

② （清）张海鸥：《海沤闲话》，收入朱一玄：《明清小说资料选编》，南开大学出版社 2006 年版，第 354 页。

宝玉笑道："小侄常与警幻仙姑评论《后》、《续》、《重》、《复》诸书。当初曹雪芹著《红楼梦》一书之时，脍炙人口，使小侄之名藉垂千古，何其幸也。及《后》、《续》、《重》、《复》诸书一出，使小侄竟遗讥千古，又何其大不幸也。近日复有《红楼圆梦》一书，愈趋愈下……他那第一回就说宝钗、袭人俱是假道学而阴险之人，开口就乖谬了，推原其心，彼必是效圣叹之评《水浒》，谓宋江为假仁义而阴险者，又偷学《后红楼梦》之论袭人而更进一层并及宝钗。方且自诩独具只眼，观其后有贾仲妃之事，则其为偷学《后红楼梦》可知。"①

贾宝玉批评《后红楼梦》、《续红楼梦》、《绮楼重梦》、《红楼复梦》等几部续书在对自己形象的刻画上非常失败，"使小侄竟遗讥千古"。他对《红楼圆梦》的批评尤其尖锐，认为此书开篇将宝钗和袭人定性为"假道学而阴险之人"非常投机取巧，乃是模仿金圣叹之评宋江、抄袭《后红楼梦》之论袭人，在人物的善恶定性和形象塑造、性格刻画上都很失败。结合上述几部续书的实际内容来看，他针对这些续书的人物形象塑造等方面提出的批评不无道理。当然，这里的贾宝玉只是《增补红楼梦》中的虚构人物，其实是这部续书的作者作为一名读者，借助作品中人物之口表达了自己的意见。

第四节　读者与通俗小说续书的情节结构

小说续书在情节结构的改造、安排诸方面均有读者因素的渗透。对此，笔者从以下四个方面进行阐述。

第一，读者熟悉原书的情节结构，续书因之而作，更易被读者所接受。清代刘廷玑《在园杂志》中有一段关于小说续书的著名论述："近来词客稗官家，每见前人有书盛行于世，即袭其名，著为后书以副之，取其

① （清）嫏嬛山樵：《增补红楼梦》第一回《甄士隐从书外谈书　贾雨村向梦中说梦》，北京大学出版社1988年版，第2页。

易行，竟成习套。有后以续前者，有后以证前者，甚有后与前绝不相类者，亦有狗尾续貂者。……凡此不胜枚举，姑以人所习见习闻者，笔而志之。总之，作书命意，创始者倍极精神，后此纵佳，自有崖岸。不独不能加于其上，即求媲美并观，亦不可得，何况续以狗尾，自出下下耶。”① 刘廷玑指出续书流行的原因在于续书能够借助原著之影响，容易被接受。原书盛行于世，受到读者的广泛欢迎，且读者对其中情节很熟悉，小说编刊者因而“以人所习见习闻者，笔而志之”，创作出大量续书投放到市场，这就为续书的兴盛提供了可能。清代蔡元放《水浒后传读法》指出：

本传既名《水浒后传》，则传中之事，自应从前传生来。但前传叙过之事，既不应重赘，则本传之事，又从何处生根？作者因想前传，原是从石碣村起手，而后受天文，后又用石碣作结束，则本传何不仍在此处生根？况阮氏三雄之中，小七现在，近在山泊脚下，故作感旧而上山祭奠，引出张干办巡察生出事来，便是因风吹火，用力不多。由此而逐渐生去，便令读者只觉仍是旧人旧事，并非无故生端矣。最得倚山立柱，缩海通河之妙。②

由此可见，《水浒后传》借用读者熟悉的原书人物与情节展开故事，可以取得事半功倍的效果，令读者在阅读之际感到亲切，只觉仍是旧人旧事，“并非无故生端”，从而更易被接受。

第二，读者与通俗小说续书的篇首。清顺治十七年（1660）刊《续金瓶梅》的篇首铺叙《太上感应篇》，号称是为了更好地对读者进行劝戒。此书识语云：“《金瓶梅》一书，借世说法，原非导淫。”作为《金瓶梅》的续作，《续金瓶梅》为原作进行辩护，认为《金瓶梅》的创作主旨并非导人以淫，而是借世说法，以淫戒淫。《续金瓶梅》编刊者自称编写续作也是出于这一目的，此书凡例第一则云：“兹刻以因果为正论，借《金瓶梅》为戏谈，恐正论而不入，就淫说则乐观，故于每回起首将感应篇铺叙

---

① （清）刘廷玑：《在园杂志》卷三，中华书局2005年版，第124～125页。

② （清）蔡元放：《水浒后传读法》，收入黄霖、韩同文：《中国历代小说论著选》（上册），江西人民出版社2000年版，第427页。

评说，方入本传，客多主少，别是一格。”编刊者考虑到因果之说可能难以打动读者，而“淫说”则容易引起读者兴趣，因此借鉴《金瓶梅》的创作风格和创作形式编写续书。与此同时，编刊者又担心这种“淫说”会对读者造成“导淫”的倾向，所以在每回开头铺叙评说《太上感应篇》，以此进行劝戒，从而达到以淫戒淫的目的。

《续红楼梦》凡例第五则云：

前《红楼梦》开篇先叙一段引文，以明其著《红楼梦》所以然之故，然后始入正文，使读者知其原委。兹续本开篇即从林黛玉死后写起，直入正文，并无曲折，虽觉突如其来，然正见此本之所以为续也。虽名之曰《续红楼梦》第一回，读者只作前书第一百二十一回观可耳。[①]

作者把《续红楼梦》与原书的开头进行比较，说明两者之间的关系，希望读者将这部续书与《红楼梦》视作一个整体来阅读。清代乾、嘉年间写刻本《后红楼梦》将原书大略放在续书之首，《续红楼梦》的作者秦子忱则表达了不同看法，主张将其删除。《续红楼梦》凡例第六则云：

《后红楼梦》书中，因前书卷帙浩繁，恐海内君子或有未购，及已购而难于携带，故又叙出前书事略一段，列于卷首，以便参考。鄙意不敢效颦，盖阅过前书者再阅续本，方能一目了然；若前书目所未睹，即参考事略岂能尽知其详。续本纵有可观，依旧味同嚼蜡，不如不叙事略之为省笔也。[②]

其实对于原书情节的处理，无论《后红楼梦》还是《续红楼梦》，都是站在读者立场上考虑的。《后红楼梦》担心读者未购买、未阅读过原著，所以在小说开头增加原著的情节大略以便读者更好地理解续书，《续红楼梦》则从阅读习惯出发，认为读者只有观过原书后才会再阅续作，因此“不如不叙事略之为省笔也”。

第三，有些小说续书在对前书进行修改时适当考虑读者的阅读需要。

---

① 《续红楼梦》凡例，《续红楼梦》，北京大学出版社 1988 年版，卷首。
② 《续红楼梦》凡例，《续红楼梦》，北京大学出版社 1988 年版，卷首。

试以清嫏嬛斋刊本《红楼复梦》为例，其书凡例云：

此书以祝为主，以贾为宾，主详而宾略，阅者勿嫌其疏于贾宅。

前书垂花门以内，房屋不甚明晰，除大观园外，使读者不分方向，若垂花门以外，更不知厅房几进、楼阁若干，名曰荣府而已。……

此书内外房屋四界分明，阅之如身在境中。[①]

《红楼复梦》改换原书的叙事线索、空间结构安排等，力争做到结构严谨、线索清晰，便于读者阅读，并使读者有身临其境之感。

第四，读者对通俗小说续书的情节结构提出批评。上文提到，在《增补红楼梦》一书中，贾宝玉作为特定读者批评了续书中人物形象塑造的缺陷和不足，同样在这部小说中，他对小说续书情节的模式化也予以批评。《增补红楼梦》第一回云：

宝玉笑道："小侄常与警幻仙姑评论《后》、《续》、《重》、《复》诸书。……近日复有《红楼圆梦》一书，愈趋愈下……这五部书没一个人能解识前书大旨，总以还魂复生为奇妙，殊不知人生若梦，苦不能觉，既离尘脱世，超入清虚，逍遥天上，则又何尘世之足恋？"[②]

《增补红楼梦》的作者作为一名特定读者，借自己小说中的人物之口，批评《红楼梦》的几部续书多叙人物"还魂复生"而立意肤浅、情节雷同，认为这些续书的作者并未能透彻地理解原著的创作主旨。

本节对读者与明清时期通俗小说续书的情节结构之间的关系进行了探讨。如上所论，小说续书在情节结构的设置上比较注重读者因素，读者的审美趣味与阅读心理在一定程度上影响小说续书的情节安排。与此同时，读者有时还对其情节结构直接提出批评意见，这些都对小说续书的创作与传播产生了一定的影响。

---

① 《红楼复梦》凡例，《红楼复梦》，北京大学出版社 1988 年版，卷首。

② （清）嫏嬛山樵：《增补红楼梦》第一回《甄士隐从书外谈书　贾雨村向梦中说梦》，北京大学出版社 1988 年版，第 2～3 页。

第九章

读者与明清时期通俗小说的评点

明清时期小说领域评点盛行，出现这种局面的原因是多方面的，既受宋元以来诗文批评形式的影响，也有明清时文评选风气留下的烙印。① 与未经评点的小说作品相比，小说经过评点之后通常更受读者欢迎，从而加快了传播速度，扩大了传播范围。以《聊斋志异》的传播为例，清代喻焜《聊斋志异序》指出："《聊斋》评本，前有王渔洋、何体正两家，及云湖但氏新评出，披隙导窍，当头棒喝，读者无不俯首皈依，几于家有其书矣。"②

文言小说经过评点之后加快了传播速度，扩大了社会影响，而通俗小说在这方面则表现得更为明显。试以明末清初金圣叹评点《水浒传》为例，据清代毛庆臻《一亭考古杂记》所记："国初诸生金圣叹，才隽不羁，好评论奇书小说，透发心花，穷搜诡谲，阅者为之大快。"③ 晚清王韬光绪十四年（1888）撰《水浒传序》指出："《水浒传》一书，世传出施耐庵手。其殆有寓意存其间乎？抑将以自寄慨喟也？其书初犹未甚知名，自经金圣叹品评，置之第五才子之列，而名乃大噪。"④ 通俗小说《水浒传》面世之初并未产生较大的社会影响，"其书初犹未甚知名"，经过金圣叹评点后"名乃大噪"、"阅者为之大快"，可见评点有力地促进了《水浒传》的传播。《三国演义》的传播也显示出评点的推动之功，晚清觚庵《觚庵漫笔》认为："《三国演义》一书，其能普及于社会者，不仅文字之力。余谓得力于毛氏之批评，能使读者不致如猪八戒之吃人参果，囫囵吞下，绝未注意于篇法、章法、句法。"⑤ 毛宗岗父子评点《三国演义》，使读者对这篇小说的章法、句法等有了深刻认识，《三国演义》从而普及于社会，广泛流传。

---

① 关于明清时期小说评点兴盛的原因，可参见以下著述：吴承学：《评点之兴——文学评点的形成和南宋的诗文评点》，《文学评论》1995 年第 1 期；林岗：《明清之际小说评点学之研究》，北京大学出版社 1999 年版；谭帆：《中国小说评点研究》，华东师范大学出版社 2001 年版等。

② （清）喻焜：《聊斋志异序》，见《聊斋志异》会校会注会评本，上海古籍出版社 1986 年版，第 20 页。

③ （清）毛庆臻：《一亭考古杂记》，收入孔另境：《中国小说史料》，古典文学出版社 1957 年版，第 268 ~ 269 页。

④ （清）王韬：《水浒传序》，收入朱一玄、刘毓忱：《水浒传资料汇编》，南开大学出版社 2002 年版，第 327 页。

⑤ （清）觚庵：《觚庵漫笔》，《小说林》1907 年第 1 卷。

鉴于学术界对小说评点的研究比较深入，本章不拟对明清通俗小说的评点作全面考察，而是从读者的角度阐述评点现象及其特点与意义，尝试对读者与小说评点之间的关系进行专门论述，探讨明清时期通俗小说评点形成与发展的内在推动力，分析小说评点中出现的诸如假托等特有的文化现象。

第一节　读者与小说评点者的角色转换及其互动

关于读者与小说评点者之间的关系及互动，本节将从两个方面进行探讨。

一、从读者到小说评点者的角色转换

小说评点者首先以读者的身份存在，评点者或因喜读小说进而在阅读的基础上从事评点工作，或者受书坊、朋友之托评点小说，小说读者与评点者的角色产生转换，由读者成为评点者。评点者借助小说评点这种独特的形式抒发其个人情感，表达他们对社会的看法。以题名为李贽的《水浒传》评点者为例，明代万历年间容与堂刊本《水浒传》卷首有署名“小沙弥怀林”的《批评水浒传述语》，述语中云：“和尚自入龙湖以来，口不停诵，手不停披者三十年，而《水浒传》、《西厢曲》尤其所不释手者也。盖和尚一肚皮不合时宜，而独《水浒传》足以发抒其愤懑，故评之为尤详。”[①] 学术界多认为此述语是伪托[②]，而通过考察评点者对《水浒传》所

---

① （明）怀林：《批评水浒传述语》，据明万历容与堂刻本《李卓吾先生批评忠义水浒传》整理，见《水浒传》会评本，北京大学出版社 1990 年版，第 25 页。

② 关于怀林《批评水浒传述语》为假托的论证，可参见［日］佐藤炼太郎著，张志合译：《关于李卓吾评〈水浒传〉》，《黄淮学刊》1991 年第 3 期；任冠文：《关于李贽批评〈水浒传〉辨析》，《山西广播电视大学学报》1999 年总第 16 期等。另容与堂本《水浒传》中的李贽评语，经戴望舒、王利器、靳岱同等先生考证，学术界多认为系叶昼伪托。袁无涯本《水浒传》中李贽评语的真伪问题也存有争议，可参见黄霖：《〈水浒全传〉李贽评也属伪托》，《江汉论坛》1982 年第 1 期；陈玉东：《袁无涯本〈水浒传〉辨伪》，《哈尔滨学院学报》2006 年第 6 期等。故本书论述涉及《水浒传》李贽评语时，均用“题李贽评”表述。

作评语的内容，可知他在评点过程中表达了自己对人生百态的感慨，对当时腐朽政治的批判以及对假道学的厌恶，确是借小说评点抒发“一肚皮不合时宜”。

在文学创作领域，发愤著书、不平则鸣的传统源远流长，汉代司马迁《史记·太史公自序》云：

> 夫《诗》、《书》隐约者，欲遂其志之思也。昔西伯拘羑里，演《周易》；孔子厄陈、蔡，作《春秋》；屈原放逐，著《离骚》；左丘失明，厥有《国语》；孙子膑脚，而论兵法；不韦迁蜀，世传《吕览》；韩非囚秦，《说难》、《孤愤》；《诗》三百篇，大抵贤圣发愤之所为作也。此人皆意有所郁结，不得通其道也，故述往事，思来者。[1]

唐代韩愈继承司马迁“发愤著书”的思想，在《送孟东野序》中提出著名的“不平则鸣”说，“大凡物不得其平则鸣”[2]。无论是司马迁还是韩愈，都充分肯定作者的主观能动性，强调作者的心理、情感、精神对创作的重要性。在小说创作领域，这种“发愤著书”、“不平则鸣”的思想也得以充分体现。比如《聊斋志异》的作者蒲松龄就继承了前人的“孤愤著书”说，他在《聊斋自志》中云：“独是子夜荧荧，灯昏欲蕊；萧斋瑟瑟，案冷疑冰。集腋为裘，妄续幽冥之录；浮白载笔，仅成孤愤之书：寄托如此，亦足悲矣！嗟乎！惊霜寒雀，抱树无温；吊月秋虫，偎阑自热。知我者，其在青林黑塞间乎！”[3]

对于文学创作领域中的“孤愤著书”思想，研究者已给予较多重视，相比之下，小说评点领域中的“发愤著书”、“不平则鸣”思想受到的关注则较少。实际上，前文提到的题名为李贽的评点者热衷于阅读、评点《水浒传》等书，正是将“一肚皮不合时宜”寄托于小说评点之中，借助评点

---

① （汉）司马迁：《史记》卷一三〇《太史公自序》，中华书局1959年版，第3300页。

② （唐）韩愈：《送孟东野序》，《韩昌黎全集》卷一九《书六·序一》，中国书店1991年版，第277页。

③ （清）蒲松龄：《聊斋自志》，见《聊斋志异》会校会注会评本，上海古籍出版社1986年版，第3页。

抒发其愤懑之情，从这个意义上来说，评点者也把他的人生经历与感触融进了《水浒传》的评点文字之中。

张竹坡也是如此，他的科举之途坎坷，未得功名，因喜读《金瓶梅》、欣赏其文字而于清康熙三十四年（1695）评点此书，并借评点抒写个人情怀。张竹坡《竹坡闲话》指出：

> 《金瓶梅》，我又何以批之也哉？我喜其文之洋洋一百回，而千针万线，同出一丝，又千曲万折，不露一线。闲窗独坐，读史、读诸家文，少暇，偶一观之，曰：如此妙文，不为之递出金针，不几辜负作者千秋苦心哉！……迩来为穷愁所迫，炎凉所激，于难消遣时，恨不自撰一部世情书，以排遣闷怀。几欲下笔，而前后结构，甚费经营，乃搁笔曰：我且将他人炎凉之书，其所以前后经营者，细细算出，一者可以消我闷怀，二者算出古人之书，亦可算我今又经营一书。我虽未有所作，而我所以持往作书之法，不尽备于是乎！然则我自做我之《金瓶梅》，我何暇与人批《金瓶梅》也哉？[①]

张竹坡阐明自己批点《金瓶梅》的原因：一是因为喜读其文字，希望通过评点揭示“作者千秋苦心”；二是被现实生活所迫，“炎凉所激，于难消遣时，恨不自撰一部世情书以排遣闷怀”，但自撰一部小说又很困难，所以在欲下笔而未果后，决定评点《金瓶梅》这部描写世态炎凉之书以消解苦闷心情。由此可知，“借古人之酒杯，浇自己之块垒”[②] 的现象，不仅常在小说创作中出现，在小说评点领域中也同样存在。清人王希廉《红楼梦批序》云：“余之于《红楼梦》爱而读之，读之而批之，固有情不自禁者矣。”[③] 可见王希廉与张竹坡等人相类，也是因爱读《红楼梦》进而评点小说。

---

① （清）张竹坡：《竹坡闲话》，据明万历刊本《金瓶梅词话》整理，见《金瓶梅》会评会校本，中华书局1998年版，第1482页。

② （清）沈修：《通天台题辞》，（清）吴梅村：《吴梅村全集》，上海古籍出版社1990年版，第1500～1501页。

③ （清）王希廉：《红楼梦批序》，收入黄霖、韩同文：《中国历代小说论著选》（上册），江西人民出版社2000年版，第564页。

值得注意的是，明清通俗小说评点者的队伍中还出现了女性身影。郑振铎旧藏（今藏国家图书馆）《平山冷燕》封面题“天花藏评点四才子书”，第十二回回评云：“予向阅诸小言，味都嚼蜡。今始见四才子，异而评之。第恨妾生较晚，不及细为点缀耳。”这位批评者以“妾”自称，很显然是位女性，可见在女性读者中也存在由读者到评点者的角色转换。

二、小说评点者与读者之间出现互动

在对明清通俗小说进行评点的过程中，读者因素也很突出，评点者在点评小说之际，注重读者的理解能力与感受，强调与读者之间的互动。《西游记》第七十六回题李贽总评云：“妖魔反覆处极似世上人情，世上人情反覆，乃真妖魔也。作《西游记》者，不过借妖魔来画个影子耳，读者亦知此否?”① 评点者把妖魔的反复无常与世间人情反复相对比，来揭示世态炎凉、人心险恶，以一句“读者亦知此否”显示出他对读者的重视。在《红楼梦》第二十一回描写多姑娘说“倒为我脏了身子。快离了我这里罢”处，庚辰侧评云：“淫妇勾人，惯加反语，看官着眼。”② 评点指出多姑娘之言是一种反语，目的在于勾引人，提醒读者不要被她推拒的表象所迷惑。

读者与评点者之间有时也会出现直接的互动与交流。清醉耕堂刻《评论出像水浒传》第二十一回王望如评语指出，有位读者就《水浒传》关于宋江的人物塑造提出异议：“客曰：‘婆惜，亡赖一妇人耳！彼之所恋恋者，乃押司所携之张文远也。交通水泊，他人不知，文远宁不知之？果肯以妾赠友，一纸如携。计不出此，杀婆惜几自陷于杀，愚甚！’”这位读者认为，宋江与梁山泊来往，他的同僚、后司贴书张文远肯定知道此事。以宋江之性格和为人，应按阎婆惜所愿将她赠送给张文远，杀她之举实不可取，因为杀害她以后自己就陷入了被动。评点者王望如对读者的疑问作出

① 题李贽评本《李卓吾先生批评西游记》第七十六回《心神居舍魔归性　木母同降怪体真》回评，上海古籍出版社 2007 年版，第 1034 页。

② 《红楼梦》第二十一回《贤袭人娇嗔箴宝玉　俏平儿软语救贾琏》脂砚斋侧评，见《红楼梦》百家评咏本，上海古籍出版社 2007 年版，第 157 页。

回答：

> 婆惜眼中多宋江，宋江胸中无婆惜，固知婆惜撒娇是假撒娇，宋江使气是真使气。但情钟我辈，鲜有不移船就岸者。公明以如水对之，去之惟恐不速。迨去而复来，索招文不可得，朝廷不及察其通贼之罪，而婆惜必欲发其复焉。积嫌生怨，积怨生怒，烈哉公明，大为天下男子汉吐气矣。……宋公明非无机谋者，气之所至，理不能遏，略肯转念，何难两全。负血性男子不可及处，正在径情直遂，把身家利害都不顾。

王望如指出，宋江并非无智谋之人，他作为血性男子正在气头上，担心阎婆惜将自己与梁山相通的情况公之于众，加上对阎并无太深感情，所以不顾身家利害做出此举。宋江杀阎实乃一大快事，为天下男子汉都争了一口气。听了王望如之论，读者表示赞同，"胡卢而退"[①]。

这是一则读者与评点者之间直接互动的实例，这种互动不仅能为读者解惑，同时也体现出评点者作为特定读者对小说中人物和情节的理解。

第二节　下层读者与通俗小说评点的普及

小说评点的目的多种多样，有些是文人借其抒发个人情感，也有些是受市场和读者因素的影响较大，意图为读者提供方便，因此带有比较明显的商业色彩和功利目的。《世说新语补》凡例第八则云："《世说》豫章本，圈点句读，特便观者。"[②] 豫章本《世说新语》的评点以方便读者作为出发点。通俗小说评点更是如此，明万历三十四年（1606）余象斗三台馆所刊《列国志传》卷首识语指出："《列国》一书，乃先族叔翁余邵鱼按

---

① 以上所引据清醉耕堂刻《评论出像水浒传》第二十回《虔婆醉打唐牛儿　宋江怒杀阎婆惜》王望如评语，见《水浒传》会评本，北京大学出版社 1990 年版，第 399 页。

② 《世说新语补》凡例，收入朱一玄：《明清小说资料选编》，南开大学出版社 2006 年版，第 976 页。

鉴演义纂集。惟板一付，重刊数次，其板蒙旧。象斗校正重刻，全像批断，以便海内君子一览。”[①] 余象斗在《列国志传》旧版的基础上重新校对刻印，并增加了两个内容，即“全像”和“批断”，其中“批断”就是评点，目的是“以便海内君子一览”，可见读者是小说评点所考虑的重要因素之一。

明清时期，小说评点受到社会各阶层读者的广泛欢迎，其中下层读者尤为引人注目，笔者试就下层读者与通俗小说评点的关系作简要论述。

随着商品经济的发展与市民阶层的崛起，大约从明代中后期开始，越来越多的下层民众加入到小说读者的行列中。明天启年间天许斋刊本《古今小说》卷首所附绿天馆主人（冯梦龙）叙称：“茂苑野史氏，家藏古今通俗小说甚富。因贾人之请，抽其可以嘉惠里耳者，凡四十种，畀为一刻。”[②] 明天启四年（1624）金陵兼善堂本《警世通言》识语称：“通俗演义一种，尤便于下里之耳目。”[③] 所谓下里，即乡里；所谓里耳，即下里之耳目，指平民百姓的欣赏趣味和水平。随着下层读者队伍的不断壮大，满足下层读者的阅读需要成为评点者考虑的重要因素。明清时期最早的通俗小说评点出现于明万历十九年（1591）金陵书坊周曰校万卷楼所刊的《三国志通俗演义》，这部小说透露出有关下层读者与评点之间关系的信息，其书识语声称：“俾句读有圈点，难字有音注，地理有释义，典故有考证，缺略有增补，节目有全像。如牖之启明，标之示准。此编此传，士君子抚养心目俱融，自无留难，诚与诸刻大不侔矣。”[④] 周曰校在此主要说明为《三国志通俗演义》一书所做的编辑工作，包括为句读作圈点，为难字作音注，对地理作注释，对典故作考证，增补缺略，补充插图等，其目的在于使读者“抚养心目俱融，自无留难”。从周曰校为难字、地理、典故作

---

① 《列国志传》识语，《列国志传》，《古本小说集成》据明万历三十四年余象斗三台馆刊本影印，上海古籍出版社 1990 年版，卷首。

② （明）绿天馆主人：《古今小说叙》，《喻世明言》，人民文学出版社 1958 年版，卷首。

③ 《警世通言》识语，《警世通言》，《古本小说集成》据明天启四年兼善堂刊本影印，上海古籍出版社 1990 年版，卷首。

④ 《三国志通俗演义》识语，《三国志通俗演义》，《古本小说集成》据明万历十九年金陵万卷楼刊本影印，上海古籍出版社 1990 年版，卷首。

注释或考证可知，这主要是为文化水平不高的中下层读者服务的。

万历四十三年（1615）沈应魁所刊《广谐史》是部文言小说，其书凡例也就下层读者与小说评点的关系作了明确说明：

文有经各公题评者，各随所见附书，无者不敢妄托以眩人目。（第四则）

时尚批点，以便初学观览，非大方体，且或称卓吾，或称中郎，无论真伪，反惑人真解，况藻鉴不同，似难一律，故不敢沿袭俗套，以为有识者鄙。（第十二则）[①]

《广谐史》凡例不仅指出“时尚批点”的情况，而且认为评点“以便初学观览，非大方体”。凡例作者将“初学”与“大方”对举，“初学”主要指那些知识水平有限的下层读者。清代观鉴我斋雍正年间撰《儿女英雄传序》也称：“且如《西游记》、《水浒传》、《金瓶梅》，亦幸遇悟一子、圣叹、竹坡诸人读而批之；中人以下乃获领解耳。《红楼梦》至今不得其人一批，世遂多信为谈情，乃致误人不少。”[②] 这说明金圣叹、张竹坡等人的评点有助于“中人以下”者阅读与理解小说作品。所谓“中人以下”是指社会地位较低、文化知识储备比较薄弱的中下层读者。通过上述材料我们不难看出，至少自明代后期开始，小说评点的目的和动机就发生了较大转变，下层读者的阅读需求成为小说评点所关注的重要内容。

一方面，由于下层读者队伍的壮大，明清时期书坊和书坊主为满足他们的阅读需要而设置小说评点；另一方面，小说评点可以让下层读者更好地理解小说作品，从而使小说评点更加普及。对此，以《水浒传》的评点为例进行说明，据袁宏道《东西汉通俗演义序》描述：

里中有好读书者，缄嘿十年，忽一日拍案狂叫曰：“异哉！卓吾老子吾师乎？”客惊问其故，曰：“人言《水浒传》奇，果奇。予每检《十三经》或《廿一史》，一展卷即忽忽欲睡去，未有若《水浒》之明白晓畅，

---

① （明）陈邦俊：《广谐史》凡例，《四库全书存目丛书》第252册子部，齐鲁书社1997年版，第207～208页。据清华大学图书馆藏明万历四十三年沈应魁刊本影印。

② （清）观鉴我斋：《儿女英雄传序》，《儿女英雄传》，《古本小说集成》据聚珍堂初刊本影印，上海古籍出版社1990年版，卷首。

语语家常，使予捧玩不能释手者也。若无卓老揭出一段精神，则作者与读者千古俱成梦境。”①

这位居住于“里中”、喜欢读书的读者正是通过评点文字才认识到《水浒传》之“奇”的，他认为“若无卓老揭出一段精神，则作者与读者千古俱成梦境”。评点揭示出了通俗小说在语言文字、创作主旨、人物塑造、章法结构等多方面的独特之处，增进了读者尤其是下层读者对作品的理解。

第三节　评点为读者揭示小说创作主旨

在小说作者和读者之间，评点起到重要的沟通作用，正如明末袁无涯《忠义水浒全书发凡》所云：

书尚评点，以能通作者之意，开览者之心也。得则如着毛点睛，毕露神采；失则如批颊涂面，污辱本来，非可苟而已也。今于一部之旨趣，一回之警策，一句一字之精神，无不拈出，使人知此为稗家史笔，有关于世道，有益于文章，与向来坊刻，夐乎不同。如按曲谱而中节，针铜人而中穴，笔头有舌有眼，使人可见可闻，斯评点所最贵者耳。②

小说作者的“一部之旨趣，一回之警策，一句一字之精神”均通过评点被揭示出来，使读者得以理解与接受。本节主要分析评点在小说创作主旨上对读者阅读所起的指导意义，将从两个方面进行论述。

---

① （明）袁宏道：《东西汉通俗演义序》，收入《袁中郎随笔》，作家出版社 1996 年版，第 200 页。

② （明）袁无涯：《忠义水浒全书发凡》，明万历袁无涯刊本《出像评点忠义水浒全传》卷首，见《水浒传》会评本，北京大学出版社 1990 年版，第 31 页。

一、评点有助于揭示作者之用意，便于读者理解，指导读者阅读

了解小说的创作主旨、作者的用意，对于阅读行为而言无疑是至关重要的。明万历袁无涯刊本《出像评点忠义水浒全传》第一回题李卓吾评曰："禳瘟是救世婆心，放魔是显忠手段，作者于简首拈出，大有深意。"① 禳瘟、放魔是《水浒传》中的重要情节，暗含着作者的深意，读者须认真体会，正如金圣叹《读第五才子书法》云："大凡读书，先要晓得作书之人是何心胸。"② 而评点正有助于揭示小说的创作主旨，指导读者阅读。对于这一点，清代张书绅《新说西游记自序》云："此书由来以久，读者茫然不知其旨，虽有数家批评，或以为讲禅，或以为谈道，更又以为金丹采炼，多捕风捉影，究非《西游》之正旨。……予期以数月之暇，注明指趣，破其迷罔，唤醒将来之学者，此亦往者不可谏、来者犹可追也。"③ 张书绅考虑到读者对《西游记》创作宗旨茫然不知，而现有的数家评点文字多系捕风捉影，未能揭示出小说之"正旨"，有鉴于此，他花费数月时间评点《西游记》，解读书中旨趣，为读者提供参考。

清代太平闲人认为《红楼梦》的评点向读者揭示了小说作者的"正意"，其《红楼梦读法》云：

> 《石头记》一书，不惟脍炙人口，亦且镌刻人心，移易性情，较《金瓶梅》尤造孽，以读但知正面，而不知反面也。间有巨眼能见知矣，而又以恍惚迷离，旋得旋失，仍难脱累。得闲人批评，使作者正意，书中反面，一齐涌现，夫然后闻之者足戒，言者无罪，岂不大妙？④

---

① 题李卓吾评《出像评点忠义水浒全传》第一回《张太师祈禳瘟疫　洪太尉误走妖魔》，见《水浒传》会评本，北京大学出版社1990年版，第53页。

② （明）金圣叹：《读第五才子书法》，中华书局1975年版。据明崇祯十四年贯华堂刊本影印《第五才子书施耐庵水浒传》卷首。

③ （清）张书绅：《新说西游记自序》，《新说西游记》，《古本小说集成》据清乾隆十四年其有堂刻本影印，上海古籍出版社1990年版，卷首。

④ （清）太平闲人：《红楼梦读法》，收入朱一玄：《红楼梦资料汇编》，南开大学出版社2001年版，第700页。

读者阅读《红楼梦》时，在理解与认识上往往带有一定片面性，只知小说中正面描写之美，而不知其反面寓意。通过评点，能够“使作者正意，书中反面，一齐涌现”，有助于读者全面知悉小说主旨，体会作者的用意。

评点可以帮助读者更好地理解小说。下面结合通俗小说具体章节的评点，通过例证对此加以阐述：

例一，《水浒传》卷一百第一百回题李贽评曰：“施、罗二公真是妙手，临了以梦结局，极有深意。见得从前种种都是说梦，不然，天下那有强盗生封侯而死庙食之理？只是借此以发泄不平耳。读者认真，便是痴人说梦。”① 评点者对《水浒传》以徽宗梦游梁山作结表示充分肯定，他指出，此梦是作者借以暗示小说中关于梁山诸人被招安受封之事都是为“发泄不平”而虚构的，提醒读者不要当真。

例二，在题李贽评点本《西游记》中，多处可见评点者对作者创作宗旨的阐发，以便于读者理解。《西游记》第一回回末总评云：

> 读《西游记》者，不知作者宗旨，定作戏论。余为一一拈出，庶几不埋没了作者之意。即如第一回有无限妙处；若得其意，胜如罄翻一大藏了也。篇中云《释厄传》，见此书读之，可释厄也。若读了《西游》，厄仍不释，却不辜负了《西游记》么？何以言释厄？只是能解脱便是。……又曰：世人都是为名为利之徒，更无一个为身命者，已是明白说了也。余不必多为注脚，读者须自知之。②

评点者指出，阅读《西游记》时一定要了解作者的宗旨，否则会视其为游戏之作，因而他从石猴登王位后为何把“石”字隐去说起，逐一拈出其中蕴含的深意，为读者更好地阅读、理解这部通俗小说提供参考。又如《西游记》第二回回末总评云：

> 《西游记》极多寓言，读者切勿草草放过。如此回中，“水火既济，百

---

① 《明容与堂刻水浒传》卷一百第一百回《宋公明神聚蓼儿洼　徽宗帝梦游梁山泊》回评，上海人民出版社 1975 年版。据明容与堂刊本影印。

② 题李贽评本《李卓吾先生批评西游记》第一回《灵根育孕源流出　心性修持大道生》回末总评，上海古籍出版社 2007 年版，第 14 页。

病不生”，“世上无难事，只怕有心人”，“口开神气散，舌动是非生”，“你从那里来，便从那里去”，俱是性命微言也。……

混世魔王处亦有意。盖道高一尺，魔高一丈，理势然也。若成道之后，不灭得魔，道非其道也。所以于小猴归处露二语曰：脚踏实地，认得是家乡。此灭魔成道之真光景也。读者察之。①

评点者强调“《西游记》极多寓言，读者切勿草草放过”，他随后举出一些诸如“水火既济，百病不生”之类的“性命微言”，并点明混世魔王一节所蕴含的深意，希望读者体悟。《西游记》第四十六回回末总评云：

前面黑风洞、黄袍郎、青狮子、红孩儿等项，都是金、木、水、火、土的别号。作者以之为魔，欲学者跳出五行也。此处虎力、鹿力、羊力三道士，亦是虎车、鹿车、羊车的隐名，作者之意，亦欲人不以三车为了义也。读《西游记》者，亦知之乎否也。②

此回点评与以上几回用意相似，评点者指明黑风洞、黄袍郎、青狮子、红孩儿等项的寓意，以及虎力、鹿力、羊力三道士隐藏的深意，均与道教内丹学大有关联，提醒读者透过小说描写去发掘其宗教和文化内涵。

例三，《绣屏缘》佚名评本第八回回末评云：

此回小说，用意甚深，而观者或未之觉，何也？其始也，遇蕙娘则有孙虎为之解……而下回之面目开矣。其继也，遇素卿（有程）书为之救，有程书为之救，而十一、二回之机权现矣。使他人捉笔，定于将解未解之时，费多少力，而此淡淡说来，已觉顺水流舟，全无隔碍，不必强生枝节，前后若一线穿成。此文家化境也。③

---

① 题李贽评本《李卓吾先生批评西游记》第二回《悟彻菩提真妙理　断魔归本合元神》回末总评，上海古籍出版社2007年版，第27页。

② 题李贽评本《李卓吾先生批评西游记》第四十六回《外道弄强欺正法　心猿显圣灭诸邪》回末总评，上海古籍出版社2007年版，第624页。

③ 佚名评本《绣屏缘》第八回回末评，《明清善本小说丛刊初编》第18辑《艳情小说专辑》，台北天一出版社1985年版。

评点交代《绣屏缘》第八回的用意，指出此回具有“启下”的作用，如果不经评点，读者“或未之觉”，而经过评点，读者则可体会到作者的良苦用心。从这个意义来说，评点正是沟通小说读者与作者之间的重要媒介，通过评点可以加深读者对通俗小说创作主旨的理解，减少小说传播过程中出现的误读现象。

二、在评点者向读者所揭示的各种创作主旨中，劝戒之旨比较普遍

本书第五章“读者与明清通俗小说创作观念”第一节“读者与劝戒说”曾就明清通俗小说创作中读者与劝戒说的关系作了一些探讨。在小说评点中，劝戒观念也比较流行，评点者注重向读者进一步阐发小说的劝戒主旨。明代李云翔《封神演义序》云：

> 余友舒冲甫自楚中重资购有钟伯敬先生批阅《封神》一册，尚未竟其业，乃托余终其事。余不愧续貂，删其荒谬，去其鄙俚，而于每回之后或正词，或反说，或以嘲谑之语以写其忠贞侠烈之品，奸邪顽顿之态，于世道人心不无唤醒耳。……书成，其可信不可信，又在阅者作如何观，余何言哉?①

李云翔评点《封神演义》，歌颂忠贞，谴责奸佞，意在唤醒世道人心。清代王新城（王士禛）评《女仙外史》第十四回曰：“神鬼精灵，出没笔端，妙在亦寓劝惩之旨，足以正人心而维世道，不可作仙真游戏，草草看过。”② 提醒读者注意此部小说的劝惩之旨，不可将其当作仙真游戏文字。清代惺园退士同治十三年（1874）撰《儒林外史序》也指出：

---

① （明）李云翔：《封神演义序》，《封神演义》，《古本小说集成》据明金阊舒载阳刊本影印，上海古籍出版社1990年版，卷首。

② 《女仙外史》第十四回《二金仙九州游戏　诸神女万里逢迎》回评，《女仙外史》，《古本小说集成》据复旦大学图书馆藏钓璜轩本影印，上海古籍出版社1990年版。

《儒林外史》一书，摹绘世故人情，真如铸鼎象物，魑魅魍魉，毕现尺幅；而复以数贤人砥柱中流，振兴世教。……评语尤为曲尽情伪，一归于正。……余素喜披览，辄加批注……余惟是书善善恶恶，不背圣训。先师不云乎："见贤思齐焉，见不贤而内自省也。"读者以此意求之《儒林外史》，庶几稗官小说亦如经籍之益人，而足以兴起观感，未始非世道人心之一助云尔。①

同治十三年刊本《儒林外史》（齐省堂本）除录入卧闲草堂本回评外，对卧本原缺回评进行了补写和扩充，亦在书中加入一些眉批。通常序文作者惺园退士被认为是齐本评点者，他在此序中肯定了卧本评语，并表明自己也对这部小说进行了批注以阐发其旨，希望读者认真领会。在惺园退士看来，《儒林外史》同经书一样具有教化作用。

第四节 评点为读者揭示小说人物塑造的特点及成就

小说作品中人物塑造的特点及成就往往通过评点得以阐发，小说作者在人物塑造方面的隐笔或缺笔，也通过评点得以揭示，评点在读者和作者之间搭建起沟通与理解的桥梁。

一、评点对通俗小说人物形象进行解读或补充，便于读者全方位、多侧面地了解小说人物性格特点及心理状态

评点常常向读者揭示小说人物塑造的特点及成就，以明代题名李贽的评点者评《水浒传》为例，他对《水浒传》在人物刻画上的成就予以充分肯定。《批评忠义水浒传》第三回《史大郎夜走华阴县 鲁提辖拳打镇关西》回评云："李和尚曰：描画鲁智深，千古若活，真是传神写照妙手。

① （清）惺园退士：《儒林外史序》，收入朱一玄、刘毓忱：《儒林外史资料汇编》，南开大学出版社2003年版，第284页。

且《水浒传》文字妙绝千古，全在同而不同处有辨，如鲁智深、李逵、武松、阮小七、石秀、呼延灼、刘唐等，众人都是急性的，渠形容刻画来各有派头，各有光景，各有家数，各有身分，一毫不差，半些不混。读去自有分辨，不必见其姓名，一睹事实就知某人某人也，读者亦以为然乎?"[①] 第九回《柴进门招天下客　林冲棒打洪教头》回评云："李卓吾曰：施耐庵、罗贯中真神手也，摩写鲁智深处，便是个烈丈夫模样；摩写洪教头处，便是忌嫉小人底身分；至差拨处，一怒一喜，倏忽转移，咄咄逼真，令人绝倒，异哉!"[②] 第十五回《吴学究说三阮撞筹　公孙胜应七星聚义》回评云："卓老曰：刻画三阮处各各不同，请自坐眼。"[③] 评点者认为，《水浒传》中的人物形象栩栩如生，小说作家善于抓住每个人性格的独特之处进行描写。同样写急性子人物，鲁智深、李逵、武松、阮小七、石秀、呼延灼、刘唐等人各不相同，其妙处"全在同而不同处有辨"；对于鲁智深、洪教头等不同身份的人物，作者刻画得"咄咄逼真，令人绝倒"。评点者在评点《水浒传》时注重与读者的互动，提出"读者亦以为然乎"、"请自坐眼"等语，希望读者能够了解小说在人物刻画方面的精妙之笔。

评点者除揭示通俗小说在人物塑造方面的特点及成就外，有时还对小说中的人物刻画进行了补充，为读者解惑。以清代步月主人所编《再团圆》为例，此书分别选自"三言"和《拍案惊奇》等书，今存清代泉州尚志堂刊本，刊于乾隆年间，其《崔俊臣巧会芙蓉屏》即《拍案惊奇》卷二七《顾阿秀喜舍檀那物　崔俊臣巧会芙蓉屏》。故事讲述元代至正时，真州人崔俊臣在赴任温州永嘉途中遇盗而夫妻离散，妻子王氏流落至尼姑庵削发为尼，后来两人凭借一副芙蓉屏，在退居姑苏的御史大夫高纳麟的帮助下再次团圆。阅读小说之际，细心的读者往往会留下疑问：高公先后把崔、王两人接到家中后并没有立即让他们团聚，而是遍邀门生、故吏、亲朋好友，大摆宴席，当着众人的面才让崔俊臣夫妻相认。高御史为何要

---

① 《明容与堂刻水浒传》第三回《史大郎夜走华阴县　鲁提辖拳打镇关西》回末总评，上海人民出版社 1975 年版。据明容与堂刊本影印。

② 《明容与堂刻水浒传》第九回《柴进门招天下客　林冲棒打洪教头》回末总评，上海人民出版社 1975 年版。据明容与堂刊本影印。

③ 《明容与堂刻水浒传》第十五回《吴学究说三阮撞筹　公孙胜应七星聚义》回末总评，上海人民出版社 1975 年版。据明容与堂刊本影印。

这么做呢？尚志堂刊本《再团圆》于此处有句中肯的评语：“此亦高公有意扬名。”高纳麟具备热心助人、豪侠仗义的高尚品德，同时也有着热衷名声的一面，小说评点虽寥寥数语，却让读者对高公的性格更多了一分了解。

二、评点者对通俗小说人物塑造提出不同意见，纠正读者可能存在的错误认识，提醒读者注意

金圣叹在评点《水浒传》时，对宋江的形象塑造提出自己的看法。在明崇祯贯华堂刊《第五才子书施耐庵水浒传》卷二二第十七回《美髯公智稳插翅虎　宋公明私放晁天王》中，金圣叹评曰：

宋江，盗魁也，盗魁则其罪浮于群盗一等。然而从来人之读《水浒》者，每每过许宋江忠义，如欲旦暮遇之，此岂其人性喜与贼为徒，殆亦读其文而不能通其义有之耳。自吾观之，宋江之罪之浮于群盗也，吟反诗为小，而放晁盖为大。何则？放晁盖而倡聚群丑，祸连朝廷自此始矣。宋江而诚忠义，是必不放晁盖者也；宋江而放晁盖，是必不能忠义者也。此入本传之始，而初无一事可书，为首便书私放晁盖，然则宋江通天之罪，作者真不能为之讳也。……世人读《水浒》而不能通，而遽便以忠义目之，真不知马之几足者也。①

金圣叹认为，读者在阅读《水浒传》时，对宋江的看法存在偏差。“从来人之读《水浒》者，每每过许宋江忠义”，而实际上宋江具有“通天之罪”，吟诵反诗尚属小事，他放走晁盖使之后来成为危害朝廷的罪魁祸首，这种行为更是错误，根本不能被称为忠义。在明贯华堂刊《第五才子书施耐庵水浒传》卷六二第五十七回，金圣叹评点时就宋江是否忠义作进一步辨析，并试图纠正读者的误读。他认为：“村学先生团泥作腹，镂炭为眼，读《水浒传》，见宋江口中有许多好语，便遽然以‘忠义’两字过许老贼，

① （明）金圣叹：《第五才子书施耐庵水浒传》第十七回《美髯公智稳插翅虎　宋公明私放晁天王》回前总评，中华书局1975年版。据明崇祯十四年贯华堂刊本影印。

甚或弁其书端，定为题目，此决不得不与之辩。辩曰：宋江有过人之才，是即诚然；若言其有忠义之心，心心图报朝廷，此实万万不然之事也。”①金圣叹在评点中列举了宋江不能被称为忠义的十个理由，也可以说是宋江的十大罪状：

夫宋江，淮南之强盗也。人欲图报朝廷，而无进身之策，至不得已而姑出于强盗，此一大不可也。曰：有逼之者也，夫有逼之，则私放晁盖，亦谁逼之？身为押司，执法纵贼，此二大不可也。为农则农，为吏则吏，农言不出于畔，吏言不出于庭，分也，身在郓城，而名满天下，远近相煽，包纳荒秽，此三大不可也。私连大贼以受金，明杀平人以灭口，幸从小惩，便当大戒，乃浔阳题诗，反思报仇，不知谁是其仇，至欲血染江水，此四大不可也。语云：求忠臣必于孝子之门，江以一朝小忿，贻大稚于老父，夫不有于父，何有于他，诚所谓是可忍，孰不可忍，此五大不可也。燕顺、郑天寿、王英，则罗而致之梁山，吕方、郭盛，则罗而致之梁山，此犹可恕也，甚乃至于花荣，亦罗而致之梁山，黄信、秦明，亦罗而致之梁山，是胡可恕也，落草之事虽未遂，营窟之心实已久，此六大不可也。白龙之劫，犹出群力，无为之烧，岂非独断？白龙之劫，犹曰救死，无为之烧，岂非肆毒？此七大不可也。打州掠县，只如戏事，劫狱开库，乃为固然，杀官长，则无不坐以污滥之名，买百姓，则便借其府藏之物，此八大不可也。官兵则拒杀官兵，王师则拒杀王师，横行河朔，其锋莫犯，遂使上无宁食天子，下无生还将军，此九大不可也。初以水泊避罪，后忽忠义名堂，设印信赏罚之专司，制龙虎熊罴之旗号，甚乃至于黄钺白旄，朱幡皂盖，违禁之物，无一不有，此十大不可也。夫宋江之罪，擢发无穷，论其大者，则有十条。而村学先生犹鳃鳃以忠义目之，一若惟恐不得当者，斯其心何心也！②

金圣叹一一列举宋江作为公差私放晁盖等十大罪状，通过评点否定《水浒

① （明）金圣叹：《第五才子书施耐庵水浒传》第五十七回《三山聚义打青州众虎同心归水泊》回前总评，中华书局 1975 年版。据明崇祯十四年贯华堂刊本影印。

② （明）金圣叹：《第五才子书施耐庵水浒传》第五十七回《三山聚义打青州众虎同心归水泊》回前总评，中华书局 1975 年版。据明崇祯十四年贯华堂刊本影印。

传》的忠义说，纠正读者对于宋江“以忠义目之”，认为宋江是假忠义、真奸贼。金圣叹对宋江的评价带有较强的主观情感，有些地方不免偏激，对此，清代评点者王望如表达了不同看法。醉耕堂刻《评论出像水浒传》第五十九回回末评曰：

金圣叹痛恶宋江，而于风吹旗折不止盖行，坐以赵盾弑君、世之弑父之罪，公明有知，当仰天捶首而叹奇冤之同覆盆也！梁山非晁家世业，宋江才名又远过乎盖，祝庄、高唐、青州、华州，亲冒矢石，屡居奇功，盖即不死，亦应义让公明，而况乎其中箭死也。林冲曩尊晁盖，今又尊宋江，虽举目有河山之异，而风景不殊，悲喜交集，必加以咄咄相逼而曰伯仁由我，岂豹子头亦与谋者耶？余不敢扶同入人死罪，故特平反也。①

王望如指出，金圣叹因痛恶宋江，评点时存有偏见，对其坐以重罪。“公明有知，当仰天捶首而叹奇冤之同覆盆也！”他认为晁盖之死、宋江称王并非宋江之主观意愿，更非宋江之错，因此为其平反，希望引导读者对这一小说人物能有更客观的评价。金圣叹、王望如对《水浒传》中人物的不同评价，表达出他们作为小说读者对作品的不同理解，另外，也表达了他们作为评点者对读者在理解小说人物形象时的指导意见。

清代张竹坡在评点《金瓶梅》时也试图纠正读者在人物理解上的误差。以吴月娘的形象塑造为例，张竹坡《批评第一奇书〈金瓶梅〉读法》云：

篇内出月娘，乃云夫主面上，百依百顺。看者止知说月娘贤德，为下文能容众妾地步也，不知作者更有深意。月娘，可以向上之人也。夫可以向上之人，使随一读书守礼之夫主，则刑于之化，月娘便自能化俗为雅，谨守闺范，防微杜渐，举案齐眉，便成全人矣。乃无如月娘止知依顺为道，而西门之使其依顺者，皆非其道，月娘终日闻夫之言，是势利市井之言，见夫之行，是奸险苟且之行，不知规谏，而乃一味依顺之。故虽有好

① （清）王望如：《评论出像水浒传》第五十九回《公孙胜芒砀山降魔 晁天王曾头市中箭》回末总评，见《水浒传》会评本，北京大学出版社 1990 年版，第 1518 页。

资质，未免习俗渐染，后文引敬济入室，放来旺进门，皆其不闻妇道，以致不能防闲也。送人直出大门，妖尼昼夜宣卷，又其不闻妇道，以致无所法守也。然则开卷写月娘之百依百顺，又是写西门庆先坑了月娘也。泛泛读之，何以知作者苦心？①

《金瓶梅》中的吴月娘一直表现出对丈夫西门庆的百依百顺，一般读者都认为月娘乃贤德之人。张竹坡则强调月娘所嫁非人，受西门庆诸多影响，虽然资质本来不错，但逐渐被习俗所浸染，做出很多不符合妇道的行为。"泛泛读之，何以知作者苦心？"只有细致地阅读与体察，才能明白小说中蕴含的深意。

第五节 评点为读者揭示小说文法

对小说文法的揭示是小说评点的重要内容之一。考察有关明清通俗小说评点的文献材料可以发现，评点者在揭示小说文法的同时亦表现出明显的读者意识，主要体现在以下两个方面。

一、评点为读者揭示小说文法，指导读者阅读行为

明清通俗小说尤其是章回小说线索繁多，情节复杂，有些作品跨越的年代很长，创作手法也复杂多样。评点者因而常对小说文法加以揭示，有些评点者直接标明"读法"，如金圣叹《读第五才子书法》、张竹坡《批评第一奇书〈金瓶梅〉读法》、蔡元放《水浒后传读法》、刘一明《西游原旨读法》、毛宗岗《读三国志法》、张新《红楼梦读法》等，以指导读者阅读小说。清代谢颐《第一奇书序》云："《金瓶》一书……一百回内，其细针密线，每令观者望洋兴叹。今经张子竹坡一批，不特照出作者金针

① （清）张竹坡：《批评第一奇书〈金瓶梅〉读法》，见《金瓶梅》会评会校本，中华书局1998年版。

之细，兼使其粉腻香浓，皆如狐穷秦镜，怪窘温犀，无不洞鉴原形。”①《金瓶梅》有一百回之长，情节线索繁多，“每令观者望洋兴叹”，而张竹坡的评点则可帮助读者理解作者用意。

清代蔡元放乾隆十七年（1752）撰《东周列国志序》指出：

《东周列国》一书，稗官之近正者也。周自平辙东移，下逮吕政，上下五百有余年之间，列国数十，变故万端，事绪纠纷，人物庞杳，最为棘目眥牙。其难读更倍于他史。而一变为稗官，则童稚无不可读得。夫至童稚皆得读史，岂非大乐极快之事邪？然世之读稗官者颇众而卒不获读史之益者何哉？盖稗官不过纪事而已。……夫既无与于学问之数，则读犹不读，是为无益之书，安用灾梨祸枣为！坊友周君，深虑于此，属予者屡矣。寅卯之岁，予家居多暇，稍为评骘，条其得失而抉其隐微。虽未必尽合于当日之指，而依理论断，是非既颇不谬于圣人，而亦不致贻嗤于博识之上。聊以豁读者之心目，于史学或亦不无小裨焉。②

东周列国时期前后历经五百余年，人物众多，线索复杂，关于这段时期的史籍“其难读更倍于他史”。相比之下，通俗小说《东周列国志》更容易为读者所接受，然“稗官不过纪事而已”，也是一件憾事。而评点不仅可使读者增加历史知识，同时又使读者体悟史之褒贬、劝惩，获得“读史之益”。正如蔡元放所言，评点“豁读者之心目，于史学或亦不无小裨”。清同治十三年（1874）齐省堂增订本《儒林外史》例言第二则亦云：“原书每回后有总评，论事精透，用笔老辣。前十余回，尤为明快。惜后半四十二、三、四及五十三、四、五，共六回，旧本无评，余或单辞只义，寥寥数语，亦多未畅。是册阙者补之，简者充之，又加眉批圈点，更足令人豁目。”③

① （清）谢颐：《第一奇书序》，见《金瓶梅》会评会校本，中华书局1998年版，第1475页。

② （清）蔡元放：《东周列国志序》，收入丁锡根：《中国历代小说序跋集》，人民文学出版社1996年版，第868～869页。

③ 《儒林外史》例言，收入李汉秋：《儒林外史研究资料》，上海古籍出版社1984年版，第132页。

晚清觚庵曾就小说文法、评点、读者三者的关系作出形象比喻，他在《觚庵漫笔》中指出：“《三国演义》一书，其能普及于社会者，不仅文字之力。余谓得力于毛氏之批评，能使读者不致如猪八戒之吃人参果，囫囵吞下，绝未注意于篇法、章法、句法。”① 觚庵充分肯定了毛宗岗父子的评点在《三国演义》传播方面所起的重要推动作用，他认为如果没有毛氏评点，读者读小说就如猪八戒吃人参果一样囫囵吞下，而有了毛氏评点，读者则可细细品味，对小说的篇法、章法、句法了然于胸。

下面结合明清通俗小说作品的创作与评点实例，探讨小说文法、评点、读者三者之间的内在联系。

第一，评点点出小说情节的重要转折处，提醒读者注意，指导读者阅读。容与堂刊本《水浒传》卷六十第六十回《公孙胜芒砀山降魔　晁天王曾头市中箭》评点者评曰：“改聚义厅为忠义堂，是梁山泊第一关节，不可草草看过。”② 宋江改聚义厅为忠义堂是《水浒传》情节的重要转折点，如果说晁盖等人聚义梁山是官逼民反的话，那么宋江把聚义厅改为忠义堂则为后来的主张招安埋下伏笔。这一改动显示出宋江与晁盖等人不同的政治主张和处事风格，评点指出《水浒传》情节中的这个重要转折，提醒读者“不可草草看过”。

第二，评点点明小说情节不合情理之处。容与堂刊本《水浒传》卷六十第六十回《公孙胜芒砀山降魔　晁天王曾头市中箭》题李卓吾评曰：“宋江吴用也是多事，如何平白地要好人做强盗，最可恨是赚玉麒麟上山也。”③ 关于宋江、吴用等人用计谋逼卢俊义上梁山一节，容与堂刊《水浒传》评语指出其为《水浒传》中情节疏漏、不合情理之处，对读者阅读进行提醒与指引。续书评论者对此也曾提及，清代蔡元放《水浒后传读法》指出：“（《水浒传》中）卢俊义，本是好好一个北京员外，安居乐业；即是本领武艺甚好，而山寨中兵多将广，尽可不必需此一人。乃忽然平地生波，将他赚哄上山，要他入伙，弄得他家破人亡，受刑拷打受苦，即他一

---

① （清）觚庵：《觚庵漫笔》，《小说林》1907 年第 1 卷。

② 《明容与堂刻水浒传》第六十回《公孙胜芒砀山降魔　晁天王曾头市中箭》回评，上海人民出版社 1975 年版。据明容与堂刊本影印。

③ 《明容与堂刻水浒传》第六十回《公孙胜芒砀山降魔　晁天王曾头市中箭》回评，上海人民出版社 1975 年版。据明容与堂刊本影印。

身，亦几乎死于非命。虽说罡煞数应聚会，然毕竟觉道不妥。”[①] 蔡元放认为宋江、吴用等人赚取卢俊义上山的情节属于小说中一处败笔，这与容与堂刊本评语所持观点相同。

第三，读者阅读通俗小说时将小说正文与评语相互参照，可以更好地理解作品。清嘉庆十二年（1807）永安堂刊《白圭志》第四则凡例云：“此书每回之首……评语数行，书之条目也。在观书者或先观评语，然后看正文；或看了正文，再观评语，加以己意参之，方是晴川（按：即评点者何晴川）知音。若曰评语迂儒之论，不足观也，虽曰读于卷，亦犹昏昏瞌瞌，晴川甚属恨之。”[②] 指出评语是小说之“条目”，读者务必将评点与小说文本加上自己的理解相互参照着阅读，才是正确的阅读方式。

清康熙年间通俗小说《百炼真海烈妇传》凡例第四则也强调：“关目紧要处，必细加圈点，逐一批出。”[③] 评点紧扣小说情节，从而使读者能更好地理解并接受作品的创作主旨与章法结构等。

二、评点者向读者总结明清通俗小说的各种创作笔法

对此，本节根据明清通俗小说评点材料，选取读者因素比较突出、与读者关系比较密切的创作笔法加以论述。

1. 埋伏、照应法

明贯华堂刊《第五才子书施耐庵水浒传》卷十四第九回金圣叹评曰：

夫文章之法，岂一端而已乎？有先事而起波者，有事过而作波者，读者于此，则恶可混然以为一事也。夫文自在此而眼光在后，则当知此文之起，自为后文，非为此文也；文自在后而眼光在前，则当知此文未尽，自为前文，非为此文也。必如此，而后读者之胸中有针有线，始信作者之腕

① （清）蔡元放：《水浒后传读法》，收入黄霖、韩同文：《中国历代小说论著选》（上册），江西人民出版社2000年版，第426页。

② 《白圭志》凡例，《白圭志》，《古本小说集成》据清嘉庆十二年永安堂刊本影印，上海古籍出版社1990年版，卷首。

③ 《百炼真海列妇传》凡例，《百炼真海烈妇传》，《古本小说集成》据清康熙年间本衙藏板影印，上海古籍出版社1990年版，卷首。

下有经有纬。[①]

金圣叹指出作文之法“有先事而起波者，有事过而作波者”，读者须认真体察，以了解小说的埋伏、照应之笔。清代张竹坡评本《批评第一奇书〈金瓶梅〉读法》第三十六回回前总评云：

> 安郎中，盖作者借之作陪客，以结书童之余文也。盖此书每写一人，必伏线于千里之前，又流波于千里之后，如宋蕙莲既死，犹余山洞之鞋等是也。今书童于上两回已极力描写，此处若犹必呆写，便非文理；若便置不写，文情又何突然无余韵？故于请蔡状元时，用安郎中作陪，而令共有龙阳好，闲中又将书童点出余韵也。作者用意盖如此，看官知之乎？[②]

张竹坡以《金瓶梅》中宋蕙莲、书童、安郎中等人的描写为例，提醒读者注意小说对每个人物的描写，“必伏线于千里之前，又流波于千里之后”，小说注重运用埋伏、照应之笔刻画人物，对人物性格、心理、命运的描摹线索清晰，前后统一。

2. 衬托法

《水浒传》金圣叹评本第四十回回前评云：“一路写宋江使权诈处，必紧接李逵粗言直叫，此又是画家所谓反衬法，读者但见李逵粗直，便知宋江权诈，则庶几得之矣。”[③] 金圣叹认为，《水浒传》在宋江、李逵两人的描写上采用了反衬法，以李逵之粗直衬托宋江的权诈，读者从文中可以直接感受到李逵的性格，而宋江的权诈则隐藏于文字背后。

《三国演义》中运用了以宾衬主法，毛氏父子评本卷首《读〈三国志〉法》云：

---

① （明）金圣叹：《第五才子书施耐庵水浒传》第九回《林教头风雪山神庙　陆虞侯火烧草料场》回前总评，中华书局1975年版。据明崇祯十四年贯华堂刊本影印。

② （清）张竹坡：《批评第一奇书〈金瓶梅〉读法》第三十六回《翟管家寄书寻女子　蔡状元留饮借盘缠》回评，见《金瓶梅》会评会校本，中华书局1998年版，第501页。

③ （明）金圣叹：《第五才子书施耐庵水浒传》第四十回《宋江智取无为军　张顺活捉黄文炳》回前总评，中华书局1975年版。据明崇祯十四年贯华堂刊本影印。

《三国》一书，有以宾衬主之妙。如将叙桃园兄弟三人，先叙黄巾兄弟三人：桃园其主也，黄巾其宾也。将叙中山靖王之后，先叙鲁恭王之后：中山靖王其主也，鲁恭王其宾也。将叙何进，先叙陈蕃、窦武：何进其主也，陈蕃、窦武其宾也。叙刘、关、张及曹操、孙坚之出色，并叙各镇诸侯之无用：刘备、曹操、孙坚其主也，各镇诸侯其宾也。……且不独人有宾主也，地亦有之。献帝自洛阳迁长安，又自长安迁洛阳，而终乃迁于许昌：许昌其主也，长安、洛阳皆宾也。……抑不独地有宾主也，物亦有之。李儒持鸩酒、短刀、白练以贻帝辨：鸩酒其主也，短刀、白练其宾也。……诸如此类，不可悉数。善读是书者，可于此悟文章宾主之法。①

《三国演义》在描写人物、地理、事物时，均采用以宾衬主法，通过对次要人物、事件的描写来突出主要人物、事件，以宾衬主，宾、主合一。评点者指出这一点，并强调善读《三国演义》者，可于小说中领悟到“文章宾主之法”。《三国演义》毛宗岗评本第四十五回回前评点认为《三国演义》采用了正衬、反衬等手法：

文有正衬，有反衬。写鲁肃老实以衬孔明之乖巧，是反衬也；写周瑜乖巧以衬孔明之加倍乖巧，是正衬也。譬如写国色者，以丑女形之而美，不若以美女形之而觉其更美；写虎将者，以懦夫形之而勇，不若以勇夫形之而觉其更勇。读此可悟文章相衬之法。②

鲁肃与孔明之间是反衬，周瑜与孔明之间则是正衬，采用衬托法可以更好地突出人物的性格特征。读者由此能够体悟到“文章相衬之法”，对自己做文章大有帮助。

3. 烘托、铺垫法

宝文阁刊本《儒林外史》第三十八回《郭孝子深山遇虎　甘露僧狭路逢仇》回后张文虎评云：

---

① 《读〈三国志〉法》，见《三国演义》毛宗岗评本，上海古籍出版社 2007 年版，第 6 ~ 7 页。

② 见《三国演义》毛宗岗评本，上海古籍出版社 2007 年版，第 577 页。

大祭泰伯祠，何等典重！忽接此危险之文，令读者惊心动魄，真非意见所及。原其故，盖欲出萧云仙耳。而云仙奇士，不可以平平递入，故先借一艰苦笃孝之郭孝子以为引，而以至险至危之境，作势于前。然犹不能急入也，则又写一老和尚之遇难，即用前文赵大，以通驲骑，自然凑合。此作者苦心，而读者茫然，徒惊其险怪而已。①

张文虎认为，《儒林外史》在描写萧云仙出场时运用了烘托、铺垫法，以艰苦笃孝的郭孝子作为引子来渲染气氛。评点者担心读者对此茫然不解，因而予以说明，以指导阅读。

4. 对比法

评点还可为读者分析人物形象之间的异同点，以明贯华堂刊《第五才子书施耐庵水浒传》为例，此书卷九第四回金圣叹评曰：

鲁达、武松两传，作者意中，却欲遥遥相对，故其叙事亦多仿佛相准。如鲁达救许多妇女，武松杀许多妇女；鲁达酒醉打金刚，武松酒醉打大虫；鲁达打死镇关西，武松杀死西门庆；鲁达瓦官寺前试禅杖，武松蜈蚣岭上试戒刀；鲁达打周通，越醉越有本事，武松打蒋门神，亦越醉越有本事；鲁达桃花山上踏匾酒器揣了，滚下山去，武松鸳鸯楼上踏匾酒器揣了，跳下城去。皆是相准而立，读者不可不知。②

鲁达与武松两人之间有许多相关或相类的言行，金圣叹认为，《水浒传》正是在对二人的对比描写之中，更加鲜明、生动、准确地刻画出人物性格，塑造人物形象。评点者特意拈出小说中对这两个人物的刻画手法，以期读者知晓。

5. 明写与暗写

《红楼梦》第六回《贾宝玉初试云雨情　刘老老一进荣国府》清代王

---

① （清）张文虎：《儒林外史》第三十八回《郭孝子深山遇虎　甘露僧狭路逢仇》回后评，收入朱一玄、刘毓忱：《儒林外史资料汇编》，南开大学出版社 2003 年版，第 403～404 页。

② （明）金圣叹：《第五才子书施耐庵水浒传》第四回《小霸王醉入销金帐　花和尚大闹桃花村》回前总评，中华书局 1975 年版。据明崇祯十四年贯华堂刊本影印。

希廉回评云：

文章有暗写，有明写。不便明写者当暗写，宝玉于秦氏房中梦教云雨是也；不必暗写者即明写，宝玉与袭人初试云雨是也。

秦氏房中如果梦中云云，宝玉何必含羞，又何必央求别告诉人？宝玉说“一言难尽”，又细说与袭人，其情其事跃然纸上。

秦氏房中是宝玉初试云雨，与袭人偷试却是重演。读者勿被瞒过。

按着秦氏房中之梦便写与袭人试演。可见宝玉一生淫乱，皆从秦氏房中一睡而起。[①]

王希廉指出，小说描写宝玉与秦氏在房中初试云雨发生在梦中，其实是作者以虚写实的暗写之笔。后来他与袭人之间已是“重演”此事，希望读者不要被“瞒过”。在《红楼梦》第七回《送宫花贾琏戏熙凤　赴家宴宝玉会秦钟》回评中，王希廉也揭出文中隐藏之笔：“凤姐宫花分送秦氏；明日，秦氏婆媳又单请凤姐。其中藏笔甚多，须以意会。凤姐带宝玉同赴宁府，引出秦钟，惹起焦大，即借焦大醉骂，露出诸丑。读者勿以醉后胡骂，视为无关紧要。”[②] 对于《红楼梦》中凤姐与秦氏婆媳的来往、焦大醉骂等事，王希廉认为这是小说作家的藏笔。参照小说内容可以看出，他的看法颇有道理。比如《红楼梦》第七回焦大醉骂一节，焦大提到“每日家偷狗戏鸡，爬灰的爬灰，养小叔子的养小叔子”，这些在小说中均未明确交代，属于藏笔。通过点评，读者可对此有更加全面的体会。

6. 闲笔

清代张竹坡《批评第一奇书〈金瓶梅〉读法》第三十七回《冯妈妈说嫁韩爱姐　西门庆包占王六儿》评云：“如买蒲甸等，皆闲笔，映月娘之好佛也。读者不可忽此闲笔。千古稗官家不能及之者，总是此等闲笔难

---

① （清）王希廉：《红楼梦》第六回《贾宝玉初试云雨情　刘老老一进荣国府》回评，收入朱一玄：《红楼梦资料汇编》，南开大学出版社2001年版，第590页。

② （清）王希廉：《红楼梦》第七回《送宫花贾琏戏熙凤　赴家宴宝玉会秦钟》回评，收入朱一玄：《红楼梦资料汇编》，南开大学出版社2001年版，第591页。

学也。”[1] 评点揭示作小说之法，为读者点明闲笔之重要。

7. 白描法

明代崇祯年间刊《新镌绣像批评原本金瓶梅》第七十二回：“西门庆便问三泉是何人？王三官顾隐避，不敢回答，半日才说是儿子的贱号。”对于这一段，佚名评云：“纯用白描。”[2] 清代张竹坡《批评第一奇书〈金瓶梅〉读法》云：“读《金瓶》，当看其白描处，子弟能看其白描处，必能自做出异样省力巧妙文字来也。”[3] 在明清通俗小说创作过程中，白描的运用比较普遍。张竹坡评点《金瓶梅》之际，就提醒读者阅读《金瓶梅》要注意其白描之处；如能熟悉这种白描手法，对读者自己写文章很有帮助。

8. 画家三染法

《红楼梦》第二回《贾夫人仙逝扬州城　冷子兴演说荣国府》甲戌本回前评云：

> 此回亦非正文本旨，只在冷子兴一人，即俗谓冷中出热、无中生有也。其演说荣府一篇文字者，盖因族大人多，若从作者笔下一一叙出，尽一二回不能得明，则成何文字？故借用冷字一人，略出其大半，使阅者心中，已有一荣府隐隐在心，然后用黛玉、宝钗等两三次皴染，则耀然于心中眼中矣。此即画家三染法也。[4]

《红楼梦》中冷子兴演说荣国府一节采用画家三染法，即透过特定视角，多次皴染，逐渐成像。在小说主要人物出场前，先经冷子兴之口介绍荣国府情况，不仅省却许多笔墨，而且概括性较强，气氛得以烘托。读者看完

---

① （清）张竹坡：《批评第一奇书〈金瓶梅〉读法》第三十七回《冯妈妈说嫁韩爱姐　西门庆包占王六儿》回评，见《金瓶梅》会评会校本，中华书局1998年版，第508页。

② 明代崇祯年间刊《新镌绣像批评原本金瓶梅》，见《金瓶梅》会评会校本，中华书局1998年版，第1018页。

③ （清）张竹坡：《批评第一奇书〈金瓶梅〉读法》，见《金瓶梅》会评会校本，中华书局1998年版，第1507页。

④ 《红楼梦》第二回《贾夫人仙逝扬州城　冷子兴演说荣国府》甲戌本回前评，收入朱一玄：《红楼梦资料汇编》，南开大学出版社2001年版，第100页。

这段话后，“已有一荣府隐隐在心”，从而初步了解荣国府的人事与渊源，被吸引而继续阅读下文。

9. 其他笔法

除上述小说文法以外，评点者还对明清通俗小说的其他笔法予以了揭示，指导读者阅读。对此，试举数例作简要论述如下。

明末金圣叹《读第五才子书法》云：

> 凡人读一部书，须要把眼光放得长……《水浒传》章有章法，句有句法，字有字法。人间子弟稍识字，便当教令反覆细看。看得《水浒传》出时，他书便如破竹。……《水浒传》有许多文法，非他书所曾有，略点几则于后：有倒插法……夹叙法……草蛇灰线法……大落墨法……绵针泥刺法……背面铺粉法……弄引法……獭尾法……正犯法……略犯法……极不省法……极省法……欲合故纵法……横云断山法……鸾胶续弦法……《水浒传》到底只是小说，子弟极要看，及至看了时，却凭空使他胸中添了若干文法。①

金圣叹在此总结出《水浒传》的多种文法，诸如倒插法、夹叙法、草蛇灰线法、大落墨法、绵针泥刺法、背面铺粉法、弄引法、獭尾法、正犯法、略犯法、极不省法、极省法、欲合故纵法、横云断山法、鸾胶续弦法等，皆为他书所无，“人间子弟”反复细看，可以提高写作水平。

清代张竹坡《批评第一奇书〈金瓶梅〉读法》云：

> 《金瓶梅》不可零星看，如零星，便止看其淫处也。故必尽数日之间，一气看完，方知作者起伏层次，贯通气脉，为一线穿下来也。……
>
> 读《金瓶》，当看其脱卸处。子弟看其脱卸处，必能自出手眼，作过节文字也。
>
> 读《金瓶》，当看其避难处。子弟看其避难就易处，必能放重笔拿轻笔，异样使乖脱滑也。

---

① （明）金圣叹：《读第五才子书法》，中华书局1975年版。据明崇祯十四年贯华堂刊本影印《第五才子书施耐庵水浒传》卷首。

读《金瓶》，当看其手闲事忙处。子弟会得，便许作繁衍文字也。

读《金瓶》，当看其穿插处。子弟会得，便许他作花团锦簇、五色迷人的文字也。

读《金瓶》，当看其结穴发脉、关锁照应处，子弟会得，才许他读《左》、《国》、《庄》、《骚》、《史》、《子》也。

读《金瓶》当知其用意处。夫会得其处处所以用意处，方许他读《金瓶梅》，方许他自言读文字也。①

张竹坡就读者阅读《金瓶梅》提出了具体要求并作必要的引导，希望读者不要误读《金瓶梅》而把它当作一部淫书，应体会作品的创作主旨，了解小说文法。

清代蔡元放《水浒后传读法》云：

传（按：指《水浒后传》）中所有各种文法甚多，如相间成文法、跳身书外法、犯而不犯法，俱在前则说过；其余仍有数种，皆是野云主人偶然看出，今略为点出以公世赏，其不尽者，散见各回总评细评内。本传与前传有明点法，有暗照法……有忙里偷闲法，于百忙叙事中，忽写景物时序……有借树开花法……有烘云托月法……有加一倍写法……有火里生莲法……有水中吐焰法……有欲擒故纵法……有移花接木法。②

蔡元放为读者总结出《水浒后传》及《水浒传》的许多文法，例如，相间成文法、跳身书外法、犯而不犯法、明点法、暗照法、忙里偷闲法、借树开花法、烘云托月法、加一倍写法、火里生莲法、水中吐焰法、欲擒故纵法、移花接木法等。

如上所论，评点者对小说文法非常重视。清代毛宗岗《读三国志法》总结出《三国志通俗演义》的多种读法，刘一明《西游原旨读法》共45条，多处云“知此者，方可读《西游》”。评点者阐述小说文法，其主要目

① （清）张竹坡：《批评第一奇书〈金瓶梅〉读法》，见《金瓶梅》会评会校本，中华书局1998年版，第1506～1508页。

② （清）蔡元放：《水浒后传读法》，收入黄霖、韩同文：《中国历代小说论著选》（上册），江西人民出版社2000年版，第428～430页。

的正如蔡元放在《水浒后传读法》中所言，是"略为点出以公世赏"，是为读者服务的，旨在指导读者更好地阅读并理解小说作品。

第六节　读者与通俗小说评点中的假托现象

由于商品经济的发展，市场竞争日趋激烈，明清时期出现比较普遍的假托现象，这一点在通俗小说评点领域也相当常见。对此，本节从以下几个方面加以论述。

一、假托是明清时期比较普遍的社会现象

明代谢肇淛《五杂俎》卷五《人部一》云：

诸葛武侯在隆中时，客至，属妻治面，坐未温而面具。侯怪其速，后密规之，见数木人斫麦运磨如飞，因求其术，演为木牛流马云，盖《庄子》所谓"不龟手之药，或以封，或不免于洴澼絖"者也。且武侯有此制，而后世有巧幻之器，如自沸铛、报时枕之类，皆托之诸葛，有无不可知也。①

这是一则关于明代手工业领域假托的记载。诸葛亮制造"木牛流马"的故事在社会上广泛传播，以致后世精巧的工艺品"皆托之诸葛"。明清时期社会上比较流行的假托风气由此可见一斑。

在通俗小说创作、编辑与传播领域，假托之风非常普遍。例如清初小说《十二笑》标明"墨憨斋主人新编"，其书封面识语声称："墨憨著述行世多种，为稗史之开山，实新言之宗匠，名传邺下，纸贵洛阳，兹刻尤

① （明）谢肇淛：《五杂俎》卷五《人部一》，上海书店出版社2001年版，第99～100页。

发奇藏，知音幸同珍赏。意味深长，勿仅以笑谈资玩也。”① 明末冯梦龙因编撰“三言”等书名噪一时，但他已于顺治三年（1646）去世，《十二笑》标明“墨憨斋主人新编”显系假托。

小说创作、编辑及传播领域的假托之风一直延续到晚清，吴沃尧《李伯元传》云：

（李伯元）自是肆力于小说，而以开智谲谏为宗旨。忧夫妇孺之梦，梦不知时事也，撰为《庚子国变弹词》；恶夫仕途之鬼蜮百出也，撰为《官场现形记》；慨夫社会之同流合污不知进化也，撰为《中国现在记》，及《文明小史》、《活地狱》等书。每一脱稿，莫不受世人之欢迎，坊贾甚有以他人所撰之小说，假君名以出版者，其见重于社会可想矣。②

吴沃尧指出，李伯元创作的《官场现形记》、《中国现在记》、《文明小史》、《活地狱》等小说受到读者广泛欢迎，书商以谋利为目的，遂将他人所撰之小说假托李伯元之名出版，可见晚清小说创作、编辑、传播领域的假托风气依然兴盛。

二、读者与明清通俗小说评点领域的假托现象

从现存文献来看，周曰校万卷楼明万历十九年所刊《三国志通俗演义》是最早出现评点的通俗小说，此书卷首识语指出：“敦请名士按鉴参考……俾句读有圈点。”③ 明代余象斗双峰堂本《音释补遗按鉴演义全像批评三国志传》上端《三国辨》云：“本堂以诸名公批评、圈点，校正无差，人物、字画各无省陋，以便海内士子览之。”④ 这两则识语中所谓的“名

① 《十二笑》识语，《十二笑》，《古本小说集成》据清初写刻本影印，上海古籍出版社1990年版，卷首。

② （清）吴沃尧：《李伯元传》，清光绪三十二年（1906）《月月小说》第3号。

③ 《三国志通俗演义》识语，《三国志通俗演义》，《古本小说集成》据周曰校万卷楼明万历十九年刊本影印，上海古籍出版社1990年版，卷首。

④ 《三国辨》，《音释补遗按鉴演义全像批评三国志传》，《古本小说集成》据明代余象斗双峰堂刊本影印，上海古籍出版社1990年版，卷首。

士”、“名公”等通常是书坊周围的下层文人之假托，或是书坊主自己冒称名家进行评点，企图借助名人效应扩大小说刊本的影响，追求更多的经济利益。

明清通俗小说评点中常被假托的名人有李贽、陈继儒、汤显祖、袁宏道、徐渭、冯梦龙、钟惺、金圣叹等，其中假托李贽者最多，明人陈继儒在其《国朝名公诗选》中指出：

贽字宏父，号卓吾，福建人，官姚江（州）知府，竟于任所披剃，由此获罪，后以宥免。归龙湖，终身不复蓄发。所著有《藏书》、《说书》、《焚书》等集，板刻于长洲黄氏，人争观之。吴下纸价几贵，以故坊间诸家文集，多假卓吾先生选集之名，下至传奇小说，无不称为卓吾批阅也。惟《坡仙集》及《水浒传叙》属先生手笔，至于《水浒传》细评，亦属后人所托者耳。[①]

李贽所著之书很受欢迎，“人争观之”，因而书坊所刊刻的传奇小说多假托为李贽评点。清李葆恂《旧学庵笔记·古本水浒》云：“向阅金圣叹所评《水浒传》，首载耐庵一序，极似金氏手笔，心窃疑之。后得明刊本，乃果无此篇，始信老眼无花。此本当刻于天启末年，正李卓吾身后名盛之时，故备载李氏伪评。”[②] 既指出金圣叹假托施耐庵之名为小说作序，又点明小说中题为李贽的评点实是“伪评”。

在假托李贽的文人之中，比较有名的是叶昼，明代钱希言《戏瑕》卷三《赝籍》云：

比来盛行温陵李贽书，则有梁溪人叶阳开名昼者，刻画摹仿，次第勒成，托于温陵之名以行。往袁小选中郎，尝为余称：李氏《藏书》、《焚书》、《初潭集》、批点北《西厢》四部，即中郎所见者，亦止此而已。数年前，温陵事败，当路者命毁其籍，吴中锓《藏书》板并废，近年始复大

① （明）陈继儒：《国朝名公诗选》卷六，转引自厦门大学历史系：《李贽研究参考资料》第3辑，福建人民出版社1976年版，第173页。

② （清）李葆恂：《旧学庵笔记·古本水浒》，收入朱一玄、刘毓忱：《水浒传资料汇编》，南开大学出版社2002年版，第167页。

行。于是有李宏父批点《水浒传》、《三国志》、《西游记》、《红拂》、《明珠》、《玉合》数种传奇及《皇明英烈传》，并出叶笔，何关于李？……昼，落魄不羁人也，家故贫，素嗜酒，时从人贷饮，醒即著书，辄为人持金鬻去，不责其值，即所著《樗斋漫录》者也。近又辑《黑旋风集》行于世，以讥刺进贤，斯真滑稽之雄已。①

指出叶昼贫穷落魄又嗜酒，为了得到稿酬以偿还酒资，遂托名李贽批点《水浒传》、《三国志》、《西游记》等小说。清人周亮工《因树屋书影》卷一也提到："叶文通，名昼，无锡人。……当温陵《焚》、《藏书》盛行时，坊间种种借温陵之名以行者，如《四书》第一评、第二评，《水浒传》、《琵琶》、《拜月》诸评，皆出文通手。"②

更多的假托者不知其姓名，正如清代毛宗岗《三国志演义》凡例所云："俗本谬托李卓吾先生批阅，而究竟不知出自何人之手。"③

明清通俗小说评点中出现假托现象，与读者有着密切的关系，钱希言《戏瑕·赝籍》云："顷又有赝袁中郎书以趋时好，如《狂言》，杭人金生撰，而一时贵耳贱目之徒，无复辨其是非，相率倾重赀以购，秘诸帐中，等为楚璧，良可嗤哉！"④ 此处描述杭州人金生撰写《狂言》一书，假托名家袁宏道，"以趋时好"，一些读者为袁的名声所蔽，不去辨别书之真伪而争相以重金购买，视作珍宝。明代盛于斯云："余最恨今世龌龊竖儒，不揣已陋，欲附作者之林，将自家土苴粪壤，辄托一二名公以行世。而读者又矮人观场，见某老先生名讳，不问好歹，即捧诵之。"⑤ 明代汪本钶《续刻李氏书序》云："夫伪为先生（按：指李贽）者，套先生之口气，冒先

① （明）钱希言：《戏瑕》卷三《赝籍》，《续修四库全书》第1143册子部杂家类，上海古籍出版社2002年版，第588～589页。据明刻本影印。

② （清）周亮工：《因树屋书影》卷一，收入《周亮工全集》第3册，凤凰出版社2008年版，第105～106页。

③ （清）毛宗岗：《三国志演义》凡例，见毛宗岗评本《三国演义》，上海古籍出版社2007年版，卷首。

④ （明）钱希言：《戏瑕》卷三《赝籍》，《续修四库全书》第1143册子部杂家类，上海古籍出版社2002年版，第589页。据明刻本影印。

⑤ （明）盛于斯：《休庵影语·西游记误》，收入朱一玄：《明清小说资料选编》，南开大学出版社2006年版，第429页。

生之批评。……第寝至今日，坊间一切戏剧淫谑，刻本批点，动曰卓吾先生，耳食辈翕然艳之。”[①] 这三则材料均指出，小说、戏曲评点方面出现的假托与读者有着紧密联系，读者喜读名家作品，“见某老先生名讳，不问好歹，即捧诵之”，对于标明李贽评点的作品，“耳食辈翕然艳之”。读者这种追捧名家的独特心理是导致明清通俗小说评点领域出现大量假托现象的重要原因之一。

三、探讨读者与明清时期通俗小说评点的关系不可片面扩大读者因素所带来的影响

明清时期通俗小说的评点，尤其是文人参与的小说评点，其动机丰富多样，既有为读者考虑的一面，也存在借评点以自娱的倾向。李贽《寄京友书》就曾自叙评点动机：“《坡仙集》我有披削旁注在内，每开看便自欢喜，是我一件快心却疾之书……大凡我书皆为求以快乐自己，非为人也。”[②] 还有些评点注重阐发小说的艺术奥妙，并非纯粹迎合读者口味。试举两例：

金陵万卷楼万历刊《三教开迷归正演义》凡例第六则云：

本传圈点非为饰观者目，乃警拔真切处，则加以圈，而其次用点，至如月旦者，落笔更趣，且发作传者未逮。[③]

凡例作者表明圈与点各有不同侧重，其地位、用法不尽相同，不能一概而论。明末夏履先刊《禅真逸史》凡例第八则称：

史中圈点，岂曰饰观，特为阐奥。其关目照应，血脉联络，过接印

① （明）汪本钶：《续刻李氏书序》，《李贽文集·续焚书》，社会科学文献出版社 2000 年版，卷首。

② （明）李贽：《寄京友书》，《李贽文集·焚书》，社会科学文献出版社 2000 年版，第 65 页。

③ 《三教开迷归正演义》凡例，《三教开迷归正演义》，《古本小说集成》据金陵万卷楼万历刊本影印，上海古籍出版社 1990 年版，卷首。

证，典核要害之处，则用“。”。或清新俊逸，秀雅透露，菁华奇幻，摹写有趣之处，则用“o”。或明醒警拔，恰适条妥，有致动人处则用“丶”。至于品题揭旁通之妙，批评总月旦之精，乃理窟抽灵，非寻常剿袭。①

夏氏的圈点主要着眼于“阐奥”，即阐发小说创作的艺术奥妙。这则凡例均有意强调小说圈点“非为饰观者目”、“岂曰饰观”，把阐发小说创作的艺术奥妙，包括章法结构、语言文字、情节设置、人物塑造等放在首要位置。因此，在探讨读者与小说评点之间的关系时，应本着客观的态度进行分析，既要探寻读者因素在小说评点中留下的痕迹，也不能片面扩大这一因素所带来的影响。

① 《禅真逸史》凡例，《禅真逸史》，《古本小说集成》据明末夏履先刊本影印，上海古籍出版社1990年版，卷首。

结　语

明清两代，通俗小说创作呈现出繁荣局面，名家辈出，名作众多。与此同时，随着商品经济的迅速发展，通俗小说出版印刷业也逐渐发展壮大起来，在充满浓郁商业气息、小说被当作商品的社会，通俗小说的创作、传播过程中不可避免地留下了读者的印迹，试举数例如下：

例一，明末凌濛初“二拍”的编撰体现出读者与市场影响的痕迹。据即空观主人《拍案惊奇自序》叙述，冯梦龙编撰“三言”投放到市场后受到读者的热烈欢迎，产生了良好的经济效益，于是苏州书坊尚友堂便找到凌濛初，请求其编撰同类作品，由此催生了“二拍”的问世。

例二，据清光绪二十三年（1897）上海书局石印本《仙卜奇缘》卷首所附佚名《仙卜奇缘序》记载：“此书初名《大刀得胜传》，盖纪实也，而其名不雅。有识者阅曰：‘何不以《仙卜奇缘》名之？’”《仙卜奇缘》正是接受读者建议而更改了小说书名。

例三，《海上繁华梦》是晚清一部描写妓馆生活的通俗小说，据拜颠生（孙玉声）所作《海上繁华梦自序》可知，此书作者原本只打算撰写初集，因为读者“急欲纵观其后”，所以一续再续，最后共出版有初集三十回、二集三十回、后集四十回。

可以说，读者是明清时期书坊及书坊主组织策划、编写、刻印小说时所需考虑的重要因素，读者的态度是决定书坊能否获利的根本前提。正是在这种情况下，明清通俗小说的创作、传播过程中存在很多与读者密切相关的现象，两者之间有着紧密联系。本书选取了小说读者这一前人较少关注的研究视角，尝试由此探寻明清时期通俗小说创作、传播的真实状况及内在规律，希望对以往的明清小说研究作出一点补充和开拓。

本书主要讨论了三个方面的问题：

第一，关于明清通俗小说读者群的整体研究，包括对读者群的构成及其特点、影响，读者的阅读形式等进行论述。

第二，对读者与明清通俗小说创作的关系进行阐释，主要考察读者对小说观念、小说流派、小说语言及章法结构的影响。

第三，就读者与明清通俗小说传播的关系进行分析，重点探讨读者对小说续书、小说评点的影响。

任何事物都有其两面性，考察读者与明清通俗小说创作、传播的关系也是如此。一方面，正如本书所论，读者对明清通俗小说的创作、传播产生了诸多积极与正面的影响，促进了小说观念和小说流派的多样性，推动了通俗小说语言、体制、章法结构的变革与发展，扩大了通俗小说的传播范围和社会影响，成为明清通俗小说创作、传播领域出现繁荣局面的重要催化剂和内在推动力。另一方面，读者对这一时期的通俗小说也产生了消极、不利的影响，比如为了迎合一些读者的兴趣和喜好，明清时期尤其是明末清初文坛上涌现出一股来势汹汹的情色小说创作浪潮，作品中充斥着大量露骨的色情描写，宣扬及时行乐的消极思想。此外，由于书坊和书坊主过于重视读者的态度，导致明清通俗小说创作中出现不少模式化的小说，它们在人物塑造、情节设置诸方面“千篇一律，千人一面”，这在才子佳人小说的创作中尤显突出。笔者在文中对此已有论及，并试图对读者与明清通俗小说创作、传播的关系作出尽可能客观的阐述。

关于读者与明清通俗小说创作、传播的关系，尚有很多有待深入论述的问题。例如，明清时期重要的读者个案及其对明清通俗小说创作、传播的影响；明清通俗小说名著如《三国演义》、《水浒传》、《西游记》、《金瓶梅》等明代“四大奇书”以及“三言”、“二拍”、《儒林外史》、《红楼梦》等作品的读者研究；读者与明清通俗小说禁毁的关系等。由于笔者水平所限，这些问题还要留待以后再作进一步探讨。

附　录　明清时期通俗小说读者研究相关论文索引

（收录日期截至2010年12月）

1. ［日］矶部彰：《关于明末〈西游记〉的主体接受层的研究——明代古典白话叙述的读者层问题》，《东洋学（集刊）》第44集。

2. ［意］弗·梅雷加利著，冯汉津译：《论文学接受》，《文艺理论研究》1983年第3期。

3. 张黎：《关于接受美学的笔记》，《文学评论》1983年第6期。

4. 张隆溪：《仁者见仁，智者见智——关于阐释学与接受美学·现代西方文论略览》，《读书》1984年第3期。

5. 陈文忠：《读者大众与文学作品的创造》，《安徽师范大学学报》1985年第1期。

6. 罗悌伦：《接受美学简介》，《文艺理论研究》1985年第2期。

7. 章国锋：《国外一种新兴的文学理论——接受美学》，《文艺研究》1985年第4期。

8. 周始元：《文学接受过程中读者的再创造作用》，《文艺研究》1985年第6期。

9. 姜云生：《接受美学的开山鼻祖》，《读书》1985年第8期。

10. 盛钟健：《论通俗小说的读者欣赏心理》，《浙江社会科学》1986年第3期。

11. 张黎：《文学的“接受研究”和“影响研究”——关于接受美学的笔记之二》，《文艺理论研究》1987年第2期。

12. 张黎：《文学的接受研究》，《外国文学评论》1987年第2期。

13. 邹广文：《接受美学研究综述》，《文艺研究》1987年第4期。

14. ［日］大木康：《关于明末白话小说的作者和读者》，《明清小说研究》1988 年第 2 期。

15. 许建平：《〈三国演义〉的阅读效应与民族精神》，《河北师范大学学报》1994 年第 1 期。

16. ［美］何谷理：《明清白话文学的读者层辨识——个案研究》，收入乐黛云、陈珏：《北美中国古典文学研究名家十年文选》，江苏人民出版社 1996 年版。

17. 苗怀明：《中国古代帝王与小说》，《文史杂志》1996 年第 6 期。

18. 冯道：《嘉靖皇帝与明朝中后期的小说勃兴》，《荆门职业技术学院学报》1999 年第 1 期。

19. 陈大康：《熊大木现象：古代通俗小说传播模式及其意义》，《文学遗产》2000 年第 2 期。

20. 宋莉华：《插图与明清小说的阅读及传播》，《文学遗产》2000 年第 4 期。

21. 宁宗一：《“性”与“丑”：阅读行为与〈金瓶梅〉义》，《湖北大学学报》2001 年第 4 期。

22. 潘建国：《明清时期通俗小说的读者与传播方式》，《复旦学报》2001 年第 1 期。

23. 袁进：《试论晚清小说读者的变化》，《明清小说研究》2001 年第 1 期。

24. 徐振燕：《试析〈绣像小说〉的读者定位》，《明清小说研究》2001 年第 4 期。

25. 施勇勤：《古代出版商的读者服务意识》，《编辑学刊》2001 年第 6 期。

26. ［韩］郑沃根：《明清小说在朝鲜》，《中国文学研究》2003 年第 3 期。

27. 周世华：《小说读者接受心理初探》，《广西社会科学》2003 年第 4 期。

28. 王卫国：《〈西游记〉读者接受主题举隅》，《山西广播电视大学学报》2003 年第 4 期。

29. 王平：《论明清时期小说传播的基本特征》，《文史哲》2003 年第

6 期。

30. 潘桂林：《中国近代小说读者意识浅探》，《广西社会科学》2004 年第 6 期。

31. 陈文新、韩霄：《〈三国演义〉的读者分析》，《洛阳师范学院学报》2005 年第 1 期。

32. 段春旭：《接受美学与中国古代长篇小说续书》，《福建师范大学学报》2005 年第 2 期。

33. 高日晖：《清初的遗民心态与〈水浒传〉的接受》，《齐鲁学刊》2005 年第 3 期。

34. 王丽娟：《〈水浒传〉的早期传播》，《华南农业大学学报》2005 年第 3 期。

35. 黄卉：《明代通俗小说的书价与读者群》，收入《明清论丛》第 6 辑，紫禁城出版社 2005 年版。

36. 王姗萍：《西学东渐与晚清小说读者的变化》，《西安外事学院学报》2006 年第 1 期。

37. 李世新：《侠义小说和公案小说合流的社会文化探源》，《中南民族大学学报》2006 年第 1 期。

38. 许振东：《17 世纪白话小说的文人阅读与传播——以苏州地区文人为例》，《广州大学学报》2006 年第 11 期。

39. 胡海义、程国赋：《论乾隆朝小说禁毁的种族主义倾向》，《明清小说研究》2006 年第 2 期。

40. 王万鹏：《才子佳人小说受众层探析——明末清初才子佳人小说系列研究之三》，《甘肃广播电视大学学报》2007 年第 1 期。

41. 黄卉：《明代通俗小说的传播方式》，《第十一届明史国际学术讨论会论文集》，天津古籍出版社 2007 年版。

42. 蔺文锐：《情色诱惑：明代通俗小说读者的题材选择》，《中国戏曲学院学报》2007 年第 2 期。

43. 程国赋：《明代小说读者与小说刊刻之关系阐析》，《文艺研究》2007 年第 7 期。

44. 徐晓望：《论〈西游记〉传播源流的南北系统》，《东南学术》2007 年第 5 期。

45. 汪燕岗：《古代小说插图方式之演变及意义》，《学术研究》2007年第10期。

46. 王丽文：《脂砚斋评对〈红楼梦〉小说阅读空间的影响——从读者接受的角度谈起》，《南开学报》2008年第5期。

47. 马婷：《明清小说读者研究述评》，《安徽文学》2008年第7期。

48. 韩淑举：《明清女性阅读活动探析》，《图书馆工作与研究》2009年第1期。

49. 纪德君：《明清时期读者对通俗小说编创之影响》，《明清小说研究》2009年第1期。

50. 刘永良：《〈三国演义〉情节的蕴涵及读者的阐释》，《浙江师范大学学报》2009年第4期。

51. 蔡亚平、程国赋：《从识语、凡例考察读者对明清通俗小说创作的影响》，《暨南学报》2009年第6期。

52. 李舜华：《女性读者与明代章回小说的兴起》，《学术研究》2009年第10期。

53. 程国赋、蔡亚平：《论明清小说读者与通俗小说传播的关系》，《南开学报》2010年第1期。

54. 冯利华：《期待视野：明清小说理论的文学接受意识》，《天府新论》2010年第1期。

55. 唐百华：《论明代通俗小说中平民文化的确立及其内涵》，南昌大学硕士学位论文，2005年。

56. 刘志凤：《晚明小说审美与大众阅读兴趣——以〈西游记〉为例的考察》，南昌大学硕士学位论文，2007年。

57. 张仲民：《阅读、表达与集体心态》，复旦大学博士学位论文，2007年。

58. 郭志强：《中国古代通俗小说传播研究》，扬州大学博士学位论文，2007年。

参考文献

一、古籍

1. （汉）司马迁：《史记》，北京：中华书局 1959 年版。

2. （汉）班固：《汉书》，北京：中华书局 1974 年版。

3. （汉）郑玄注：《礼记》，上海：上海古籍出版社 1987 年版。

4. （晋）陈寿：《三国志》，北京：中华书局 1959 年版。

5. （南朝宋）檀道鸾：《续晋阳秋》，收入陈建华、曹淳亮：《广州大典》第 1 辑《广雅丛书》第 23 册，广州：广州出版社 2008 年版。

6. （唐）刘知儿：《史通》，（清）浦起龙：《史通通释》，上海：上海古籍出版社 1978 年版。

7. ［日］圆仁：《入唐求法巡礼行记》，上海：上海古籍出版社 1986 年版。

8. （宋）司马光：《资治通鉴》，北京：中华书局 1956 年版。

9. （宋）苏轼：《东坡志林》，北京：中华书局 2007 年版。

10. （宋）晁公武：《郡斋读书志》，上海：上海古籍出版社 1990 年版。

11. （宋）周密：《武林旧事》，北京：中华书局 2007 年版。

12. （宋）罗烨：《醉翁谈录》，上海：古典文学出版社 1957 年版。

13. （元）陶宗仪：《南村辍耕录》，北京：中华书局 1959 年版。

14. （明）胡广等：《明实录》，台北：台湾“中央研究院历史语言研究所”1962 年影校本。

15. （明）叶盛：《水东日记》，北京：中华书局 1980 年版。

16. （明）陆容：《菽园杂记》，北京：中华书局 1985 年版。

17. （明）吴宽：《家藏集》，《续修四库全书》集部别集类，上海：上海古籍出版社 2002 年版。

18. （明）王鏊：《震泽集》，《文津阁四库全书》集部别集类，北京：商务印书馆 2005 年版。

19. （明）都穆：《都公谭纂》，《续修四库全书》子部小说家类，上海：上海古籍出版社 2002 年版。

20. （明）郎瑛：《七修类稿》，上海：上海书店出版社 2001 年版。

21. （明）焦竑：《玉堂丛语》，北京：中华书局 1981 年版。

22. （明）顾起元：《客座赘语》，北京：中华书局 1987 年版。

23. （明）胡应麟：《少室山房笔丛》，上海：上海书店出版社 2001 年版。

24. （明）谢肇淛：《五杂俎》，上海：上海书店出版社 2001 年版。

25. （明）庞尚鹏：《庞氏家训》，《丛书集成初编》据《岭南遗书》本排印，北京：中华书局 1985 年版。

26. （明）李贽：《李贽文集》，北京：社会科学文献出版社 2000 年版。

27. （明）袁宏道：《袁中郎随笔》，北京：作家出版社 1996 年版。

28. （明）袁宏道：《袁中郎小品》，北京：文化艺术出版社 1996 年版。

29. （明）袁宏道：《袁中郎全集》，《四库全书存目丛书》集部，济南：齐鲁书社 1997 年版。

30. （明）袁中道：《游居柿录》，青岛：青岛出版社 2005 年版。

31. （明）彭泽修等：《杭州府志》，《明代方志选》据万历七年刊本影印，台北：学生书局 1965 年版。

32. （明）张岱：《陶庵梦忆》，北京：中华书局 2007 年版。

33. （明）沈德符：《万历野获编》，北京：中华书局 1959 年版。

34. （明）王圻：《稗史汇编》，《四库全书存目丛书》子部杂家类，济南：齐鲁书社 1997 年版。

35. （明）屠本畯：《山林经济籍》，《北京图书馆古籍珍本丛刊》子部杂家类，北京：书目文献出版社 1989 年版。

36. （明）陈际泰：《太乙山房文稿》，《四库禁毁书丛刊补编》据崇祯元年刻本影印，北京：北京出版社 2005 年版。

37. （明）钱希言：《桐薪》，国家图书馆藏明万历刊本。

38. （明）钱希言：《戏瑕》，《续修四库全书》子部杂家类，上海：上海古籍出版社 2002 年版。

39. （明）张墉：《廿一史识馀》，《四库全书存目丛书》史部，济南：齐鲁书社 1997 年版。

40. （明）刘若愚：《酌中志》，北京：北京古籍出版社 1994 年版。

41. （明）祁彪佳：《祁忠敏公日记》，《北京图书馆古籍珍本丛刊》，北京：书目文献出版社 1995 年版。

42. （明）祁彪佳：《祁彪佳文稿》，北京：书目文献出版社 1991 年版。

43. （明）宋懋澄：《九籥别集》，《续修四库全书》集部别集类，上海：上海古籍出版社 2002 年版，

44. （明）冯梦龙：《冯梦龙全集》，上海：上海古籍出版社 1993 年版。

45. （清）顾炎武：《日知录之馀》，《续修四库全书》子部杂家类，上海：上海古籍出版社 2002 年版，

46. （清）顾炎武：《顾亭林诗文集》，北京：中华书局 1959 年版。

47. （清）侯方域：《壮悔堂文集》，《续修四库全书》集部别集类，上海：上海古籍出版社 2002 年版。

48. （清）查继佐：《罪惟录》，上海：上海书店出版社 1985 年版。

49. （清）佚名：《謏闻续笔》，《笔记小说大观》本，扬州：江苏广陵古籍刻印社 1984 年版。

50. （清）申涵光：《荆园小语》，《丛书集成初编》据《畿辅丛书》本影印，北京：中华书局 1985 年版。

51. （清）汤来贺：《内省斋文集》，《北京图书馆古籍珍本丛刊》集部清别集类，北京：书目文献出版社 1990 年版。

52. （清）吴梅村：《吴梅村全集》，上海：上海古籍出版社 1990 年版。

53. （清）李渔：《李渔全集》，杭州：浙江古籍出版社 1991 年版。

54. （清）周亮工：《周亮工全集》，南京：凤凰出版社 2008 年版。

55. （清）王士禛：《香祖笔记》，上海：上海古籍出版社 1982 年版。

56. （清）王士禛：《王士禛全集》，济南：齐鲁书社 2007 年版。

57. （清）赵宏恩等：《江南通志》，台北：华文书局 1967 年影印本。

58. （清）褚人获：《坚瓠十集》，《清代笔记丛刊》本，济南：齐鲁书社 2001 年版。

59. （清）汤斌：《汤子遗书》，《文津阁四库全书》集部别集类，北京：商务印书馆 2005 年版。

60. （清）黄虞稷：《千顷堂书目》，上海：上海古籍出版社 2001 年版。

61. （清）朱彝尊：《静志居诗话》，北京：人民文学出版社 1990 年版。

62. （清）朱彝尊：《明诗综》，北京：中华书局 2007 年版。

63. （清）朱彝尊：《曝书亭集》，《文津阁四库全书》集部别集类，北京：商务印书馆 2005 年版。

64. （清）刘廷玑：《在园杂志》，北京：中华书局 2005 年版。

65. （清）彭定求等：《全唐诗》，北京：中华书局 1960 年版。

66. （清）张廷玉等：《明史》，北京：中华书局 1974 年版。

67. （清）王应奎：《柳南随笔》，北京：中华书局 1983 年版。

68. （清）袁枚：《随园女弟子诗选》，上海锦章图书局石印本。

69. （清）钱大昕：《嘉定钱大昕全集》，南京：江苏古籍出版社 1997 年版。

70. 《大清历朝实录》，北京：中华书局 1986 年版。

71. （清）李洵等点校：《钦定八旗通志》，长春：吉林文史出版社 2002 年版。

72. （清）清圣祖敕著，清世宗续成：《古今图书集成》，北京：中华书局，成都：巴蜀书社 1985 年版。

73. （清）魏晋锡：《学政全书》，《续修四库全书》史部政书类，上海：上海古籍出版社 2002 年版。

74. （清）曹锡淑：《晚晴楼诗草》，《四库全书存目丛书》，济南：齐鲁书社 1997 年版。

75. （清）纪昀等：《四库全书总目》，北京：中华书局 1997 年整理本。

76. （清）纪昀：《阅微草堂笔记》，重庆：重庆出版社 2007 年版。

77. （清）永忠：《延芬室集》，上海：上海古籍出版社 1990 年版。

78. （清）程穆衡：《水浒传注略》，清道光二十五年王氏听香阁刻王开沃补注本。

79. （清）鲍廷博：《知不足斋丛书》，北京：中华书局 1999 年版。

80. （清）乐钧：《耳食录》，济南：齐鲁书社 2004 年版。

81. （清）黄丕烈：《士礼居藏书题跋记》，北京：书目文献出版社 1989 年版。

82. （清）昭梿：《啸亭续录》，北京：中华书局 1980 年版。

83. （清）周春：《阅红楼梦随笔》，北京：中华书局上海编辑所 1958 年版。

84. （清）姚元之：《竹叶亭杂记》，清光绪十九年刊本。

85. （清）俞正燮：《癸巳存稿》，沈阳：辽宁教育出版社 2003 年版。

86. （清）梁章钜：《归田琐记》，北京：中华书局 1981 年版。

87. （清）徐时栋：《烟屿楼笔记》，《续修四库全书》子部杂家类，上海：上海古籍出版社 2002 年版。

88. （清）梁绍壬：《两般秋雨盦随笔》，《清代笔记丛刊》本，济南：齐鲁书社 2001 年版。

89. （清）齐学裘：《见闻随笔》，《续修四库全书》子部杂家类，上海：上海古籍出版社 2002 年版。

90. （清）瞿镛：《铁琴铜剑楼藏书目录》，《宋元明清书目题跋丛刊》，北京：中华书局 2006 年版。

91. （清）陈其元：《庸闲斋笔记》，北京：中华书局 1989 年版。

92. （清）梁恭辰：《北东园笔录四编》，《历代笔记小说集成·清代笔记小说》本，石家庄：河北教育出版社 1996 年版。

93. （清）俞樾：《春在堂随笔》，南京：江苏古籍出版社 2000 年版。

94. （清）陈康祺：《燕下乡脞录》，《清代笔记丛刊》本，济南：齐鲁书社 2001 年版。

95. （清）俞敦培：《酒令丛钞》，《清代笔记丛刊》本，济南：齐鲁书社 2001 年版。

96. （清）郑光祖：《一斑录杂述》，《续修四库全书》子部杂家类，上海：上海古籍出版社 2002 年版。

上海：上海古籍出版社 2002 年版。

15.（宋）李昉等：《太平广记》，北京：中华书局 1961 年版。

16.（宋）曾慥：《类说》，北京：文学古籍刊行社 1956 年版。

17.（宋）洪迈：《夷坚志》，北京：中华书局 1981 年版。

18.（明）陶宗仪：《说郛三种》，上海：上海古籍出版社 1988 年版。

19.（明）罗贯中：《三国志通俗演义》，《古本小说集成》据嘉靖元年刊本影印，上海：上海古籍出版社 1990 年版。

20.（明）罗贯中：《三国演义》，北京：人民文学出版社 1973 年版。

21.（明）罗贯中：《隋唐两朝志传》，《古本小说集成》据明万历四十七年龚绍山刊本影印，上海：上海古籍出版社 1990 年版。

22.（明）施耐庵、罗贯中：《明容与堂刻水浒传》，上海：上海人民出版社 1975 年版。

23.（明）施耐庵、罗贯中：《第五才子书施耐庵水浒传》，北京：中华书局 1975 年版。

24.（明）施耐庵、罗贯中：《水浒传》，北京：人民文学出版社 1975 年版。

25.（明）施耐庵、罗贯中：《水浒传》会评本，北京：北京大学出版社 1990 年版。

26.（明）余邵鱼：《列国志传》，《古本小说集成》据明三台馆刊本影印，上海：上海古籍出版社 1990 年版。

27.（明）吴敬所：《国色天香》，《古本小说集成》据万卷楼万历十五年刊本影印，上海：上海古籍出版社 1990 年版。

28.（明）熊大木：《大宋中兴通俗演义》，《古本小说集成》据嘉靖三十一年杨氏清白堂刊本影印，上海：上海古籍出版社 1990 年版。

29.（明）甄伟：《西汉通俗演义》，万历四十年金陵大业堂刊本。

30.（明）潘镜若：《三教开迷归正演义》，《古本小说集成》据金陵万卷楼万历刊本影印，上海：上海古籍出版社 1990 年版。

31.（明）余象斗：《片璧列国志》，《古本小说集成》据金阊五雅堂刊本影印，上海：上海古籍出版社 1990 年版。

32.（明）兰陵笑笑生：《金瓶梅》清代文龙评本，今藏国家图书馆。

33.（明）兰陵笑笑生：《金瓶梅》会评会校本，北京：中华书局

1998 年版。

34. （明）吴还初：《郭青螺六省听讼录新民公案》，《古本小说集成》据万历三十三年余成章刊本影印，上海：上海古籍出版社 1990 年版。

35. （明）题李贽批评，醉阁憨憨子校阅：《绣榻野史》，《明清善本小说丛刊初编》第 18 辑《艳情小说专辑》，台北：天一出版社 1993 年版。

36. （明）题王世贞编：《艳异编》，《古本小说集成》据明万历四十六年刊本影印，上海：上海古籍出版社 1990 年版。

37. （明）佚名：《云合奇踪》，《古本小说集成》据大连藏本影印，上海：上海古籍出版社 1990 年版。

38. （明）陈邦俊：《广谐史》，《四库全书存目丛书》，济南：齐鲁书社 1997 年版。

39. （明）吴承恩：《西游记》，北京：人民文学出版社 1955 年版。

40. （明）吴承恩撰，题李贽评：《李卓吾先生批评西游记》，上海：上海古籍出版社 2007 年版。

41. （明）许仲琳：《封神演义》，《古本小说集成》据明金阊舒载阳刊本影印，上海：上海古籍出版社 1990 年版。

42. （明）西蜀酉阳野史：《三国志后传》，《古本小说集成》据万历三十七年刊本影印，上海：上海古籍出版社 1990 年版。

43. （明）纪振伦：《续英烈传》，《古本小说集成》据励园书室本影印，上海：上海古籍出版社 1990 年版。

44. （明）赵弼：《效颦集》，上海：古典文学出版社 1957 年版。

45. （明）袁于令：《隋史遗文》，《古本小说集成》据崇祯六年杭州名山聚刊本影印，上海：上海古籍出版社 1990 年版。

46. （明）古吴金木散人：《鼓掌绝尘》，《古本小说集成》据崇祯四年龚氏刊本影印，上海：上海古籍出版社 1990 年版。

47. （明）冯梦龙：《喻世明言》，北京：人民文学出版社 1958 年版。

48. （明）冯梦龙：《警世通言》，《古本小说集成》据天启四年兼善堂刊本影印，上海：上海古籍出版社 1990 年版。

49. （明）冯梦龙：《醒世恒言》，北京：人民文学出版社 1956 年版。

50. （明）冯梦龙：《新列国志》，《古本小说集成》据吴县叶敬池崇祯年间刊本影印，上海：上海古籍出版社 1990 年版。

51. （明）冯梦龙：《智囊补》，哈尔滨：黑龙江人民出版社 1987 年版。

52. （明）冯梦龙：《新平妖传》，《古本小说集成》据明崇祯年间嘉会堂刊本影印，上海：上海古籍出版社 1990 年版。

53. （明）凌濛初：《拍案惊奇》，《古本小说集成》据崇祯元年苏州安少云尚友堂刊本影印，上海：上海古籍出版社 1990 年版。

54. （明）凌濛初：《二刻拍案惊奇》，《古本小说集成》据尚友堂刊本影印，上海：上海古籍出版社 1990 年版。

55. （明）抱瓮老人：《今古奇观》，《古本小说集成》据上海图书馆所藏明末刊本影印，上海：上海古籍出版社 1990 年版。

56. （明）施耐庵、罗贯中等：《英雄谱》，《古本小说集成》据建阳雄飞馆崇祯刊本影印，上海：上海古籍出版社 1990 年版。

57. （明）王黉：《开辟衍绎》，《古本小说集成》崇祯间麟瑞堂刊本影印，上海：上海古籍出版社 1990 年版。

58. （明）齐东野人：《隋炀帝艳史》，北京：中华书局 2000 年版。

59. （明）陆人龙：《型世言》，北京：中华书局 1993 年版。

60. （明）夏履先：《禅真逸史》，上海：上海古籍出版社 1990 年版。

61. （明）题钟惺编辑：《盘古至唐虞传》，《古本小说集成》据明代余季岳刊本影印，上海：上海古籍出版社 1990 年版。

62. （明）天然痴叟：《石点头》，上海：上海古籍出版社 1957 年版。

63. （明）佚名：《欢喜冤家》，《古本小说集成》据山水邻原刊本影印，上海：上海古籍出版社 1990 年版。

64. （明）长安道人国清：《警世阴阳梦》，《古本小说集成》据明崇祯元年刻本影印，上海：上海古籍出版社 1990 年版。

65. （明）陆人龙：《辽海丹忠录》，《古本小说集成》据明崇祯翠娱阁刊本影印，上海：上海古籍出版社 1990 年版。

66. （明）薇园主人：《清夜钟》，《古本小说集成》据路工藏和安徽省博物馆藏本拼合影印，上海：上海古籍出版社 1990 年版。

67. （明末清初）东鲁古狂生：《醉醒石》，上海：上海古籍出版社 1956 年版。

68. （明末清初）佚名：《风流和尚》，《古本小说集成》据北京大学图书馆所藏抄本影印，上海：上海古籍出版社 1990 年版。

69.（明末清初）坐花散人：《风流悟》，《古本小说集成》据明末清初合义堂刊本影印，上海：上海古籍出版社 1990 年版。

70.（清）佚名：《肉蒲团》，《明清善本小说丛刊初编》第 18 辑《艳情小说专辑》，台北：天一出版社 1993 年版。

71.（清）南北鹖冠史者：《春柳莺》，《古本小说集成》据清康熙刊本影印，上海：上海古籍出版社 1990 年版。

72.（清）鸳湖烟水散人：《女才子书》，《古本小说集成》据清大德堂刊本影印，上海：上海古籍出版社 1990 年版。

73.（清）吴航野客：《驻春园小史》，《古本小说集成》据清乾隆三余堂刊本影印，上海：上海古籍出版社 1990 年版。

74.（清）钟铁桥：《警富新书》，《古本小说集成》据清翰选楼刊本影印，上海：上海古籍出版社 1990 年版。

75.（清）黄周星评：《西游证道书》，《古本小说集成》据日本内阁文库藏清刊本影印，上海：上海古籍出版社 1990 年版。

76.（清）五色石主人：《快士传》，《古本小说集成》据清代刊本影印，上海：上海古籍出版社 1990 年版。

77.（清）艾衲居士：《豆棚闲话》，北京：人民文学出版社 1984 年版。

78.（清）陈忱：《水浒后传》，上海：上海古籍出版社 1981 年版。

79.（清）荻岸山人：《平山冷燕》，北京：中华书局 2003 年版。

80.（清）佩蘅子：《吴江雪》，《古本小说集成》据国家图书馆分馆藏康熙刊本影印，上海：上海古籍出版社 1990 年版。

81.（清）岐山佐臣：《女开科传》，《古本小说集成》据清名山聚刊本影印，上海：上海古籍出版社 1990 年版。

82.（清）天花才子：《快心编》，《古本小说集成》据清初课花书屋刊本影印，上海：上海古籍出版社 1990 年版。

83.（清）苏庵主人：《绣屏缘》，《古本小说集成》据荷兰汉学研究所藏抄本影印，上海：上海古籍出版社 1990 年版。

84.（清）吕熊：《女仙外史》，《古本小说集成》据复旦大学图书馆所藏康熙钓璜轩刊本影印，上海：上海古籍出版社 1990 年版。

85. （清）吕抚：《二十四史通俗演义》，北京：中国书店出版社 1993 年版。

86. （清）褚人获：《隋唐演义》，《古本小说集成》据清四雪草堂刊本影印，上海：上海古籍出版社 1990 年版。

87. （清）酌元亭主人：《照世杯》，《古本小说集成》据《佐伯文库丛刊》本影印，上海：上海古籍出版社 1990 年版。

88. （清）江日昇：《台湾外志》，济南：齐鲁书社 2004 年版。

89. （清）黄耐庵：《岭南逸史》，《古本小说集成》据清代文道堂刊本影印，上海：上海古籍出版社 1990 年版。

90. （清）蒲松龄：《聊斋志异》会校会注会评本，上海：上海古籍出版社 1986 年版。

91. （清）李绿园：《歧路灯》，北京：朴社出版经理部 1927 年版。

92. （清）李百川：《绿野仙踪》，北京：人民文学出版社 1987 年版。

93. （清）李汝珍：《镜花缘》，《古本小说集成》据芥子园藏板影印本，上海：上海古籍出版社 1990 年版。

94. （清）李汝珍：《镜花缘》，北京：人民文学出版社 1955 年版。

95. （清）邵彬儒：《俗话倾谈》，《古本小说集成》据国家图书馆分馆藏五经楼藏板影印，上海：上海古籍出版社 1990 年版。

96. （清）张书绅评：《新说西游记》，《古本小说集成》据清乾隆十四年其有堂刊本影印，上海：上海古籍出版社 1990 年版。

97. （清）丁耀亢：《续金瓶梅》，《古本小说集成》据顺治十七年原刊本影印，上海：上海古籍出版社 1990 年版。

98. （清）佚名：《隔帘花影》，《古本小说集成》据清本衙藏刊本影印，上海：上海古籍出版社 1990 年版。

99. （清）曹雪芹：《石头记》，《古本小说集成》据《脂砚斋重评石头记》（甲戌本）影印，上海：上海古籍出版社 1990 年版。

100. （清）曹雪芹、高鹗：《程甲本红楼梦》，北京：书目文献出版社 1992 年版。

101. （清）曹雪芹、高鹗：《红楼梦》，北京：人民文学出版社 1982 年版。

102. 《红楼梦》百家评咏本，上海：上海古籍出版社 2007 年版。

103.（清）崔象川：《白圭志》，《古本小说集成》据清绣文堂刊本影印，上海：上海古籍出版社 1990 年版。

104.（清）刘一明：《西游原旨》，《古本小说集成》据甘肃省图书馆藏嘉庆十三年刊本影印，上海：上海古籍出版社 1990 年版。

105.（清）石成金：《雨花香》，《古本小说集成》据上海图书馆藏本影印，上海：上海古籍出版社 1990 年版。

106.（清）封云山人：《铁花仙史》，沈阳：春风文艺出版社 1985 年版。

107.（清）云阳嗤嗤道人：《五凤吟》，《古本小说丛刊》，北京：中华书局 1990 年版。

108.（清）陈朗：《雪月梅》，《古本小说集成》据德华堂刊本影印，上海：上海古籍出版社 1990 年版。

109.（清）浦琳：《清风闸》，《古本小说集成》据吴晓铃藏本影印，上海：上海古籍出版社 1990 年版。

110.（清）张士登：《三分梦全传》，《古本小说集成》据道光二十八年刊本影印，上海：上海古籍出版社 1990 年版。

111.（清）佚名：《说呼全传》，北京：中华书局 1999 年版。

112.（清）佚名：《说唐》，北京：中华书局 1996 年版。

113.（清）佚名：《施公案》，北京：宝文堂书店 1982 年版。

114.（清）蔡元放改编：《东周列国志》，北京：中华书局 2009 年版。

115.（清）杜刚：《娱目醒心编》，上海：上海古籍出版社 1988 年版。

116.（清）佚名：《五虎平南后传》，《古本小说集成》据清代启元堂刊本影印，上海：上海古籍出版社 1990 年版。

117.（清）佚名：《林兰香》，《古本小说集成》据清道光十八年本影印，上海：上海古籍出版社 1990 年版。

118.（清）陈森：《品花宝鉴》，《古本小说集成》据上海古籍出版社所藏刊本影印，上海：上海古籍出版社 1990 年版。

119.（清）佚名：《平闽全传》，《古本小说集成》据清道光鹭江崇雅堂刊本影印，上海：上海古籍出版社 1990 年版。

120.（清）陈球：《燕山外史》，《韩国藏中国稀见珍本小说》第二卷，北京：中国大百科全书出版社 1997 年版。

157.（清）李宝嘉：《官场现形记》，1903 年世界繁华报馆本。

158.（清）李宝嘉：《官场现形记》，北京：人民文学出版社 1957 年版。

三、现当代研究著作

1. 邓之诚：《骨董琐记》，收入《民国丛书》第 5 编，上海：上海书店出版社 1996 年版。

2. 鲁迅：《中国小说史略》，北京：北新书局 1932 年版，上海：上海古籍出版社 1998 年版。

3. 陈东原：《中国妇女生活史》，北京：商务印书馆 1937 年版，上海：上海书店出版社 1984 年版。

4. 鲁迅：《小说旧闻钞》，北京：人民文学出版社 1952 年版。

5. 孙楷第：《中国通俗小说书目》，北京：作家出版社 1957 年版，北京：人民文学出版社 1982 年版。

6. 孔另境：《中国小说史料》，上海：古典文学出版社 1957 年版。

7. 厦门大学历史系：《李贽研究参考资料》，福州：福建人民出版社 1976 年版。

8. 马蹄疾：《水浒资料汇编》，北京：中华书局 1977 年版。

9. 汪辟疆校录：《唐人小说》，上海：上海古籍出版社 1978 年版。

10. 叶德均：《戏曲小说丛考》，北京：中华书局 1979 年版。

11. 赵景深：《中国小说丛考》，济南：齐鲁书社 1980 年版。

12. 胡士莹：《话本小说概论》，北京：中华书局 1980 年版。

13. 戴不凡：《小说见闻录》，杭州：浙江人民出版社 1980 年版。

14. 辽宁《清史简编》编写组：《清史简编》，沈阳：辽宁人民出版社 1980 年版。

15. 孙楷第：《日本东京所见小说书目》，北京：人民文学出版社 1981 年版。

16. 袁行霈、侯忠义：《中国文言小说书目》，北京：北京大学出版社 1981 年版。

17. 王利器：《元明清三代禁毁小说戏曲史料》（增订本），上海：上海古籍出版社 1981 年版。

18. 刘操南：《桐花凤阁评红楼梦辑录》，天津：天津人民出版社 1981 年版。

19. 柳存仁：《伦敦所见中国小说书目提要》，北京：书目文献出版社 1982 年版。

20. 蒋瑞藻：《小说考证》，上海：上海古籍出版社 1984 年版。

21. 谭正璧、谭寻：《古本稀见小说汇考》，杭州：浙江文艺出版社 1984 年版。

22. 李汉秋：《儒林外史研究资料》，上海：上海古籍出版社 1984 年版。

23. 胡文楷：《历代妇女著作考》，上海：上海古籍出版社 1985 年版。

24. 冯惠民点校：《学术笔记丛刊》，北京：中华书局 1986 年版。

25. ［德］H. R. 姚斯等撰，周宁、金元浦译：《接受美学与接受理论》，沈阳：辽宁人民出版社 1987 年版。

26. 黄霖：《金瓶梅资料汇编》，北京：中华书局 1987 年版。

27. ［日］大冢秀高：《增补中国通俗小说书目》，东京：汲古书院 1987 年版。

28. 林辰：《明末清初小说述录》，沈阳：春风文艺出版社 1988 年版。

29. 张廷琛：《接受理论》，成都：四川文艺出版社 1989 年版。

30. 赵山林：《中国戏曲观众学》，上海：华东师范大学出版社 1990 年版。

31. 江苏省社会科学院明清小说研究中心、文学研究所：《中国通俗小说总目提要》，北京：中国文联出版公司 1990 年版。

32. 孙楷第：《戏曲小说书录解题》，北京：人民文学出版社 1990 年版。

33. 柳存仁：《和风堂文集》，上海：上海古籍出版社 1991 年版。

34. ［德］沃尔夫冈·伊瑟尔撰，金元浦、周宁译：《阅读活动——审美反应理论》，北京：中国社会科学出版社 1991 年版。

35. 陈洪：《中国小说理论史》，合肥：安徽人民出版社 1992 年版。

36. 刘宏彬：《〈红楼梦〉接受美学论》，郑州：河南人民出版社 1992 年版。

37. 李忠昌：《古代小说续书漫话》，沈阳：辽宁教育出版社 1992